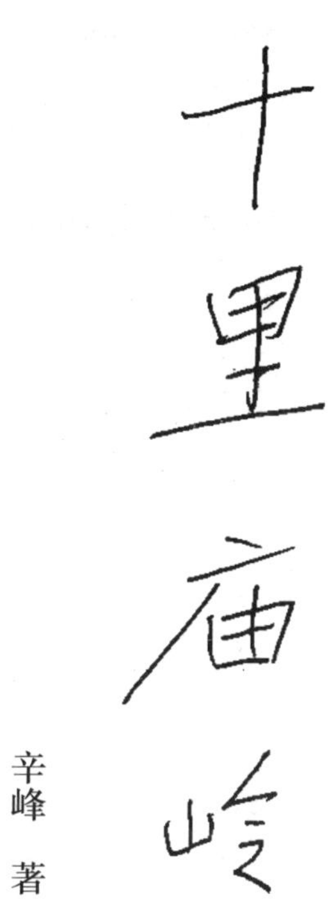

十里庙岭

辛峰 著

南方出版社（海口）

图书在版编目（CIP）数据

十里庙岭 / 辛峰著 . -- 海口 : 南方出版社 , 2025. 1.
ISBN 978-7-5501-9172-3

I. ①十… II. ①辛… III. ①散文集—中国—当代 IV. ① I267

中国国家版本馆 CIP 数据核字第（2024）第 WK3280 号

十里庙岭

SHILI MIAOLING

辛峰　著

责任编辑：白　娜
特约编辑：何超锋
出版发行：南方出版社
社　　址：海南省海口市和平大道 70 号
邮政编码：570208
电　　话：（0898）66160822
传　　真：（0898）66160830
印　　刷：陕西卓雅印务有限公司
开　　本：710mm × 1000mm 1/16
印　　张：26
字　　数：335 千字
印　　数：1–1000 册
版　　次：2025 年 1 月第 1 版
印　　次：2025 年 1 月第 1 次印刷
定　　价：99.00 元

谨以此书献给我的故乡与亲人

序　于凉薄中深情吟唱

张宗涛

在故乡彬州，辛峰家距我家只隔了三四个村庄。这在姻亲乡土的脉络里是个恰到好处的距离，不远不近，若即若离，既便于相互帮衬，也适宜各自顾全。故此，辛峰那个名叫庙岭的小村庄，便同我们村有着这样那样的新亲老戚，瓜瓞绵绵。我诞于20世纪60年代初的大饥荒时期，辛峰出生在改革开放的春风里，我们相差了将近二十岁。

应是两年前的初夏，彬籍诗人赵凯云约同乡文友小聚，盛情邀我。匆促赴会，有幸结识了柴治平、赵书煜、辛峰这几位令我无法忘记的文友。过早谢顶的治平和年少失聪的辛峰，其实比我的孩子大不了几岁；而架了双拐的书煜，则要比我的孩子还小很多。他们都是踏着时代的节拍，从唱响过苦涩《豳风》的黄土旱塬投奔西安的，求学、求职、求生，比常人付出的辛苦、辛酸、辛辣，不知要多多少倍；但却无一例外都是文学圣徒，苦行僧一般执着跋涉，无悔无怨。这着实教我心热眼酸，便调侃地跟他们讲，大学里的文学系，资料汇编类的著述都能算作学术，而文学创作却是连台面儿都上不了的。再说了，唯利是图的风尚里，人人都争抢着发愿或者发怨，谁会静下心来倾听？娱乐至死的世俗中，一切皆可拿来消费，唯独不消费阅读。言罢，满座愀然，面面相觑，让我感觉说了最不该说的话，孟浪。好在辛峰听不到，他眨巴着友善的双眼，不卑不亢，不喜不忧，淡淡定定地环顾着大家，满脸笃定地惠赠了他的长篇小说《西漂十年》。

那是一部纪实性作品。辛峰把笔触伸进宏大历史叙事的罅隙，用最真切的文字，讲述了他漂泊西安十年的辛酸经历。村庄在效率至上的时代风尚中日渐落伍，家园难以栖身，更不能安放已然觉醒的灵魂。祖辈的荣辱兴衰，早就像“庙岭”这个名字那样被抽掉了水分，干瘪成一个轻飘飘的空壳；而父辈的命运则俨如他们的心头之殇，除非脑残或别有所图，谁不想走出乡关，搭上时代列车去追逐金色梦想？辛峰就是在这样的浪潮中迈进都市的。

长者最大的痛心，是亲睹后辈轮回自己曾经的悲苦，所以前人拼命栽树，就是为给后人乘凉。我真的料想不到，小我将近二十岁的辛峰，竟能遭受如此之多的人生不幸！在辉煌的历史表达中，个体命运的生动描述，无疑会成为伟大数据的脚注。这是《西漂十年》这样的非虚构小说无可辩驳的价值，我坚信。

后来的一天，辛峰忽邀我参加他的《文字的风度》新书发布会，这让我很是讶异。年过不惑，孑然一身，在喧嚣的尘世静守初心，矢志不渝，读以涵养，写以吟唱，这种风度，还不够令人肃然起敬？读《文字的风度》，我其实在用心感受着辛峰的风度——那是一种历经磨难的坚韧，百折不挠的顽强，慧根、慧心和慧眼在渐次寻求融通，为逐梦想无怨无悔的不惑气概。发布会上，当辛峰用他失聪者特有的桀骜口齿真挚致辞时，我的眼底泪花漾动。红尘喧嚣，世事浮躁，能如辛峰般摒绝市声、不染市侩、醉心读写者，还有几何？六十余位作家的上百部作品哪，一一细读，一一揣摩，一一评论，这得花多少心力？会激发哪些顿悟？能汲取多少滋养？会涵养哪些能力？我总觉着，于写作而言，眼高者不一定手高，但眼低者绝对手低。乐于向大家学习，善于向经典问道，辛峰的路子，扎实。

《十里庙岭》这部散文集，已经是辛峰的第三部著述了。在所有的文学样式中，散文是最贴近自我的一种文体。小说更多地要关注人的本我，以审视特定人文中普遍的人性和人格；诗歌则沿着它的理想原则，在超我层面上纵声放歌。辛峰在他的《十里庙岭》中，将自己的所经、所见、所思、所想、所感、所悟，一一诉诸笔端，一一记录在册，使其成为大时代背景下的小投影，于家、于族、于国，都将成为信史，可供后人凭吊。

四十不惑。站在这一生命节点上回望乡关，对个体生命而言，会生发多少感慨？更何况，四十几年前，决定当代中国新走向的改革开放，是由农村揭幕；而四十几年后，崛起的中国，再次吹响了振兴乡村的号角。因此，辛峰的这番乡关回望，不管是有心栽花，还是无心插柳，都别有一番勾人魂魄、发人幽思的意味。基于这样的历史坐标，辛峰笔下乡土上的那些人和事：父亲、母亲、叔叔、舅舅、爷爷、奶奶、姐姐、妹妹、同学、发小乃至老杏树、老地窑、六十湾、百子沟、八甲村……与其西漂后的那些遭逢际遇：意乱情迷、道友交游、萍踪漫记，就饶有意味地构成了这一历史坐标上的两条轴线。前者标注着穷苦乡村在乘着改革春风复苏并逐渐兴旺的阶段。当乡土快速解决了国人的肚皮问题，以生产为传统的农民、农村、农业，便在风起云涌的商品经济浪潮中捉襟见肘，出走就成为体量庞大的中国农民实现历史性必然需求的不二选择。在现行社会结构中，这铁定是场无根的漂泊。辛峰以一个漂泊者的切身经见与切肤感受，一面遥望回不去的乡村，一面审视融不进去的都市，他所真实状摹的漂泊者的各种左支右绌，毫无疑问地构成了第二条轴线。

令我如鲠在喉的，是辛峰笔下那些伤痛经历中的死亡意象——夭

亡、伤亡、病亡。我真没想到，诞生在改革开放春风中的他，竟然遭遇了一如我们所能遭遇的诸多个体不幸。所不同的是，我们所遭遇的死亡，大都缘于生产力水平极其低下的饥饿、贫病、争斗；而他所遭逢的死亡，则同生产力得以解放后商品经济的飞速发展息息相关：工伤、车祸、患癌，无一不体现着老去村庄的另一番气象。这不禁让我想起了马斯洛，我想，每一个具有社会良心的人，都应向其所奠基的关于人的理论致敬。当然了，这更让我想到了鲁迅，他在他的《故乡》一篇中只苍凉地书写了两个字：轮回！传神地勾勒出中国乡土社会守土者（闰土）和失地者（杨二嫂）的人格走向和命运变迁，并立此存照，成为经典，供后世代代研习参悟。窃以为，辛峰身残志坚，位卑骨傲，不媚不俗，不投机不取巧，不违背良心逐名博利，始终信守兴观群怨之道，于凉薄中深情吟唱，亦是在立此存照！其诚可攻伪，其实可破虚，其狷介纯正，堪可羞煞那些欺世盗名之流。

（本文作者系中国作协会员，陕西师范大学文学院副教授）

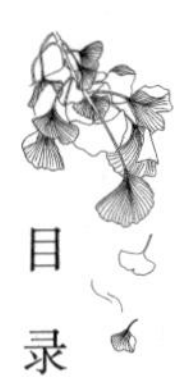

目 录

第一辑 十里庙岭

第二辑 红尘心履

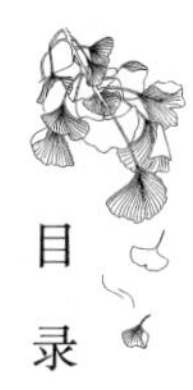

第三辑　灯下菩提

第四辑　萍踪追影

第五辑　高山流水

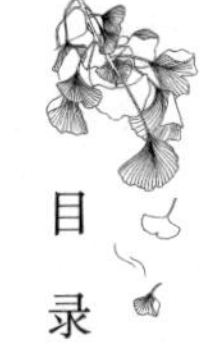

第六辑　枕边故事

第七辑　信札与悼词

第一辑

十里庙岭

母亲一直说，进了煤矿的男人，都是两块石头夹着一块『乳』，这『乳』便指的是人的血肉之躯。矿山是父亲一生的安身立命之处，也是我走向自我人生路途的基石。

——《我的父亲是矿工》

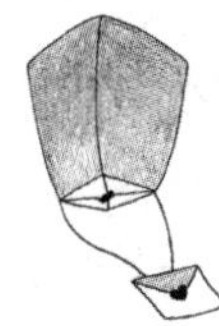

老地窑：我的出生地

1

母亲说，我出生在早晨八点钟，太阳正从对面村庄的山坳里往上爬升。也许这就注定了我这辈子要辛苦地攀登。第三个本命年到来的时候，我忽然开始有点信命了。

母亲说，我就出生在我们家旧宅的老地窑里。我当然知道那块宅基地，那是母亲和父亲当年生了好几个哥哥姐姐都没有活下来，无奈之际花了二百元从村中福全他爹手里买过来的。买下来之后就生下了我，父亲和母亲一直觉得这是块福地，爱屋及乌也就对福全一家充满了感激，口口声声说福全他爹是个好人。

这个好人在我心中一直印象模糊，因为除了卖地给我家，我实在想不起来他还在村里做过什么好事。忘不了的是，我还是个碎娃娃的时候，每年大年初一挨家挨户给本家的爷叔婶娘们磕完了头，父亲总要拉着我的手去福全他爹的老窑洞里再磕个头。这个时候，我总是很不情愿，表情里带着一股别扭劲儿，胳膊腿儿被父亲指挥着好似提线木偶一般地完成一套磕头的动作。也许是我不喜欢福全家那光线黑暗的老地窑，也许是我不喜欢福全他爹带着身上的那股酸腐味儿和我亲昵，反正福全他娘一股脑儿地塞到我怀中的核桃和柿饼，最后总会被我送给了别的小伙伴，天生带点小洁癖的我其实最怕和别人手脸接触，更怕与陌生人之间的亲昵。

这时候的父亲，似乎根本就看不出我反常的情绪，脸上总带着炫耀和自豪，还有感恩戴德的谦卑。父亲的谦卑一直让我很不舒服，直到后来我明白了父亲脸上这种谦卑的来处，但他身上毫无原则的谦卑依然让我痛苦。我又不得不承认，正是父亲的这种谦卑护佑着我长到了今天。

母亲说，父亲十二岁就没了娘。爷爷挑着担子，担子的一边挑着半个豁口的破锅，一边挑着我年幼的小叔，小叔坐在笼里手扶着笼襻。爷爷左手拉着父亲，右手引着二叔，一路大声长哭着翻越六十里长坡，回到了庙岭村。

父亲十二岁就到山里背粮了，回家的时候发现已经没有了娘，在奶奶的坟头上哭了整整两天两夜，哭得整个人都抽了风。后来脑子就有些不清楚了。那时候没有吃的，父亲有次从山里背回了粮，快到了家门口却被六爷的儿子发现了，他们带着兄弟几个为了抢粮食，虎狼一般地一拥而上。父亲抓着粮食袋子死活不放手，狠心的六爷指挥着儿子弟兄几个用椽一样粗的杠子差点砸断了父亲的腿。母亲说，父亲的膝盖上硬是被砸出了拳头大的一个窟窿。血汩汩地流着，在村坡里的路上淌成了河呀！人一抬回来，她吓得豁脚漾手，抱着父亲的膝盖一看，整个人便晕了过去。

这些血淋淋的往事没有让一米八身高、看起来虎背熊腰的父亲变得暴虐，反而让他在人面前更加老实、谦卑与顺从。在有了儿女的岁月里，这些曾经的磨难与屈辱好像从来就没有发生过，他也从不提起。在外人面前，他一向都是低眉俯首。

母亲看父亲的眼神，一直都带着一脸恨铁不成钢的无奈。可在她讲述这些往事的时候，有一颗恨的种子，分明已经在我的心里落下了根。母亲要我必须刚板硬正地活着，我知道在童年的煤油灯下我的心里早已答应了她。可我依然是父亲的儿子，我不愿意活在一种屈辱的庇护之下，我又必须活在他屈辱的庇护之下。三十多年了，我一直在两难中挣扎，直到我看到父亲一点点地老了。他的腰在一点点地塌陷，就像一座大山在一点一点地倾斜，好像随时都有大厦将倾的危险。

2

我出生于 1981 年，我在出生的这个老窑洞生活了多久，在我的记忆中一直模糊不清。当我记事的时候，已经身处于平原上的三间大瓦房了。我对自己出生地的记忆几乎都是通过母亲口耳相传得知的。甚至于我的那场旷日持久、几乎小命不保的高烧也是后来从母亲的口中知道的。

那场改变中国农民命运的土地承包到户运动，后来在母亲口中一直被描述为我的福气。可我对自己的这种福气并没有什么刻骨铭心的体验。也许在我的记忆中真的有关于生活在老窑洞里的记忆，只是被那场持续了一个多月的高烧给烧断了片。那些断了片的残章断简清晰而又模糊，多年来一直如星星之火般闪耀在我记忆的天空里，却一直无法连缀成文。

我一直以为总有一天，母亲会完完本本地告诉我关于我五岁之前的记忆，告诉我那些童年里核桃树下的清凉。可在我上大学和大学毕业的日子里，不管我怎么追问，母亲永远都是一句轻轻的“不知道了”。这个时候我不免有些失望，继而又有些释然。可是我想不明白，母亲能在我的追问下，配合着妹妹的记录完整地说出整个村庄里每个家族上溯三代长辈的名录，却一点也记不起她儿时曾教我的歌谣，记不起我在老窑洞里生活的点点滴滴。

而今，母亲离开了我，我突然有点明白了，或许是母亲的记忆不愿意面对那段惨烈的日子，她在记忆中自动选择了遗忘。我的记忆此刻却好像回光返照，一事一人、一步一景，突然间都历历在目。我不明白，是不是只有我们至爱的人离开了我们，我们的记忆才会变得清醒？还是随着母亲的离去，我也已经开始变老，开始怀旧？

3

我的那场持续不退的高烧，据说是在一个暑热的三伏天里，我被我的一个哥哥抱到邻居家阴森深邃的老地窑里玩耍时着了凉，又被村中的一个姓王的赤脚医生打错了针。一系列的阴差阳错导致我彻底中风，整个嘴巴都抽得歪到一边去了。母亲已经失去了好几个孩子，从外面归来看到这样的场面，都快急疯了。母亲说，看到我的嘴巴抽到了一边，她

抱着我的身子双腿一跪，瞬间就倒在了灶膛的脚地上。灵醒过来又抱着我在村子里疯跑着去找村里开手扶拖拉机的殿荣。拖拉机的黑烟在头顶上突突地飘扬，好像一面悲伤的旗帜。她和父亲两个人蜷缩在露天的车厢里，一路穿村过店，满泾河的水哗哗地流着，她只是傻愣愣地看着突突冒烟的拖拉机烟囱在大地上肆意涂抹，一声不吭。整个大地和天空都好像凝固停止了，只有一辆冒着黑烟的手扶拖拉机在世界上奔跑。天黑了亮了，不知道究竟走了多少路，他们终于到了县城。拖拉机手陪着她和父亲走遍了全县所有医院，每个医院的医生都把头摇得像拨浪鼓。

父母不甘心，又让手扶拖拉机开到了父亲单位的煤矿医院。因为父亲一向在煤矿的好人缘，矿长直接给介绍了煤矿医院最好的医生。医生护士围着我守护了三天三夜没合眼，母亲也跟着熬了三天三夜，总算让我度过了危险期。医生说，这次只要能醒过来，娃就有救了。母亲听了，眼泪又唰唰唰地流了下来。母亲说，她心焦得都忘了哭。当时所有的医生都劝母亲去合眼睡一会儿，可她不敢，她害怕两眼一睁，又啥都没有了。做完手术，父亲用整整一个月的工资请医院所有医生和工友们吃了一顿饭，然后又抱着我坐着手扶拖拉机往回赶。

半路上，母亲给拖拉机手说，这次花光了所有的钱，你的油钱和路费得欠下了。殿荣在前面的驾驶位上只是挥了挥手："啥都不要说了，人心都是肉长的。我能为了这点钱看着你们作难？"

我就在这个时候睁开了眼，看到了一辆相向而过的班车，嘴里喊出了一声"嘀嘀"。

我的一声"嘀嘀"，恰似父母心头久旱而至的甘霖，让他们在瞬间的迟疑之后终于反应过来，我真的醒了。母亲说她一边用手拍打着拖拉机的车厢，一边吼吼吼地哭着。父亲也如痴傻般地坐在车厢里呆呆地流着泪，两颗悬在半空的心总算是落了地。手扶拖拉机继续奔驰在回家的路上，拖拉机的颠簸似乎也成了欢乐的歌谣。

可随着我一天天长大，母亲竟然有一天忘记了这些经历，忘记了这些关于我的童年往事。我不知道在这些绝望、悲伤、孤注一掷、等待、焦虑与欣喜若狂的词语之间，母亲究竟经历了怎样的内心煎熬，以至于有一天她的记忆会选择自动遗忘这些人生中极致的痛苦与磨难。

在料理完母亲后事的日子里，我回到西安终日枯坐于房间，那些关于母亲的纷繁往事以及关于我一直追寻的老地窑的记忆，开始如春蚕吐丝一般细密地绽放在我的脑海里。

原来，老地窑是一个有着四面土墙的完整四合院，院子里曾经长满了核桃树。我最初的童年就是在这些核桃树下度过的。那口老地窑其实只有浅浅的半个窑坑，并不像村底下人家的大窑洞那样，打眼一看深不可测。实际上，它只不过是半个窑洞加半个厦房的合成品。父亲从福全他爹手中买过来的时候，已经被废弃了多年，最初是门也没有一扇的。可是在母亲的手里，这座废弃的老宅愣是被修葺成了一院草木繁茂的家园，成了我最初的出生地。

4

准确地说我在这座老宅里只生长了三年。自从我得病归来，整个人一下子瘦了十斤，不再是刚生下来就有七斤重的那个胖娃娃。母亲看着消瘦下来的我，心头都在滴血，便不断地催促父亲准备木料砖瓦，让人打土坯砌墙，一定要搬家。在母亲的心目中，似乎原来的每一座宅院风水都有问题。

一朝被蛇咬，十年怕井绳。母亲失去的东西太多了，她不想再失去我。我的这场大病让她的神经已经处于崩溃的边缘，她必须为了保留我这一丝血脉而和整个世界作战。恰逢响应国家政策回填窑洞建砖瓦房的大潮，母亲先是在原上承包地前面新划的宅基地里弄了个简易厦房，再自己蚂蚁搬家一般一点一点地准备好了盖房的所有东西。

房子终于盖起来了，我童年的记忆也似乎重新焕发了光彩。就是在这栋房子里，母亲走完了自己的一生。关于前面几处老宅的悲惨记忆，开始在她的生命中一点一点流失，最终幻化为一个空壳子。刚盖起的房子也是一个空壳子，墙壁里三层外层要用很细的红泥抹光抹平，房子的脚地要用土垫平，用平底石锤一寸一寸地砸瓷实，再铺上青砖。要用水浇地面，用细土灌缝。仅仅是用土垫平脚地这一项工程就差点要了母亲的命。

母亲一镢头一镢头将干土从村底废弃的窑壁上掘下来，又一架子车一架子车从村底近乎九十度的斜坡下拉上来。晾晒、粉碎，一担笼一担笼担进房间。母亲担土、挥动石锤平整地面、铺砖、灌水、灌缝。铁锨、镢头、笼担、石锤、瓦刀，所有工具相互摩擦，不断地撞击着发出清脆的回响，在房间里震荡、回旋。我常常就这样安静地蹲在母亲的身后看着她挥汗如雨，捡拾着落满一地的音符。

母亲挥动石锤的时候，汗水就从她的额头上吧嗒吧嗒地滴落，石锤在她的手中上下翻跃。抬起时母亲粗壮的手臂快速地收缩，每一寸肌肤的毛细血管都清晰可见。石锤落下时，肌肉一时舒展开来，石锤光滑的底面在地面上砸下一个标准的圆，她的衣服上便被汗水晕染出一大片一大片的劳动地图。干活的时候，母亲的牙关总是咬得紧紧的，生怕放走哪怕一丝的力气，她要让她全身的力气都贯穿于自己的手掌，收放自如。我总觉得母亲在干活的时候就是一个武林高手，她的脸上总闪耀着无比的自信与自负，执拗、不屈、坚韧这些词语一时间便绽放在她全身的每一寸肌肤里，让她的身上焕发出一种质朴纯粹的光，这光在照亮房间的每一寸空间的同时，也瞬间照亮了我的生命。

每次活干完的时候，也恰恰是父亲从煤矿回家的时间。父亲常年身在煤矿，每个月只回一次家，待一天就走。在这一天时间里还必须上演谩骂、吵架、摔碟子摔碗，直至最后拿起包包拍屁股走人整整一套的闹剧。用母亲的玩笑话来说，父亲是驴大的个子，没啥用处，高声大嗓说起话来却跟吵架一样，真吵架的时候震得房子檩条上的土都簌簌地往下掉。可如果让他干活，从来都是南辕北辙，别出心裁地和你对着干。他干一次，母亲得返工两次。

换句话说，父亲生下来就是个粗人，从来都是粗放式作业，一点点细发活儿都干不了的。更要命的是，父亲一辈子从来没有自己的主意。不管大事小事都喜欢听别人的说教，听完了回家就要生搬硬套。这也是我一直和父亲的权威对抗的根本原因。母亲的性格恰恰相反，她是个近乎完美主义的人，一件事情如果没做好，宁愿推倒再来，也不敷衍了事。且凡事都能权衡利弊，处置恰当，深得村邻信服。

5

等房子终于收拾得有模有样了，我们也到了彻底搬离老地窖的时候。围墙在轰隆隆声中被推倒了，地窑在推土机的作业下被填平了。核桃树原先还保留着，后来邻居在地下挖了个砖瓦窑，火在地下没黑没白地烧，烧得整个土地都成了赤红色。核桃树从此再也不结果，便彻底被砍伐了。说到这里，我不得不苦笑，父亲的性格里似乎天然地带有一种破坏力。凡是兴建栽培的事儿，他从来都只会浮皮潦草；倘若碰到挖树推墙的活儿，他肯定是冲在最前面的。

我出生的老地窑终究是变成了一片荒凉的野地，而且是寸草不生的荒地。后来它几乎成了全村人垫圈取土的公共用地，因为只要和父亲打个招呼，他必然会点头应允。好在这也算是一种别样的兴修水利，原本上下两层的土塄硬是被挖得连成了一片，每年种点油菜，多少总算有点收获。

令我万万想不到的是，一次回家听母亲说，父亲竟以三十年前二百元的价格将这片宅基地卖了。买主就是福全他爹，对方买地的原因竟然是盖房子没地方取土。我不由得摇头叹息，真是世事轮回啊。我再次忍不住地苦笑，如今这年代，二百元到哪里能买回一块地呀？恐怕掰着指头从村头数到村尾，也只有老实的父亲甘愿这么做。

（本文首发中国作家协会《文艺报》2024 年 8 月 21 日六版头条。）

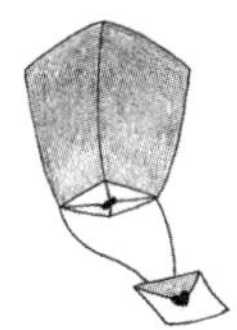

我的父亲是矿工

1

我刚出生，父亲就去了煤矿工作。到了七八岁的时候，我每个暑假都要跟着父亲去煤矿玩，便不免对矿山和矿山里的人印象深刻。

父亲是个顶老实的人，没有读过几天书。在我最早的记忆中，他的工作日志都是求着同事帮忙填写的。于是，刚上四年级的我，一到父亲的单位，便承担起了帮父亲填写工作日志的重任。那些数据我当然不懂，都是看着父亲同宿舍的叔叔们的日志照猫画虎，誊抄过来的。却也是一笔一画，非常认真。遇到觉得不对的日期，还要追着叔叔们打破砂锅问到底。

每次父亲从矿井上来，叔叔们都会说："老辛，你家小辛将来要考北京大学啊！"父亲便会呵呵地笑着，用一只手摩挲着我的后脑勺，另一只手拉着我的手去买西瓜。同事们都叫父亲"大手"，后来我才明白这是因为父亲花钱很大方。比如买西瓜，别人都是一次能吃多少买多少，甚至啬皮到一次只买半个瓜，甚至四分之一。可父亲一次往往买一个大的，和同事们一起吃。尤其是我到了单位，他会一次买好几个西瓜，用装化肥的蛇皮袋子提溜着回宿舍，囤积在床板下面的水泥地上，每天下班回来给我杀一个瓜。在矿山的时候，我便每天吃饭都很少，肚子里全是西瓜水，一走路就哐啷哐啷地响。

父亲的宿舍是四人间，有时候有的叔叔倒班或者请长假回家，我便会独占一张床。白天我会在矿山的大院子里玩耍，到处搜集能看到的新报纸，把感兴趣的故事和文章剪裁下来，贴在自己的笔记本里面。夏天的矿山，马路上的柏油常常被晒得发烫。院子和路边的树上都顶着一层黑色的煤灰，散发着一股混合着柏油味道的异样气味。偶尔有拉煤的卡车呼啸而过，卷起漫天灰尘，久久不能停息。

午睡过后，我揉着惺忪的睡眼一骨碌爬起来，先去外面的树下撒泡尿。（矿院的厕所比较远，味道也特别难闻，水泥砌的蹲坑里经常会有密密麻麻蠕动的白色蛆虫，我远远地看到就会吓得跑到很远的地方。所以每次都是跑到矿山外面的草地里去方便。）然后在院子的水龙头上洗洗手，便回到宿舍猫着腰钻进床板下面掏西瓜。扁的不要，只挑圆溜溜的带绿色瓜把儿的。一只手拉出来，双手抱到胸前，先凑起鼻子从瓜把儿的地方闻一会儿，清冽的香甜气味便会一点点地散发出来。我把瓜抱到案板上，用切面刀咔嚓一声一切两半，有时用力不匀，就会切成一半多一半少。这时我就会愣愣地盯着两半的西瓜看半天，然后终于选定一半。一般都是先吃小一半的，用勺子挖着吃，这样不会弄脏衣服。

2

儿时的农村是没有洗澡条件的，很多家庭的孩子一整个冬天都很难洗几次澡。即便洗头洗脚，也因为寒冷的西北风而瑟缩着手脚，匆匆了事。记忆中特别深刻的是，有个叫小牛的玩伴，家里三个兄妹，个个脖子上都累积着一层如铜钱般厚的垢痂，一旦父母要拉着让洗澡，他们便杀猪一般哭喊号叫，如同上杀场受刑。听说污垢积得太厚，搓起来会特别疼。我每每也总是躲着他们，就是一起玩打面包（一种纸叠的玩具，有三角形和四方形两种）的游戏，也会刻意避开。到了夏天，我们只能跑几十里山路，到附近的河川里去洗澡。反正，在家里也只能用大铁盆舀水，坐在里面洗，盆小水浅，一不小心还会割伤手脚，洗澡的感觉总是憋屈的。

矿山里最不同的是，有很大的澡堂子。一般都是水泥砌就，一个池子有一百多平方米。澡堂子里往往有四五个这样的大池子，早晚都冒着腾腾的热气，因为矿山的职工都是黑白两班倒。池子内里四周砌有矮矮的台阶，可供蹲坐搓澡。

职工的澡堂进出的都是一个个刚从矿井里上来的汉子，他们全身只有两只眼睛是干净的，其余的部位全裹着一层厚厚的煤灰，漆黑锃亮。在本来洁净的池水冒着的蒸腾的热气里，我们玩得正欢的时候，一群脱得赤条条的职工踢开大门就闯了进来。他们一边嘿嘿地笑着，一边张开嘴露出白牙开始叫骂："你们这群兔崽子，谁让你们进来的？"嘴巴一张一合，黑嘴白牙在灯光下闪烁着，如同突然降临人间的地狱阎罗。我们正惊慌间，他们的一条腿便刺进了热水中，另一条腿还搭在池外，一瞬间整个池子就变成了黑色的泥汤。

接着是一条又一条腿扑通扑通地刺了进来，整个池子里的水开始如同大海一般汹涌荡漾起来。有人站在池子中间，憋住气将打满肥皂的头脸闷进水中濡湿，狠搓一阵，猛地一抬头，哗啦啦的水花带着肥皂泡儿便四溅飞扬起来，吓得我们小孩子四处躲闪，可终是难逃他们的黑手。他们只洗了个大概，就将身边的小伙伴们猛地提将起来，一边啪啪啪地拍打着小伙伴的屁股，一边审问着他们父亲的名字。小伙伴被半吊在水面上，嘴里吱哇吱哇地叫唤着，双脚踢腾着池水，双手在空中四处抓挠，整个澡堂子里便到处都是飞溅的水花。机智的伙伴们开始偷偷地溜出池子，准备逃跑，却往往被围拢的汉子们重新捉住丢进池水中。于是，小孩子的喊叫声，汉子们的大笑声，还有稀里哗啦的水声一起，在几百平方米的职工澡堂里不断地撞击着墙壁，散发出更加响亮悦耳的回声。他们硕大的骨节和赤裸的胸膛上闪耀着一撮撮粗长的毛发，在混浊的热水之中开始用粗野不羁的言语来释放井下一整天紧张疲惫的情绪。

去洗澡的次数多了，我们也便知道了很多汉子都是父辈们的同事。粗野的矿山职工之间，却往往有着豪爽豁达的友情。后来我才明白，那是因为井下的世界是一个黑暗、残酷，甚至血腥的世界。很多人早上下井的时候，都不知道自己是否还能看到明天的太阳。矿山职工与职工之间，互相搭伴，便相当于性命相托。这是正值玩龄的我们根本无法体会的一种情感。

在矿山中，工种的不同，便是命运的不同。父亲是在担任了数年的掘进工之后转为安检工的。掘进工在井下承担着挖煤的重任，安检工则负责矿井中的各种数据的正常维护。尤其是瓦斯数据，一旦超标便会引起重大责任事故，这个时候的安检科往往是要被严厉问责的。而掘进队则负责着搭建支柱、掏煤、放炮等各种细分工种。在矿山之中，安检科的人员是要经常进行学习培训的。文化知识短缺的父亲，基本上是靠着多年累积的工作经验在煤矿工作了一生。

每次出现瓦斯爆炸、人员伤亡和矿井渗水事故，他们便要接受责任追究和处罚。表面上看，他们每天只是提着检测仪和矿灯，在矿井里四处转悠。实际上，整个坑道的安全都维系在他们身上。尤其是矿井的空气，煤柱的纹路的变化，基本上是通过他们在常年工作中“望、闻、问、切”的经验来做出判断的。

在我的记忆中，安检工每个人都有一大一小两个紫红色的词典。一本是《矿山安全知识条例》，一本是《矿山员工知识手册》。大的足有六厘米厚，抛出去能砸死人；小的不到一厘米，能轻松地装进口袋里。只是，我从来没有见过宿舍的叔叔们看它们，更没有见过父亲碰过它们。

3

矿山职工们的娱乐生活相当丰富，每个职工大院都配有一台彩色电视机。每天晚上吃完晚饭，所有的职工都搬个小板凳走出宿舍，围拢在电视机前开始看电视剧。电视机都是放在大院中间播放，就显得格外热闹，完全可以用众声喧哗来形容。父亲却不喜欢看电视剧，或者说父亲有时候完全看不懂电视剧情节的起承转合。每天晚上去大食堂吃完饭，父亲把我领到电视机前坐稳当了，就一个人抽着烟去睡觉或者和同事们聊天去了。

20 世纪 90 年代初，也就是我十岁左右的年龄，电视里的节目多以香港拍摄的影视剧集为主，不管是什么内容，我都能看得全神贯注、津津有味。尤其是武侠片和警匪剧，更能引发小孩子心目中的英雄情结，每次播放我都会提前搬着板凳出去，寻找有利位置。直看到整个院子鸦雀无声，回头的时候才发现大多数人都回去睡觉了。只剩下三五个人，边喝酒边聊天，围着电视机坐着。这个时候，父亲往往会专门出来引我回去睡觉。电视剧还没有播完，我死活都不愿意离开。我的性格特别腼腆，但犟起来谁都没办法。有的叔叔便专门跑过来，问我看得懂吗？我往往会回头瞪他们一眼，转身继续看我的电视剧。叔叔们便会在我身后哄堂大笑，父亲也跟着一起笑。其实这个时候的剧目往往是外国片，也就是译制片，是放到黄金时间段之后来播放的西方剧集，大多数人觉得外国人不好看，就都提前散场了。

当然，最有趣的是每个周末，职工影院会播放一两场电影。一般时间在周六晚上八点开始，五六点的时候整个矿井的职工与家属们都会闻风而动。中午三点的时候，布告栏便会用一整张大黄纸贴出电影的名目，是一场还是两场，是武侠片还是文艺片，抑或警匪片，布告中都会写个清楚明白。布告的每个字都有拳头那么大，但他们会把武侠片写成武打片，把文艺片写成恋爱片，把警匪片写成枪战片。影片的精彩自不必说，因为那个年代，生长在农村的孩子们一年半载才能看一次政府的放映员轮派到山村的电影，矿山里的职工们一个月却可以看四次电影，简直就是天大的福利。所以在那一个月暑假的矿山岁月里，电影便是我期盼和等待的文艺大餐、精神盛宴。虽然很多时候，看到的也只是《上甘岭》《烈火金刚》这样的英雄片，而能看到大兵团作战的对越自卫反击战的影片就算难得。对于小孩子来说，巨大的银幕上，刀山火海的战争场面无疑是最具吸引力的，而英雄人物的牺牲甚至能让我们流下惋惜的泪水来。那种童真的感动，是我们在以后的岁月中逐渐磨灭和永不再生的一种情感。

另一种职工生活的娱乐方式，则是私人放映厅中的录像。录像的内容会比电影更精彩，也是职工生活中最带色彩的部分。一般能进录像厅的都是青年人，小孩子是不许进去的。即使允许进去，也是看到一半的途中就被清场了。直到多年之后，在县城的大街小巷里录像厅遍地都是的时候，我才明白童年之中的矿山录像厅里意味深长的神秘色彩究竟是什么。

4

夏天特别热的时候，蚊虫到处飞舞，一咬身上一个红疙瘩。矿山大院的蚊子尤其厉害，腿长个儿大，全是职工食堂倒掉的油水流到很远的排水沟中喂养起来的。那个时候并没有花露水之类的驱蚊药，顶多就是清凉油，风油精也不多见，蚊香我只在干部的办公室里见过。父亲就经常和同事们晚上去矿山外面的山上拔蒿草，回来之后把蒿草搓成草绳晒干，晚上在房间点燃，用来熏驱蚊蝇。

我却对这种驱蚊的方式特别反感，因为蒿草点燃后的烟太浓烈了，有时候熏得人连眼睛都睁不开。风一吹，烟就会钻进眼睛，不由得就涕泗横流起来，还连带着咳嗽。我反对了好几次，父亲便只能等我彻底睡着了，才下床去开始他的驱蚊活动。

拔割蒿草搓草绳，似乎是我在童年中看到的父亲唯一的娱乐方式。他不懂象棋、不会扑克，对打麻将、喝酒都没有兴趣。往往同事们玩得不亦乐乎的时候，也是他最闲得无聊的时候，这时，搓蒿草就成了他唯一的精神排遣。而父亲唯一喜欢的秦腔，在职工之中是很少有人喜欢的，小时候的我几乎一听到秦腔就想把耳朵捂起来。

原来，我一直以为父亲枯燥、单一的生活方式是因为文化水平低，后来又觉得并不全是。也许至今，我也无法给父亲没有太多娱乐的生活做出最明确的解释。如果真要去解释，那只能说父亲是个农民，是一个太过老实本分的农民，一个从来不懂得投机取巧、动用关系，只会默默无闻地付出的农民。尽管他在矿山里生活了一辈子，从不满二十岁被招工，到六十岁之前退休。四十余年的矿山生活，并没有把父亲养成一个工人。就好像在别人下象棋、看电影，甚至读书、进修，不断地升级进步的时候，他只会一如既往地坚守着自己本分的工作，甚至黑白不分地为同事顶班，从来不会有更多的向往。

也许，只有秦腔这种源发于陕西黄土地的古老艺术，才能让他在沉闷的生活中获得一种生命的释放。所以，秦腔就成了父亲一生中唯一喜欢的娱乐方式。多年之后，当我终于能听懂秦腔艺术之中的铿锵唱词与余音绕梁的旋律的时候，父亲却已经不在了。

于是，我才真正地想起父亲一个人抱着收音机蹲在墙旮旯，一边晒着太阳，一边听戏的场面。那个时候的父亲是快乐的，也是孤独的。而秦腔这种艺术形式，很多时候是需要人们一起坐在戏台下看着演员们的念唱作打来细细地欣赏品评的。于是，我又想起了父亲和母亲一起赶庙会的那些场景。惭愧的是，我对秦腔这种剧种了解得太晚，对人生中的悲苦苍凉体会得太晚，所以才错过了走进父亲生命深处的机会，只是看到了他生命表面上的枯燥和沉寂。

我想，我真是个不孝子。

5

父亲的矿山并不是一个安逸的地方，而是每天都伴随着生死、伤亡，伴随着人与石头、人与命运的较量。在工作中，父亲的脚趾、手指甲盖，都先后被煤块砸裂，留下终生的残缺。但他面对这些，往往只是嘿嘿一笑了之。我甚至有时候特别怨恨他的这种笑声，觉得那是一种太过宽厚和笨拙的无能的笑声。可是，每一次，他都是在这种笑声的陪伴中蹚过生命的河流，带给我们最踏实的依靠。那种五味杂陈的内心感受是根本无法用语言来陈述的生命冲动，是爱与恨、快乐与悲伤、幸福与痛苦相互交织的咸涩味道。

在我们村，父亲可能是第一批走进矿山的人。在他之后，还有更加年轻的力量都在他或介绍或帮扶的关心之中走进了矿山。20 世纪 80 年代到 90 年代的农村，是真的穷，真的缺钱。虽然不至于饿死，但如果不进煤矿，手头是连一点零花钱都需要从鸡屁股里去掏的。

可进了矿山的人，几乎等同于把命交给了阎王，一进去就再也没有出来过的比比皆是。往往进去的时候是一个活蹦乱跳的人，出来的时候就成了一团模糊的血肉。妻离子散、家破人亡，各种生命的悲剧都在矿山里上演，却依然有人前赴后继。而父亲，却从来没有因此流过一滴眼泪。属虎的父亲，命是真的硬呀，瓦斯爆炸、矿井渗水、煤柱坍塌，各种险情在他的面前一一经过。每一次矿难过后，他们都是第一批下井检测的人，他却始终没有倒下。不知道有多少同事，因此在他的面前竖起大拇指，他却依然只是嘿嘿地一笑了之。

母亲一直说，进了煤矿的男人，都是两块石头夹着一块乳，这“乳”便指的是人的血肉之躯。矿山是父亲一生的安身立命之处，也是我走向自我人生路途的基石。离开了矿山的父亲，就真的成了一个普通得不能再普通的老农。虽然他做的活总是被母亲瞧不上，总是粗糙粗蛮粗大，却总归是我们依靠的一份力量。直到最后，我一日日地远离了乡土，而他一日日地把自己变成了乡土的一部分。

站在苍凉而浑厚的坟土之上，我不知道究竟是谁背叛了谁，又是谁在依靠着谁？父亲血脉相依的矿山，如今已成了千疮百孔的沉降区；母亲所依赖的土地，也不免要遭受田园将芜胡不归的现实。只有我，踏着他们人生的履历在怅惘着、追寻着，看那滔天巨浪的乌金之海翻涌奔腾出明天的希冀，看这无声沉寂的乡土田园不断催生出沾满晨露的根芽！

（本文首发《延河》杂志下半月刊 2019 年第一期，《豳风》杂志 2019 年第二期转载）

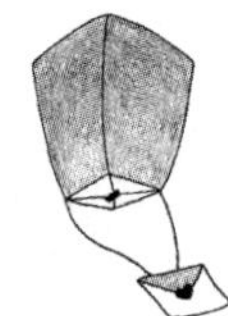

二舅家族

1

听到二舅食道癌晚期的消息，我的心中猛然一阵痛伤。自从上大学后，我就再也没有好好地和二舅在一起相处过。我却始终能够感受到，其实我和二舅之间一直有一种无法言说的默契。

二舅的一生，培养出了两个大学生，虽然自己一直在贫困中苦苦地挣扎，他的身上却从来不缺文化人的那种豁达。二舅对事情的看法，对孩子的教育，从来都是宽容的。当年为了大表哥上大学的费用，二舅甚至给人下过跪。好在表哥终于没有让二舅失望，上大学后进了政府部门，也算是宽慰了二舅的一番苦心。小表弟直接上了一本院校，眼下正在大学里深造。可惜，二舅此刻却危在旦夕！

二舅是一个温和慈祥的人，虽然缺少果断，只知道一味地埋头苦干，可在我的眼中，他其实是一个最懂得理解人的人。二舅喜欢读书，虽然只有初中学历，却经常手不释卷，小说等闲书每晚必读。这也是他对我影响最大和最令我喜欢他的原因之一。

我喜欢读书，二舅也喜欢读书，我们喜欢的都是别人所谓的闲书，可我的文学启蒙正是靠这些闲书来完成的。

小时候去舅舅家，在二舅家的土窑洞里，只要一翻到小说，我就爱不释手。要是有别的报纸杂志，我更是经常偷偷地留着，甚至带回家读。

二舅家穷，书却不少。一方面是表哥学习用功，白天黑夜苦苦地熬灯耗油积攒出来的；另一方面也是二舅喜欢书四处收集来的。正是这些无形之中的熏陶，让我也成了一个名副其实的“书呆子”。

上高中的时候，学校距离二舅家近，那个时候，大舅一家都在西安。二舅给大舅家看门，为方便上学，我就住在大舅家里，就有了更多的时间和二舅朝夕相处。冬天里每晚的热炕几乎都是二舅给烧的。那个时候，表哥已经开始在县委党校上班，二舅苦撑苦熬着总算培养出了一个大学生。虽然欠了一屁股债，可也苦得值当。

2

就在那些夜晚，二舅给我讲他为了让表哥上大学，求爷爷告奶奶地给人说好话，一家亲戚又一家亲戚地跑去借学费的艰难。我第一次从二舅的眼里看到了一个刚硬的庄稼汉的泪水。在静寂的夜晚，浓烈的旱烟叶子随着二舅嘴巴吧嗒吧嗒的剧烈抽动燃放出如小型蘑菇云一般呛鼻的烟雾来，我好像在这硬扎扎的烟雾里也呼吸到了二舅心中苦闷的屈辱。那时社会经济还没有搞活，每个家庭每年只能靠地里出产的那点粮食续命。苹果等经济作物也没有普及，农民一年到头，能换点钱的东西真的很少。

二舅性格至柔，容易动感情，善良厚道，正是所谓的老实人。农闲时间一直在水泥预制厂做工，让他的手变得常年皴裂，脸上刻画出了一道道痕迹分明的皱纹。在那个土窑洞里，二舅常年地坚守，拼着力让姥姥安享了晚年，让儿女们长大成人、结婚生子，最后把自己熬成了一把枯草。

母亲是二舅的二姐，在母亲之前还有一个哥哥和一个姐姐，那就是大舅和大姨，而在母亲后面还有一个妹妹，是我的小姨。按理说二舅是全家年龄最小的人，理应被呵护着长大。可是姥爷的早逝似乎全然改变了这个家庭的格局，他们兄妹几个的成长恰恰遇上了三年困难时期和农业合作社运动，中间还有一个十年浩劫的“文革”。三个姐姐的出嫁和大舅分家单过后，家庭的担子就全落在了二舅的身上。

食道癌晚期与常年省吃俭用、粗茶淡饭不无关系，这一点毋庸置疑。即便大表哥盖起了砖瓦房，让二舅搬出了土窑洞，可小表弟学业未成和表姐家贫瘠的生活环境，几个孩子常年待在二舅家的现状，仍然拖累着二舅无法有一个丰足的晚年。

二舅是一个常年侍奉在姥姥身前的大孝子。姥姥以九十岁的高龄辞世，和二舅在她身边无微不至的照顾是分不开的。

3

我最后几次和二舅的相处也全都是在医院里。一次是母亲住院，一次是我被车撞后住院。因为医院就在镇上，距离二舅家近，二舅一闲下来就过来照顾，打水取药，买饭陪护，始终让我有一种温暖踏实的亲切感。还记得我住院的时候，他帮我从家里带过来一摞旧的中文系近代文学教材。那个时候在医院里挂着药瓶是最无聊的时候，只有二舅知道我最想要什么。因为我们舅甥之间仍然有着共同的爱好，这一点始终让我心感慰藉！

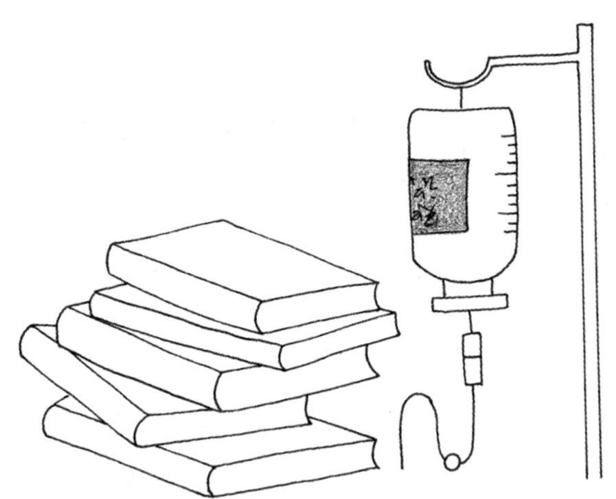

虽然这些年来，为了生计我们都在都市里漂泊，甚至为了那些微不足道的利益，兄弟们之间有了争执和疏远，让老人看在心里，有苦难言。可亲情是斩不断的，记忆在远去的时光里让那些感恩的瞬间永恒地保存了下来，藏在我们的心里，等待着我们在苦难的岁月里，在漫长的人生里，慢慢地发现那些最细微最真切也最朴素的爱！

不得不说的是，随着二舅的离去，大舅母和大舅也相继去世，这让我心中的亲情方阵一下子忽然塌陷下去好大一块。如今母亲也不在了，母亲兄妹五个只剩下了小姨一个人在苦苦地撑持。

2018 年 4 月初，在父亲去世一个月的当口，我为别的事情路过小姨家门口，心里怀着一种特别复杂的心情去看望了小姨。

小姨的家在一座山的脚下，一条河的旁边。山已经忘记了叫什么山，河却永远记得叫泾水河。从石壁上穿凿出的窑洞，小姨一家住了好多年。现在终于搬出了窑洞，住进了宽敞的砖瓦房。

四月的春风和煦得如同少女的面纱拂过肌肤，鲜妍的杏花在泾水河畔绚烂地盛开着。我一进门，小姨正坐在院子里守着一个大铁盆洗着一盆衣服，恍惚间我好像回到了七八岁的年纪，每天一放学跑回院子就看见母亲守着一大盆衣服，一边细心地搓洗着，一边向我微笑……

可是我知道自己回不去了，永远都回不去了。残酷的时间已经把我打磨成了显露沧桑的青年。我和小姨坐在一起聊了很多家长里短的闲话。说起表姐的不易，小姨的眼泪又掉了下来。一转身又给我拿出她存放的蜜枣，蜜枣不是甜的，是酸的。我知道存放的时间一定很长了。我很高兴地吃着蜜枣，心里却流淌着一条涩涩的河流。这河流让我的心一直颤抖着，怎么也安静不下来。

终于坐下来蘸着辣椒水吃了小姨亲手做的两个苜蓿菜饼子，味道还是小时候的味道，香甜、鲜辣。之后我就再也坐不住了。走的时候，说自己路过空手而来，塞给小姨一百块钱让她想吃啥就自己买点。小姨死活不收，我便一转身跑出了大门。跑远了才回头说，我下次回来了再来家里。剩下小姨一个人站在门前的杏花树下，不停地擦着眼睛。跑出门不远，就变了天。一树一树的杏花在呼啸的春风里漫天飞舞，落英缤纷。我在四月的泾水河畔不停地跑着，满山满河的孤独一时都汹涌澎湃在我的胸腔里，憋得我喘不上气来……

（本文首发由江苏凤凰出版传媒公司主办的《全国优秀作文选·美文精粹》2022 年 1—2 月合刊）

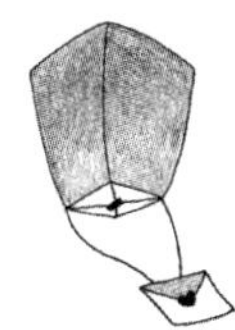

四叔的六十湾

在这一年的很多时间里，我经常在做一个相同的梦。梦见我站在一片层林尽染的柿子林中，脚下是层层的梯田，绯红的柿叶漫天飞舞。一个清晰又模糊的身影在远方不停地起舞。我似乎知道她是谁，又并不清楚她是谁……

——题记

1

周末回家，和四叔坐在一起聊天，我便不由问起地里的柿子树现在怎么样了。

四叔摆摆手说："不管了。"

我说："没有人卖柿子了吗？"

四叔又摆摆手说："都在树上吊着，软了就掉地上了。"

我明白用一个成语来说，那就是自生自灭，心里不免有些黯然。

县城的煤矿已经将村子地下挖空了，整个村子的房屋随时都有大面积塌陷的可能。加之这两年国家进行扶贫攻坚移民整村搬迁规划，六十湾村又处于交通极度偏远、村民生活极为不便的山区，便被整体搬迁安置到了镇上新建的安居小区。但四叔一边在小区里住着，一边还在镇上的村子里租着民房，说穿了还是离不开冬天没有火炕的那份暖和。

2

四叔老家原来在六十湾村，顾名思义也知道是有很多道弯路的坡原地带，如同贵州大山里一环套一环的山路，果真应了那四个字：山路弯弯。如果不是房屋出现了裂缝、地基下沉等潜在的危险因素，村民们是不愿意离开这祖祖辈辈居住了几代人的老屋的。这里因为路远人稀、地薄水少，村民们常年在干旱贫穷的极端环境之中苦苦挣扎，也只能混个肚儿圆。

四叔是我的亲叔叔，也是给我印象最深和最亲切的人，更是父亲在世时最倚重的兄弟。20 世纪 60 年代，在一次灾荒里，爷爷在奶奶过早地病逝的哀伤之中，一路长哭地带着三个儿子再一次搬离了六十湾村。后来三叔和四叔因为原上的土地稀少，成家立业之际还是搬了回去。

更早的年代里，在爷爷这一辈人的口中，六十湾一直被我们简称为坡里，平原上的辛姓宗族落脚的庙岭村则被称为原上。原上的土地肥沃、地势平坦，但是人多地少；坡里的道路艰难，土壤贫瘠，可是土地较多，物产丰富。爷爷这一辈人，很多时候就在灾荒年代里两地迁徙，为了生存而颠沛流离。

到了父亲一辈人，大多都是依赖国家的矿产，做着用命换钱的营生。父亲成家之后去了本地的百子沟煤矿，从此一入煤矿深似海，把一生的力气和心血都交付了出去。三叔一辈子做事没有耐性，曾经在煤矿干了几天就再也干不下去了。从此只能东一榔头、西一棒槌地四处奔走，最终依靠兄弟们的帮扶，土地便成了他唯一的生存依赖。

唯有四叔，不但头脑灵活，而且能够坚持，懂得抓住机遇。四叔先是去了铜川的煤矿，后来调到了铜川电力部门，其收入和待遇也远远地超过了众兄弟们。在我很小的时候，就经常听母亲说，四叔是凭借着自己单位的良好待遇攒够了娶亲的钱，后来成家立业的。这也是母亲最赞赏的一种做人风格，那就是硬气。而在我的理解里，这种硬气也许用另一个词来表达更为准确，那就是“英气”。是心中有一股永不服输、荡气回肠的英雄之气，是为人处世刚板硬正的铮铮铁骨。

四叔虽然年龄最小，却是辛姓宗族兄弟们心中威望甚高的人。其中最重要的原因就是四叔有钱，而且为人厚道。凡是兄弟们娶亲、盖房都能够帮上忙，而且肯帮忙。而作为兄长的父亲，本分有余，精明上难免不足。很多事情上，父亲都甘愿将所有决策大权交到四叔手里，四叔也往往能够给出一个平等、满意的答案。

在母亲的眼中，四婶则是她最好的妯娌。这是因为她们无论在心性上，还是在脾气上都比较投缘。四婶心地善良，做事肯出力气，用我们本地的话说就是泼势，下得了茬，肯豁出去做事的那份心劲和本能往往叫人不得不打心眼里赞叹。

母亲在世时常常说：做人做事，最关键的还是要心存善念，用三个字来说就是：不害人。是不会为了自己针尖大一点利益而把别人推下河去的本分之心。这些东西，恰恰是四婶的身上最闪亮的那抹微光，是我们生活里最为平常，可在事后咀嚼的时候却最为感动的那抹温暖。

就在母亲去世的丧事上，四婶忙前忙后，四处张罗。每一处细节，每一个风俗的禁忌，她都想得浑全周到。厨房里婶娘们临时用一点仅有的食材拌了点苜蓿麦饭充饥，忽然半途中拥回来我们一帮找吃的兄弟姐妹们。大家嬉闹着将麦饭一时争抢一空，四婶看到没有抢到吃食的孩子，就将自己碗中的麦饭让给了孩子们。整个丧事中最脏最乱的活，往往是她独自一人在忙活着，或者引着其他的婶娘们找着寻着去处理好每一处细微的小事。

3

小时候，每逢寒暑假，我都会跟着堂哥们或者独自一人专门去坡里的四叔家住一段时间。正是夏末秋初的季节，漫山遍野的柿子树是这个叫作六十湾的村子最美的风景。因为整个村子就是一道又一道的台塬如同多米诺骨牌一般由下而上层层递减，或者由上而下层层递增的一种地形。在一层层台塬的黄土坡上，便是一棵棵的柿子树。它们的躯体虬曲黝黑，表皮粗糙，却能生长出最甜美、最漂亮的果实。

夏天里，它们的树叶嫩绿鲜亮，一片片树叶脉络清晰，水分饱满盈润，常常可以用笔直接在上面练字，尤其是毛笔写出来的字显得十分耐看。一到秋天，一颗颗柿子逐渐由青色变为鲜红。那时，我们在课文中便常常能碰到这样的句子："秋风一来，一颗颗火红的柿子如同一盏盏火红的灯笼挂在枝头，真是美丽极了。"

就是在这样的秋天里，这样的童年里，我常常跟着四叔的儿子葫芦哥一起奔跑在六十湾的柿子林里，那满山红遍的柿子树叶被风一吹，一层又一层地飘落的景象真是世间最美

的风景。直到多年之后读到毛泽东主席的那首《沁园春·长沙》，我口中读着“看万山红遍，层林尽染”的句子，脑海中涌现的却不是橘子洲头，而是北方的一个山区的小山村里那层层黄土台塬上的柿子树林在秋风之中的漫山绯红和层林尽染。

是啊，这里没有滔滔不尽的江河，却能孕育出水分饱满、汁液甘甜的红柿子；这里的农民们因为干冷的气候而皮肤皴裂、面孔黝黑，却依然珍爱着皇天后土对他们的馈赠，不忍让脚下的哪怕一寸土地荒芜，这就是我童年记忆之中给予我无尽的想象力和无尽的欢乐的六十湾村。

等到了上中学的年纪，我经常在暑假里独自一人骑着自行车去六十湾。这个时候，下坡路上一边捏着车闸一边徐徐放坡的感觉真的是妙不可言，那被微风卷起的漫天黄土，那路两边青青的麦苗，还有偶尔逢着几个推着车上坡赶集的乡亲。他们都认识我，而我经常想不起他们的名字来，只是印象十分深刻，偶尔还能想起他们的家在村子里的位置。

4

每年过年的时候，原上的堂兄弟们都会一起成群结队地去坡里一次。那个时候，我们经常会看到四叔的家里川流不息的人群。他们都是来拜年、喝酒或者看春节晚会的。四叔家里的那台全村唯一的彩色电视机，几乎不论黑天白日地开放着，家里和门边上就常常逗留着一群孩子。等我们到来的时候，也是四叔最高兴的时候，看着兄弟侄子们来探望，四叔便搬出成箱的白酒和一条条好烟招待我们，酒菜的丰盛自是更不必说。通常我们一群孩子还能得到数目不菲的压岁钱。当大家都围在一起嗑瓜子或者猜拳行令的时候，我却常常悄悄地一个人跑出去玩。

我喜欢看六十湾村横陈在广袤天地之中的层层黄土台塬。此时，茫茫白雪覆盖着整个六十湾村，一棵棵的柿子树显得苍老枯焦，却在漫天皆白的天地之间营造出一种别样的美。我经常就这样站在高高的坡原上，静静放眼望着眼前的开阔风景，内心里涌动着万千起伏的情绪。我说不出那是什么，却分明感受到了那是什么，就像我多年之后再一次读到毛主席的那首《沁园春·雪》：“北国风光，千里冰封，万里雪飘……山舞银蛇、原驰蜡象……”后面的这八个字说的不就是眼前的景象吗？这在风雪之中虬曲的柿子树，这盘根错节于深深的土壤之中的铁塔似的模样，又是多么像这一个个在年关之际豪迈地喝酒猜拳的乡亲。

葫芦哥十六岁的时候，便顶了四叔的班，到铜川电力局一边培训学习一边工作。四叔则彻底回到了村里，拿着退休工资养起了猪。这一养就是好多年，每年都会卖出去一批生猪。四叔似乎从来都闲不下来，常年骑着一辆摩托车奔走在坡下坡上。那年我考上大学的时候，父亲因为高额的学费动了让我退学的心思，又是四叔亲自跑到家里来，帮助父亲为我筹集学费。相比父亲遇事的火暴脾气，四叔则经常只是摆摆手一笑了之，接着便会四处奔走为解决事情而忙碌去了。

那年，四叔为葫芦哥说了一门亲事，是村庄里一个赤脚医生的女儿。他们自小一起长大，后来葫芦哥去了铜川电力局上班，女孩中学毕业学了中医。女孩一直特别喜欢葫芦哥，两个人小时候也玩得特别好。

我曾经见过她常来四叔家找葫芦哥一起打牌，有时候我还跟着一起去他们家玩。女孩的家在一个地窑里，院子里除了地窑还有三间砖瓦房。医生的药柜就设置在平房里，一走进去便能闻到一股中药材的味道。一排装药材的带小抽屉的药柜陈设井然，一股肃穆的气氛便油然而生。女孩经常梳一根清爽的马尾，眼睛大大的，喜欢笑，是那种特别豪爽的性格。

只是多年以后，他们并没有走到一起。我只是偶然听母亲念叨，说医生的女儿一直对葫芦哥念念不忘。后来我毕业之后，葫芦哥就结婚了。这个嫂子自不必说是铜川人，性格也特别爽朗，也有一双大眼睛。

5

如今，父亲已经去世，四叔也到了古稀之年。

近几年，村中的精壮劳力都走出了村子，村庄便陷入了荒寂的景象。四叔为了照看堂姐的孩子，搬到了镇上租房住，恰逢国家整村搬迁的移民政策，便有了我们叔侄文初的一段对话。只是移民搬迁之后，村民的土地并没有被国家征收，只是推倒了村民在村庄里的自建房屋，并在安居小区为他们分了新房。

和四叔聊天的结尾，当我问到三叔在做什么的时候，四叔说三叔到村里挖地去了。镇上距离村子至少十几里的路程，不知道三叔逗留在毫无人烟的村子里，一番劳作之后是否还有力气骑车十几里回小区。

（本文首发于《农业科技报》2018 年 11 月 26 日 8 版“后稷”副刊）

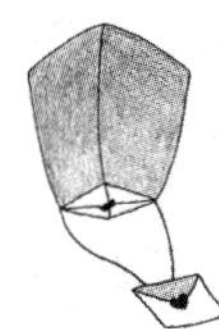

泼势人八舅的一生

从 2019 年 4 月 14 日到今天，已经两个月了。那天早上七点半，是八舅去世的准确时间。八舅去世的时候只有五十五岁，可谓英年早逝，所以给大家留下了太多的遗憾。但在短短的五十余年中，他的声名和事迹早已走出了家乡彬州北极镇的八甲村，和他的四宏广告公司一起，在省城西安闯出了名气，他由此也成了彬州市企业家里实力派的一员。

1

说起来，八舅并非我的亲舅舅，而是远房舅舅中的一个。我们之所以熟悉，是因为他是和母亲从小一起长大的玩伴。他们兄妹自小亲密，即便母亲出嫁后，彼此之间的走动也依然频繁。

记忆中特别清晰的一件事是，在我上四年级的时候，八舅有一次从北极镇上的八甲村骑车来庙岭村看望母亲。来的时候，八舅在街上特意买了一个十多斤重的绿皮大西瓜，夹在自行车的后座上，一路颠簸着赶来。自行车进了村子，骑到了家门口大土壕的时候，车轮被一个石子垫了一下，一个趔趄，西瓜掉下了后座，立时扑通一声脆响，摔成了八瓣儿，再也无法收拢。

眼看着到了吃饭时间，八舅只好红着脸膛儿空着手进了家门。八舅讪讪地笑着和母亲说起西瓜的事，母亲笑着拍了拍八舅的手背，一边捧上茶水，一边宽慰几句。话说过了，大家也都当个乐子，一笑而过。只有年龄特别小的我，出于好奇，转身飞奔着跑到门口的大土壕前，去看了个究竟。

直到如今，我依然记得那红艳艳的瓜瓤子和黑漆漆的瓜子儿在夏天的泥土路上绽放出的花朵样儿，还有那散发着清新气息的瓜果所特有的清甜味儿。回家后，我举着双手偷偷地和母亲比画绿皮大西瓜的大小。母亲笑着说，你这个舅一向泼势。

“泼势”是陕西的方言，形容一个人做事大方，舍得力气，豁得出去。也是说一个人在做人做事的时候心劲儿足，肯下力气去做事，也做得成事。母亲如此形容和她一起长大的本家兄弟，当然是从自己几十年的感受和经验出发所得出的结论。

2

现在人们口中的八舅景新民，其实原本并不姓景。他是跟着他母亲在小时候改嫁到北极镇的八甲村的。他的母亲嫁给了我的一个姥爷，是

因为这个姥爷之前丧偶了。嫁过来的时候，这个家里已经有了一个比他年长的哥哥，也就是我的六舅。

八舅跟着母亲改嫁到景家，自然也就从了景姓，成了这个家族的一分子。至于他原来的姓，很多人都已经不记得了。其实真正算起来，八舅属于60后，在舅舅们之中是特别年轻的一茬人，和大表哥属于同一代人。因为小时候家境贫寒，只有初中学历的八舅，十几岁就过早地走入社会谋生，自然让他吃了不少苦，面相上不免给人一种少年老成的感觉。

那时候的父母，只要给儿子娶了媳妇，就要单分另过，从此自立门户。八舅在娶妻之后，不甘心永远受穷，脑子活络的他，便动起了做生意的念头。那个时候的自行车，算是每户人家都羡慕的大件儿财产。八舅刚开始的时候，做的便是倒卖旧自行车的生意。那时的北极镇上，每逢三六九逢集，街面上便有一个自发形成的旧自行车市场。这些旧车，一般都是从省城一路转卖，然后才落到村镇的贩车人手中。每辆自行车按照新旧成色、型号的流行与否，当面议价，一手交钱一手交货，买定离手。

虽然我并不知道八舅那时候在倒卖自行车的过程中赚了多少钱，但其中的一路辛苦，和所承担的风险必然是不小的。因为是二手物品，其完整的手续和货物的来历，自然是无法完全明晰的。

20世纪80年代，改革开放的号角刚刚吹响，整个市场在经历了计划经济几十年的管控之后，突然就像泄洪一般开了闸，广东、香港乃至外国的各种物品开始经由各种途径，源源不断地进入国内市场。

经济上的放松和思想上的开放，让人的各种欲望在几十年管控之后突然来了一次大解放，必然会发生各种不利于社会治安的犯罪活动。正是在这种环境和氛围之下，国家将社会治安问题提到了一个特别的高度，实行了一次大规模的“严打”管控风潮。

八舅干的虽然只是贩卖自行车的小生意，却偏偏撞到了“严打”的枪口上，被以扰乱社会经济秩序的罪名误关了六年。这六年中，因为没有门路，家里的人都是两眼一抹黑，直到在里面病得不能再关，八舅才被放了出来。

3

一般来说，一个人一旦有了被关经历，不管出于什么原因，出来之后要在社会上再次立足，便是一件相当艰难的事情。但八舅硬是熬了过来。六年牢狱之灾之后，是十多年的沉浮。到了 2000 年前后，他开始入手广告行业，做起了制作、安装各种广告牌和大型广告架的生意。

这是一个十分专业的领域，也是一个十分艰辛的活路。很多大型广告牌的安装都在距离地面几十米的水泥柱上，地点大多在闹市区的外围，必须进行高空作业。因为不能影响车辆的通行，安装时间大多都在夜晚。因此，昼伏夜出对于这个行业的从业者来说，便成了家常便饭。

自从进入了广告行业，八舅确实富了起来，人也胖了。他的四宏广告公司在家乡甚至成了行业标杆，他自己也成了家乡著名的企业家、商会的骨干成员。但为了业务，免不了各种应酬；为了工作，免不了饥一顿饱一顿。就像小时候母亲对我说的那样，八舅是个“泼势”人。他的胃癌晚期，就是长年积劳成疾造成的。

八舅最终做成了事。越是做成了事，越是想在自己的事业里融入更多的意义。而他心底也确实怀着那么一份坦率和赤忱。因此，他出资支持家乡的文学事业，为郴州的《豳风》文学期刊贡献自己的力量；他支持家乡的作家出版作品，为宣传家乡文学事业而奔走呼号；他出资为八甲村的乡亲们修庙，想给予养他成人的村子一些力所能及的回报。他本来已经在城里买了房，却还是在老家盖起了二层小楼。他的广告公司，更是在西安的永兴坊小吃一条街，几乎包揽了所有店面的广告业务。而他自己，更是长年奔波在安装广告的工地之上。当黎明到来的时候，也是他经历数天的奔波即将歇息入睡的时刻。

八舅所有的这些行为，好像是为了自己，又不是为了自己。早年的困顿，让他愈发要强，愈发想证明自己。其实他的胃痛，在检查之前就持续一年多了，他却只当作胆结石，没有认真地去做过一次检查。直到最后发现的时候，已经为时已晚。他的事业越是红火，他对自己越是苛刻，但对别人却有求必应。人的一生，真是活得有多么矛盾，就有多么纠结，多么无法说清！

4

在八舅的葬礼上，我见到了一向话语不多的八妗子。她眼窝深陷，瘦削的脸庞上历尽风霜，整个人显得清癯而悲伤。她说："你舅过去被关了六年，让我守了六年寡。狗日的，如今又要让我守寡半辈子！"

我也见到了八舅的女儿，她哀伤的脸上有着一份与年龄不相当的坚韧，一眼看去，就是个有主见的女子。听说八舅公司的所有广告制作，常年都是她一个人在顶着。

埋葬八舅的那天早上，忽然天降大雨，整个路面瞬间便成了汪洋。八舅的墓地就在他家的二层小楼后面。当亲戚朋友们踩着泥泞的路面为八舅送行，当孝子们豁出去一身衣服在抬棺的村人面前重重地跪拜下去，我的心中便泛起一片无言的哀矜。

我想起母亲生病的时候，八舅多次的探望；想起母亲在西安住院的日子，八舅开车接送的殷勤。想起我们在微信上的最后一条信息，是他推送给我一条关于治疗耳疾的医讯。甚至，想起小时候八舅骑着自行车，将一个十多斤的绿皮大西瓜，不小心摔在我家门口土壕的泥土路上的那份清甜的芬芳……

而今，两个亲舅舅均已离世，父母也都已不在。八舅葬礼之后，也许我将很少再回到这个名为八甲的村子——母亲的娘家。这个曾经陪伴我度过整个高中时期的村子，如今于我而言，已经逐渐地陌生起来，甚至令我对它畏惧起来。那些生命中的记忆，曾经有多么清晰，如今就有多么酷烈；曾经有多么天真烂漫，如今就有多么凄怆悲凉！

（本文首发于《涵风》杂志 2019 年第三期）

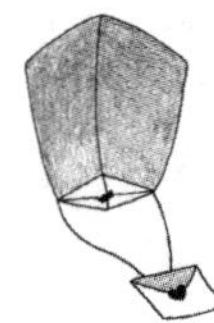

雪中情

在我的眼里，雪不是雪，她是上帝派到人间的天使，她是随物赋形的魔术师，也是我们心中最纯真的热情。她被埋藏在心底最柔软的地方，是我们最快乐最悲伤的时候从灵魂中释放出的精灵。

小时候每到冬天，大雪纷飞的时节，满世界都是明晃晃的一片。那时好像根本没有黑夜，没有骚动不安的欲望，也没有渴望出走的野心。吃饱了母亲熬得香喷喷黄灿灿的玉米糁子就浆水菜，我便叫上小胖和我一起满村坳地转悠。

小胖一身洁白的皮毛，两只乌黑的眼珠子滴溜溜地随着它的小主人乱转。两只耳朵耷拉在两边，一声吆喝便立马支棱起来，随即又耷拉下去，跑起来圆滚滚的身子上满身的肉都在颤抖。它是一只性情温顺的土狗，身子很小，胆子更小，但只要他的小主人在身边，它便狐假虎威，狗仗人势地耍起威风来。

那时金庸的《雪山飞狐》刚在内地上演，黑白电视机缺少华丽的色彩，其情节和画面在记忆里却愈发地生动逼真。胡一刀和胡夫人皆是一身雪白的裘装，漫天风雪之中的刀光剑影在灿烂的白色光芒里神圣凛然，令我对冬天的大雪更多了一分莫名的心动。

我总是带着一身雪白的小胖在雪花纷飞的村庄里哼唱着《雪山飞狐》的主题歌，在闭塞的小村庄冰天雪地的银白世界中满足着自己一腔热血、万丈豪情的侠客梦。那时玩具少得可怜，一根不长不短的桃木棍便是我手中削铁如泥的宝剑，指挥着小胖在厚厚的积雪之中追逐奔跑、上蹿下跳。常常我手中的宝剑会在落满积雪的干枯桃林中左冲右突，碰撞得满树的雪花纷纷跌落小胖一身，白雪附身的小胖便会呜呜地哀鸣着转圈，却从来不会离我远去。小胖好看的爪子则会在积雪上留下一朵朵白色的“梅花印”，煞是好看。

童年里有了小胖和漫天的飞雪，我的世界里一片纯洁。有一天，当我放学归来的时候，洁白的小胖全身变得乌黑，连它的眼睛和嘴巴都是一片黑色。我的小胖躺在地上一动不动，任我的桃木宝剑如何指挥都再也跳跃不起来。

我知道它死了，就像胡一刀夫妇死在苗人凤的剑下。可我依然理解不了他们为什么会死？在我的心中小胖和胡一刀夫妇一样都是英雄，是大侠，他们都死在了一种名叫毒药的东西手里。毒死小胖的那个妇人原来亲我抱我，还顺手偷去了我脖子上的一个小银马。后来一向亲密的两家人再无往来，形同陌路。妇人败坏了自己的名声，却把怨气撒到了小胖身上。可怜的小胖至死也不会明白什么是毒药，它是在最熟悉的人给它东西吃的感恩戴德中死去的。

没有了小胖的冬天是寒冷的，就像没有了胡一刀夫妇的飞雪山庄是寂寞的。我常常在深一脚浅一脚的积雪中苦练着心中的“小胖剑法”，只是手中的桃木宝剑不免孤独，纷纷从桃林枯枝上坠落的雪花不免孤独。这就像胡一刀死后莽莽雪山再无飞狐，倚剑独立的苗人凤，不免也是孤独的。

多年以后，当我唱着“寒风萧萧，飞雪飘零”的《雪中情》走出村庄，我依然没有明白毒药与死亡、寂寞与孤独。小胖死后被母亲埋在了村子的核桃树下，昔日的桃林也已不存，只有我心中的侠客梦被孕育孵化着，好像已远不是当年想象中的模样……

（本文首发于《豳风》杂志 2016 年第一期）

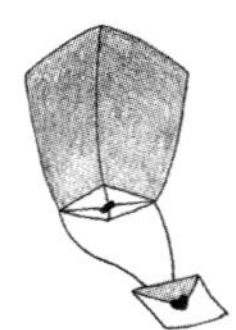

回望乡关

1

在我的写作中有一个核心的词是漂泊，和漂泊相对的另一个躲不过的词则是故乡。

漂泊是一个略显苍凉的词汇，因为在很多时候它意味着远离故乡，远离母亲温暖的怀抱，走向一个陌生的未知世界。那里有着小山村里所没有的现代文明，那是和乡民们传统观念完全不同的文化理念，那里有着明亮的文化殿堂、浓郁的都市气息和图书馆里如同森林一般林立的书架，那里是我们孜孜以求企图建立自己精神王国的所在。

我的学习成绩并不优秀，相反在很多时候显得笨拙不堪，甚至愚顽不灵。感恩的是上天让我在文字的森林里发现了故事，在故事的迷宫中又寻找到了文学的路径。那一个又一个的故事串连起来便形成一条涓涓不息的精神河流。在我眼中那便是永不断流的人文精神的河流，是从远古的《诗经》里一直流淌到今天的文化的源头，也是古豳州这块土地文脉炽盛的根源，是让我们在这个世界上发现真、发现善、发现美，也发现爱的精神愉悦过程。

十八岁之前我从未走出过乡村，走出我们家族世代居住的一个叫庙岭的村子。这个村子里大部分人都姓辛，没有人知道他们从何时开始盘踞于此，繁衍生息，开枝散叶，日出而作、日落而息。关于庙岭的村名，有文字可查的记载几乎为零。很多老人所知道的只是这个村子曾经存在过很多庙宇，据说十里相连，非常壮观，后来都在“文革”中被毁于一旦。

辛姓是一个特别小的姓氏，据考发源于今天的陕西合阳，春秋战国时代已播迁于今河南、山东。到了两汉之际，辛姓人已遍布北方。它在当代中国人口排行中居于第一百四十五位，总人口约有九十万人。辛姓中的历史文化名人有文传世的是战国时代的散文家辛文子，著有《文子》。唐玄宗于天宝元年（742 年）诏封文子为通玄真人，尊《文子》一书为《通玄真经》。道教更将《文子》奉为“四子”真经。另一辛姓文化名人，则是著名的南宋豪放派爱国词人辛弃疾，关于他的诗词，稍微有点文化的人都耳熟能详。

庙岭村属于彬州市义门乡管辖，后来撤乡建镇后便称作义门镇。在这个行政建制之中存在辛姓的另一个村庄叫作山后堡村。可能在彬州市三十多万人口之中，这是唯一存在辛姓的两个较大的村庄。在地域上来看，义门镇所统辖的村落多位于平原与河谷交叉地带，属于渭北旱塬的典型地貌。

这就是我的故乡，是我来到这个世界上的第一落脚地，它的每一缕尘埃、每一滴泉水都是形成我血脉与骨骼的来处。人存在于这个世界上在从生到死的过程中所不断追问的两个地方便是我们的来处和去处。如果把生和死看作人的终极归属，那么我们来处和去处的地域存在便是溯源我们一生轨迹的两个生命原点，其重要的意义不言而喻。

十八岁之前我求学的地点便是脚下的这块土地，我所存在的这个村庄。也许我的天性中一直存在着一种理想主义，在十五岁的时候，我就渴望了解我脚下的这个村庄的古往今来，我企图在将来的某一天用文字记录下关于它的完整历史。

从读《西游记》开始，我便时时刻刻把自己放在一个记录者的位置上来不断打量眼前的村庄和生长在这个村庄里的每一个家族的血脉传承，企图给他们，也给这个村庄建立家谱。这种从生命里自然生发的文化自觉一直在阅读的过程中推动着我去归认自己的使命和价值。上高中的第一年，阅读《红楼梦》的过程中，在语文老师的影响下我知道了什么是真正的家谱，这更给我建立自己家族谱系的壮志雄心树立了一个鲜明的榜样。

可这一切终究是一张纸上的蓝图，是一个天真少年在自己幼年时代的一个不切实际的幻想。要真正实现这张纸上的蓝图，不耗尽一个人一生的学识和阅历那是根本办不到的事情，甚至即使耗尽了一个人一生的心血也仍然是力不从心。

2

2001 年我走出了村庄，借着高校扩招的东风，进入了我梦寐以求的大学。为此我所失去的东西非常多，其代价甚至可以用惨重来形容。在大学的四年中我将自己幽禁在图书馆和自习室里，甚至从未走出过校门去游览一次都市的繁华盛景。尽管我知道我所求学的地方便是古代的盛唐之都长安。这是一座有着十三朝建都史的文化之城，是盛载了像李白、杜甫那样伟大诗人的文化圣地。它是诗歌的原乡，是曾经令全世界学子漂洋过海也要一睹风采的世界文明典范。

作为从一个小山村走出的学子，我的身上带着浓郁的乡土气息，开口是土得掉渣的豳地方言。自己听力方面的障碍也正是从这个时候开始一步步加剧。在面对计算机的时候，南方的学生早就玩得娴熟，可从北方山村走出的我们在整个中学时期根本就没有摸过计算机，更不要谈什么键盘、鼠标。这一切在我们身上打上了一块深深的自卑烙印，形成了一条沉重的精神枷锁，物质方面的匮乏则会愈发加剧这种自卑感。

必须承认，虽然我们走进了城市，沐浴着现代文明，但是我们的根仍然扎在生养我们的那个村庄的泥土深处。我们企图用城市的文化与科技来清洗自己身上的土腥味，可那到头来只能是一种釜底抽薪的愚蠢之举。因为人不能否认自己的来处，就好像猴子无法掩藏自己的尾巴。我们只有承认它，才能让它变成强有力的鞭子。

2005 年走出校门，当置身于人才市场的汪洋大海，曾经的妄自菲薄忽然之间变得那么可笑。故乡就在那里，好像从来都未改变过；家园和母亲就在那里，亲情的守望也从未改变过。可是我们不能回去。是“不能”，不是“不愿”。这“不能”里隐含着个人的价值与尊严，也隐含着“无颜见江东父老”的羞愧，更有着“孩儿立志出乡关，学不成名誓不还”的遗憾。“漂泊”便在这样的境遇之中自发地产生了，此刻中国城乡之间的剧变更加深了“漂泊”二字的时代背景。城乡一体化也好，造城运动也罢，其所加剧的中国人口广泛而深刻的迁徙运动让我身处这个时代，刻骨铭心地体验着浩荡而苍凉的小人物的困窘。

站在茫茫人海中，我们迷失着自己又寻找着自己。我们渴望得到故乡的承认，又害怕被故乡的亲人认出。回望乡关，那是一种潸然泪下的悲凉，又是一种无限温暖的拥抱。我们的姓氏早已蒙尘带土，只有心底的梦滋生着一点希望，支撑我们继续未完的征程。

3

在漂泊的日子里，我一次次远行，又一次次回首。也许当一个人走远了，站在远处才能以一种全局的视角更加深刻地体味出家园与故乡的深义。十多年的漂泊岁月里，“豳州”这两个字不断闪现在我的脑海里，它以地域文化的概念顽强地取代了曾经的那个小山村，让我从文化的意义上去全新地认识故乡的存在，去体味它的文化内涵。

记得我曾经在一篇文章里说过这样的话：“一个人出生在哪里，他扬名显姓之时最渴望得到承认的地方也必然是哪里。”这并非虚荣，也远非表面上“衣锦还乡”这样的词句所能解释。所谓“鸟飞返故乡兮，狐死必首丘”，这其实是一种黄土深处早已深埋下的根脉，是从母亲孕育我们的胎盘之中所传送的生命因子。无论我们走多远，都无法走出我们自己的来处，无法抛却童年里的历历往事，无法清洗我们带着土味的血液和已习惯于面食的肠胃。

《西漂十年》正是我走向生命成熟的过程中跌跌撞撞的心路历程，作为一部长篇小说，它可能存在这样那样的不足，但在我的心目中，它已经足够印证我的青春。它是我在追求文学的道路上一块布满伤痕的胎记，它醒目地提醒着我以后要更加努力，向着既定的目标勇敢地迈进，谦虚真诚地在文学道路上踏出自己的足迹。

我想，在西安十多年的底层体验已经足够告诉我，我手中的笔应该为谁而写，我心中的歌应该为谁而唱。因为经过十多年的漂泊，在皓首穷经地翻阅了众多的文学经典之后，我方始发现原来我所一直苦苦寻找的文学宝藏就在我生命的生发地。我记忆中最鲜活最生动的人物就是童年中的玩伴和陪伴我成长的父老乡亲，是我在童年时光里就幻想着为它书写家谱的土地和村庄。

童年和故乡本来就是文学的两大基本母题。这也印证了我们为什么要一次次出走，又一次次归来，为什么在外面受到了挫折和委屈，便想也不想就要回到故乡的怀抱。作为文字的书写者，我们只有找到了自己的坐标，才能建立起属于自己的精神王国。青年时期我们需要走出去，饱览大好河山的壮丽容颜，阅历世俗红尘中的艰难险阻，让生命在文化殿堂里获得知识与理性，在社会的熔炉里锻造出韧性和坚毅，在生死离别里体认人性本真的温暖。当我们获得了真正的成长，随着一种生命本能我们开始往回看，会把目光投向我们曾经熟悉的那片土地。

我们在成长、成熟，故乡也在变化和发展，不变的是我们心中那份永恒的亲情，是在这块热土上绵延不绝的文化河流。

感谢义门镇政府和彬州市文联联合举办的这次文学采风活动，它让我感受到了作为一个义门籍作者所应产生的文学使命感。也让我有机会以一种亲历的感触去重新打量眼前的家园。无论是中罗堡的生猪养殖基地，还是秦家庄的移民搬迁项目，还有花椒产业的良好愿景，都让我们看到了一种蓬勃的气象，一种崭新的变化。这种变化让我更加深刻地感受到，我们用手中的笔去记录一个正在逝去的时代的必要性。远古的农耕文明被现代化的机械工业所取代是一种历史的必然，作为文化工作者，我们有责任也有义务去承担时代赋予我们的这份使命，用文字去保留曾在我们的生命中鲜活摇曳的童年景象，去保留一部处于急剧发展过程中的家园变迁史。

我愿余生用我所学去完成我曾经许下的诺言，为生我养我的村庄和土地、家族和父老留下一部也许并不生动但却足够真诚的家园变迁史。

（本文首发于《豳风》杂志2016年第六期，曾获由彬县文联与彬县义门镇党委主办的“兴业杯”文化引领爱心扶贫征文大赛优秀奖）

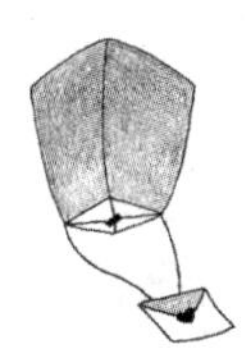

鸿沟中呼啸不止的风声

1

而立之年，在这个繁华剧变的时代，我们每个人不免都要接受一种现实，这就是远离村庄的现实。然而这远离之中却饱含着情感上难以割舍的疼痛和心理上无法断奶的情怀。说是情怀，其实是矫情了。本质而言，我们倒可以说是因为村庄里还存在着我们血脉相依的父母亲人，妻子儿女，土地家园。不管我们走多远，村庄都是我们心底不至于惊慌失措、无依无靠的那一块兜底的基石。虽然村庄在中国的城乡发展中不可抗拒地陷入荒凉甚至于凄凉的境地，众多原本存在了几十年甚至上百年的学校撤并了，颓败了。人口急剧地往繁华起来的县城收缩着，由于城市化的扩张和房地产的发展，在霓虹闪烁的城镇繁华起来的时刻，我们不得不面对一个残酷的现实就是，我们是在以无数个村庄的逐渐消亡来换取着一座城市的暴发户式崛起。隐藏在这背后的代价除了经济和资源的掠夺、环境的破坏之外，还有心灵上无法祛除的原罪。

因为父亲的一次住院，我赶回家去照顾一直身体不好的母亲。这一

次可能是我在家待的时间最长的一次。五月的村庄呈现着一年时节中最好的风景，但不知为什么我的心底在每次回乡之时却始终都带有一种隐隐的疼痛。这疼痛是一种心灵发炎的感觉，就好像我们在看到父母不可抗拒地老去的容颜之时一点力气也使不上而愧疚和自责。更深层的疼痛则是我们不知道在父母老去之时我们究竟该如何去面对这一片在时代巨变中急剧荒芜的家园。虽然满眼都是生机勃勃的绿色麦苗和花枝繁密的果园，虽然青杏缀满了枝头、油菜花一片一片开得耀眼，可我的心底之痛在这无边春色中却更加地深刻。

我有些气愤地发现父亲将村子下面的老宅基地竟然以二百元的价格卖给了曾经卖地给我家的老主家，原因是对方建房无处取土。虽然当年这地是父亲以二百元的价格从对方手里买过来的，但这已是四十年前的事情。当年的老地窑在 80 年代的兴修水利中已经被夷为平地，而且这块地土质不好，父亲只在地里种了几棵核桃树，更多的时候则荒着。可我的心里不知道为什么特别不舒服，我知道更根本的原因是我气愤父亲处理问题的草率和仁懦。一块土地四十年前的价格和四十年后的价格当然不可同日而语，而区区二百元放在今天能做什么呢？我甚至在其中感觉到了一种被羞辱的愤怒，在电话里就和父亲吵了起来。甚至我想立马去找买家把地要回来，无论多少钱我都不会卖。可看着母亲病中虚弱的身体和为此而惊惶不安的神情，我的心一时就软了下来。我知道当年买这块地的时候家中的艰难处境，原来的窑洞因为母亲多次怀孕孩子相继夭折被怀疑风水不好，在家道艰难之际父亲从对方的手中买取了这份宅基建起了新家。我正是在这片宅基上的窑洞里诞生的，父母因为终于有了自己的孩子而感恩于对方，在我诞生之后经过三年多的努力，我们终于在原上盖起了砖瓦房，彻底搬离了老窑洞。

那是村庄的土地最有生机的时代，那一年土地终于分到了农民个人手中，房子后面的三亩多土地连成一片，母亲的心中充满了喜悦和干劲。为了拔除三亩土地上别人遗留下来种植烤烟之后的烟秆棵子，母亲和当时只有十几岁的姐姐为了赶上农时三天三夜没合眼，边哭边拔烟秆棵子，两双手上全是黑腻腻的烟油。当她们终于干完活，父亲才从单位放假归来，他们不可避免地大吵了一场。那一年，三亩多的土地全种了小麦，喜获丰收，家里的粮囤一个套一个，八担粮食颗粒归仓之后母亲累得大病一场，脸上却始终充满了自豪。

2

当我走在村庄里的时候，这些童年时的往事便不由得活跃在脑海之中。几十年的岁月如风而过，父母老了，这村庄和土地好像也老了。当我再次走过通往村底的这条路，我便看到了那棵杏树和杏树上缀满的青青的果实，一嘟噜一嘟噜繁密紧实，像绣球一般挂在枝头。掐指算来这棵老杏树比我的年龄还要大许多，在我还没有出生的时候它应该就挺立在那里了，在我上学长大离开村庄之后它依然挺立在那里。而它的果实每年都那么繁茂，小时候村庄的孩子不管谁走过的时候，都会随手捡起一两块石头瓦片，扔上去之后总会有杏子落下来，啪嗒啪嗒的，如同落雨一般，旁边窑洞里的女主人在院子里听见扑出来的时候，孩子们早已跑光了。女主人便两手叉腰，站在杏树之下一边捡拾跌落的杏子，一边破口大骂。

女主人其实是个颇有姿色的漂亮女人，她的丈夫却是个闷声不响的汉子。年轻的时候一直在铜川那边的煤窑里下井，经常不在家，每次回家也很少能见着他。他们夫妻前后生了两男一女，日子不好不坏。在我上初中的时候忽然就听闻他所在的煤矿发生了瓦斯爆炸，前去处理事故的兄弟把人带回来的时候，整个尸体已经被炸得面目全非，煤矿赔了一笔巨款之后女主人在原上盖起了三间砖瓦房，终于搬出了居住多年的窑洞。从此这棵杏树便再无人照料，每年的果实能收多少是多少。自

生自灭中老杏树却依然枝繁叶茂，很多时候每年收杏的任务便落在女人的长子猪娃身上。女人的丈夫去世之后，新建的房子和孩子的爷爷比邻而立。老人对这个长孙尤其疼爱。猪娃继承了父亲的血脉，长得五大三粗，学习却一塌糊涂，除了打篮球平日几乎无所爱好。好不容易上了初中，个子也赶上了父亲，却在学校打架被开除，跟着村庄的年轻人去了城市打工。三年之后当我上高中的时候，惊闻猪娃从工地的脚手架上落下来，被钢筋插入腹中，一米八〇身高的猪娃就这样追随着父亲草草离世了。

漂亮的女人在接连丧夫失子之后脸上便蒙上了一层沧桑，这沧桑却愈发让她显出一种哀婉中的霜色之美。猪娃的赔偿款被他的几个叔叔瓜分，落到女人手中便少得可怜。女人用这钱一边供养两个剩下的儿女，一边寻摸着找合适的人改嫁。几经周折终于也有了新的依靠。猪娃不在

了，村边的这棵老杏树终于陷入了孤独的处境里，尽管它枝头的杏子仍繁茂密实，却也渐渐无人问津，加之它所结的果实特别小，比起新兴的嫁接品种品相不免逊色许多。村庄的孩子们大多都已前往乡镇和城市就读，杏子熟透之时便一颗颗地掉落到地上，成了大大小小的麻雀们的盛宴。

3

当再次走过这棵比我还要年长的老杏树，我不可抑制地怀念起它甜蜜紧实的果肉的味道来，那酸是爽口的酸，那甜是芬芳的甜，而那青和那黄则是伴在麦黄时节“算黄算割”的布谷鸟的叫声催迫中一片欢实的青和黄，是守望成熟和收获的吉庆之色。

所以每次走过老杏树我的心底都忧郁着，可我还是抑制不住地想去看看这片村庄上的土地。尽管这片土地上只剩下了老人和妇女，剩下了荒草和野花。我沿着儿时下沟的羊肠小道下到了沟底，令我惊讶的是儿时长满庄稼的沟坡上如今是一片一片的荒草，就连放羊的老人也只剩下了一个，也许他是我们村庄里的最后一个放羊的老汉了。五六只白色的山羊散落在一片片开阔的土地上，显得渺小而孤单。放羊的老汉胳肢窝里夹着一根羊鞭，靠在硷畔的塄坎上，眼神苍茫地看着一片山野中的春色。每一片土地里稀稀落落地散布着几棵嫁接之后的柿子树，它们已经成了这片土地之上最后的庄稼和点缀。一丛丛的豳草挺立在土地中央，黄色、红色、蓝色的野菊花芬芳地开着，放眼对面的山梁空无一人。我在这片儿时充满欢乐和劳作的土地上趺趺绊绊地走着，我本想用手中的相机记录下一点什么，最后却一无所获。

返回的路上，我好像丢失了曾经最心爱的玩具一样失魂落魄，但我却说不清楚究竟丢失了什么。我知道家里沟坡的土地也同样荒芜着，家里已经好几年没种麦子了，只有几亩平原上的果园还在惨淡经营着。山沟中的庄稼要收上原来必须依靠肩扛担挑，年老的父母已经丧失了这份力气，我们又常年不在家。这片土地已经丧失了或者说正在丧失着我儿时所见到和经历的那片生机，它只是苟延残喘着。就像没有了庄稼的土地是寂寞的，没有了青壮年的村庄也是寂寞的。我们本想谴责别人，可最后这份谴责也落到了自己身上。我们本想寻找希望，可失望本就生在我们身上。

城市在繁华着，青春着，美丽着。乡村在荒凉着，凋敝着，失落着。城乡之间有一条很深很深的鸿沟，但滋生这繁华、青春和美丽的本源却在乡村。没有乡村这块兜底的基石，纵然青春美丽也终将衰老、凋敝，我想我心中一直隐隐存在的那份疼痛与不安也许正源于那条一直潜藏于我记忆深处状若悬崖的鸿沟和鸿沟中呼啸不止的风声……

2016 年 7 月 9 日

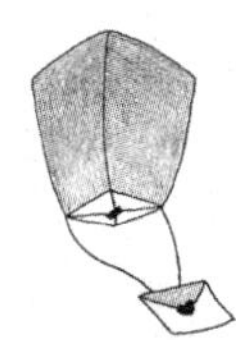

清明记

四爷爷因病去世，我们这些晚辈在年节之后又一次在舟车颠簸中返回故乡奔丧，恰值又一个清明节。

草长莺飞，故乡的空气中依然延续着冬春交替的凄冷，淡淡的春阳在阴郁的天空里没有一丝温暖，春的气息却无所不在 。脚下的泥土柔软酥润，恰似芳龄少女的肌肤，遮挡不住的春颜早已悄悄地绽放，明媚着枯焦了一个冬天的人心。

四爷爷早年当兵，后来转业进地方税务部门干了一辈子工商行政管理工作，在家族中算得是吃皇粮的人，只是晚年多病，身体遭受着诸多的疾病损耗，人也就显得虚弱无力，少了早年的英武干练。好在此刻儿女俱已成人，孙辈们环绕膝下，也算不虚此生。

自从进入而立之年，家族中的老人便如枯朽的老树一棵棵相继倒下。那是一种无可奈何的凄婉，又是一种彻底清零的空白。我们在为这种灵魂的远去而哀歌，又为这种人生的清零而失落。于是一种特别的气场便在同辈兄弟姐妹们心中形成，当又有老人去世，我们见面之时便心照不宣地点头会意，那会意中有一种别样的沉重，似乎面对这特殊的氛围，谁也不敢释然地微笑却也无法放纵地痛哭。无可置疑，死亡是一种对心灵的摧折，它的气息如此浓烈而势不可当地向我们的脸庞袭来，面对这种气势，我们心中便时时会滋生出一种凛冽和清寒。尤其是当我们环绕着寿棺向已逝亲人鞠躬告别，当我们真切地感受着已逝者不再呼吸的脸庞，那种内心的惊涛骇浪和血液中的剧烈冲撞令人无法呼吸又不得不呼吸……

乡村之中的葬礼非常烦琐，晚辈们必须穿白戴孝在灵前长跪迎接祭奠者的焚香烧纸。每来一个客人，灵前的孝子们都必须叩头答谢，这是一场声势浩大的死亡仪式，是对逝者和生者都非常重要的节日，每一个人的年龄和辈分在此刻开始被以一种仪式感公开承认，在乡约和家族的谱系之中得到认同。此刻的跪拜是对逝者的功德和一生历程的盖棺定论，也是对生者传承衣钵谨守家业的鞭策和激励。这场合无疑是严肃的，却也有着紧张活泼的一面，这往往以逝者的辈分和年龄而论，凡是寿终正寝者，晚辈们间或的嬉闹也是一种喜丧的象征。

四爷爷的墓地被确定在村子下面的坡地里，下葬时必须请村人们将棺木抬下沟去。我们的村子属于较为平坦的黄土塬地，沟坡地一层层如多米诺骨牌般有序排列在山谷丘陵之中。下葬的早晨，百余人的送葬队伍在唢呐声和亲人的哭声中，也在穿白戴孝的孝子们三步一跪、五步一拜的繁重礼节里往墓地行进。沿途家家门口悉数有人点燃送丧的篝火，鞭炮声声中只听得小叔举起灵前烧纸的纸盆在十字路口举头猛然一掷，随着一声瓦盆坠地的脆响，孝子们便在跪拜之后开始起身徐徐前行。

抬棺木的都是本村的青壮男子，棺木的身后跟随着诸多扛铁锨的男子，均是为墓地送葬合坟而来。孝子队伍分男女两列，男子队伍居前，女子队伍居后。不同的是送葬路程中地势陡峭，棺木在路途中只能用人力架子车运载，行进异常艰难。而越是到了陡峭地段，抬棺的村人越是放慢速度让孝子们跪拜行礼，凡是戴孝的本族男丁都得出红包作为谢承。因此跪拜的孝子们越是叫苦不迭，出力的村人们越是欢声叫好，此种场面也算是送葬场合中的别样风俗。

真当棺木到了墓地要沉入墓穴之时，场面便立马肃穆起来，人心也都跟着凛冽起来，那是眼看着自己的亲人即将埋入黄土的一种惊心动魄，泪水在此刻开始无法抑制地奔涌，亲人的撕心裂肺和儿女的哭声震天也便都成为人生中最残酷的一场生离死别。嘹亮的唢呐奏出穿越灵魂、穿越生死的天籁，那深深的数米土坑从此便要将生死阻隔，把阴阳分界。

棺木沉入墓穴，孝子们跪在坟前，所有的花圈、纸钱在此刻一起点燃成熊熊的烈火。烈火之前有人扬起第一锹黄土，一道优美的圆弧划过天际，黄土悠扬地冲天而起，然后纷纷扬扬地撒落在棺木之上。随之是数十上百张铁锹一起动土，数十上百道钢铁光芒叫醒在初春的温暖中沉睡的黄土层，如雨如烟的尘土便从天空中朝下一齐涌来，墓穴前泣号的女眷们一声尖利的长号还没有落地，熊熊烈火之前的墓穴转眼已成一座如山土坟。

墓穴填平，坟堆隆起，孝子们开始起身接替送葬的村人，从他们手中接过铁锹为地下的亲人培土，将坟堆筑成一座长而狭的梯形土塬。此时，我们内心涌起的那股当初的悲凉和孤愤随着坟堆的落成开始一点点散去，已逝者入土为安，在生者逐渐收起这眼前的荒凉，以继续未完的人世。

也许我们早已不属于黄土，而黄土也不属于我们。黄土埋葬的只是我们的父辈，而我们也许终将死无葬身之地，或灰飞烟灭，或挫骨扬灰。

父辈们令人羡慕，因为他们是最幸运的一代人，也是最后幸运的一代人，他们仍然有柔软的土壤在死后温暖他们的骨殖，有鬼神的信仰在死后让他们回到天堂……

忽然间就想起了顾城的那首《墓床》：

我知道永逝降临
并不悲伤
松林中安放着我的愿望
下边有海，远看像水池
一点点跟我的是下午的阳光

人时已尽，人世很长
我在中间应当休息
走过的人说树枝低了
走过的人说树枝在长

2016 年 4 月 12 日于西安香槟城

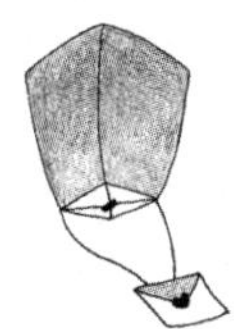

春风中的白发

看着母亲脸上的褐斑彤红在这三月的春风里，她的呼吸是那么漫长，眼神是那么迟钝，我心中的泪潮便汹涌澎湃起来，但我又死死地抑制着自己的悲伤并与这该死的悲伤做决绝的告别，我知道自己要用微笑去迎接这三月的春风……

——题记

记不得这是母亲第多少次住院了，也记不得从哪年开始我们就已经习惯了以医院为家的日子。只记得似乎母亲每一次住院，都是一场与死神殊死的搏斗，每一次都会让母亲的身体变得更加虚弱，也更加令我不忍直视。然而我们还是这样彼此陪伴着，走过了一年又一年。

在每一个年度的大年三十，跪在家徒四壁的家中的灶神爷面前，父亲都庆幸上天又给了我们一次团聚在一起的日子。从康健有力的和善容颜到虚弱浮肿的白发老人，病魔是如此无情地蚕食着我们在尘世间最卑微简单的幸福，让我们的心被放逐在每一个寒风刺骨的冬天。

那些小时候的富足，而今回忆起来似乎每一天都弥足珍贵，可在疾奔如风的岁月尘埃里，我们已无法唤回那些已逝的幸福，也无法唤回那些平凡简单的日子。每一次站在医院大楼的高台上，想起病床上的母亲在疾病的煎熬中被折损的尊严，心就会痛得无法呼吸。

年轻时候的母亲是多么要强的一个人啊，如今却只能常年在病榻盘桓，在医生和药物以及冰凉器械的摆布中寻求生机。究竟是在什么时候，我们那原本凌驾于一切之上的生命意志忽然间就这样不堪一击地散落了一地？原本很多我们在情感上无法接受的事情，开始在现实的逼迫下被动地承受。理智忽然间就成了一种残忍的凌迟，在生的面前，这尘世的一切都微不足道。

和父亲用轮椅推着母亲从新区的医院到市区的银行办理必须母亲本人到场的新农合手续，是在三月的春风里。常年被肝病折磨的母亲此刻已经没有一点力气，连汽车都无法坐进去。我们只能将她抱到轮椅上，一步步地推着前行。此刻母亲只是用坚强的意志在驱使自己，竭力保持着体面和尊严。母亲的白发在风中飘荡，在我的感受中原本最和煦的春风此刻却成了母亲的身体不能抵御的冰凉。蜷缩在大衣围裹之下的母亲高高地昂起头颅，两只手紧紧地抓着轮椅的两边，后脑轻轻地抵着我的胸膛，父亲跟在后面落下了远远的一段距离，我们的身边则是浩荡的车流人海。

我感觉有无数双眼睛像受惊的麻雀一般从母亲高高昂起的头顶掠过，然后再从我的身上飞过。可在我和母亲的眼里，此刻的世界里除了春风和远远地跟在身后的父亲便再无一人，我们就像走在空荡荡的十里长街上，跋涉着人生中最疲惫也最温暖的一段历程。

这似乎是我这一生中走过的最漫长也最悲壮的一段路程，我知道母亲能感受到此刻的春风在渐渐地温暖起来，就好像她在三月的麦田里挥舞着锄头为小麦扶苗，全身都洋溢着欢快的力量与温暖的气流，母亲饱满明亮的额头汗津津的一片，脸上荡漾着知足的幸福与欢乐。

看着母亲脸上的褐斑彤红在这三月的春风里，她的呼吸是那么漫长，眼神是那么迟钝，我心中的泪潮便汹涌澎湃起来，但我又死死地抑制着自己的悲伤并与这该死的悲伤做决绝的告别，我知道自己要用微笑去迎接这三月的春风，这吹在我的身上和吹在母亲的身上此刻都不太和煦的春风。父亲终于慢慢地赶了上来，在其实并不宁静的街道上，我们一起来到了银行门口。

银行的保安很尴尬地冲出门来，和我们一起将轮椅抬进了那高高的台阶。父亲谦卑地与保安交流，我填写了表格，在银行职员并不生动的微笑中办完了这必须本人到场的新农合手续。在这五分钟不到的过程里，银行的大厅似乎因我们的冒失光临失去了原本的秩序井然，充斥着一种别样的窘状。我的表情一直凝固着，好像有一块很重很重的铁贴在脸上。

返回的时候依然是来时路程，父亲执意要推着母亲，我便紧跟在身后。我们的身边依然是浩荡的车流人海。母亲却忽然间轻松了许多，她原本紧抓着轮椅的双手也放到了衣袖里，并不时地举起来轻轻地拨弄自己的头发，紧绷的额头也舒缓起来，眼神活泛了许多。

父亲继续推着母亲迈着迟缓的步子走在三月的春风里，远处的紫薇山泛着青青的绿色，母亲闭着眼睛，原本高昂的头此刻只是微微地向后靠着。走在父亲佝偻的身后，我似乎又看到了母亲额头上那汗津津的光亮……

2016年3月16日于古城西安

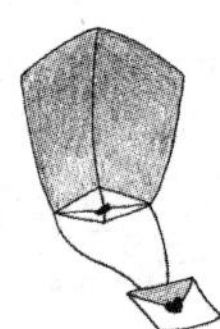

远去的记忆：正月十五

不知道是我们主动退出了年节的闭幕式，还是时光之箭无声间便把我们悄悄地带往了生活的别处。

——题记

1

年过到正月十五也就到了尾声，因为是尾声，才尤其要过得浓墨重彩。要耍社火，要踩高跷，要敲锣打鼓鞭炮声声，要把小孩子们装扮起来，把木架子灯笼、“牛屎扑塌”灯笼、柿子灯笼舞起来。

只是随着时间的推移，从毕业开始每年正月初七就得返城上班，十多年来我没有在家里过上一个正月十五，儿时的那份节日里的锣鼓喧天也与我们疏远了许多。不知是我们主动退出了年节的闭幕式，还是时光之箭无声间便把我们悄然带往了生活的别处。

只是记忆里从正月十三开始，整个村子就红火起来了。锣鼓家什响遍了村子的角角落落，鼓手变换着花样用不同的调子在金钹、铜锣的配合下众声齐鸣，树上的鸟雀被惊得四处飞逃，村中的牲畜吓得满地乱窜，就连土墙上的灰尘也在簌簌地飞舞。锣鼓一响起来，社火也就拉开了序幕。每个村子都在动用全村的人力物力排练着各自的社火节目。从锣鼓手、乐器配备到社火服饰、脸谱造型、曲目排演，生旦净末丑的各自人选无不需要一一思虑周全。

这是一场不动声色的战争，事关全村声誉，一点马虎不得。这个时候的社火总管比中央电视台的春晚总导演还厉害，有着指挥全村上至村主任下至妇孺的权威，更有调用一切私家物件的权力。

正月十三晚上，孩子们提着灯笼、挥舞着焰火棒在村中成群结队比谁的灯笼最漂亮、谁的灯笼最明亮。一些顽皮的男孩会手执弹弓躲在暗处专拣那些漂亮的灯笼做靶子，一些年龄稍大的孩子则明目张胆地拿着砖头瓦块袭击小孩子的灯笼。灯笼在“歹徒”的袭击下，往往会蜡倒纸燃，立时腾起一团火焰。

所有灯笼中“牛屎扑塌”灯笼最脆弱易燃，木架子灯笼有木材做框架，最多只是烧坏门脸。当我们提着烧得只剩一根灯系的灯笼哭着回家的时候，大人们却会哈哈大笑，把火烧灯笼当作预示来年家运的吉兆。我们却怀恨在心，到了晚上揣着弹弓石子意欲以牙还牙，报仇雪恨。

女人们从正月十三早上就开始忙碌起来了，花馍和供馍是必须蒸的。蒸花馍尤能显出家中女主人的茶饭手艺。正月十五的花馍要用面团捏出各种动物的造型，母亲在这个时候便费尽心思将梳子的齿、纳鞋的顶针等凡是带花纹的器物都倒腾出来，意欲塑造最精美的图案，来表现十二生肖的逼真生动，再配以红豆、绿豆、黑豆和大枣来画龙点睛，给动物们注入灵魂。兔子的眼睛用红豆，老牛的眼睛用黑豆，还有长龙和小蛇，它们身上的花纹只有心思细腻的女人才能变化出其毫末的差别。在女人们心灵巧手的雕饰下，栩栩如生的十二生肖一一诞生。高高昂首盘身而坐的小蛇是庄稼地里各种害虫的克星，必须摆放在农家的粮囤里镇守家宅，保来年五谷丰登。红眼睛的兔子一出锅就被我们藏了起来，等晚上提灯笼的时候拿在手中好向小伙伴们炫耀……

2

等到正月十四，各村的社火芯子便开始装车转街游村了。社火芯子的装扮是一个村子社火班子技艺水平的标志。黑脸的包公、白脸的曹操、红脸的关公是早已脸谱化的人物形象，装扮起来尤其费心，油彩的调配和描画也要严格符合标准，否则就会贻笑大方。由小孩子装扮的铁扇公主、白骨精等造型则趋向女性化的旦，愈是妖冶妩媚愈能引人注目。

社火芯子其实和走钢丝的杂技一样讲究力量的平衡。芯子实质上就是固定的装置，一端设有机关桩架，能把角色固定在上面保持其舒适灵活，另一端则隐藏在处于地面的角色身后。也就是说一端凌空架起，一端立地控制，二者相互配合才能全面完成一组角色的寓意与表演。凌空的一端选小孩子作扮演者，因为小孩子的身体轻巧柔软，易于进行力量的控制协调。社火芯子是农村社火演艺中最通俗形象、雅俗共赏、老少咸宜的社火节目，通常他们被设置在车辆上随车转街游村，每到一家一户、一街一店，主人便会好烟好酒送上，一些富户还会奉上数额不等的钱币以示诚意。

高跷在农村一般叫“柳木腿”，因其由柳木制作而得名。“柳木腿”的造型有点类似于古人雨天穿的木屐，下面的腿特别长。在小孩子看来更像是每个人腿上绑了一个长腿小板凳。它的长度一般有两米左右，人上了“柳木腿”首先要适应高度，其次还是要掌握平衡。为了保持平衡，扮演者手中左右均需各撑一根长竹竿，站在“柳木腿”上面的人便像是手撑双拐的老人，摇摇晃晃似乎随时都将跌倒。“柳木腿”的装扮还是离不开生旦净末丑各种秦腔戏曲角色，因为人物都悬在半空，戏服要比一般服装宽大飘逸，左右耳根部位一律各戴着一条垂到半腰的羽带，给人一种飘飘欲仙的感觉。

看“柳木腿”表演必须站在远处，才能看清其人物造型与表情神态。如果站在“柳木腿”跟前，我们只能看到比自己身体还要高的一截子木棍，那便会令人产生只见树木不见森林的窘迫和渺小之感。“柳木腿”走起路来慢且吃力，这是因为绑在腿部的木桩占据了膝盖以下的全部位置，表演者只能直腿挪移，很难屈膝跨步。

当然，还有一种腿特别短的高跷，只有几十厘米，表演者的操作相对就容易多了，这种短小的高跷在北方一般很难见到，也许是没有难度的表演太过于庸常，无法引人瞩目的原因吧……

3

真正的社火从正月十五晚上开始。社火队伍分成三拨人马，锣鼓队先声夺人，表演队浓墨重彩，后勤补给扛道具、收礼品。村中家家户户的孩子媳妇都跟在后面挨家挨户地游转，看谁家放的炮仗阵势气派，谁家端出来的礼品丰厚，谁家要社火来看的人最多、耍的时间最长。

社火每到一户人家，迎接社火的主人早早地已将门户打开，在门口燃起一堆柴火、点燃一挂鞭炮以示相迎。社火队伍进了院子，主人必须搬出方桌，摆上香案点燃香纸请神，寓意与神共乐。此时社火已在院子里随着锣鼓声声演将开来，拿青龙偃月刀的红脸关公戴着大胡子在院子里和敌将厮杀正酣，一会儿这方卖个破绽逃奔绕院子兜两个圈子，且退且战；一会儿那方变个枪法将手中长枪舞个密不透风，令对方只有招架之力却无还手之功。

天上一轮冷月高悬，地上一拨人马厮杀，只听得锣鼓喧天、众人屏息，农家院落里黑压压一片人头，一只高度数的钨丝灯泡之下整个世界便凝结成了一幅电影中的古老画面，只剩下了“咚咚锵锵”的鼓声不绝于耳。那些热闹激越的场面恍惚是来自另一个遥远世界里的人和事，又好似一场带着自身特殊表达方式的哑剧。

选小孩子做演员，一招一式必须跟着长辈们仔细学习，拿捏到位。脸上涂了浓厚的油彩、胭脂，宽松的戏服将全身罩个严实，手中持一杆红缨枪，那可真有点初生牛犊不怕虎的味道。开演的时候，总管从演员堆里顺手拉出两娃娃，猛地往前一推，我们就随着咚咚锵锵的锣鼓声在乡亲们的目光下现学现卖起来。看的人是叔爷婶子，演的人是兄弟姐妹，宽容喧闹的氛围中这社火节目便呈现一片其乐融融的景象。西北黄土地上的乡民生活，靠的就是这一招一式稳扎稳打的实干本色，处处都带着一股使力气、长精神、带心劲的黄土质地，不在这块土地上摸爬滚打个十年八载，你便永远不能品出其中滋味……

乡村年节的记忆在岁月的流逝中悄然远去，都市的节日即便庄严气派却总带着一股冷冰冰的金属气味。那些被禁锢在一个个小单元里的孤独灵魂，透过缺失温度的玻璃幕墙站在都市繁华的顶端俯视人间的绚烂焰火，眼中却没有一丝丝的兴奋与激越……

2016 年 2 月 29 日于古城西安

（本文曾获咸阳市秦都区文联《咸阳文艺》杂志主办的“新时代中咏盛世，火红年里话春节”新春有奖征文比赛优秀奖）

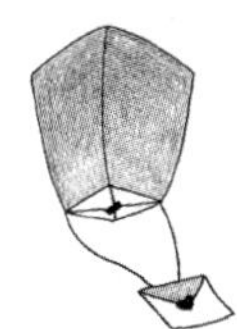

还乡记

死者为大，在这空荡荡的村落里，也只有此刻的葬礼是村庄在这个时代里的一场最奢华的乡族派对了。

——题记

当我回到村子的时候，时间是另一个新年。天气干燥，空气中飘荡着异常凛冽的土腥味。村子通往乡镇的马路上，一辆又一辆的小汽车络绎不绝，伫立村头的村人对此却视而不见。依稀记得童年的时候，村子里如果进来一辆小汽车，会引得大人小孩跟在汽车屁股后面一口气追好几里路。

时代的确是不同了，时间给我们最明显的印记便是父母老了，家里的土地眼看着就要荒芜，我们的心却被放逐到了城市霓虹的高顶，何时才能再回到这片土地上继续父辈们日出而作日落而息的生活？

父亲说他已经没有力气拿起锄头了，我无奈地笑笑说那就彻底放下吧。就在我一转身出门的当儿，父亲又提着笼襻去村子底下的林子扫落叶了。看着父亲蹒跚远去的背影，我的眼中愈发空旷惘然。村中的住户不知从什么时候开始就已经在悄悄地移民，这种移民实际上是举全家之财力物力，甚至不惜借贷也要搬迁到县城、省城去的一种风潮。房子在人们眼中的分量已经超越了一切，村子里也就一日日地变得更加空旷，那一座座被荒废的院落在新年的暖阳里孤独寂寞着，好像在等待谁的归来，又在等待谁的告别。

大年初三的早晨，起床吃饭的时候母亲说村里的三奶奶死了。我心里不由打了一个寒战。记得大年初一随着族人们一起去给三奶奶叩头，她坐在炕头，脸肿得如同面包，眼睛鼓鼓的，见了人也说不出话来，大家一起在脚地上叩了头就转身去别家了。三奶奶的身边只有年近六十的大儿子在。三奶奶享年八十二岁，也算得高寿。听村人说，三奶奶去世的准确时间是初二晚上十点左右。

三奶奶一死，村子里倒是比过年还热闹。三爷和三奶奶一辈子生养了五个儿子、两个女儿，算得上村中家族兴旺的人家。老大和老四一辈子均在县城煤矿工作，早已将家安在了外面。老二也在煤矿，供养出了三个大学生，此时随儿子女儿在省城安了家。老三是村子里有名的强人，前些年经营果园一口气承包了二十亩地，一年下来卖了十多万元，可也把人累得住了院，听说差点累断了肠子，不过这些年也总算供养出了两个大学生。老五不成器，年轻的时候在外面是有名的逛三，二十岁那年引了个外地的寡妇回来，结果被老大和老四一顿暴打，乖乖地将人送走后跟着哥哥去了煤矿。不承想到最后还是找了个煤矿的寡妇，对方还有个娘家的哥哥瘫痪在床要伺候终老。三奶奶这一死，儿子媳妇、孙子重孙也就全赶回来了。

不想初三的下午就起了暴风雪，十多分钟不到，整个村子一时漫天皆白。老太太活着的时候是个厉害人物，对媳妇们说一没人敢往二上去想。记得年轻的时候，有次和老二媳妇闹了点别扭，老太太等老二回家把儿子叫去一顿数落，老二回家当晚用牛皮裤带差点把媳妇抽得背了气。到了此时，蹬了腿、咽了气，临走的时候也绝不让媳妇们消停啊！

初三的晚上，大雪纷飞，亮晃晃的灯光将整个村子照得一片惨白。在这惨白的灯光中，村人们都赶着往三奶奶家烧纸奠灵。死者为大，在这空荡荡的村落里，也只有此刻的葬礼是村庄在这个时代里的一场最奢华的乡族派对了。（喜庆的婚礼则是必须放在乡镇或县城的豪华酒店的。）

就是这个特殊的社交场合，我又听闻了另一桩奇闻。我的小学同学衡君在邻居的新房落成酒席上喝了三瓶西凤酒，当晚不省人事被送回家，凌晨气绝身亡，发现的时候已是第二天早上六点。这个衡君，在我的记忆中是十分醒目的，这倒不是因为他的才能，而是因为他小时候留在我心中的印象。

衡君好侠，有古时燕赵之风。小学三年级时衡君与我同桌，经常携带一把钢条磨就的自制匕首，在课桌之上镌刻“君子报仇，十年不晚”之句，颇令吾等崇拜，加之衡君年龄比我们长四五岁有余，身材高壮，力气也大，算是我们一帮孩子中的带头大哥。带头大哥的字写得特别难看，给人一种总是意欲上墙的感觉，就像他的面容，横眉竖眼，说起话来总带着一股匪气。他小学四年级就退学了。

说起衡君的退学似乎还和他的弟弟有关。衡君有一个比他小八九岁的弟弟，也是个匪气很重的孩子。我们上四年级那会儿，他的弟弟刚上幼儿班。幼儿班的老师姓景，和衡君家里比邻而居，这个匪气颇重的小弟对景老师的教导一点也不听从，还在校园里大声呼叫景老师爹娘的小名，气得景老师满校园追打。师生两人一时在校园里上蹿下跳，便惹出一桩笑话来。衡君为帮小弟逃跑，私开了学校的大门。因此兄弟俩双双退学把家还，自此再没上过学。

我大学刚毕业那会儿，听说衡君和在煤矿上班的邻家小伙的媳妇私奔了，出去时间不久钱财散尽，两人又灰头土脸地回村了。此事令我对衡君的胆大妄为颇为惊诧，而那煤矿的小伙一气之下和媳妇离了婚，后来又娶了一房，小伙却在煤矿的事故中身亡。

衡君死时尚未娶亲，饮酒而亡可谓暴毙，不知是否正应了那句“多行不义必自毙”的古话。而在我的记忆里，他仍然是小时候那副小眼睛、吊角眼，准确说是鼠目，透着如灯般光亮的眼神。细细想来那确是一种儿时神采，却也透着一股成年人的狡黠。

离家前父亲又一次说没力气种地了，想要将土地承包出去。只是消息传出去少人问津，每亩地最高价格只有五百元。家里的三亩果园有个本家叔叔竟然提出一年只给三百元，我听了说那就荒着去吧。

走的时候风雪依然很大，有雪的村庄总算灵动起来了。这沉寂苍峻的渭北高原站在远处去看，倒也有股莽莽苍苍的冷峻和庄严。埋藏在这白色风雪之下的土地，不管寒风如何凛冽，那黄土深处萌动的春色总是不可阻挡的。

忽然就想起了儿时的那首歌：“我家住在黄土高坡，大风从坡上刮过，不管是西北风还是东南风，都是我的歌我的歌……”

既然祖祖辈辈留下了我，我想总有一天我们会归来，然后日出而作、日落而息……

2016 年 2 月 19 日于古城西安

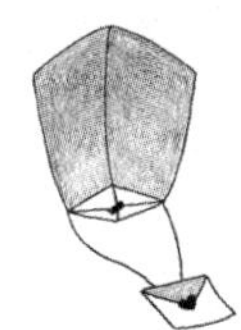

归来记

晚间，从豳州诗人赵凯云处归来。在公交车上，看着道路两旁璀璨的灯光和这座繁花似锦的都城，心里却是感慨万千。我们都是出乡的游子，为了心中永不磨灭的梦想而在这座“居大不易”的都市里艰辛地活着。

想起夜谈间说起写作的种种不易，出版的种种艰辛，酒宴中舍命陪“君子”的生存博弈，不禁都有一种惺惺相惜同病相怜的叹惋。而一套长达六百页的《豳州书》诗稿，更是让我在翻阅间内心如潮翻滚。关于《豳州书》，我是必须认真阅读的，这种阅读不仅是对作者的一种尊重，更是对在工业社会中逐渐远去的农耕文明的一种追忆，一种祭奠。

作为周文化的发祥地，古豳州这块古老而沧桑的热土一度孕育了伟大的泾渭文明。泾水渭河在这片古老的土地上交汇融合，诞生了《诗经》篇中的《七月・豳风》篇，刀耕火种的先祖生活令人神往，及至唐佛宋塔，古风悠悠不绝，文脉源远流长。

到了今天，豳地文脉依然兴旺，《白土人》脉厚，《豳州书》情长。还有曹剑先生的《白土桥》和《苻坚传》，都是豳地子孙献给这片生我养我的皇天后土最动情的诗篇。我们的脚步虽然走出了这片热土，但我们的根却永远地留在了那里。

无论我们身在何处，一开口，我们倾吐出的都是一口土得掉渣的豳州方言。无论我们走在哪里，胃肠中能消化的却只有豳州乡土中的那口馍馍。古老的记忆在这些动情的诗篇中远去，也在这些动情的诗篇中永生。每当我们在繁华而冰冷的都市里飘荡的时候，我想我们都会想起《都市挣扎》的血泪，想起西漂岁月之中那最青春靓丽的十年。

记得离开诗人房间的时候，我无意间看到了倾注了豳地文人全部心血的文学刊物《豳风》杂志。打开目录的时候竟然发现了不记得什么时候自己发表在上面的一首《归来记》。再次阅读的时候，其中滋味更是令人百感交集而又五味杂陈。

我们俯首在最低最低的尘世里，做着最真最幻的梦。
我们在汗水中消逝着青春，却追不回最美的年华。
当年那些最简单最宁静的时光，
现在都成为我们最珍贵最奢华的梦想。
我们究竟在追寻什么，或者我们究竟丢失了什么？

时间在一分一秒地流逝着，
滴答滴答的水声令我彻夜难眠，
分分秒秒的时光就这样被我们用重复的劳作蹉跎，
故园的沧桑和年迈的父母一起令我们黯然神伤。
不能停留一刻，好好地陪伴你们，
是我的不孝。
可是世间最大的孝顺又是什么？

那个心中梦想的女子，

一直躲在最远最远的远方，
即使用尽一生的时光，
也无法将其还原。

我们无法轻松，
我们一直都在故作轻松。

尘世间，忍辱负重地活着，
是我们每一个人的轮回。
不可割舍的，
唯有情，唯有爱，
在心间，永不停息！

梦里不知身是客，一晌贪欢。
那一夜，独眠在故园。
潮湿的气息紧紧地将我埋葬。
斩不断的月光，无声地流淌。
蓝色的梦幻里，
是多年前夜夜不眠的苦读。
而今只剩下了尘埃。

归来，是一个梦想。
远走，是一种离别。
不忍看，母亲的眼神。
不忍闻，父亲的叫声。
只因为，我是一个人。

忽然明白：
世俗的那些东西，
儿孙环绕膝下的欢声笑语，
是弥补青春的最大的慰藉。

忽然也明白：
有时候，成功，
不仅仅是为自己。

（本文首发于《鹵风》杂志 2014 年第三期）

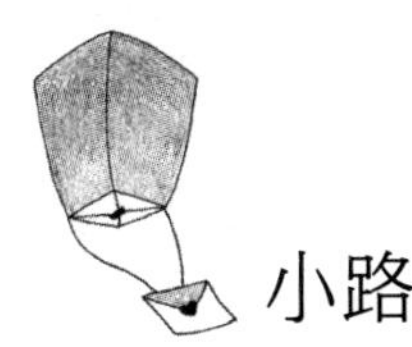

小路

1

明天就要回家了，我在寂静的夜里回忆着家的样子，忽然感觉一阵疲倦。不是身体，而是心灵。不知道为什么一定要留在这座冰冷的城市，死死地与孤独相持、抗衡。心里想着自己将以什么样的面目、什么样的态度去面对父母，还有可爱的小妹……

记得八月回家，是失业之后的无奈，带给父母的不是喜悦而是焦虑。如今历经几个月的挣扎，我依然一无所获。我心怀愧疚，却依然要去面对父母。也许，他们想让自己的儿子早日安定下来，成一个家，然后小两口自己过日子，让父母可以放下肩上的担子，轻松一些。可是，情感与婚姻对我来说就像一场永无止息之日的大雨，永远无法走出。而且还要去相亲，去面对一个陌生的面孔，我不知道自己究竟应该怎样去做。

终于还是要回家了，终于还是要面对，一切都好像命中注定，无法回避。可我不相信命运，老天为什么一定要让我走进一场宿命的姻缘里去呢？难道是要我去伤害一个女子的心吗？爱你的你不爱，不爱你的却就在眼前。这好像是世间再俗套不过的戏码。可是它却在这个世界上永不厌倦地上演着，最后大多都以悲剧告终。

我不知道自己的选择最终会怎样收场，可我依然执着，依然无悔。就像我选择了文学，失聪的命运选择了我。这一切都是不可回避的宿命，相不相信由不得你，由不得你啊！

晚秋时节，我一个人回家，在瑟瑟的秋风里，在满地落叶与飞扬的尘土之中，我还认得这是故乡，是父母，是亲人。在同一条路上，我走过了小学、中学、大学，走出乡村，走入城市。清冷孤寂又安静纯朴的家乡和脚下的这条小路在身后一点一点地退去，到现在又一点一点地归来。只是走出的时候是一个身材瘦小的少年，他满怀憧憬、满心向往；走回来的时候却是一个唇边已满是青色的胡茬的青年。也许，他的目光已不是那么清纯，他此刻的心中所拥有的只是一种怀恋，对于过往的一切岁月的怀恋，不论是伤心、屈辱、病痛，还是儿时伙伴们那热烈的追逐与打闹。

走在同一条小路上，此刻便是走在一条一生都看似相同却又时时不同的小路上。小路没有变，真的没有变，它依然是坑坑洼洼的泥土小路，是印满了大大小小的脚印和车辙的小路。小路旁边的麦田里是年年收割又年年播种的小麦和玉米。这一切都是那么熟悉，又那么陌生。不陌生的唯有亲切的乡音和麦田里的泥土所散发出的清香，还有母亲呼唤儿子归来时那谙熟的嗓音。

归来，归来，我泪眼朦胧，满怀愧疚。或许，能和父母在一起度过的日子才是最美好的。仔细想想，求学以来，每年能和父母相聚的日子最多不过百天，而年龄渐老的父母又何尝不想和儿女们天天相聚呢？可是真的回来了，一切又都归于平淡，甚至嘈杂和琐碎。生活也许就是如此。只有自己，永远是父母心中的一块伤疤、一块心病。

2

一扇门打开的时候，另一扇门便会轰然关闭。世界上没有任何两扇门是同时开启的，例如生的门和死的门，爱情的门和友谊的门。

我不知道自己是否正在改变，面对纷繁复杂的情感，也许我真的会选择趋乐避苦，因为这是人的本性。

肯定与否定，难道获得一个人的认可真的这么重要？以至于我们可以为此选择放弃一些东西或者改变一些东西。

陌生与熟悉，当一个陌生的面孔在你面前开始变得熟悉的时候，你会感受到一种情感的冲击，随之一闪之后，这种感觉便永久地消失了。此刻，面对一个空洞的背影，你会感觉到一切东西正在被扼杀或者已经被扼杀，没有流血，却锥心刺骨。

这样做，就真的是对的吗？从来没有在一个陌生的女孩面前说过那么多的话。也许，她会把我当作疯子，然后否定一切，徒然给自己留下一个空荡荡的背影。一个名字在你的生活里闪现又消失。能否把一切都当作什么也没有发生过？就算是在这个世界上的某一时某一刻，地球停止了旋转，一切都被静止于时空轨道之中。当我们再次醒来，你依然是你，我依然是我，所有的过去都未曾发生。

爱与不爱都是一种伤害，是孤寂冰冷之中无法忘怀的一种否定与被否定的屈辱。猛然一觉醒来脑海里留下一个身影，回头而去，义无反顾。坦白到最后便成了一场灵魂的厮杀，黑洞洞的伤口裸露成为一种黑色的苍凉，风在夜里无情地刮过，不知谁家的狗在彻夜狂吠。一夜无眠，直到天亮。

我是在期待什么吗？我真的很痛苦，忽然又觉得很可笑。我千里迢迢归来，就是为了寻找一种否定吗？其实否定只不过是轻轻地摇摇头而已，可在我的心里，忽然就变作了痛，痛彻心扉。

此刻，我只想离去，远远地逃到一个没有任何人知道的地方，做一个无名之人。

3

当踏上那条自己曾经走过无数遍的小路的时候，我心里就有了一种恍惚。我下错了车，竟然在夜色迷蒙的公路上找不到小路的入口。我深一脚浅一脚地走着，我不知道自己走了多长时间。公路上飞驰而过的车辆灯光一闪而过，刺得我眼前一阵阵发黑。记得上次回家的时候，遇上大雨，我浑身湿透地回到家里。今夜虽有泥泞，但好在没有下雨。

我借着飞驰而过的车辆的灯光终于看清了小路的入口，它好像一直就在那里等我，等我踏着它回家。我心里一阵宽慰，转身踏上了小路，小路上依然有泥泞的水洼，记载着曾经的风雨。小路上也时而有车辆的灯光，等车辆驶过的时候，刺眼的灯光依然让我感觉一阵阵眩晕。我抬脚前行，猛然踏入一片水洼，扑通一声，我的身子下滑，一个趔趄，总算没有摔倒。我就这样一路走回家，到家门口的时候，裤腿上已经满是泥浆。我的心里很不是滋味，似乎是小路欺骗了我，我在跟它赌气。

我拍打着自己家大门上的铁环，当母亲问了一声："谁呀？"我只回答了一个字："我。"

母亲立刻就判断出了儿子的声音。两扇门同时"吱呀"一声张开，我看到了母亲欣喜的眼神，在漆黑的夜里，透过里屋门缝的灯光，母亲的身影看起来斜斜的。母亲要伸手接我的行李，我说："我来，你关门吧！"就一个箭步进了里屋。

4

我走在小路上，晚秋的夜，没有月光，只有满天的星星在不停地眨眼，衬托出天空的遥远与深邃，我一个人脚步匆匆地前行着。我总是那么性急，好像从来都学不会悠闲地散步。但我喜欢这个宁静的夜晚，即便泥泞的路况让我丧气，我也仍然喜欢头顶的这片天空。幽蓝深邃的天空中那一颗颗星星是我童年里唯一的玩伴。有它们在，我从来都不会感觉孤独。它们总是在另一个遥远的世界里给我以梦的慰藉、夜的祥和。它们能够让我陶醉并在陶醉中释放那些在城市的夜空里的防守和压抑，能够给我一种明朗的童年时代里的欢乐与纯真。

记得走过大哥家门前的时候，我看着屋内那温润的灯火，心里泛起的是对往昔生活的一种莫名的怀念。可确切地说来，我并不知道自己在怀念什么，但那的确是一种怀念，一种无法说清的情感。就在那一刻，我的头脑里映现的画面是大哥和他的妻子以及幼小的儿子一起待在农家暖烘烘的炕头上的那种世俗的幸福，而令我感动和怀念的正是这种幸福。因为那就是我曾经的童年。

我真的没有想到，就在我走过大哥门前的那一刻，大哥其实已经与我们阴阳两隔近百天了。他已经和我想象中的生活隔开了一个世界。母亲说到大哥去世的那一刻时，我的思绪还停留在我们曾经打闹嬉戏的童年记忆里。但当我站在大哥的坟前，看着土地上遗留的残乱的香梗和还没有燃尽的灰黑的冥币的时候，我确信埋在我脚下的这块土地里的的确是我的大哥，他高大的身影、憨厚的脸庞和劳碌奔波的步子都在一瞬间映现在了我的脑海之中。

大哥是大伯的儿子，也是我们堂兄弟中的长兄。此刻，大哥不在了，最为心痛的人当然是我的大伯。古稀之年的大伯，面对这样的丧子之痛，我不知道他那瘦小单薄的身体是否能抵抗得了这样的心灵重击。

大哥走了，留下了一个残破的家，我不知道他不到十二岁的儿子和只有三十八岁的妻子如何去继续剩下的日子。孤儿寡母的凄惨是我这个年龄还无法去想象的人生，可这一切都在一瞬间成了不可更改的事实。

我既然回到了家里，作为晚辈，无论如何都应去探望一下大伯，去安慰一下大嫂。可我的心里不知道为什么会生出恐惧，我真的怕去面对那种悲伤的场景，我怕自己会无法承受，最后还是母亲陪着我一起去的。

看到大伯的时候，他孤身一人躺在土炕上，整个人好像一下子衰老了十岁，他瘦弱的身子好像一阵风就可以刮走。当我递上香烟的时候，他颤抖的双手似乎无法承受那一支香烟的重量。我忽然眼睛里一阵潮湿，但还是马上憋了回去。抬眼打量，大伯住的这间土坯房子孤零零地挺立在秋日的暖阳里，看上去是那么破败沧桑。其实，这只是一间乡野里的护林房。因为还有二哥和二嫂一家人，家里房屋紧张，所以大伯就一直和大妈一块儿在这间黑乎乎的小屋子里住着，屋子土炕四周的墙壁还是用十年前的旧报纸裱糊起来的，如今经历了长时间的烟熏火燎便愈发地难见其本来面目了。

大伯的脸上一直透露着一种怯怯的表情，这表情里带着一股乞求的神色，同时又显示出一种不堪重负，就像他一直佝偻的脊背一样，总是向下低伏着。当他打量别人的时候，连目光都无法直视，而是偏着脖子，变成了一种斜视。大伯的目光是一种让我永远都想逃避的目光，因为每当看到他那张瘦小的脸庞上的那双眼睛的时候，我的心里总会产生一种痛，一种说不清是怜惜还是无奈的伤痛。大伯的小屋前翻晒着一些烧炕的柴草，潮湿的柴草慵懒地躺在秋日的阳光里，这一切叠加在一起便营造出了一种凄恻而又压抑的氛围，和着惨淡的秋日暖阳，让人只能无语凝噎。

我是来看望大伯的，但我从头到尾只说了两句话。

“伯，你现在咋样了？”我问。

“哦，比以前强多了。”大伯说。

“伯，你吃烟。”我说着递上一支烟。

“哦……”大伯颤抖的双手和双手上粗黑的老茧一起迎上来。我赶紧将烟递上去，大伯的旁边是半空里悬挂的输液吊瓶，吊瓶里已经空了。我就这样一直默默地站着，陪母亲和大伯一起拉几句家常，说几句宽心话。我的目光却穿出门去，遥望着外面正午秋阳里空旷的庄稼地。当终于告别大伯走出那间孤零零地挺立在正午阳光里的小屋时，我心里忽然有一种如释重负的感觉。母亲总是怪我不说话，让她干着急，甚至连我自己也开始怪罪自己。想起小时候和大伯一起玩耍的亲昵场景，我总是怀疑现在的自己还是不是那个童年里总是发出清脆的笑声的小男孩。

生活在变，人在成长的岁月里也在变。有些变是温和的，有些变是残酷的，有些变是缓慢的，有些变是急遽而不容抗拒的。岁月在改变着人生，而人面对岁月往往是无能为力的，一如死亡的不可抗拒而徒留悲伤。

5

见到大嫂的时候，她一脸憔悴的神色，蓬松散乱的头发就那样披在脑后，整个人看起来竟有一种苍老。大嫂平时是个很会打扮自己的人，此刻的她却让我感到一种说不出的悲伤。孩子上学去了，她喃喃地说着，又给我和母亲让座。我只是将带来的礼品放到那张我以前再熟悉不过的红色桌子上，便再也说不出一句话来。是啊，这个屋子还是那么熟悉，还有我曾经参加大哥婚礼闹洞房时残存的气息。面对清冷的四壁，我似乎看到了大哥节俭的一生。他去世之后甚至找不到一张合适的照片来做他的遗像。可所有的精打细算都敌不过老天的捉弄。面对这样的事实，我总是不能理解。每一次还乡，总有一些突如其来的事件让我为之瞠目结舌而徒留叹息。

大哥和大嫂同年出生，在大哥去世这一年，他们都是三十八岁。记得他们结婚的时候家里清贫，为了大嫂的彩礼东挪西借，而今屈指算来也有十六个年头了。因为村里土地紧张，这些年他们一家三口就靠大哥一个人的土地养活，外出打工也就成了常事。农村的日子就是这样，贫穷、清冷、无奈而又求告无门，甚至大哥去世了，竟然没有土地埋葬，最后还是父亲让埋葬在了我家的坡地里。

大哥去世本就是一个意外。可意外之中的意外是大哥和大姐竟然在赶集的路上被同一辆摩托车所撞，一死一瘫痪的后果是我们任何人都无法承受的。而肇事者竟然弃车而逃，以致根本无法获得赔偿。后来，我见到了那辆肇事的摩托车，前轮焚毁，已经成了一堆烂铁。

6

痛苦之后总算还有喜悦。紧接着我看到了二哥（大伯的二儿子）新生的儿子已有半岁了，胖嘟嘟的小脸和明亮闪烁的眼睛显得那么可爱可亲，只是他见到戴眼镜的我就开始哭，而见到不戴眼镜的我却满脸欢喜。也许，在一个婴儿的眼里，戴眼镜的我是不属于他所熟悉的同一类人群的。而去掉眼镜的我抱着侄儿那沉甸甸的快乐却是真真实实的。

我是喜欢孩子的，我自认为总是和孩子之间有一种近似天性的亲近感。我与亲戚或家族中的小孩子们刚一见面，他们都会马上和我变得熟悉起来。其实，我是个再沉默不过的人，而和孩子们相处之时，我却总能和他们玩到一起，而不是让他们感到陌生或者恐慌。也许我和他们是有缘的，总能产生一种亲密的连接，以致在分别之时会让他们恋恋不舍。记得有一次，表哥四岁的女儿清清来家里玩，走的时候竟然要拉着我一起跟她回家，最后大哭着回去了。这让我好生伤感了一阵子。我感叹孩子的心灵总是那么敏感丰富，多情而又真挚纯洁，那一颗颗幼小的心灵总是在无形之中净化着周围的每一个人。

我也因此想到了大哥留下的小侄子，我没有见到他，但我却总是牵挂着他。他刚上小学一年级，幼小的心灵便要面对这种丧父之痛。对于一个孩子来说，这实在太残忍了。

在家里的日子，父母总是无微不至地照顾着我、溺爱着我，妹妹几乎每次都是在期盼中等待我回家，她的喜悦与天真，每每让我无言以对又感触在心。她聪明、善良、富有正义感而又温顺、敏感、热情，有着男孩子刚硬的脾性，内在里却是女孩子固有的柔软与丰润。这次回家，匆匆地见了一个陌生的女孩，说了很多不着边际的话。也许自己本来就是个笨拙的人，不会讨女孩子的欢心，所以才有草草收兵而功败垂成的教训。可即便如此，也依然让自己敏感的心灵遭受了一次风雨的暴击，在一种又痛又恨的惆怅中再次走出了那条属于我的小路，踏上了回城的客车。

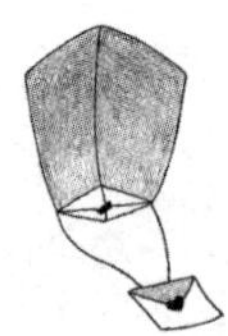

我坐在火车上奔往故乡

鸡已归笼，牛羊在晚霞中从田野归来，我坐在火车上奔往故乡。

一滴汗水滴落泥土，母亲站在门前，如雪般的白发在风中飘扬。我在一场大梦里酣睡，梦中母亲声声喊着我的乳名，为我叫魂。

姐姐牵着我的手和我一起去上学，我们手指勾着手指。姐姐藏在袖筒里的手温暖柔润，我睡眼惺忪，踢踢踏踏的脚步一路唤醒沉睡中的雪娃娃："上学了，上学了！"

太阳一出来，整个世界便只剩下我孤身一人。当我在风中醒来，姐姐已带着雪娃娃消失不见。呼啸的北风瞬间卷走了我的童年，我才开始在寒冷中学会真正长大。

我骑着自行车走在漫长的上学路上，自行车是那么笨重庞大，我是那么瘦小柔弱。汗水顺着我的额头不停地流下来，我还是无法追赶上同学们的影子。一声巨响之后，我眼冒金星、全身麻木，笨重的自行车压倒在我身上，有腥咸的血液从鼻孔流进嘴巴。这腥咸的味道不断地唤醒我身体中沉睡的力量，我一骨碌爬起来，顾不得满身的泥土和身体的疼痛，抹一把脸上的血污继续骑车上路。绝不流泪，也不示弱。

暗夜里，我在灯下阅读也在灯下书写。多年来，时间和命运就像两把雕刻刀，它们一直意图合谋要让我面目全非。一直有一句话在我的心中不停地回响：“成为你自己，成为你自己……”

我知道此时，鸡已归笼，牛羊正在晚霞中从田野归来。母亲站在门前为我叫魂，我坐在火车上奔往故乡。

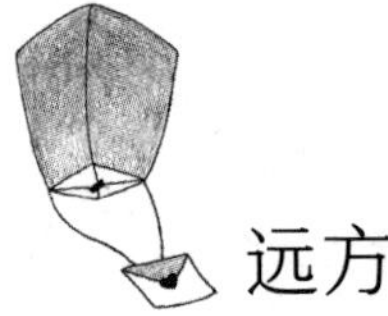

远方

这段日子昏昏沉沉，办完了母亲的丧事，我已疲惫至极，精神始终处于一种被潮水推着走的状态，连悲伤与泪水也似乎被禁锢了。

心介于麻木与钝痛之中，不想说话，甚至不想看见一切琐碎纠结的人与事。在我的心里，母亲好像只是累了，睡着了。看着她经历病痛之后的安详脸庞，我无法相信母亲温暖的身体会有冰凉的一刻。

六岁上小学，母亲缝制的拼花书包一跑一跳间不停地拍打着我的屁股蛋，那时我从来没有想过要逃离母亲的眼神。十四岁走进中学，吱吱呀呀的自行车摇摇晃晃地把我带进距家几十公里的乡镇，不会骑车的母亲冒着风雪徒步为我送饭，呼啸的北风依然掩饰不住她眼中的爱意。六年后，当我迈进了西安古老的城门，母亲便只能站在村口的大核桃树下，飞扬的花头巾定格成我心中永恒的温暖。

这些年，我一直渴望去远方。就像余华在《十八岁出门远行》中描写的那样，渴望去进行一场充满未知的旅程。远方一直诱惑着我，让我试图逃离母亲温暖的眼神。

现在，我终于明白母亲为什么要流着泪一次次将我送走。因为送儿子去远方，本就是一个伟大母亲的梦。儿时煤油灯下，母子夜夜相伴的苦读，就是我们彼此守望不懈追梦的永恒动力。

现在，母亲去了另一个远方。我知道我们母子之间只是把曾经站在地平线两端的守望，变成了天堂与人间的距离。每每当我抬头，我知道母亲依然注视着我，给我力量，伴我前行。

（本文首发《陕西工人报》2017 年 6 月 28 日副刊）

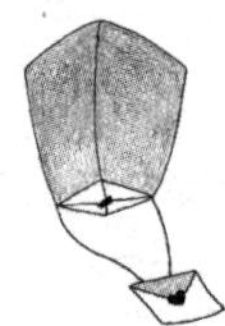

蓦然回首

我曾经一直觉得父亲不会老，就好像他笔直的背一直会是我的依靠。当站在第三个本命年的风口上，我发现父亲真的老了。父亲的脚步颤颤巍巍，就连牙也不知什么时候已掉得所剩无几，每天只能戴着假牙吃饭。还有他日渐邋遢的着装、佝偻的脊背和因为常年矿井工作一到冬天就怕寒的腿脚。

也就在这一年，母亲在经历了十多年肝硬化煎熬之后离开了我们。父亲再也没有了忙碌的对象，不用再日夜不停地围着母亲操劳，所以老得也就尤其迅疾。

似乎就在一眨眼之间，父亲和我之间的关系就被凌厉的时光之刃彻底地翻转了过来。就好像我变成了一个父亲，而他却变成了一个婴儿。他时时刻刻都张着诚惶诚恐又战战兢兢的双眼，在我的前后左右不停地扫描、打探。

那种扫描和打探，是一种莫名的压力，又是一种完全的信任，是只会发生在儿子和父亲之间的一种血脉相依的关系，是我在本能中所抗拒而又必须接受的关系。

晚上我使尽各种威逼利诱，终于将父亲带到卫生间洗澡。在热气弥漫的花洒之下，我看到原本一米八〇体格的父亲瘦骨嶙峋，只有一副骨架撑在我的面前。一时间我有些恍惚，似乎站在我面前的并非我的父亲，而是一个十多岁的少年。

蒸腾的水雾中，有灼热的气息从我的双眼涌出，有澎湃的情感洪流在我的内心鸣响。在这鸣响中，我似乎重新回到了八岁的童年，被父亲架在宽阔的肩膀上去田野里漫游……

（本文首发于眉山市散文学会主办的《在场》杂志 2018 年春季卷，总第 34 期；获由在场微散文奖评委会主办的在场微散文同题竞赛第二十期二等奖）

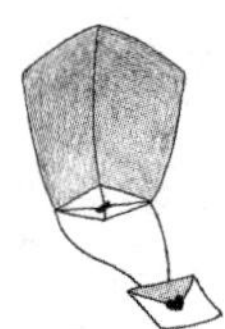

乡野里的蜀葵

六七月间的乡村田野里，沟渠边，总开放着一些五颜六色的花朵，间或有天地间的鸟鸣雀飞，敞开在一片明媚的阳光里，甚是赏心悦目。蜀葵便在其间。

在北方的山村里，蜀葵最常见的只有粉红和浅白两色的花朵。毛茸茸或黄或白的花蕊似一根根小小的桅杆挺立在酒盅样的花朵中央，一页页花瓣紧密环绕，众星捧月般迎着太阳盛开。可达米高的花茎细瘦细瘦地支撑着肥硕浓郁的花朵，迎风挺立在旷野之中。

乡野间的蜀葵大多是野生的，皆有着旺盛的生命力。在彬州的村庄里，村民却从不知道蜀葵为何物。孩子们嘴里口口相传的只有“没脸花”这个极为土气的诨名儿。它们一簇一簇挨挨挤挤地聚拢在一起，相互扶持着生长。又被孩子们肆意地揉搓着，撕裂为一瓣瓣零散的碎片儿，在舌尖上蘸一些唾沫，濡湿了贴在鼻尖上、额头上、脸蛋上，相互追逐疯跑着玩闹。

在彬州，几乎每户农家庭院的门前，都生长着几簇这样的蜀葵，多是最常见的粉色花朵，在肥嫩的绿叶扶持下攀爬在细脖子茎秆上兀自摇曳着。它们一般在白天开放，在晚上枯萎，不注意的人根本看不到它们的生死交替。它们寂寞地生，寂寞地死。山中发红萼，悄悄开且落。独自在天地间体验着花蕾打开的快乐、生命绽放的宁静和在朝阳下怒放的璀璨，倾听来自山涧田野的鸟鸣与虫吟，然后在夜幕降临时分萎落成泥。

在走出村庄前的十八年里，母亲总会在每个夏日采摘蜀葵的花瓣清洗拌菜。门前的数簇蜀葵开了落、落了开，我却从未细想，为何每天都会有新鲜的花瓣菜摆上餐桌。猛回首，又一个十八年悄然不见，而今只有一簇簇粉红色的蜀葵依然挺立在故乡的田野里，陪伴在母亲的坟前。

（本文首发于《菡风》杂志 2017 年第三期）

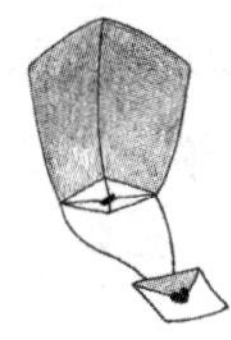

阳光刺破云层

阳光刺破云层，我从通往村庄的大巴上走下来，再次踏上回家的这条小路。

春深五月的田野里，满眼都是波澜壮阔的绿，令人的心在瞬息之间便豁然开朗。曾经在这条小路上，我骑着自行车飞快地奔驰，脚下的飞轮铮铮地脆响，那是十六岁的花季。早春的杏花满枝，花骨朵儿柔嫩似水，每个早晨我都会偷偷地折一枝杏花，插在自行车的前架上，然后蹬车赶往十多里外的学校。那时，母亲还在，父亲还未老，时间似乎特别地缓慢，也特别地宁静悠长。

现在同样走在这条小路上，我的胡茬就像脚下的荒草已爬满了整个下巴。小路两边的房屋皆显出倾颓迟暮之色，村庄里静得令人发慌。只有满眼的绿色，在这个五月的村庄愈加肆意蔓延。远处的阳坡上梧桐树开满了花，无人欣赏，更无孩子采摘。回到家门口的时候，我看见父亲正一个人坐在门前的长椅上发呆。

下午陪伴父亲一起种红薯秧子，当拿起久违的老镢头一镢头一镢头地砸下去的时候，我感觉有一股深沉的力量，正从脚下的土地里一点点上升到我的内心。那种感觉是那么踏实，充满了博大的张力，令人无法抗拒。此刻，年迈的父亲就蹲在我的身边，母亲就静静地躺在那边的土地里，那是隆起不到半年的新坟，抬头间有温热的泪水瞬间便布满了我的脸庞。

我知道，我不能沉迷于眼前的温暖，我应该有自己的使命，就像父母一生对于脚下这块土地的忠诚。

（本文首发于《陕西工人报》2017 年 7 月 17 日副刊，荣获由在场微散文奖评委会主办的在场微散文同题竞赛 2017 年 5 月第十二期优秀奖）

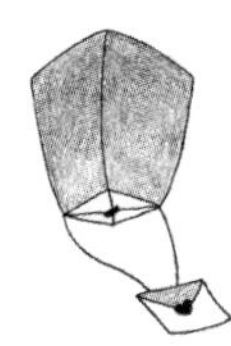

向着那道微光前行

在这个人世三十多年了，我第一次感受到死亡如芒在背的刺痛感。尽管我的脸上还能表现出一如既往的沉默与内敛，可我的心里早已溃不成军。

父母在的时候，死亡的魅影一次又一次地靠近我，又一次一次地远离我。虽然一次次地孤军作战，但我的内心从来没有恐慌过，也从来没有像现在这样噩梦连连。

2016年的冬天，母亲在经历十多年的肝硬化折磨之后，离开了我们。在那个寒冷的冬日里，她弥留之际的那些天，上吐下泻，几乎流尽了身上最后一滴血。我却只能眼睁睁地看着她拖着疲惫至极的单薄身躯垂死挣扎而无能为力。

我一边忍受着父亲在无边压力之下狂躁到失控的谩骂，一边看着母亲一口一口地吐着身体内曾经传递给我血缘的红色血液。因为听力残缺，我无法反驳父亲的任何指控，只能沉默地接受他的发泄、失望与落寞。

死亡的痛苦，并不在于生命的远去，而在于生命即将远去之时人类灵魂之中的恐惧。尽管我比谁都清楚，母亲的离去会抽掉父亲八十年漫长生命中的最后一块挡板，那是与死亡抗争的挡板，也是支撑他活下去的唯一动力。可我还是无能为力，只能眼睁睁地看着在我心中无比清楚的残酷现实一点一点地到来。

在 2018 年的新年里，父亲还是走了。父亲走得迅疾而又简单，比起母亲的痛苦基本上没有受苦。可我心里比谁都明白，父亲的离去也等于抽掉了我与死亡之间的挡板。我的内心开始疾速地老去，也在迅疾地成长。

我知道，此刻的我，必须直面死亡。死亡就像一道微光，已经在引领着我，在自己的归途上一路奔驰。

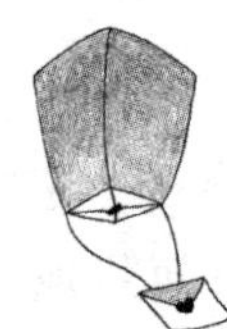

矿工永旺

当我拖着疲惫的身体和蛮重的行李终于回到家里的时候，母亲却告诉我："永旺死了，你爸帮着料理后事，没空去接你。累了吧？我给你倒杯水！"我听了，一时还没有反应过来，在慌乱中匆忙地做了一个手势，阻止了母亲。在母亲告诉我事情的全部过程后，我这才意识到，永旺真的死了。

永旺，一个三十多岁生龙活虎的年轻人，死在了他赖以生存的矿井之下，结束了他为之自豪的采煤工作，身后却留下了一个将要守寡的媳妇和年仅三岁已成为孤儿的孩子。

永旺，一个农民出身的煤炭工人，一个村子里最穷，兄弟姐妹也最多，父亲老实巴交、母亲疯疯癫癫，为人子为人兄亦为人夫为人父的男人，在那漆黑的矿井之下因流血过多而死去了。

他活着的时候娶过两个女人。第一个因风流成性，多次跟着别的男人外逃，又多次被追回，农家汉子的粗暴又使她多次被打得体无完肤，最终只得离婚。新娶的第二个女人本来就是个寡妇，来时还带有前夫的一个女儿，婚后生了一个男孩，此时已成二次守寡。

永旺的母亲因早年被丈夫动辄拳脚相加，精神上已近失常，时好时坏。近年来多次跟着外乡跳大神的巫婆学巫术治病那一套，越学精神越显得怪异，只要村人挑逗说："旺他妈，你帮我算算？"她便似和尚念经般唱起谁也听不懂的经曲，没完没了。因此，被丈夫关在家里不准出门。

就是这样一个家庭，在穷困中长大的永旺力图靠自己的血汗活出个人样来。在煤矿当采煤工的七八年里，他赤手空拳地为自己娶了媳妇，盖起了七间水泥平板房。父亲回来说，他是在加班时被煤柱塌伤了头颅失血过多死去的。当时面目已难以分辨，人们是根据他的衣物知晓其身份的。因为是和别人倒班，矿上只给了几万元钱的安抚费。

永旺出丧的时间是这个冬天的一个早晨，凛冽的寒霜给整个天空蒙上了一层萧飒的气氛，他仅三岁的儿子穿白戴孝被他的兄弟抱在怀里，似乎还打着瞌睡。他的父亲木然地看着儿子被埋入初冻的寒土之中，从始至终，一声不吭。只有他媳妇那一声声凄厉的哭声掺和着"永旺，你死得好惨啊"的话语透过寒冷的空气被风吹着呜呜地拖得老远……

当干燥的爆竹在坟地上空炸响的时候，似乎所有的一切都随着那炸裂的爆竹灰飞烟灭在了这个冬天寒冷的空气里。村人们家家门口都燃起一堆篝火，那在风中飞舞的灰烬，似在表示着自己的哀悼。

事后人们在村场上见到永旺的母亲，她依然能在人们的挑逗中振振有词地唱她的巫婆经……

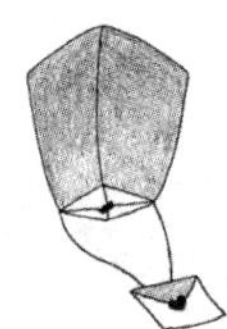

漫天飞雪换谁一世倾情

期待雪，雪来了，却是如此的阴冷难熬。

关于这个年，心里一直有很多话想说，想记录这片土地上的时时变化、刻刻经历，想表达对这片土地上所发生的一切事情的感触。那些已经深埋于黄土之下的乡亲，那些正在等待进入黄土的乡亲，他们凄怆的晚年让我对于这片沧桑而荒凉的上地时时生出无法抑制的恨意。可我又知道我的恨是幼稚的、肤浅的。

对不起我们的，不是这片热土，而是我们一直所依赖的、无法改变的乡俗观念，是根深蒂固的思想顽疾。

在这个年里，我终于见到了二舅，他忍耐痛苦的表情和在病痛之中对于生活的期望让我的内心时时战栗。我当然也见到了大舅，在丧妻之痛中苦苦煎熬的大舅，以前是多么帅气刚强的人啊！七十多岁的大舅和年近七十的二舅在我们众多晚辈的围坐中显得是那么的沧桑！

在这 2014 的第一场雪中，我走遍了这个儿时玩闹嬉戏的村子的角角落落，寻找着曾经记忆之中的点点滴滴。

儿时的伙伴，已经有很多人离我们而去。老实的百平兄弟因车祸死在了从煤矿回家的路上，百平死后，他的兄弟百峰娶了嫂子，带着哥哥的遗子继续生活。

志发的孙子从建筑工地几十层高的脚手架上摔落而死。当年志发的儿子也是死于煤矿瓦斯爆炸之中，尸骨不全。如今志发也死了，死在了去年的年节之际。还有和志发同是乡村赤脚医生的志杰死于癌症。志杰家盖的两层洋房院落如今在漫天风雪之中一派萧索气象，只有红纸写就的春联在风雪中亮晃晃一片醒目、刺眼。

这个年节里，有很多人没有回家。初一之后整个村子立马就清静了下来。只有老人和小孩站在村子的十字路口，一个个像极了等待戈多之中的士兵，张望的眼神里，一派茫然。

我的脚步游走在风雪之中，拍下的图片皆是一派沧桑，就连儿时的小学，那曾经几百名学生一起书声琅琅的校园，如今也只剩下一片断井残垣。不知道为什么，我的眼中忽然就有了泪，抑制不住的感伤压倒了追寻记忆的兴奋，脚步一时竟有些踉跄。这个曾经远近闻名，附近数十个村子里的孩子争抢着入学的校园，占地数十亩，却败落得如此彻底！我们儿时的记忆就这样被摞在了荒野里，经受着风雪侵蚀，昔颜难寻！

可笑的是，大年三十晚上，家家鞭炮齐鸣之时，原村主任家的三个儿子为了一个电灯泡竟然一起揣着刀子将开小卖部的一家打得头破血流，全进了医院。随后派出所介入。这究竟是所谓的民风剽悍，还是无知者无畏？

三十晚上去给刚去世的碎大烧纸。碎大死于车祸，赔偿十六万，引得村人一片羡慕，可是有谁知道失去丈夫的遗孀的晚年凄苦，失去父亲的儿孙的年节失落？记得碎大下葬之前的夜晚，碎大的阴魂托付到了三叔的女儿身上，在昏迷哭泣中说自己的阳寿已到，只能活到五十岁，让婶子不要挂念。但是我却明白那是他放不下婶子，当年年轻的时候他在过年时亲手写就的对联：“家有丑妻是块宝；贫贱相守百年福。”这就是农民的对联，写的却是平淡人世的幸福真谛，试问帝王将相百年兴衰，有几人真能活得如此明白？

从漫天风雪中归来，坐在家里的热炕头，母亲告诉我："正群的婆娘死了！"我说：就是那个装神弄鬼的"神婆"？母亲点头。

这个神婆还真是有些道行，母亲说她死前的晚上还去地窑的可可家看完了电视才回家，结果第二天儿子敲门，没有人答应，以为不在。好几天后破门而入，发现人已经死了两天了！她死后儿子无意中从她家的破风箱里找到八千块人民币，裹得严严实实的。在她死前的日子已经不再给人卜算治病了，也不跳大神了，而是靠捡拾村子里的破烂为生。然而她曾经的传奇人生却一直深深地烙在我的脑海里。应该说她的死是这个村子里最后一代"神婆"的终结了！而小时候的那些唱经念歌与跳神的道场还真的令人无比怀念呢！

两个老一辈赤脚医生的死亡和一个神婆的死去标志着这个村子里一代人所信奉的生活习俗的远去。校园的衰败是基层政权和乡村生活在打工潮侵袭之下的"空巢"景象。相反的却是县城汽车站的人山人海与大雪封路，高速停运，黑车泛滥与返城的迫切。

只是，不知道这一切，究竟会将我们引向何方？农村的明天又在何方？老人的归宿如何才能不再荒凉？孩子的童年如何不再孤单无依？新农村建设在邻村如火如荼地进行着，整齐划一的民居群和拔地而起的教学楼，令我的心中又是另一番感触。村与村的不同，说到底是人心与人心的不同，而我只是期待真正有能为村民谋利益的基层政权的出现，让民众的心温热起来。

离家的时候，雪愈下愈大，在我的脚下，每一步都是一个清晰的脚印，朝着明天的方向。

在我的身后，是逐渐隐没在白雪里的村落，远远地看去依然是那么美。

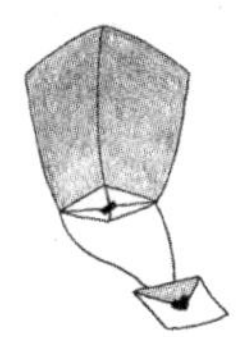

和你在一起

1

很久之前，一直想写一段关于豳州的爱情故事。

也曾在纸上朦胧间写下古塔、大佛与泾水三个部分的构想，可是因为心情的焦虑，心中的文字迟迟无法托生。

其实想起写这么一段虚构的故事，是因为在偶然中相逢了一颗孤独的灵魂。

那个时候，那颗灵魂总是在豳州的夜晚里发出怅惘的叹息，伴着她清瘦的身影将一种青春寂寥的美丽留在乡心的最中央。由此她让我想起千年前豳州城的工匠们，在女皇礼佛的宏愿中发起的铸造大佛的号子，让我想起千年之前的大佛寺下，青衣少女的跪拜与祈祷，想起滔滔泾水澎湃的歌声，想起豳地乡民们赤裸胸膛凿山运石的激情与悲壮。

泾水滔滔，逝者如斯。儒雅枯瘦的宋塔挺立于今日的豳州广场，那颗灵魂依然在遥远的乡心里歌唱。金戈铁马之后的大宋，在金陵脂粉十里路的奢华之中只给豳州留下了一座古塔，它玲珑剔透的美妙设计令人

心动。伴随着塔顶悦耳的风铃响彻豳州的是大宋文人一颗忧愤不安的灵魂，成群的飞鸟环绕着高耸的塔尖彻夜不息地飞翔，更嘹亮的是它们凄婉多情的悲鸣。它们从遥远的南国飞来，礼拜豳地七月流火、刀耕火种的古风，再一路歌唱着把豳地乡民的祝福带回温暖湿润的南国。

如今，那颗孤独的灵魂忽然停止了她孤独的歌唱，遥远的乡心里听到的是琴瑟和谐比翼双飞的佳音。

我在想，关于古塔、大佛与泾水的故事是否还有继续写下去的必要？

2

其实，人世间最好的相见是我们出生时与父母亲人的相见，伴随着我们一声啼哭之后的，是父母更加辛劳的抚育恩情。

从蹒跚学步到长大成人，他们的目光从来不曾远离。时光荏苒，再回首父母却都已到了七十的高龄。看着他们在岁月的风霜里饱经摧残的容颜和更加慈祥更加殷切的期盼眼神，我们的心便如荷塘中惊遇风雨的花瓣，淋漓不已。

回想从踏入幼儿园的那一刻起，我们就开始经历着一种亲情的分离，逐渐在他们的目光中越走越远。父母目送着我们走进小学，在家门口日日等待我们放学归来；目送着我们走进中学，寄宿之后他们每周只能与我们相伴两天；最后一直把我们送往更远的城市去读大学，我们一年之中也只能和他们相伴两个月。当我们毕业开始工作，在城市里独自打拼，经历生活的风雨，我们每年给他们的陪伴也只有年节之际的团聚。

近日，妹妹开车将父母送到了我身边。在漫长的黑夜里，我听着父母衰老而疲惫的呼吸，原本一直以来烦躁焦虑的心情忽然间一扫而空，代之的是一种温暖的妥帖，是内心之中那种不再两地相隔的舒心与安宁。晚年的母亲一直被疾病所折磨，身体每况愈下。每一次的入院伴随的都是生死的历险，可是母亲还是一次次地挺了过来。我知道她放不下儿女，放不下这人世最后的贪恋。亲情的陪伴是每一个老人弥补寂寞晚年的人性天伦，是看着我们近在身旁的满足与放心。可是在很多时候我们无法满足这种最原始的情感需求，快节奏的都市生活和被生存日益挤压的情感的匮乏让亲情流失殆尽。面对这种匮乏与流失，我们总有一种无力感，可我们不明白能够弥补青春让其永驻人间的唯有亲情，所以人们才会说所有的爱情走到最后都会成为一种亲情。

父亲和母亲吵了大半生，闹了大半生，也让我们的童年成长经历了很多痛苦与阴霾。父亲生性倔强，脾气死臭，对孩子的教育从来缺乏方式与方法，甚至连表达情感的方式都不会，只是一味地在外人面前老实。母亲温柔贤淑，对儿女们充满了柔情，对生活充满了隐忍，只是在面对父亲的时候却是寸步不让。小时候的日子里，父亲每月逢倒班的假日只回家两天，会给我们带回好吃好喝的东西，每次走的时候却总是和母亲吵过架离开的。在我的童年里，这种日子似乎从来都没有结尾。因此我渴望父亲回家，因为他会给我们带回零花钱和别的孩子没有的糖果和新衣。可我也害怕父亲回家，因为每到了后半夜，父母总会吵起来。父亲高声大嗓的吼叫和母亲尖言利语的哭泣令人绝望。这样的生活让我时时渴望逃离，刻刻期盼远行……

只是到了晚年，父母的情感却变得格外和谐，似乎谁也离不开谁半步。也许随着儿女的远行，他们真的感到了那种需要彼此相互扶持的刻骨铭心的孤独。为了抵御这种人生的孤独，他们甘愿放弃前嫌，结成生死同盟，和疾病与死亡背水一战。都说少年夫妻老来伴，可是我们不知道，其实这句话里所隐含的哲理，是对生与死的参悟，也是这个世界上最悲壮最牢固的同盟。所以在人的一生中，能够真正地生死相伴的，不是山盟海誓的爱情，而是温暖的亲情。而一切能够把爱情变成亲情结成生死同盟的婚姻，都是人世间最为动人的爱情。

（本文首发于《齒风》杂志 2015 年第五期）

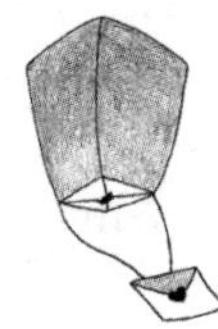

彬州大块牛肉面记

在外面经常吃牛肉面，吃的次数多了，经常是分明跟老板说了大碗牛肉面，一个肚子又胖又圆的大海碗倒的确是端上来了，可碗肚子里装的面只有小小的一拳。牛肉呢，“七八个星天外，两三点雨山前”，星星点点的三两块，嚼起来又柴又硬。更有甚者，根本见不到牛肉兄台的面目，味儿倒是有，一点点肉末末伴着一点油花花，氤氤氲氲地散发着，算是给了一点吃牛肉面的印象。于是我经常说，只要在大城市吃牛肉面，不管门面装修得有多雅致阔气，吃完感觉都是“印象派”的。

于是总是盼着回乡，回故乡彬州。彬州是个小县城，饭馆多是老门面，即便新开的，也多透着古朴的气息。相传豳地先祖公刘教生民以稼穑，此后在渭北大地的泾水河畔繁衍生息了以面食为主的彬州人。彬州人朴实，彬地的饭馆不管你吃什么，端上来的吃食肯定满钵满碗，用的油也是散发着植物清香的菜籽油，纯粹的植物油。

名仕花园路西的北段，就有这么一家牛肉面店，店名就叫“彬州大块牛肉面”。典型的彬州人开的彬州面馆，招牌是古朴的红木上雕刻的七个行书大字，透着一股文化味儿。厅堂百多平方米，桌子板凳皆是实木质地。这种桌子和板凳皆是原木制成后晾晒抛光，只刷一层清漆即可，绝对不用有色的油漆，据老板说用这种桌椅就餐能还原食物本身的味道。

彬州的文人都知道，彬州诗人赵凯云是个能吃也会吃的主儿，只要哪里有他，哪里必有面有酒。我在彬州大块牛肉面店吃面，在座的就有赵凯云。那天一同就餐的还有青年书法家柴治平，我们都称他老柴。饭碗端上来之前，先是一碟凉拌菜。大白碟子，青笋、木耳、黄瓜，还有花生米儿一起拌就。醋是粮食醋，酸中带甜。辣椒红艳艳的，似青春女子的口红。尝一口，青笋清脆，嚼起来沙沙的；木耳佐了香油，松软入味；黄瓜鲜嫩，水分很足；花生米既脆且酥，齿颊留香。等面端了上来，果然是大碗的牛肉面。汤质浓郁清鲜，喝一口，五内妥帖；面是又厚又醒的宽条手工扯面，咬起来又韧又筋道；牛肉煮得稀烂，块头大，分量足，绝非“七八个星天外，两三点雨山前”。诗人赵凯云是弥勒的面相，一张佛口狼吞虎咽，果真是大肚能容。老柴是绅士扮相，却也是额头冒汗，一根扯面吃得摇头晃脑，左右摇摆，间或就一口凉菜，受用无边……

待华灯初上，我们从龙山书院游玩归来坐定，食客们开始鱼贯而入，厅堂里十多张桌子瞬间爆满。一盘蛤蜊腥鲜中带着辛辣上桌了，酒是壶中宰相，烤肉与烤豆腐也纷纷爬上桌来。此刻再举杯畅饮，我又想起了早上的那碟凉拌菜，馋虫便从肚子里爬了上来，抓耳挠腮之际偷偷在诗人耳边提醒：“哥哥，再上一碟凉拌菜吧，等喝完酒别忘了加碗牛肉面，不必大碗，小份就行！”

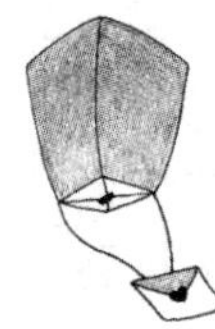

印记 2005

此刻我才明白悲伤其实是最无用的情感。一个人死去了，其他的人依然还要活下去，只有微笑才是生活里不可缺少的表情。

——题记

时间如白驹过隙，稍纵即逝。弹指一挥间，2005 年便从我眼皮底下悄悄溜走了大半，此刻只剩下一条尾巴滑滑地握在手里。我知道，总有一天它也会消失不见。

如果真要为 2005 年的自己加上一个表情，那应该是：淡淡的微笑，沉静的脸。

2005 年的我依然是一个身无长物，在精神上依靠文字为生的人。从走出大学校园的第一步，我就在实践着一种很多人眼中的贫穷职业：写作。

尽管在生活上我甚至无法完全保证简单的生存所需，但在文字的道路上没有放弃和退缩的理由，因为我有一个梦想，那就是做一个纯粹的文人，有一天能够真正依靠写作为生，能够出版自己的作品，发表自己的文章，能在读者脑中留下自己的思想。

这个梦想从很小的时候就存在着，现在的愿望更加迫切。在某些时候，我甚至觉得自己的生命仅仅是为了文字而存在，那些密密麻麻的汉字，简单或者复杂的排列，却能够给予我的心灵最真切的慰藉！

白天，我骑着自行车奔波在这个城市的大街小巷，忍受着一次又一次的冷脸与嘲弄，为了获得一份订单，我的忍耐力变得持久而坚强。在一次失败之后，我会又一次地迎上去，我开始学会厚脸皮，开始学会讨好别人，开始不怕陌生、不畏冷脸。晚上，在漆黑的夜晚面对着闪烁的荧光屏幕，打出一行行的文字，书写内心的故事与感想，只有电脑陪伴着我、文字陪伴着我一起度过一个又一个寂寞的永夜。当疲劳的时候，我会抬起头在天空寻找星星和月亮，那是我童年里永远温馨的玩伴。可我找不到，因为我看到的夜空不似家乡那么纯粹、明朗，在很多时候，它总是灰蒙蒙的一片。我没有失望，我开始学会另一种寻找，闭上眼睛，用自己的记忆和想象找回儿时的月亮与星星。我面对着窗子开始做梦，那是无比清醒的梦，它们让我没有失去那颗纯粹的童心！

2005 年我的大伯去世，我在一片感伤中回家奔丧，却没有看到更多的悲伤与泪水。大伯是小时候经常陪伴我玩耍的人，有着瘦小的体格和亲切的脸庞，等到老来多病之时却只能躺在炕头苟延残喘。最终，我只能站在他刚刚拢起的坟头，看着穿白戴孝的人们一起将头上的长孝缠起，阴冷的天空中太阳霎时放射出万道耀眼的光芒。此刻我才明白悲伤其实是最无用的情感。一个人死去了，其他的人依然还要活下去，只有微笑才是生活里不可缺少的表情。就在这个时候我看到了大伯的儿子，我的兄长，长长地出了一口气，然后带着长长的送葬队伍往家里走去……

2005 年是我在这个城市的第五个年头，从背着书包走进一所大学，到背着铺盖卷走出校门，从徘徊人才市场的汪洋大海之中到在这个城市的大街小巷拉业务，我感觉自己在一点点地苍老，胡子拉碴。可面对别人的时候我依然会微笑，我感觉只有这样心里才会平静。

实际上，在很多的时候我真的是沉静的。沉静不是我的面具，而是我的本性。比如在看书的时候，在写作的时候，在思考一些问题的时候，我都非常的沉静。即使走在秋天的晚霞里，心情感觉特别好，我依然内心沉静，脸上偶尔闪过淡淡的微笑。一些会意的微笑，总是在这个时候发出的。除了工作和睡觉，2005 年的大多数时间我是在图书馆、电脑旁和图书大厦里度过的。我喜欢图书馆的气氛，只有书页被翻得哗啦啦地轻声作响，似一串串清脆的音符，这个时候的我内心就会特别愉悦，一种悠然自得的快乐便会从心底升起……

在图书大厦里读书，感觉其实和图书馆没什么两样，只是心中往往有一种闹中取静的惬意，文字在眼前飞速地闪过，一本书不觉间半天就读完了，想想不必有付账的负担，节省了许多金钱与时间，却在阅读中获得了许多独特的生命体验，还能看到最新的图书信息。也许这种行为为许多人所不取，但是我想说，这和“书非借不能读也”实乃殊途而同归！

2005 年，我最大的收获是写了许多原来想写却一直没有时间和精力去写的东西，比如我完成了自己梦想中的第一部小说，同时每天坚持写散文、评论，日记。我的文字虽然稚嫩，但我相信自己是有所进步的，我在按自己想活的方式活着。活得苦，也活得累，但我觉得值。因为我相信自己在一点点地向梦想靠拢，一条清苦而艰辛的路在我的脚下慢慢地延伸，我带着淡淡的微笑、沉静的脸，也带着自己的梦想与追求走过了 2005 年的平淡岁月和稚嫩青春，向着充满憧憬的 2006 走去。没有轰轰烈烈的爱情，没有惊天动地的业绩，只有平凡简单的生活，怀着一些自己对于生活的理解，淡淡地微笑，沉静地生活。然后，看着自己的表情定格在 23 岁的生命历程中，虽然满怀留恋，却依然脚步匆匆！

（本文获陕西华商网 2005 年首届征文大赛优秀奖）

第二辑

红尘心履

人生苦短，每一次相逢，都应该珍惜；
红尘清浅，每一段遇见，都应该感谢。

——《任世间繁华，我静坐寂寞》

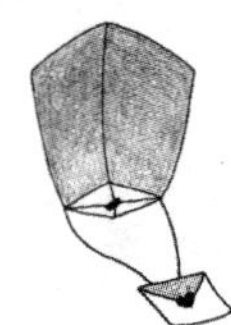

听雨词国

雨，带着丝丝的凉意又在窗外纷飞了，在清凉的秋日之夜，听着窗外的潇潇雨声，一种温馨的感觉不禁从心底油然而生。带着些许的凄婉与孤寂，我走入了一个风景别致、情趣盎然的国度——词国。

此刻，将心沉浸在绵绵诗意之中，细心聆听窗外的雨声，在平静的心境中，似乎世间的一切喧嚣都融化为雨，点点滴滴，缠绵不尽。我们真的需要这样的时刻，因为人生总是很难时时得意，而将身心沉浸到这种缠绵凄恻的细雨之中的忧伤，却总能让人在微微的心痛之中保持一分清醒。因此，很多人喜欢雨，尤其喜欢这种凄婉缠绵的雨。

“点点不离杨柳外，声声只在芭蕉里，也不管、滴破故乡心，愁人耳”；“梧桐外，三更雨，不道离情正苦。一叶叶，

一声声，空阶滴到明”。不管是张孝祥的凄叹怀乡，还是温庭筠的别离愁苦，我们总能感触到雨的精灵神话，给予了我们漫漫人生一方寄寓情思的空间。

“一声声，一更更，窗外芭蕉窗里灯，此时无限情”；“秋阴不散霜飞晚，留得枯荷听雨声”。万俟咏的滴滴愁雨令人伤感，李商隐的枯荷雨声更显孤寂，在这绵绵雨夜，词人的弦弦心声总能让人在一份温馨的寂寞里潸然泪下而不知因由。听雨词国，在伤心中我们的心里总能获得一份莫名的欣喜和难言的感动，因此我更不愿忽视这滴滴的精灵，从而去珍惜这人生中的每一个雨夜。

然而在词国听雨的杰作中，最牵动我心弦的还要数蒋捷的《虞美人·听雨》:“少年听雨歌楼上，红烛昏罗帐。壮年听雨客舟中，江阔云低、断雁叫西风。老年听雨僧庐下，鬓已星星也。悲欢离合总无情，一任阶前、点滴到天明。”蒋捷将自己不同时境的人生际遇与感悟巧妙融于其中，寓情于景，情景交融，堪称一绝：少年，和风软雨，无忧无虑；壮年，凄风苦雨，不堪重负；老年，疏风冷雨，一任清寂。

多少次，面对秋雨，吟诵它，心中总会涌起无限的感慨，因为我们总会从属于其中一种心境，而它却能让我们清醒地看到身后的未来之路，从而从容面对。

今天的我们，有的人或许还没有经历人生的风雨，亦不知道何谓真正的愁苦；而有的人却已是人到中年，遍历风雨。但我们在词国听雨之后都不禁感受到一种人生的沧桑，一种历经绵绵秋雨之后的凄苦。而对我们来说，沧桑既不是无奈，也不是苍老，而应该是一种历经人生悲欢离合的成熟与超脱。

于是我想，听雨词国，应该不是一种为赋新词强说愁的生活装点，而是一种阅历人生之后的生命境界。

（本文首发《怒江报》2018 年 7 月 16 日副刊）

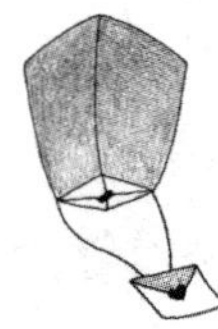

秋虫的歌声

此刻，我的心中一片空虚，无所指向。

我似乎走入了一个漆黑的隧道，盯着眼前的那一个亮点，却永远无法抵达。

我想求助于朋友，可发现朋友此刻正沉溺于青春的酒杯里，他连自己何时跌进去的都不知道。

我边走边希望前方能够出现一个同伴。不管他是谁，只要有一个同类，我都将不再孤独。因为走在同一条路上，我们之间定会有相似的地方。即便他是一个对手，也起码让我感受到了挑战的快乐，而不至于陷入这荒野般的死寂里。

这条路实在太长，也不好走。路上坑坑洼洼，一不小心就可能被绊倒。而这时，我却在坑洼之间听到了秋虫的鸣吟，我猛然心里一阵狂喜。要知道，这是比世间任何美妙的音乐都动听的歌声啊！它告诉我生命的快乐不仅仅在同类中，它告诉我唤醒自己灵魂的歌声永远不止一种，任何生命的歌声都可以引起灵魂的共鸣，甚至它可以超越种类的限制。它不存在界限之分，甚至毫无界限可言。界限只不过是自作聪明的人类对自己所做的限制。它根本限制不了别的生命，只能作茧自缚。

渐渐地，秋虫的歌声远了。我仍然走在漆黑的隧道里，向着心中的那个亮点走去。可我的孤独感明显地减弱了，或者说渐渐地消失了。我心中的亮点越来越大，终于我在天黑之前走出了隧道。

霎时间，所有的光明似乎都聚拢在一起，向我的眼睛逼来，我的眼前在这光明里一片漆黑……

当我再次审视前方，橘红的晚霞里，漫天都是飘飞的蝴蝶。她们那么美，透明的羽翼上，花纹的脉络里，似乎都有声音在震颤，竟与那秋虫的歌声一模一样！

（本文首发湖北宜昌《自强文苑》杂志 2019 年夏季卷）

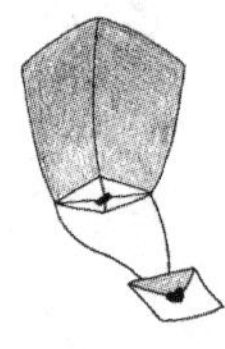

把生命镌刻在光阴的墙上，把爱人镌刻在生命的树上

静静地坐着，等待。等待一种不可企及的抵达。

闭上眼睛，脑海里闪过的画面，似风一般远来而又逝去。

叹一口气，怀揣一颗颤抖的心，手捏半枚破旧的铜钱，走入茫茫人海，寻找那个手捏吻合这半枚铜钱另一半的人。我以为，这样自己就一定不会错过生命里的缘分。

我走过了荒凉的大漠，听闻了驼铃的吟唱；来到了江南水乡，见到了如烟美景。站立于落日楼头，欣赏迁客骚人的挥毫泼墨，流连在西子湖畔，看断桥残壁在西湖风雪中隐没。

这天，我来到了一座寺庙，见到了一个和我同是“化缘”的人。只不过他是和尚，我是俗人。他挨家挨户，竹杖芒鞋，来者不拒，一天下来满载而归。当我们一同坐下来休息的时候，我向他请教化缘的妙方。他看了一眼我风尘仆仆的样子，眼神里有些许怜悯，又含着叹息说：“缘本随缘，何来寻找？世间缘何多，错过缘何少？”

闻此，我想起了大漠中从我身边走过的驼人，江南水乡中的船夫，落日楼头的骚客，西子湖畔的游人……

其实在生活里，我们每个人都是化缘之人。这一生中错过的缘分里，有友情、亲情，也有爱情。相遇的时候，我们并不觉得珍贵，相处的时候也并不觉得美好，当平淡的日子就这样从我们的身边走过，回过头时，才明白了曾经的相遇、相守抑或相恋往往在我们的生命中只能出现一次，过去了，便永不再续。

我们不知道，往往一个点头微笑的瞬间，有可能留住的是一生的知己；我们不知道，陪伴与相守的艰难岁月，其实是滋润心灵沃土的春风雨露；我们不知道，“一寸光阴一寸金，寸金难买寸光阴”其实才是这个世间最令人刻骨铭心的箴言与誓言。

挽不回青春的手，留不住相爱的人，拉不住倾颓的墙，还不回枝头的花……

忽然就想起了诗人那震彻天地的灵魂鸣响：“君不见黄河之水天上

来，奔流到海不复回。君不见高堂明镜悲白发，朝如青丝暮成雪”，要与尔同销万古愁的天才诗人，其实一生的时间都在悲叹光阴不再、逝者难追。无论是秉烛夜游的《春夜宴桃李园序》，还是与天地共鸣响的《将进酒》，抑或抽刀断水、举杯消愁的那些饯别之歌，他的一生里永远都在与光阴做着告别，永远也走不出天地不老、人生有涯的迷境……

于是，大多数时候安静地等待，也就成了我们一生永不可企及的抵达。我们摆脱不了这千古的谜题，也因此“把生命镌刻在光阴的墙上，把爱人镌刻在生命的树上”，便成了众多有识之士一生孜孜不倦的追求。

回头想想，“与天地同在”又是多么虚妄的一句话呀，那些“立德立功立言”的理想，在万古洪荒的光阴流逝里也只不过是极为仓促而又短暂的一瞬。不知道是谁说，人类的历史归根结底永远都是一部悲剧，因为我们必须在这永恒的虚妄中寻求存在的价值，将有涯的生命放逐到无涯的天地间去，接受生命必死的悲剧结局……

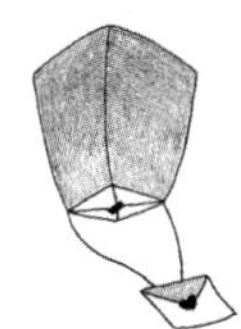

昨夜无寄

秋意已浸入骨髓，爱意仍迷漫人间。这无寄的长夜，也许是我流水一般的生命长河里最温暖的一夜，又是最孤独的一夜。

经常在这样的午夜，你会从故乡的田野里向我走来，从耸立千年的宋塔风铃声中向我走来，从女皇礼佛的佛堂古殿里向我走来，然后随着奔腾不息的泾水之声逐渐远去。

你的眉眼清秀，你的脸庞清瘦，你的背影孤单。在无数腾起的烟尘里，你是无处不在的幽灵，在我的灵魂殿堂里永世不朽……

此刻，关于故乡的记忆正在我的灵魂里坍塌，耸立千年的宋塔轰然倒地，大唐王朝的佛堂古殿在历千劫而不毁的时光烟尘里，开始被浩荡的泾水一寸一寸地吞没……

此刻，没有谁能阻挡我心中的无限恨意，正如没有谁能阻挡我心中如洪水一般的爱。此刻，战马嘶鸣，钟声远去，你的脸庞在我恨与爱的洪流里清晰地浮现，伴随着万古洪荒的柔情，开始一寸一寸覆没我的灵魂。

此刻，端坐的丈八大佛在洪水中无语沉默，我指尖的烟火明灭。在无边的秋夜里，你从明灭的灯火里，开始一点一点浮现于我的灵魂。

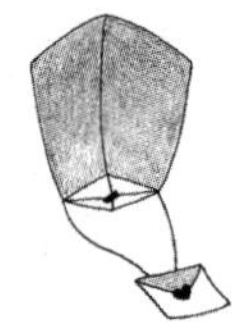

长亭送别

纷飞的秋雨里，你的背影如一叶小小的船，转瞬便消失于我的视线。

看着眼前的站台，这空荡荡的长亭挺立于无边的秋雨里，愈发地寒冷孤独。我就这样站在纷飞的秋雨里，看你远去。

此刻，我的手悬挂于无边的空寂里，我的心也是无边的空茫。我不敢撑起手中的雨伞，亦不敢抬首去看那扇也许并不存在的门。

我知道，这城市的尖顶阁楼，无法抵挡猛烈的风雨。而我静卧于故园病榻之上的娘亲，正张着一双满含期待的眼，那是我此生难解的伤心！你的到来，恰似孤独水夜里盛开的一叶小小的莲，瞬间照亮了我灰暗的人生。

那温暖的昨夜，此刻在我的心中仍是一个迷离的梦，一个无比遥远又无比亲近的梦。你柔软的羽翼紧贴我灵魂的翅膀，我们就这样一起拥抱着飞翔，试图穿越眼前这片茫茫的秋雨。

我知道那片明亮的灯火此刻就闪耀在你的灵台，亦闪耀于我的心房。“噼噼啪啪”的水珠似调皮的雨娃娃急切地拍打着我们头顶的雨伞，“大珠小珠落玉盘”。我能听到你怦怦作响的心跳，我也知道这头顶的晴空有多么逼仄，我们只是紧紧地十指相扣，一起抬首看着茫茫的雨雾。

此刻你舟车远去，我独立于这空荡荡的长亭，遥望你远去的背影。这十里的长亭是那么短，又是那么长。

此刻，我的手悬挂于无边的空茫，不敢撑起手中的雨伞，亦不敢抬首去看，那扇也许并不存在的门。

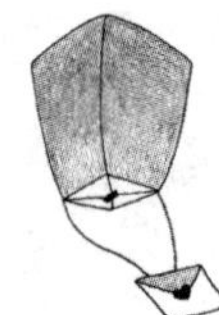

喜欢

我喜欢静谧、安详与整洁，不喜欢喧闹、浓烈与污秽。

我喜欢安静的图书馆里一个个沉寂而安详的灵魂，她们沉静优雅，充满了蓄势待发的力量，却并不给人以威胁。

我不喜欢喧闹的车站广场满口污秽的男子，扬扬得意地炫耀脖子上的金镣铐，或者手抓肥腻鸭脖的壮硕妇人，旁若无人地放肆吞咽。

我喜欢安静独立而内敛的灵魂，他们像一本本行走的书，朴素无声地传达着气吞山河的雄心，在默然中将千军万马布满大地；我不喜欢内里枯竭外表喧哗的走肉，自欺欺人而不自知，寡廉鲜耻自私贪婪，外披一袭华美的袍，内里却爬满了虱子。

我喜欢狂风暴雨不期而至，亦喜欢和风软雨点滴淋漓。我喜欢花朵布满山川，风吹草低见牛羊；亦喜欢独守一本发黄脆薄的线装书，在万籁俱寂的夜晚相对无言，却心暖如同梦回往昔。

我不喜欢凶残，刻薄，狡诈阴狠；不喜欢美人的冷眼，君王的计谋，将军的怯懦，文士的无骨。

我不喜欢将热腾腾的心浸入深秋冷雨，酒入愁肠相思却无泪；不喜欢满城衣冠灿烂，一腔热血冰凉。

喜欢是你的抬首舒眉，不喜欢是我的一城幽闭；喜欢是你的满目清凉，不喜欢是我的双目低垂。

放马出去，忘了前生，且拥今世……

（本文首发于山东省平度市《今日平度》报 2019 年 9 月 12 日副刊）

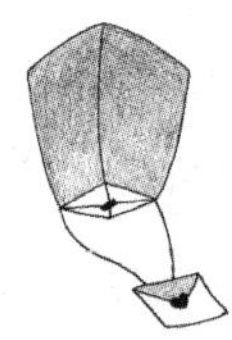

任世间繁华，我静坐寂寞

走过了无数条的路，见过了数不清的人。回过头来，心间遗留的名字，也就那么两三个，能忆起的欢曲与悲歌也只那么三两首。它们是年少轻狂时的陪伴，亦是同窗伴读时的无悔，是心字烧成灰时的黯然，亦是泪眼问花花不语，乱红飞过秋千去时的无言。

任世间繁华，我静坐寂寞。

红尘万象在眼前变幻不定，青山绿水在心胸里蜿蜒奔流。记忆里总忘不了那间童年时的老屋，屋前的杏树、梨树，还有它们开在春天里醉人的花香，生发在树枝上清脆的鸟鸣。老屋的周围是俨然的田舍，田舍边是哞哞叫唤的老牛，老牛的叫声唤醒了我沉睡在心底的如歌往事。

任世间繁华，我静坐寂寞。

中年的世事，是沉浸在柴米油盐里的战争，是喧嚣不宁的啼哭与缘愁似个长的三千丈白发。漆黑的夜里，喧腾的烟雾笼罩着一个中年汉子的孤寂与苍凉，也在逼迫着他将一个悲愁英雄的穷途末路喷薄成雄心壮志的未来画图。

任世间繁华，我静坐寂寞。

再美丽的花朵，总有凋零的时刻；再顽强的生命，衰老到来的时候，内心也会发出无声的叹息。零落成尘碾作泥，只有香如故，那是花朵的悲壮；永葆贞节，在世俗的烟火里将腐败的肉身活成一朵虽然枯萎亦散发出永不消散的清芬的兰花，那才是人格的豪迈。

任世间繁华，我静坐寂寞。

读完了前朝后代的书，阅尽了古往今来的事。默然垂首间，心中只留一杯香茗，一曲清歌，一盏孤灯。铁马金戈的梦想在千万里蓝图间驰骋，英雄与红颜的故事在家国天下里流传。有人哭了，有人笑了，有人倦了，有人散了，还有人以一腔血泪研墨，用一颗精魂作笔，把奇耻大辱的人生写成了流传千古的佳话，然后悄悄地离去。

人生苦短，每一次相逢，都应该珍惜；

红尘清浅，每一段遇见，都应该感激。

（本文首发于《咸阳日报》2018 年 12 月 31 日 B3 版）

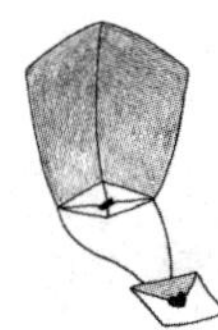

那个幼稚的人

我是一个幼稚的人，很多人都这样说我。但是在我的内心中我一直以为幼稚是和童真画等号的一个词。

我的幼稚，在很大程度上表现为对女人的幼稚，或者说我不够大胆，不够爷们儿。总是在心慕的女孩子面前扭扭捏捏，不敢表白，从而错过一次又一次的机会。在这个弱肉强食、遵守丛林法则的社会里我显得更加落寞。无法突破自己，就无法赢得异性的青睐。

我的幼稚还在于，我始终认为爱在先而性在后，但是很多人告诉我恰恰相反。我总以为，只有完全地获得对方的认可和同意之后才能跨越性的界限。然而，很多成功的人告诉我，先下手为强，后下手遭殃。我总是以为，只要牵了一个人的手，就要认真地走一辈子。然而教训告诉我，离婚和结婚完全可以放在同一天，情感是虚无的，金子才是真实的。

我想，我的幼稚还在于，我是一个文学青年，我思考一切问题的着眼点是灵魂的清白与安宁，而现实之中完全不是这样，共同的利益决定了我们是敌是友。只有永远不变的利益，没有永远不变的情谊！

我想，我的幼稚还在于，总是对别人付出真心，而别人只是在利用你。当你完全丧失了利用价值之时，被抛弃便是你注定的命运。我总是认为，灵魂的温暖，友情的真挚胜过一切的荣华富贵。而现实是如果有一百万放在你面前，你是否还会决定和一个人保持你们数十年的情谊？

是的，当我不得不，不得不明白自己的幼稚之时，我的眼泪在心中滴成了湖泊。我的心不知道为什么还是一抽一抽地隐隐作痛，我明白被人放弃是一种无可奈何的选择。而放弃者只需要咬咬牙做一个狠心一点的决定即可。在这个社会上没有什么是一成不变的，不变的东西只有一条，那就是一切都在变。农村化为城镇，农民流徙成为农民工，生命的移动迁徙就是一条命运的河流，恒河沙数，我们都是渺渺之中那最不起眼的一个，被忘记和被记住，其结果最终不会有什么不同。

活在当下，就得认同当下的法则。眼泪和鲜血让我们成长。在数十年的生命里，我们曾彼此牵念过，但是当到了需要忘记的时候，我们也不得不做到形同陌路。

地球如此之大，宇宙如此之巨。我们的相忘于江湖其实是冥冥之中的必然。

那些年的青春之中的牵念和一同走过的岁月，或许美好，或许琐碎得不值一提。

如果在你的眼中会闪光的只有金子，那就握好你的金子，一辈子也不要丢失。

而在我的生命中曾经闪光的你的眼眸，我会在心底好好地埋藏，直到自己也忘记了那曾经的闪光！

十年，确实是一段不短的岁月，十年之中你的改变与我的幼稚依然是一道清晰的十字线，命运的殊途就这样划定。此后，我只有祝福你前程锦绣。而我，则继续坚持我的幼稚，坚持我对情感永远幼稚的表达与看法。

纵然这世界日益江河日下人心不古。我也依然青灯黄卷，在自我世界里寻找那永恒的童话。

还记得我说过的话吗？如果有一天我死了，当你实在想不起我的名字的时候，你听到了我的死讯，会在心里轻轻地说：“哦，是那头犟牛终于死了！”我想，我的灵魂如果在天边听到了你的心语，一定会开心地舒展起来！

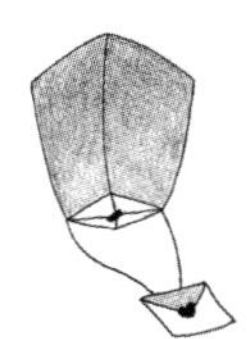

离婚记

十一月的秋风正紧，坐在火车上等待一场告别，也许还是一场诀别。窗外的风景飞速地后退，记不得这是第几次坐火车了，但是却明确记得这是自己第二次坐单程南去的火车。

第一次单程南去，是为了结婚。

第二次单程南去，是为了离婚。

眼前的风景在秋风浩荡中泾渭分明，过了潼关，一路向南，武汉大桥下的长江日夜向东奔流不复还。

我们的人生也正是这样日夜奔流，逝者如斯……

情感的变迁是一道青色的伤痕，在回环往复的挣扎中愈加深刻也愈加清晰。

当我们都看清了对方的真情境之时选择也就更加清晰。

只是曾经的风雪交加，曾经的长途奔波，曾经的梁山伊始，曾经的双城记如今都化作了梦幻，而梦幻终是要成空的。

只是五年中的往事历历，如幻如梦，如雕如刻，更兼血泪交加，悲苦相继，又如何能够让人就此放下？

但是为什么就是要去割舍呢？我想是因为痛吧。因为我们都不想让彼此把这种痛带到后半生中去，因此才放各自一条生路，从此天涯路远，各自珍重……

办完了手续，还有半天的时间，再一次去了湘江。而潇水的记忆则是第一次两人南去留下的。在潇水之滨有一座大学，青石小路，流水淙淙，伴竹而居，雅静非常。那样的记忆就此永远割舍，也永远地停驻在了某年某月的一个童话般的梦境之中。而现实何其惨淡，何其无情。

湘江潇水的风景依旧，而斯人斯景已经成昨。我想，我是不是太过多情？所谓的桃花春风的梦幻其实是人世间最无情的写照。人的多情亦是如此，但有时候我们却不得不去无情。

返回时路过城中的一个旧书摊，一一浏览，皆是沧桑年代的珍藏，那些如今已是文坛大腕如贾平凹、刘心武早年发表在《收获》《当代》之上的小说，而今纸页灰暗，手指翻捏间簌簌作响，如同那个年代里埋藏在纸页间的幽魂，令人心惊。最后再三权衡，以百元购得六本旧书：她收回的重庆出版社王纲编的 1982 年版《书法字典》一本，中华书局 1981 年版干宝《搜神记》一本，上海古籍出版社 1979 年版纳兰性德著

《通志堂集》影印本上下两册，外加岳麓出版社 1982 年版冯梦龙著《情史类略》一本，《圣经》一本。

晚上出了君安宾馆，这是她接站前提前为我预订的房间。老实说，她此时态度的委婉令我竟然有了一些尴尬与陌生之中的熟悉，只是当初的那种感觉却再也回不去了。

上车后，来时挨挨挤挤的火车上此刻竟然人影稀疏，座位大半空空如也，旅客每人各享一张长椅，或呼呼大睡或冷眼对窗，而此时窗外的秋风却更加紧促。于车厢灯影迷蒙中翻出日记本急速书写间抬头再看窗外的夜色，眼中不禁有了泪潮，莫名间翻出手机发出一条短信："谢谢 & 对不起……再见。保重！"

下车后，古城火车站灯火辉煌，抬头望去巨型电子屏幕上显示的数字是 2011 年某年某月。忽然记起第一次坐火车南去是在 2008 年正月初三，一梦方醒间此刻距离 2012 年竟然只有一月余。而我的《圣经》下车时只读到挪亚方舟，洪水漫来……

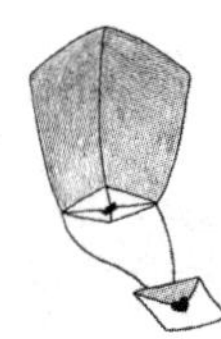

想起《素年锦时》

想起《素年锦时》，便想起了那一段宁静而单纯的日子。

只是，太短，短到让我们无法有太多的细节去回忆。

岁月无情，人亦无情。

一页翻过，另一页便自然开始。

只是宁静与孤独相伴，单纯与美好今生将永远与你我绝缘。

我们看到的人生，是无比残酷而血腥的一面，是没有硝烟的战争。

是生死相随的仇恨。

是的，我们可以放弃自己，放弃一切我们原本想要的美好。

在今生与来世之间做一个艰难的选择。

我们可以了断自我，放弃这滚滚红尘、大千世界的诱惑。

只是，和我们与生俱来的那一切斩不断、理还乱的牵系，我们却永远无法去做一个了断！

生和死，同样艰难，爱与欲是永远的牵绊。

信念是自己给自己的，宁静和单纯亦是。

一颗强大的内心不经过血与火的炼狱般的考验是我们永远也不可能拥有的。

相信，自己所经历的一切，不管如何的残酷，在你人生的某一个点上，永远都是一笔永恒的财富！

要勇敢、坚定。要有强大的内心。

要有任凭时间流逝，不会泯灭和屈服的信念。

要学会拒绝伤害、虚伪、肤浅。

要始终相信温暖、爱情、光明。

不害怕寂寞，不畏惧孤独。

要学会原谅这世界和你自己。

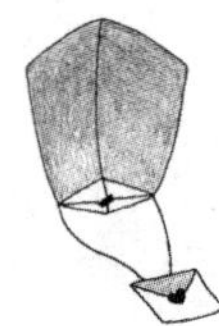

八月未央

朋友说：自己心不静，所以才晦暗未明，坐立不安。我说，我还没有修炼到那个境界。

朋友说：生活就是教我们一步步如何闭嘴。我默许。

朋友说：文艺用在创作中，不要用在现实里，那样就成笑话了。我说，我就是笑话。

我说：真想找个山野无人的地方长啸一番。朋友说：你有时候是真幼稚。我无言。

在这个酷暑难耐的七月，我的心却陷入数九寒天的冰窖里。

我看到了人世间太多不堪的一面。

我让自己的心在锯齿之上做着无谓的拉锯战。

我用自作多情的文人情怀去度量冷漠现实之中的那一颗颗嗜血的心灵。

没有笑容，没有表情，没有语言，机械，麻木，僵硬，唯利是图，锱铢必较，是戏子，也是……

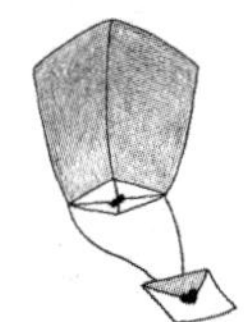

秋雨，让蝴蝶无法不沉重

我的童年生活在农村度过，我的小学、初中、高中的所有同学都和我一样来自那片柔软疏松的黄土地。我天生敏感而好静，小时候总是拿着一本小人书一看就是整整一天。母亲说我那时总是白天睡觉，晚上睁着一双眼睛糟蹋人，不让人睡觉。

目不识丁的父母不知怎么遗传给了我文学的基因，我总是对各种故事书痴迷不已，并深深地为故事中主人公的悲欢离合而感动。相反，我却对数学极为迟钝，小学还能对付，但上了初二以后，那烦琐的代数和几何每每使我无以应对。就这样，数学老师总是对我极为不满。在初三的第一学期，一次他布置了 A 与 B 两种作业，让我们根据各自的基础选做一种即可。当时他检查 B，而我只做了 A，当他检查到我的时候，B 类作业本刚好在桌面上，那是因为我周末本就没有带回去。没有等我拿出 A 类作业，身高一米八〇的数学老师扬起大手就狠狠地抽了我一巴掌。一时间我只觉得双耳轰鸣，满目冒火，久久才恢复知觉。

人生的不幸往往就在于一时间的阴差阳错。农村老师的身体惩罚本来就司空见惯，但是数学老师的那一巴掌竟导致了我的右耳内部受伤，听力随之下降。当时年仅十六岁的我对此根本就没有细想过，只是在第二天的午自习时右耳耳鸣不止，之后的两周内听力也出现了问题。

在父亲带我去县医院检查的时候，我找数学老师请了假，因为他同时也是班主任，愚蠢的我还没有联想到自己的病就是数学老师造成的。然而县城小医院的检查设备很落后，医生只是对耳内进行了一番冲洗而已。

一晃初中毕业了。高一时，我的听力已产生很大的障碍，至高二高三听力直线下降。在此期间，父母带着我四处求医问药，花费达几万元，然而病情毫无起色。直到有一天，我在猛然之中想起了初三时数学老师检查作业的那一幕，清楚了一切问题的根源所在。此时，距发病之时已达三年之久，是否去找他？去了还能说清吗？当时的一切在自己的脑海里反反复复地映现，在愤懑不平之中，随着时间的拖延事情也就不了了之。就在痛苦不堪中，我接到了大学的录取通知书。为了圆我的大学梦，我不得不暂时中止治病，否则就意味着父母为我积攒的学费必须全部用来治病，而且还不一定能够治好。

而另一个原因就是对于文学的梦想与追求。自上初中以来，我阅读了包括四大名著以及《家》《春》《秋》等在内的上百本文学作品，并在学校和县里的多次作文比赛中获奖，自己也深得语文老师的器重。我不能放弃大学，因为那将意味着放弃我的文学梦想。

当我进入大学，摆脱了令人厌烦的理科数字而走入文学与梦想的殿堂的时候，我已到了听不清电话的地步。大一，我还能比较正常地听课，大二、大三，则连正常的听课也不能维持。于是，我只能依靠自学。

在学习的过程中，我明白了如果不主动学习，只依靠老师所讲的课堂知识是远远不够的，而且也是什么都不能完全学好的。然而，最令我苦恼的还不是学习，而是与同学们之间正常的交流。

在整个大学期间，我的生活因此显得有些自闭，甚至由于自己听力的缺陷而逃避一些公众场合的活动。我是个热爱文学的人，但是我却只能钻在一本本的书籍中孤寂独行。庆幸的是，我的写作水平有了极大的提高，平日断断续续的投稿也不时见于杂志和网络。有时候面对自己的生活，我的心中会产生一种百味交杂的感觉，是痛苦还是安慰，连自己都无法说清。有时候，觉得自己生活得也算充实，因为朋友不断书信交流，同学之间关系也不错。但我知道在有些人眼里自己始终是个“异类”，所以自卑感还是很强烈地和自尊心在头脑里交战，总是把自己搞得心力交瘁。

但是我不甘心，我想证明自己存在的价值，我以极大的热情投入到文学追求中去。在日常的生活中，我也拥有了一些比较知心的朋友和真切帮助我的老师，他们在给我关爱的同时也给我鼓励。

我在内心很感激他们，但同时仍有一种抗拒性的力量在涌动，那就是我对人们的怜悯和同情怀有一种近乎敌视的情绪，我感到痛苦，感到自己无能、卑微和渺小。虽然我以我的努力和成绩赢得了老师的信任与赞赏，赢得了同学们的尊重与好感，但是在实际的生活中，我却无法与他们等同，在竞争中我往往因听力的缺陷而处于劣势。

我虽然觉得自己有能力去得到和那些优秀者同样的荣誉，但正是我的听力限制了我的正常发挥，甚至让我无法展现出自己的才能。我感到命运的不公，感到人生的无奈，同时也深刻感受到一些人有意无意间的歧视与嘲讽，我那可怜的自尊总是在暗夜里泣血、哀叹，我带着在现实中伤痕累累的心灵去书籍中寻求安慰，让那些睿智和亲切的话语为自己疗伤。

我几乎读遍了贝多芬、梵·高、保尔、史铁生这些与自己相似的人物的传记和作品，我在那些人物的生命史中寻找一种活着的力量，寻找一份信心和希望，以便让自己在一次次的打击中抬起头来，坚强地走下去。

生命，是一个谁也说不清的东西，它要求得太多，期望得太多，而上帝总是让它在泥泞里、在坎坷中备受颠簸和磨难。多年来，尤其是在听力下降的近四五年里，我备受外界的压力以及自身心灵深处的煎熬，我的痛苦多于欢乐，我的笑声少于叹息，我在跌跌撞撞中一步步地向前走，有时候甚至不知道自己明天是否有勇气继续走下去。但是，我却又不甘心，我不甘心受命运的愚弄，不甘心这现实的冷漠如铁，更不甘心在别人的嘲讽和怜悯中求生。所以，我告诉自己，你不能停下脚步，否则，命运会张开它那张丑恶的大嘴嘲笑你，那样痛苦将会更甚。

于是，面对强大的世界，我选择了一种没有选择的选择：沉默，并在必要的时候展示自己，尽最大努力忍受一切，去用行动证明自己！我知道属于自己的舞台很小，属于自己的机会也不会太多，面对竞争残酷的世界，要生存，就会有屈辱。然而我必须选择面对，因为我的直觉告诉我自己：你不能可怜你自己，因为这个世界上没有人会可怜你！

但是，忧伤无法强行阻止，伤感也不会无缘而发，就像秋雨中的蝴蝶，沉重并非因为自己的重量，而是雨水强加给生命的负荷，让蝶无法不沉重。所以，我只能选择忧伤中的坚强，做秋雨中独飞的蝴蝶，也许只要坚持，就会有飞出雨幕的一天。

（本文首发于兰州大学主办的《视野》杂志2005年第七期）

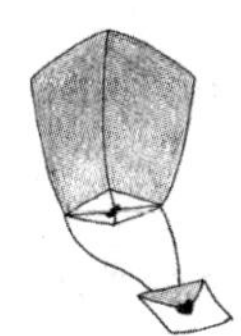

每个人的内心都豢养着一只孤独的小兽

孤独是人类一种与生俱来的本能。你的生命能量愈是强大，便会愈发地唤醒自己内心之中的孤独。它就像我们内心豢养的一只小兽，渴望自由，张牙舞爪，带着生命的刺，谁也无法靠近，却又特别希望得到一只来自同类的手的温暖抚慰。

当我们劳累了一天，在嘈杂的办公室或者工厂里被万千的噪声环绕着的时候，我们便会特别渴望孤独。我们渴望夜晚的降临，渴望万籁俱寂的时刻，一个人坐在自己的斗室里，哪怕一杯清茶，一盏散发着柔和亮光的台灯，一本散发着陈旧气味的书，也能带给我们心灵的宁静，带来一种灵魂自愈的力量，这便是孤独的美好之处。

当我们在空旷无人的荒野里待久了的时候，我们又特别渴望回到闹市之中，渴望有众声环绕、人声鼎沸的热闹。因为人始终是一种群居动物，他渴望得到同类的陪伴与回应，渴望从别人的眼神里、行动中得到一种支持。这便是一种对孤独的恐惧，是我们内心的那只小兽驱使着我们回到自己的同类中去。

还有一种孤独，那就是即便我们身处稠人广众之中，身在万千人海里，我们依然会感到孤独。此刻，好像没有任何人能理解我们内心之中的需求，即便是我们的亲人、爱人和孩子，也都是在心灵中距离我们特别遥远的人。

我们会感受到冷漠与疏离，感受到我们的每一句对话都在将我们深爱的人推向远方。这便是思想的差距、人生的层次和胸怀与视野的不同所引起的孤独。它并非一种世俗层面的孤独，或者说寂寞，不是因为物质和人性的欲望无法满足的绝望，而是我们对人类精神的交流无法畅通所引起的忧虑。

孤独的反面是交流。而最好的交流则是一朵云推动另一朵云，一片叶子摇动另一片叶子，一颗灵魂呼唤另一颗灵魂。它是润物无声的一种心灵感应和情感共鸣，是一个眼神、一个动作，就能让对方瞬间理解的灵魂默契。

我们内心所豢养的这只叫孤独的小兽，其实正是我们自己的灵魂。它就像一只刺猬，距离太近便丧失了美感，而且容易扎伤对方；离得太远，又得不到温暖，从而容易彻底失去对方。

也许，孤独从一开始，就是一个哲学命题。它是人类在相处的过程中试图总结出的一种理想的存在方式。它会让我们知道，不要总是将眼睛盯在脚面上，看到的全是泥土与尘埃；也会让我们知道要站高看远，让爱人温暖的眼眸变成我们眼中璀璨的星辰，让我们的世界成为一片灿烂的星河。

孤独其实是我们对自己的一种定位，不是在汹涌的人海里，而是在浩渺的宇宙中；不是在物欲的纠缠里，而是在精神的仰望中……

（本文首发于陕煤化工集团作家协会会刊《梅花》杂志 2020 年第六期，转载于郴州市总工会《紫薇》杂志 2023 年第一期）

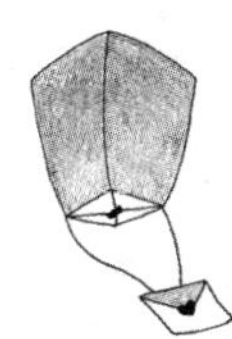

那些我们生命中远去的背影

如果说在人与人之间，有什么东西最能给人以无限的遐想和挥之不去的印迹，也最能给人以逝者不可追的遗憾，我想，莫过于我们生命中那些远去的背影……

你一定在春风弥漫的街头，邂逅过一个一头长发的女孩，擦肩而过的瞬间并没有看清她的脸庞，她留给你的只有一缕少女的馨香和一股风似的一个背影，却让你站在茫茫人海的街头，愣怔了良久……

还记得我们毕业的时刻，在校门口抱头痛哭的离别吗？朝夕相伴的亲密往昔，终究变成了一个个逐渐远去的背影。在往后的岁月里，我们渐行渐远渐无书，但在蓦然回首中，令我们内心疼痛却又无比宽慰的，也是那一个个远去的背影……

在漫长而又短暂的人生里，我们曾经送走了多少这样的背影，内心就留下了多少挥之不去的故事。

曾经母亲站在门前的大树下，看着我们背负青春的行囊，在清晨的朝阳里一路远去。在那一刻，我们从来没有过迟疑，没有过犹豫，更没有过回首。是远方在前面不断地向我们招手，人生的梦想与城市璀璨的灯火，亦在不断地诱惑着我们急迫地远行……

父辈们让我们带走了他们生命中的朝阳，看着我们的背影一路远去，然后在日暮的黄昏里一直等待着我们归来。他们日渐弯曲的背影我们从来没有发现，是孩子们逐渐在我们视野中远去的背影，让我们惊觉于自己的迟钝，更惊觉于岁月的无情。可当再次回首时，我们的生命里，已经只剩下一片空惘……

所以，人生里最重要的事情并非等待，而是如何将那一个个必然要远去的背影，变成更多的相逢与重逢。将那曾经一阵风远去的背影变成相逢的笑颜，将渐行渐远渐无书变成故人重逢的畅饮，将人生中的那些忙碌与迟钝变成更多的陪伴与相守。

若有岁月可回首，愿以深情度芳华。我们生命中那一个个远去的背影，其实正是我们生命中的芳华。它们或者是我们人生中最烂漫的一段青春年华，或者是我们愿以一腔热血相交的那份诚挚情意，更是我们愿以一生守护的深爱和曾赐予我们骨血的至亲。

我想此时，你一定想起了龙应台笔下那个不断告别的背影，想起了朱自清笔下那个蹒跚相送的背影，当然还有你青春里永远无法忘记的那个清丽的背影……

也许你已经发现了。是的，很多时候，背影在我们的生命里都演绎着别离的戏码。

“孤帆远影碧空尽”是李白生命中的背影，“临行密密缝，意恐迟迟归”是孟郊生命中的背影，而“杨柳岸、晓风残月”是柳永生命中的背影，“车辚辚，马萧萧，行人弓箭各在腰”则是杜甫生命中的背影……

当我们生命中这所有的背影重叠起来，连接起来，我们的人生便足够演绎成一部电影，而我们就是自己人生这部电影的导演。

愿我们每一个人的人生，都是一部精彩的电影。

第三辑

灯下菩提

自从有了文字，便有了收藏时间的法器。

——《一些不得不说的关系》

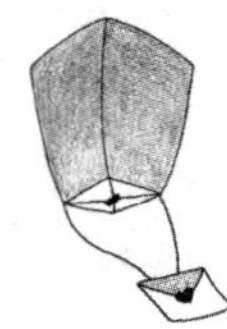

身在鲁院，时光很短，情谊很长

踏入鲁院，是一件幸福的事情，也是一次充满心灵悸动的文学之旅。

我相信参加这次研修班的三十八名来自全国各地的学员的心情都一样，内心既充满着喜悦，也备感忐忑。因为这不仅是一次文学朝圣之旅，更是一次对我们在文学道路上跋涉多年的写作者的认可和检阅。同时，作为一次全国性文学培训活动，也是为我们的创作指明方向、提点不足和中途加力的扬帆之旅。

这是一个和以往的学员又有所不同的班级，他们是一个特殊的群体，身体上都带有过往命运所馈赠的伤痕，他们可能比一般的学员更加渴望文学的光辉能够照耀到自己的角落，他们是我们的兄弟姐妹，是我们在文学道路上相互搀扶一路向前的同道，是竞争对手，也是胸怀无私的诤友和直友。

陈彦、西川、徐则臣、汪惠仁……这些在当代文坛上闪耀的巨星一一坐在课堂上，为我们辨析人性的丰富与深邃和文学的浩渺与广阔、写作之路的艰辛与孤独，告诉我们中国古典文学和传统文化才是我们应该学习的最佳范本。

当我冒昧向陈彦老师提问："从最早的镇川到后来的西安，再到今天的北京，这一路走来，你始终没有离开过文学和写作，你认为自己是靠着什么动力走到今天的？”

陈彦老师铿锵有力地回答说：“唯有热爱。”在后续的回答中他说到自己最初因为写剧本出色而被选调到陕西戏曲研究院的过程，特别是剧本写作的高浓缩性质导致很多优秀的文学质素无法得到展示，所以才转向了小说这一深邃广阔的领域。陈彦老师的讲课全程脱稿、信手拈来，却能将每一个问题解说得透彻明晰而又通俗易懂。通过他的《一手伸向传统，一手伸向生活——谈小说的创作》的写作课，我懂得了只有深深地扎根生活、扎根人民，同时向我们优秀的民间传统文化汲取营养，我们才能写出接地气、热腾腾的作品。

西川老师在《中国当代诗歌的流变》的写作课中，一句“越是民族的越是世界的”，便将我们拉向了世界文学的广阔天地，他从西方文学的创作源头神话谱系谈起，说到我们中华文化的特性——士族文化的根深蒂固。他说诗歌的发展就是一个浪潮吞并另一个浪潮，而作为当代文学的写作者，我们必须进行在写作上的自我现代化。同时，我们又必须珍视自我经验的表述，珍视自我的独特体验。在谈到残疾人作家这一话题时，他提到了伟大的作家博尔赫斯在晚年双目失明的情况下，仍然以口授的方式继续创作，成绩惊人。

在鲁院的改稿课中，《人民文学》副主编马小淘老师以心直口快的犀利直指作者在写作中对于生活常识和逻辑的忽视，她的发言幽默风趣，带着些微的自嘲中透露着对作者殷切的期望。中国作家网副总编辑张俊平老师在散文改稿课上，对我在散文结构上存在的问题给予了点名指导，让我获益匪浅。鲁院专业课老师杨碧薇对新诗的创作有着独到的见解和深刻的领悟，既能看出作者诗歌中闪光的亮点，又能直指弊病，对作者提出语重心长的劝诫。不管是她的课堂总结，还是改稿课与鲁院读书会上的发言，处处闪耀着机警的锋芒和逼人的才华。让我最为感动的是鲁院专业课老师陈帅在鲁院读书会上对我的长篇小说《西漂十年》给予了充分的肯定，而且对我以后的写作指出了可供借鉴和遵循的方式方法。这对我来说，是一种莫大的鞭策，也是一种深切的期待。

我深知，在写作的道路上学无长幼，达者为先。鲁院的很多老师都很年轻，却已经取得了非凡的成绩，在学术和写作的道路上早已硕果累累。作为后来者，我们唯有戒骄戒躁，在以后的日子里以笔为犁，用辛勤的果实报答老师们的付出。

感谢美丽温柔的班主任肖雯老师深夜为我买药，感谢敦厚负责的班主任武岩老师为我转交给其他几位老师的赠书，还有夜晚来教室专程探望我们的中残联程凯主席，与全程陪伴照顾我们的中残联干部汪处长以及食堂与宿舍的服务人员……

我是一个在人面前不善言谈的人，但我的心里都深深记着鲁院每一位老师和每一位同学的面孔……

说实话，身在鲁院，时间很短，我们的情谊却很长，长到我可能一生都将回味无穷。

（本文首发由陕西青年文学协会主办的《延河》杂志下半月刊官方公众号：绿色文学）

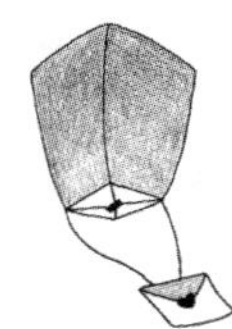

灵魂深处的风景

阅读可以在公开的环境中进行，但依然是有关灵魂的密语。当我们打开一本书的时候，便窥见了一颗赤裸的灵魂。

阅读的过程，是你的灵魂与书中的灵魂碰撞的私语。你心动的过程，也是在收获秘密的过程。这个过程只有你自己知道，外人无法窥探，更无法解读。

那些书籍中伟大的灵魂，就这样与你在文字的城堡里赤裸相见。这是多么激动人心的一件事啊！只有你自己知道其中的喜悦、忧愁，飞扬的爱情，裸露的赤诚，无私的奉献和牺牲……

阅读是最私密的快乐。而关于阅读的交流，则是将最私密的快乐作为最神圣的礼物拿来与你喜欢的人分享。这种分享私密的快乐，便成了双重的快乐，甚至无数重快乐的叠加。

阅读是最孤独的一种欢乐，因为心性、气质、视野与胸怀的差别，灵魂与灵魂之间无法赤裸相见，偏见、隔膜、误解、嫉妒，甚至于仇恨与敌视都会在阅读的孤独中产生。

无法理解，无法赤裸相见，无法交融、拥抱、分享和奉献，我们的眼神中便产生了忧郁，一股化不开的浓雾。那便是孤独的因子，是被孤立和隔绝起来的欢乐。这种欢乐有时候甚至就是孤独本身，它带有着高度理性的精神，又充满着矛盾和不可窥探的神秘，同时又具有一种高贵的品质。

阅读又是一种在最大程度上消灭孤独的办法。只有当语言变成文字的时候，它才具有直抵人心的力量和冲撞灵魂的厚度。它是将分散的能量集合起来的壮阔风景，是海纳百川的壮观和雪域冰原的纯净。

没有任何事情比深夜孤灯下的阅读更温暖人心，也没有任何事情比雪域森林中的跋涉更震慑心魂。假如你曾看见过瘦小的简·爱跋涉在无边的荒原中寻找爱情的执着，看见过桑提亚哥在无边的大海中与鲨鱼搏斗的孤勇，目睹过百年孤独的洪水淹没拉丁美洲的荒凉，还有那起高楼、宴宾客、楼塌了的悲凉，你就懂得了文字的力量、阅读的意义和活着的价值。

人生本就是在无意义之中寻找意义的一种过程，它充满了荒诞、苍凉、冷峻和无常，也充满着必死的挣扎、血肉横飞的热爱和肝胆相见的赤诚。

我们无须怀疑一些必然存在的东西，比如爱情、死亡、救赎和信仰。只有敞开生命的怀抱，拥抱了一切你生命中必须拥抱的风暴，我们的脚下才会蹚出一条路来。

那条路上也许留下过我们的血泪、呻吟和耻辱的戳记，可如果将它直立起来的时候，它就是我们自己的丰碑。

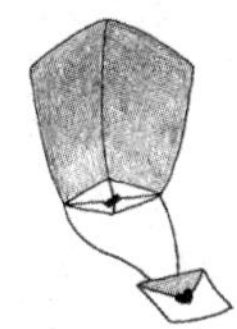

长安秋色

喜欢古城秋天的微风。虽未曾见第一片黄叶的凋零，我却已经感受到了这个秋天的情意。

刘禹锡说："自古逢秋悲寂寥，我言秋日胜春朝。晴空一鹤排云上，便引诗情到碧霄。"古都繁华，人流熙熙，车流攘攘，晴空之上的那只黄鹤，又岂是我辈所能见得？只是雁塔之上的秋霜，城墙之上的古意，晨钟暮鼓里的世俗烟火却一刻不曾远离。所以，奔走在这个充满世俗烟火的古都，我只能用自己的每一根毛细血管去体会这个城市的秋意。早晨的秋风，带着些许的寒意。说是"寒"实则是"凉"，不过这凉意沁骨。过了七点，天气又渐渐热了起来。而七点左右的微风刚好。那是舒爽俊朗如年华正劲的男子剃须后一张透着成熟与阳刚的脸。此刻的太阳刚刚升起，整个城市还带着一股湿漉漉的晨雾。晨练的老人却早已站在了广场上，他们是这座城市唯一与生命赛跑的人群。你可以从他们脸上的满足和额头的汗水，看到浮华落尽之后的那种特有的放松与享受。

中午依然是热乎乎的桑拿天。然而太阳已经收敛起了自己热烈奔放的激情，变得柔和明媚了一些，透过一棵棵大树星星点点地将自己的光芒透射到大地上来。此刻，无论骑车还是开车，都不会感到特别的闷热。相反，会有一股徐徐的秋风，总是和你呼啸的车轮赛跑，给你带来干爽而明朗的心情。只是这种天气却特别容易消耗人体的水分，让你不多时就变得口干舌燥。

然后，我们要等待的就是夕阳西下之时的秋日晚风，这风是秋日里最美的情意。她徐徐而来，如恋人的目光，柔和甜蜜，凉而不冷，劲而不摧。此刻背靠大树，或立于楼头，或凭栏远望，或俯视千里，我们的心都是豁然而大度的。

落日楼头，思古之意油然而起。护城河畔，追缅之风缓缓而来。古都的节奏在快与慢、年轻与苍老、古代与现代之间跳跃、奔腾、冲撞、迷离、茫然……

存在的是否就是合理的，我们不得而知，我们所知道的只是，原本那无尽的不可能，正在或残酷或温情的现实心境之中让我们一一目睹。真与假、美与丑、善与恶，有时候是孪生的怪胎。它们相互存在，相互映照，彼此交战，无止无休！

而只有这秋风，骨是骨，肉是肉，在无边的萧瑟晚景之中把自己剖分在世人的目光下。那星星点点的暖阳里，草木枯槁之际的分离，浴火而生之后的春颜，都诞生在这秋风之始。其实，在我的心中最美的还不是这古都的秋，最美的始终是故园黄叶飞舞，满园秋色之时的风景。它们在每一个秋风浩荡的日子都在呼唤："不如归去，不如归去……"

（本文首发于陕煤化工集团作家协会会刊《梅花》杂志2020年第六期）

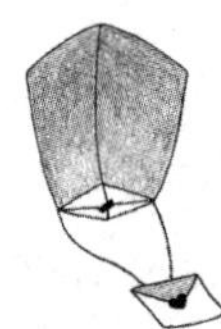

一些不得不说的关系

自从有了文字，就有了收藏时间的法器。

仓颉造字，惊天地而泣鬼神！而将天地鬼神一统江山后，人类精神的河流便汹涌澎湃，也泛滥四溢，大有有始无终、有来无回之势……

一撇一捺，组成一个人字。而让人将一座大山扛在头上，便有了心中燃烧着火焰的灵魂。

有时候，灵魂会被这数千万年的精神河流所淹没；有时候，灵魂又冒出头来，在这浩浩荡荡的精神河流里酣畅淋漓地畅游……

其实，每个时代都是相似的，所以便有人说，一切历史都是当代史。又有人说，世上无新事。所以，我们总能在历史的铜镜中窥见自己的影子。

还有人说，苟日新，日日新，又日新。

生命，从生到死，辛辛苦苦历经挫折，好不容易获取了成功的经验，却又不得不接受衰老死亡的宿命。新的生命，不得不从牙牙学语、蹒跚学步开始，重新体验一遍父辈曾经经历的挫折与丰富。

每个生命都是新的，每个生命又都是旧的。新在于时间的新，因为没有人能两次踏进同一条河流。旧在于我们的生命中潜藏着父辈的基因，那是一代又一代人，在经历了无数次死亡的代价之后，跟随新陈代谢的自然规律，不断淘汰，不断优化，在挫折与丰富中所诞生的新的生命质地。

在阅读中，最古老的书籍里往往拥有最丰富的智慧。所以，聪明的人，很少去阅读当代作家的作品，因为当代作家的作品，还没有经历岁月的淘洗，可能掺杂着太多不成熟的因子。

也只有最年轻的读者，会喜欢最年轻的作者的作品。因为他们要寻找的只是最浅层次的心理共鸣和形式与样式上的模仿与学习。我们并不是说，这种模仿和学习没有意义和价值，只是这种价值太小了，对于生命中时间不多的人，这简直就是一种浪费和谋杀。

扛着大山的灵魂是沉重的，但灵魂本身却是没有重量的。灵魂是燃烧的火焰，是奔流的飞瀑，是风，是雨，是云，是电；灵魂是强烈的爱情，是灼热的疼痛，是悲伤的泪水，是愤怒的仇恨，也是我们所经历的一切非物质和暗物质，却唯独不是灵魂本身。

文字是文化的形式和外表，同时也是文化的内容和意义。文字只有和生活、自然、人结合在一起，才是活的、丰富的、有血有肉的。

人离开了文字还是人。当然这种离开的损失是巨大的、不可估量的。但文字离开了人，便不再是文字，甚至，什么也不是。

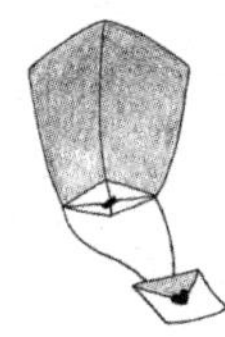

潇潇风雪话萧红

昨夜看完了正在热播的《平凡的世界》，竟毫无睡意，便拿着遥控器搜索电影，无意间按下确定键，画面映出的是《黄金时代》四个字。直到电影情节进行了五分钟，我才明白这是一部关于民国才女萧红的文艺纪录片。看完了整部电影，我仍然无法把影片的内容和“黄金时代”四个字联系起来。但是萧红的传奇爱情与悲惨境遇却无法不令人同情、令人黯然神伤。带着一股悲凉的心绪推窗远眺，此刻窗外竟下起了纷纷扬扬的雪花，从空旷的天空中渺渺茫茫地落下来，借着夜色的掩护，竟像极了萧红所处的故乡呼兰小城的冬天景象。

对于萧红这个名字我并不陌生，甚至她的小说《呼兰河传》和《生死场》我都曾在青春的岁月里一字一句地读过。我是极喜欢萧红的文笔的，质朴、干净，带着乡野的土腥味和童稚里执拗的纯真，将祖孙相依为命的情感写得令人落泪。只是除却童年记忆中蔓草青青的后花园，令我们震撼的还有人性的卑鄙与凶残，有在传统的桎梏中被囚禁的灵魂的挣扎，有令我们留恋也令我们痛恨的斩也斩不断的故乡情结。而我们越是逃离，这故乡的血脉之根就在我们的身上扎得越深。

萧红无疑是勇敢的，就像她小说里众多关于逃婚的描写一样，萧红在无法抵抗父母之命媒妁之言的情况下，内心里又不甘于屈从家族的意志，所以她逃了出来。遗憾的是他的表兄终是辜负了她的勇敢，也将她的满腔热忱抛却在了一片荒野之中。走投无路之际她屈从了未婚夫，可是怀孕之后又被再次抛弃。绝望之中她遇到了她的三郎——萧军。他们相知相爱，相依为命，携手在文学的征途上一路向前。在众多文学同道的关怀下，在文坛领袖鲁迅的扶持中，在瑟瑟凄冷的北国严寒里开出了自己的文学之花。

也许这就是所谓萧红的“黄金时代”，可我仍然无法认同。因为在这后面，还有更悲更苦的命运在等着她。阅读萧红的文字我们会发现，萧红的确不负那个时代所给予她的称号“文学的洛神”，因为她的确具有写作的天才，或者说她是用整个生命在写作，她将身体内滚烫的血液一滴一滴地化作了纸上的文字，浸透着女性悲剧人生的宿命，也激扬着不可遏止的呼唤爱情呼唤自由解放的先声。“二萧”的爱情充满着浓烈的浪漫主义和理想主义，在民族危亡的历史关头，漫溢着血与火的考验，这些都没有难倒他们。可是他们的爱情终究是败了，他们不是败在不相爱，而是败在了强烈的个人自尊面前，败在了萧红的执拗和萧军的不肯低头面前。这是令人扼腕长叹的失败，由此也就造就了萧红更大的人生悲剧。

在情感上萧红不愿意解释她和端木之间的纠葛，而实际上她爱的也只有萧军一人。她把鲁迅当作了精神上的父亲，无形中对其有着千丝万缕的依恋。而萧军却是她命中唯一的爱情，端木虽然喜欢萧红，萧红实际上对端木是很排斥的，因为端木身上毫无主见的懦弱是萧红极不喜欢的。就萧军而言，他无疑也是爱萧红的，只是他在强烈的自尊驱使下始终无法说服自己在萧红的才华面前低头，他不肯承认萧红比他更优秀这一铁的事实。这显示出了萧军在文学创作上极不自信的幼稚心理，而这种心理又极大地影响了他对萧红的爱情判断。

就文学上而言，萧红的文字是天才的，这一点与同时代的张爱玲有点相似。她们都有着极强的个人风格，只是张爱玲的文字承袭着传统古典文学的灵性，相对来说包容性更大，这让她能够从容地面对众多的挑剔而我行我素。萧红则像极了一株顽强地生长于北国荒野之中的野草，只是凭借着内心的血气在一股劲地生长。因此她的文字是单向度的一种生长，她自成一格地将呼兰小城建设成了自己的文学王国。虽然她的人逃离了，但她的灵魂却永永远远地留在了那片土地上，和她小说中的人物一起悲怆而荒凉地活着。因此，她的文字就宿命般地充满了一种荒凉感，她丰富的情感也只能单向度地生长，她所营造的文学王国和她的悲凉爱情都是一种宿命般的悲剧。战乱烽火之中的她，仅凭着一支柔弱之笔一路走一路歌，从北国的风雪之途到香港的浅水之滨。她终是将自己的一腔遗恨抛洒在了远离故乡的荒凉水域，在她离世之际，身边也只有一个素昧平生的文学同道骆宾基。

萧军抛下了她，她的内心没有恨；端木无法给予她想要的爱情，她的内心也没有恨。她的遗恨只是再也无法用笔去完成自己的文学蓝图了。也许她对她的故乡也是没有恨的，她的所有恨其实都是爱，一颗孤单灵魂的漂泊之爱。

只是，我们无法知道在那样一个时代里，像萧红那样一个不愿屈服于旧世界的女子，除却这种悲凉的境遇会不会有更好的归宿。我们能想到的只是，萧军对她的陨落也必然是自责而遗憾的。

不过，还好。一代“洛神”留给我们绵延不尽的文字足以让她不朽，也足以让今天的我们懂得她那一颗勇敢的心和心中的女性之爱。萧红三十一岁的年华永驻，由此而言她真是死在了自己的黄金时代里。比起张爱玲的晚年枯寂，萧红的生命可谓一朵绽放在最盛时代而又飘落于最美年华的樱花。

落红不是无情物，真的。

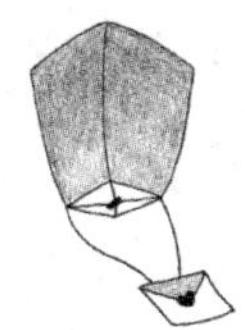

弱者的疆域

总是在梦中回到同样的场景，见到同样的人。

那是充满了屈辱和挣扎的梦，也是软弱无能的梦，更是因幼小体弱而被欺辱的梦。梦中的自己总是在寄宿学校，被两个相同的同学使尽各种办法戏弄、刁难。梦中的自己的手脚好像被绳索捆缚着一样，无法挣扎，无法反抗。在南辕北辙的道路上，无法回到自己的住处，也找不到回家的路，找不到回寄宿地的车，甚至找不到自己的床铺。在遭受奚落和欺辱的整个过程中，身边的同学没有一个人上前施以援手。他们只是眼睁睁地看着，一个人的自尊心就在这样的冷眼旁观中碎落了一地。茫茫黑夜中的自己，是那么绝望、那么无助、那么羞愧，又那么惊慌失措。

这种相同的梦持续了几十年，以至于梦中那两个相同的面孔已经让我无法忘却。醒来的时候，常常是一身冷汗，双臂麻木，好像真的遭遇了一场被捆缚、被绑架的酷刑。这个时候的自己，依然能够想起那两个熟悉的面孔、熟悉的姓名。只是我不知道，他们在十多年后的今天，会在什么地方，做着什么样的事情。他们是否在长大之后，还在一如既往地奚落别人、欺辱别人。但是如果再次相遇，我虽然不会选择以牙还牙，但也绝对不会和他们有任何交集。无论他们飞黄腾达，还是默默无闻。

其实，我是多么希望他们的姓名和曾经令人厌恶的面孔，能够永远地从我的梦境中消失，甚至永远不要在我的现实世界中出现。我情愿他们从来就没有在这个世界上存在过，也不愿意再次看到他们的面孔，听到他们的姓名。

我明白，那是因为他们的姓名和面孔在我幼小的心灵中曾经就是罪恶的象征，是不公平和不美好的象征。无论他们当初有多么无知。我想，我是真的相信“三岁看到老”这句古话的。

我承认自己是记仇的人，我甚至相信所有写作的人都是记仇的人。因为只有记住仇恨，记住屈辱，他们才能将这些心灵曾经遭受的酷刑用文字表达出来，继而让它们获得人心的共识，在阳光下被慈悲与光明转化为温暖的泪水，让受伤的心灵得到抚慰。

记仇并不等于复仇，因为仇恨的来处自有它自身的果报。我们需要做的只是安放好自己的心，强大自己的心，走自己应该走的路，不要被仇恨蒙蔽。

作家东西说，写作是弱者的事业。我是默认这个观点的。

有时候，我甚至觉得所有从事写作的人，都是从弱者的道路上攀爬过来的人。因为弱者更敏感、更脆弱，他们对这个世界抱有充分的悲悯与同情。因为自身的软弱，他们又常常在幻想中强大着自己，想象力因此而获得了无限的扩张。

当他们有一天获得了心智的成长，走出了弱者的局限，他们便会把这种对世界与人心的敏锐触觉发挥到极致，用手中的笔打开人心最幽微、最黑暗，也最温暖、最明亮的地方。当心灵的秘密插上了想象力的翅膀，文学因此而展翅飞翔，曾经的弱者便拥有了自己辽阔的疆域。

（本文首发于 2017 年 10 月 22 日《今日彬县》报副刊）

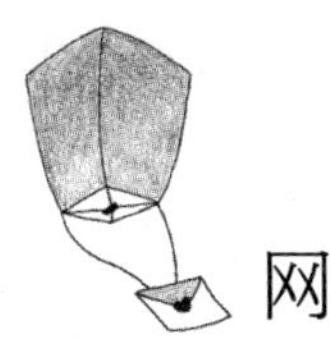

网

坐在公交车上，夜晚的城市霓虹闪烁，五彩斑斓的灯光罩着空气中的每一粒尘埃。舞厅的歌声从室内飘向四方，笼罩着这座城。

公交车穿行在蛛网般的路线间，似乎永远也走不出这张大网。我手中捏着一份报纸，静坐网中，憋闷地看着外面的世界。

有人说，网中的一切都是这个城市的猎物，而网外的一切都是这个城市的弃儿。听完之后，我"哼"了一声，转身遁入了这灯火如昼的夜。此刻，这夜也成了一张网，网着我们的自由。

曾经在远古的森林中，我们茹毛饮血，虽不安全，却可以无拘无束地奔走。在狂风劲吹的沙漠里，我们孤独、干渴，却仍然可以享受真正的日与真正的夜。我们如同月亮，静静地看着这个世界，发着自己的光，无论有用或者无用。当我们走向看似安宁却散发着无尽诱惑的城市，获得了物质的富有，却失去了自己。我们成了这世间的一个猎物，被一张网紧紧地罩住了。

仔细想来，我们不就是那群偷喝猎人酒的猩猩吗？虽然在心中万般提醒自己那酒瓮旁的红鞋是个阴谋，却依然抵挡不住美酒的诱惑。在酒醉之后忘乎所以地穿上了那美丽的红鞋，继而狂歌乱舞。当清醒之后，

一切都已经晚了。于是，我们只能在无奈中跟着猎人去杂耍场上卖弄聪明。

然而，身处这世俗之中，我们有时候却盼望着有张网罩。就好像旧上海滩上那些黑社会的小混混，一心想加入黑老大黄金荣的青帮，卖命也要有个招牌。今天的功利社会，无权无钱的小老百姓要做点平安生意，走点顺当的路子，也得找张网来罩罩自己了。然而，结网容易脱网难，作茧自缚总难免！

文人总是喜欢做梦，要去寻求网外的世界，寻得精神的自由。竹林七贤不满政权的禁锢之网，才走向荒山野外。陶渊明要挣脱世俗的尘网，守窗东篱，心归园田。苏轼黄州顿悟，开荒东坡。然世有言："法网恢恢"，朱元璋首开文字狱，天下文人一时噤若寒蝉；清朝文字狱的大网更是将自由精神几乎网罗净尽，幸而还有几尾漏网之鱼，风雨之后，天下文人高蹈依旧，为今日之自由精神留下了星星之火。

文人的梦却总是不醒。"五四"自由之后，十年浩劫袭来，老舍投湖，傅雷夫妇自杀，不醒的梦总是在疼痛中被惊醒，在噩梦中被反复记忆。

"网"确实厉害，但"网"有时候却以悲剧收场。因为"网"尽管可以网罗一切，人心却是不可网的，也是网不住的。所以，自由总是生长，文明还要开花。灵魂正高踞云端，睁着大眼盯着一张破网，且看它如何收场。

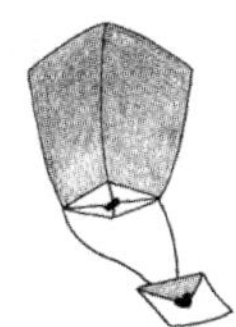

梦与孤独

一个人的睡眠，总会做许多奇奇怪怪的梦。梦里总是少时那个胆小怯弱又天真懵懂的自己，为了心爱的书本和顽劣的孩子产生着令自己无可奈何的纠葛。

那个十岁左右的小男孩，总是对各种连环画和故事书无比痴迷，内心豢养着两只小兽，一只拘谨不安，一只狂野不羁。两只小兽在自己的梦里左冲右突，闹得自己前仰后合。能够安放它们的唯一所在，只能是一本心爱的书和一个可供安心阅读的角落。

过惯了独居的日子，是习惯了孤独又害怕孤独的日子。

这样的日子只能以书本为伴，以灵魂的抒情为由，写一些不知所言的文字；这样的日子是习惯了任书页窸窸窣窣地从指尖如光阴溜走的日子，也是任自我思绪无端漫游的日子；这样的日子离爱很远又很近，内心柔情四溢，眼底惊涛拍岸，下笔千言，全是呓语痴念。

安妮宝贝说，喜欢回忆和沉浸的人，是可耻的人。我想，我就是她所说的可耻的人吧。因为一个人的时候我会将往日的日记书信与笔记全翻腾出来，一一浏览。间或不断地嘲讽自己或者在心里暗暗地发恨，恨得自己的心都跟着疼痛和颤抖。

我所回忆和沉浸的，大都是青春里的日子。其实那些日子对于我来说最苍白不过，或青灯黄卷，或沉思雨夜。很多时候，只有眼前的那盏孤灯是心中唯一的暖意。

在那些不断沉浸的白日梦里，我能看到许多人一一登场又一一退场，间或有人离开，有人死去。

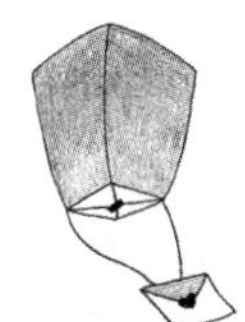

我无所不能

我不知道梦中的情景对一个人究竟有着怎样的意义，可那梦中的人物却都是我们在生活中所亲眼见过的，甚至还有着深刻的印象，他们是与我们个人的情感空间曾经存在千丝万缕联系的人。

然而，梦境里的事竟是那样不可思议，让人无法理解。那些女人的哭泣、男人的安慰、战争的争夺、丧失人性的杀戮是那么清晰地呈现在我们的潜意识之中。梦是一种无意识的流动，是对人潜意识世界的反映，有时候是那么丰富多彩、神奇无比，是如此让人在忘记与清醒之间徘徊不定。

绿色的丛林、一张精美的散文诗赠卡、曾经梦中情人的面孔，以及一个清秀女子的哭泣与被安慰。中学时期一对男女同学的相处，在军训中。村子里的医生、穿军装的人。一个个无法确认却又如此清晰的人物、影像似电影一般在梦中闪烁。那到底意味着什么？是我们对曾经过往无法忘却的怀念，还是仅仅只是一种偶然？抑或是对将来的一种隐隐约约的暗示？

梦境里，我总是有着神奇的飞翔能力，在一棵又一棵树之间跳跃、腾闪却从来不曾受伤。就好像我们小时候在家乡的山地里从一块又一块的硷畔、塄坎上往下跳跃，比试着自己的勇敢。梦里我们面对钟情女子的死亡无动于衷，梦里我们怜悯一个此前从未见过的哭泣的女人。梦里，我们无所不能又处处受限。这其中有我们的爱情，有我们的性格，亦有我们的追求与梦想。一切都是那么模糊不清，令人怅惘，一切却又都那么神奇。

多少次，我们迷失在这些奇奇怪怪的梦里，有时一醒即忘，有时却非常清晰，但往往没有一个是完整的。所有的记忆都是梦境中的残片，如同劣质光盘中的影像无法用一个合理的逻辑将其串联起来。人在清醒的时候对梦境的幻想总是那么完整而美丽、浪漫而温馨，可当我们失去清醒的意识真的进入梦境，梦却往往是残缺的，充满了恐怖阴森的气息，现实梦境与理想梦境总是那么矛盾而不可调和。

孩童的梦是最美的。因为孩童的潜意识是空白的，也是纯洁的。当一个人逐渐长大进入社会，他的潜意识中就会慢慢地存贮起大量的欲求，这欲求甚至不免是邪恶的。于是我们原本纯洁的梦境便被一种生存的恐惧所替代，现实的可怕性正在于此。

想到这里，我们不免悲伤。人类的命运总是不可逆转地走向合法的罪恶。从纯洁的孩童到青年的欲求再到年老之际的悲凉之梦，一个人的一生不免总是在这不可逆转的生存中将那些柔软的、轻盈的、温暖的存在一点点地从人性之中洗刷、剔除，入土之时心怀悔恨，负疚重重。

梦的解析是残酷的，因为那本身就意味着对人性的解剖。我们却总想让梦预知我们所求的东西，殊不知所求的东西早已被渗入梦境之中。即便是周公解梦，往往也会给人带来一身冷汗。汤显祖的“临川四梦”好，好就好在它在梦境里及时预知了我们真实的欲求。只有最后一重梦境，一切结束之时才方能知晓。这又让我想起了《红楼梦》中的《好了歌》，它让我明白：“好便是了，了就是好。”

（本文首发于《今日彬州》报 2023 年 7 月 30 日副刊）

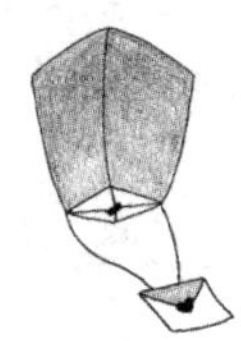

秋夜漫语

这只是自己在生活和阅读中的一些思考片段。但往往回头细读之时，才发现它们是那么真实，甚至赤裸裸地揭示了生活的内里，竟然让自己在阅读时感到恐惧。

——题记

1

活着，本身就是一种困境。我们总是不满意自己现在的选择。想逃离，想反抗！我们的初心，已经蒙尘、丢失，或者被自己遗弃。于是我们死不悔改，一直在一条与我们的初心背道而驰的路上，拼死地跋涉。想穿越地球的心脏，回到最初的梦想。而我们不知道的是，这本来就是一个天大的笑话。因为南辕北辙的事情虽然人人都知晓，可是却一直在被我们重复着……

惯性也是一种惰性，一种不肯改变、不肯重新认识自己的可恶的人性恶习！

2

繁华，则是另一种困境。它催生了经济的繁荣，也催生了人性的疏离。在霓虹璀璨的万千人海，我们谁也不认识谁。而在我们偏远的故乡，百里无生客。背离乡音，远离泥土，高居顶端，作茧自缚，亦是对人心的另一种摧残！癌症，心脏病，车祸，犯罪，根本的原因不只是客观的，还有主观上的漠不关心，因为有时候我们毕其一生到最后所疏忽的唯有自己的灵魂！

3

忽然间我们就对一些莫名其妙地冒出来的人和事丧失了耐心，不愿意也懒得去搭理，我们只是拖着一具疲惫的肉身在得过且过地活着，很多时候忘记了自己是谁、别人是谁，甚至每一个人在我们眼中都成了一个符号，一个标记，一个任务……

当你站在三十四楼的顶端，俯视着脚下的万千人海、车水马龙，很多时候会有一种恍惚感，不知身在何方，亦不知何去何从。迷茫如同铺天盖地的黑云一般压顶而来……

忽然想，也许只有当你埋身这万千人海之时，你才是你！人终究是一种群居动物，时时刻刻都在寻找一种莫名其妙的安全感，但是却又时时刻刻害怕自己的领地受到别人的威胁。我们困兽犹斗，愚蠢可笑，作茧自缚，妄自菲薄。这也许是“人类一思考，上帝就发笑”的最好注解吧！

4

感觉自己好像被拆成了碎片，每天就在这碎片里活着，奔波劳碌，不知所终，人生的意义便也随之碎片化了。那些茫然无措的尴尬，日日见面不相识的无奈，快节奏的机械化操作下的麻木生硬，都是这个尘世里我们不得不面对的硬伤。像骨头一样坚硬地挺在我们内心最柔软的地方，让我们痛，让我们伤，更让我们时时有一种落荒而逃的卑怯与向死而生的悲怆……

5

文体并不仅仅是一种形式，它在本质上是一种表达方式，不同的文体对应着人类不同的表达诉求，同时又是人类生活的对象化，是生活与情感的高度抽象与程式化。作为经典的长篇文体，同样如此，它深刻的主题是人类思想的写照，庄严的题材是人们对生活的选择，宏大的场面表达人们把握世界的野心，复杂的结构是对智慧的追求，众多的人物是曾经存在的人际关系的反映，对命运的关注源于我们对未知的好奇与恐惧，而百科全书式的描写无疑是人类对知识的渴望与积累……

6

文学中的历史追问并不是要去寻求普遍的结论与最大公约数的判断，也不会屈从于社会政治力量的既定话语，而是一个作家从人道情怀出发所进行的独立思考。他将去发掘特定历史对个体生命的影响，去认定个体生命的历史价值，甚至，去关注被历史选择所遗弃的生命的意义、他们的唯一性与不可重复性，去缅怀在历史杠杆的作用下那些牺牲的力量，去反思在历史进步的旗号下所付出的代价，去再现被重大事件所掩盖和忽视了的个体的情感意绪……

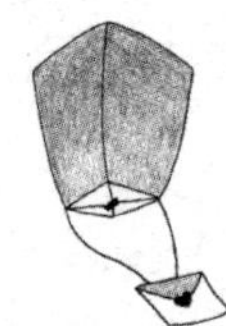

死亡之美

死亡，是一个令人恐惧的词汇，也是一个敏感而热烈的词汇。它是千百年来许多人都在探讨和追寻的一个不朽的哲学命题。为此，有人甚至不惜以身试“死”。

叔本华说，当我们想以自身的死而探讨死亡的奥秘时，很可惜，这也取消了我们想获知答案的可能。这听来不免令人迷惘。

在我开始思考这个问题的时候，我还很年轻，可我已看到了许多人的死，我也更看到了死亡背后的苦难与阴谋。在许多人看来，死是一种迫不得已，死是一种对生的厌倦和无奈，死是一种对生的烦恼的解脱。对于宗教，我所知甚少，因此我不能从宗教的角度去思考死亡的意义，但死明显地存在着自然死亡与非自然死亡。

自然死亡的人，多半还存在着对生的眷恋，“好死不如赖活”是许多人对死的看法，但也有看破红尘者的超然物外。

非自然死亡，则有两种。一种是他杀，一种是自杀。在自杀与他杀之间，他杀者多出于钱财或感情的纠葛，这姑且不论，这里只谈自杀。

自杀也可分几种，一种是出于生活的逼迫无奈所做的选择，一种是因某些事件引起的情感强烈波动，在气愤或某种兴奋状态下选择了自杀。自杀有对爱情的绝望，对生存环境的厌倦，是一种悲观厌世、消极处世的态度。其中又有追求精神完美者对生命在备受摧残后的（青春的消逝与精力的不济）衰败的恐惧，精神空虚，创造力丧失，于是选择了死亡。

在某些人看来，死亡是一种美，平静的死亡更是一种悲壮的美。泰戈尔说："生如夏花之灿烂，死如秋叶之静美。"这里秋叶的静美便是一种凄凉的静寂之美。试想在万物凋零的秋日，树林中那随风飘飞的黄叶，任自凋零的那份恬静。虽然早已丧失了翠绿的光泽，却留有一份经历生命历程的成熟与优雅，这便是秋叶的静美，死如其状，又何尝不是一种人生大美？相比于恐惧，这里又多了一份坦然面对死亡的勇气。

此时此刻我又想到了与之对立的一种壮美的死亡，那就是英雄就义。于是我想起了文天祥的"人生自古谁无死，留取丹心照汗青"，想起了李清照的"生当作人杰，死亦为鬼雄"，想起了谭嗣同的"我自横刀向天笑，去留肝胆两昆仑"，想起了人民英雄纪念碑上的那些有名的和无名的英雄。对于后者，他们死亡的意义突然显得崇高而伟大起来，站在他们面前，我们每一个活着的人都是渺小的。

相对于历史人物，平凡的死毕竟是多数的，面对伟大而壮烈的死者，我想我们需要有仰望之决心，更需要有平视之勇气！

是的，在这个世界上，甚至就在你生活的那一片小天地中，每天都有许多的人死去，又有许多的人降生，只是与我们有关的亲人朋友的死亡，我们才会显得那么悲戚与痛苦，而对于别人，我们总是漠然的、视而不见的。

为什么呢？因为那也只不过是死了人。人只要来到这个世界上，是免不了一死的，死亡在我们每个人的身上，只不过是迟与早的问题。关键在于，一个人有敢于面对死亡、向死亡挑战的勇气，能够在自己面临死亡的时候比较从容地迎接死亡。我想也许只有这样，一个人才算真正地体会了生命的全部，从而此生无憾。而恐惧死亡，在死亡面前战栗不已的人，是不会完全体会生命的意义的，或者说他不能完全懂得生命的意义。因为没有经历死亡或死亡的磨难和威胁的人，是不会真正成熟的。

在我看来一个人的完全成熟，就是在他经历了生命的全部之后，在死亡之前回光返照的一刻，他猛然间顿悟，让灵魂获得了升华，瞬间轻盈如彩蝶，桃花流水飘然去，清风明月无处寻。

其实，“死如秋叶之静美”中的静美正是这般的生之大美，也是死之大美。一如夕阳晚照、落红化泥、高僧涅槃。其实死亡就是每个人的“涅槃”，而生命的全部过程就是我们自我修炼的过程，“涅槃”并非只是高僧的殊荣！

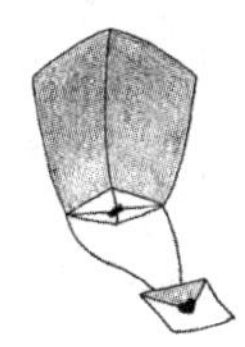

一个人的新年献词

——致我们的 2015

2014 就这样在我们的匆忙和等待中，在我们的渴望和迷惘中，在我们暗夜里圆睁的双眼里，终于一去不复返！

就像在很多个青春的新年里那样，每一个辞旧迎新之际都伴随着我们对过去的反思和对未来的憧憬。但是过去的已经过去，那些或悲伤或欢欣的过往终将如同烟花一般坠落于宇宙的黑洞里。而展现在我们面前的未来同样深不可测。

只是，仅仅因为未知，我们便充满了不可遏制的激情与探索的欲望。我们渴望相逢，我们喜欢遭遇与相见。我们总是热衷于崭新的一切，而对于过去的岁月，那些或悲或喜的过往，摇摇头或甩甩手，就算做过了告别。

细看博客中的日志，我曾经在每一个这样的时刻，写下过我的 2007，我的 2008，还有我的 2010。只是仅仅一眨眼的工夫，就已经到了 2015。此刻我却没有心力再去写我的 2014，我的 2013，甚至更遥远的 2012，那个传说中挪亚方舟即将升起的末世之年。

留下的文字一行行是铭刻在心头的暗语，镌刻着岁月的记忆。而没有留下的，也同样是隐现在心头的烛火，闪耀着血与泪的光芒。

也许我们都会在这样的时刻或欣喜或悲伤地对着岁月发问：“为什

么我的心从未曾改变，而我的青春已经不再？为什么那年匆匆的记忆仍闪亮如火，而横陈在眼前的现实却暗淡无光？为什么那片生我养我的故土从未曾改变，而我们腹腔中的热血却在逐渐冷却？”

没有人可以回答这些发问，就好像没有人能回答美丽的容颜为什么会叶瘦花残，清亮的歌声为什么会变得嘶哑陈旧如一面破鼓，也没有人能回答横陈于我们面前的战争、地震、屠杀和贪欲，没有人回答那些在飞机坠毁中陨落的生命；没有人回答孤立无援的城市，也没有人能回答荒凉沉寂中的乡村；没有人回答暗夜里悲泣的爱情，也没有人能回答暗夜里如同坟墓一般的孤独。那些孤立的路灯如同失血的僵尸，那惨白的光芒散发着比黑夜更黑的冷冽。

我们在每一个黎明都活过来一次，我们在每一个夜晚都死过去一次。

2015，就在这样死去活来的岁月里降临了。我们的梦却仍未醒。

有梦的黑夜也是光明的，青春与爱情在梦里归来，孩童的双眼在梦里睁开。

我们在梦里穿越，我们不回大清，因为宫斗的厚黑；我们不回大明，因为江山的飘摇；我们不回大汉，因为《长门赋》的哀怨；我们更不回大宋，因为儒雅中的懦弱。

我们只回大唐，回我诗情闪耀的大唐，回我君临天下、万邦来朝的大唐。那是我们永生永世的爱情梦，也是我们永不孱弱的男儿梦，更是我们生生世世的家国梦……

此时此刻，我最亲爱的朋友，让我们与青春的 2015 一同启航！

2015 年元旦

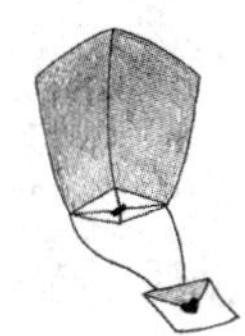

关于声音

那天，坐公交去革命公园旁边的助听器门店更换电池。下车的时候，道路两边的落叶在寒风中一片片打着旋儿，呈现着这个季节所独有的一种凄婉的画面。行人都瑟缩着身子，表情僵硬地奔走在这黄叶凋零的晚秋里。

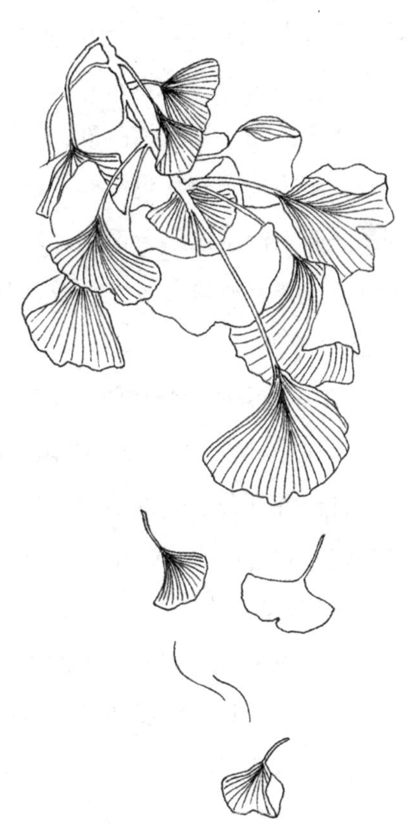

好久没有来过这里了，虽然记忆中的场景一切如故，我还是无法确定原来的门店确切的位置。于是索性放开脚步一家家地浏览过去。

记忆中这里原来有好

多家不同品牌的助听器门店，挨挨挤挤热闹非凡。当四年之后再次寻找的时候，却只剩下了两三家。我甚至无法判断眼前的这家究竟是不是我当年验配助听器的那家。于是索性推门而入，探个究竟。

进门后，接待人员热情地将我带到楼上的听力中心。我反复询问这里是不是原来那家丹麦“瑞声达”助听器品牌门店，得到确认我才跟着医生进入了验配室。一番了解之后我才知道这里现在所代理的助听器品牌不止瑞声达一种，同时还代理了“西门子”和“峰力”两种品牌，所以门店的广告牌也进行了更换。只是一番接触下来，我记忆中原来的场景不觉间回潮，在和验配医生沟通的过程中，我十分确定眼前的医生就是当年我验配助听器时的医生，由此我的整个身心都放松了下来。

两个医生均为女性，年龄都在三十岁以上。尤其是那位肤色黝黑、面孔类似美国人的医生，诚恳而急切的情绪时时流露在她的脸庞之上。另一位相比年龄稍长，肤色白皙，眼神温和恬静，神态安详自然。在带我重新测试听力后，她帮我更换了电池，然后给我双耳都戴上耳机进行对话训练。听力测试的结果很不乐观，她建议我双耳佩戴助听器来缓解听力的下降，然后让我一次又一次地跟着她念“南无阿弥陀佛”，最后她对我说：“要放下。”

我对她说了我耳朵受伤听力下降的经过，并说我并非听不到声音，而是对听到的声音无法分辨。她说，这是大脑神经中枢无法解析的缘故，应属神经性耳聋。我说不知道为什么，我现在对与人对话心里老有着一种恐惧和抗拒的心理，也不知道这是否是一种心理障碍。她仍然对我说：“要放下。”

我说听力的残缺对我多年来的生活影响很大，我原本学新闻的理想因此而破灭，所以只能依靠阅读和写作来实现自己的理想。她说，我们到达彼岸其实并非只有一种途径。一扇门关上了，上帝会为你打开另一扇窗。就好像你说的，你现在和人的沟通有时候别人的话还没说出来，只是一个眼神、一种手势，你就能领悟对方的意思。我点头表示认同。

不知不觉间时间就过去了，当我走出助听器门店的时候，外面已是华灯初上。等车的时候寒风更加的凌厉，整个城市沉浸在一种呼啸的风声之中。革命公园两旁原本热闹非凡，此时则一片寂冷。我对声音的记忆在这寂冷之中却暗潮汹涌。我忽然很怀念拥有声音的那些岁月，第一次聆听俞丽拿《梁祝》小提琴协奏曲时的那种内心的震颤与宁静，那是一种潺潺的水声从心灵的湖面上滑过，又是澎湃的大海在巨大的暗礁上粉碎，是翩翩的蝴蝶双宿双飞的凄美，又是不息的涓流在曲折蜿蜒中奔流。还有孟庭苇的《风中有朵雨做的云》那种低缓缠绵，带着淡淡的哀伤却持续着无怨无悔的泪与爱的永恒热情。我庆幸自己曾经领略过它们的美丽、绚烂、激越和辉煌。如今我虽然还能感受到它们，却已然不是如儿时那般的清晰。如果说当年我是用耳朵细心地聆听过这些音乐的美，那么今天我只能用心灵去聆听了。

在听力不知不觉离我而去的日子里，我曾经将耳朵贴在单放机的喇叭上，恨不得穿越进去仔细地将那些声音一丝一丝地抓住；我曾经将自己喜欢的所有歌词一一地写下来，再对着歌曲的旋律去还原。只是终究是收效有限，也是徒劳。很多次，我知道自己是在自欺欺人，知道自己只是在将少年时记忆中的旋律在心底播放给自己听。我又如何能够放下，能够甘愿？然而，就像贝多芬的《命运》一样，那些激越的旋律其实真的只是他心灵中的一种回响，他听得到听不到都已无关紧要，紧要的是那些旋律是他用自己的生命演绎出来的。

一如左右在他的诗歌《再听见》中所写的那样：

我听见火车流泪的样子
就像牵牛花开出蓝苞时露珠颤动的裙子
那是很多年以前。蓝色的耳朵，到处流着声音的雨水

跛了脚的鞋子成为我的耳朵
两只蝴蝶成为我的耳朵，大树的眼睛成为我的耳朵
天空的窟窿成为我的耳朵，村庄成为我的蓝耳朵
所有的声音，都是发自我的声门
小麻雀对蚂蚁说：兄弟，天黑了，我等你回来
蚂蚁将这句感动发誓给金色的睡猫：喵，喵喵
很多年以前，我想我也是这个样子

2014 年 11 月 29 日

（本文首发于《今日彬县》报）

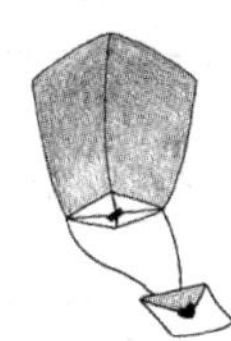

你的名字

近日老同学忽然请我给她表妹新生的女儿起名，因为之前我给她的儿子起过名字，所以推辞不得。这实际上也是源于一份朋友间的信任，我便勉为其难，接受了这个任务。经过一番搜肠刮肚、翻箱倒柜地查询，总算从《诗经》中找出了一句："青青子衿，悠悠我心，纵我不往，子宁不嗣音"，截尾句两个字"嗣音"而为其名。

这也是我们中国人取名一贯的传统，即所谓的"男楚辞，女诗经，文论语，武周易"。而《诗经》中的某些词句用来给女孩做名字，今天看来依然不失清新，用得好了确实能使人平添一股独特的书卷气。

比如一代才女林徽因，以美著称，这美也体现在她的名字上。据查林徽因的原名叫林徽音，这个名字是她做过清朝翰林的祖父林孝恂为她取的。出自《诗经·大雅·思齐》的"思齐大任，父王之母。思媚周姜，京室之妇。大姒嗣徽音，则百斯男"。

"徽音"是美誉的意思。后来改名林徽因是她为了和一位叫林微音的男士有所区别，这个人的名声有些不雅，林徽因洁身自好，不想人们把她的人品和他的相混淆。

再比如在文学史上颇有些名气的"张家四姐妹"的父亲张武龄是一

位儒商，热心于结交蔡元培这样的教育界名流，投资教育事业，家中四个才貌双全的女儿在当时成为很多文人心仪的对象。后来，大女儿张元和嫁给了昆曲名家顾传玠，二女儿张允和嫁给了颇有建树的语言学家周有光，三女儿张兆和则嫁给了赫赫有名的大作家沈从文，老四张充和嫁给了德裔美籍汉学家傅汉思。有趣的是，张老先生给女儿起的名字里都有“两条腿”，意思是注定要跟人家走，巧妙幽默，完全没有一丝闺阁脂粉气。

二姐张允和曾一手撮合了三妹兆和与沈从文的婚姻大事，事情办成之后，给沈从文发电报，只用了一个“允”字，半是家里的态度，半是自己的名字，这“半个字的电报”的故事一时在文学史上传为佳话，也使得张老先生不俗的取名方式，至今仍为人们所津津乐道。

当然名字的好坏并不能完全决定一个人的性格、志向，但至少反映了一个家庭的文化氛围。这就好像我们在农村缺少文化的家长给男孩子取名首先想到的便是猪娃、狗娃，最典型的便要数“狗剩”这个名字了。而给女孩子起名不是枣花、杏花便是什么招弟、引弟。这恰恰反映了我们“重男轻女”的思想劣根性。

一般而言，男孩取名偏向于阳刚性的词语，比如尚武、崇文。女孩取名偏向于阴柔之美，以风、花、雪、月为主。但也不限于此，中国的汉字文化博大精深，汉语言的传统源远流长，从最早的《诗经》、楚辞，到后来的唐诗宋词，及至论语、周易，乃至诸子百家，将汉字的精气神演绎到了一个全新的境界。而姓名只是短短两三个字，却可以作为一个人一生漫长经历的简单概括，想想也确实是一件奇妙的事情。尤其是汉字无论是书写还是朗诵，都充满着一股铿锵之气，相比于外语的绕口与啰唆，实在是一种鲜明的特色。

名字的另一种含义是代表着一个人的荣誉和名声。我们行为的好坏可以为这个名字增光添彩让其鲜亮俊美，也可以给这个名字抹黑让其臭名昭著。所以有一句话说，我们要像鸟儿爱惜羽毛一样爱惜自己的名声。我觉得换个说法也能成立，那就是，我们要像鸟儿爱惜羽毛一样爱惜自己的名字。

名字虽然无声无色，摸不着、看不见，却像我们的灵魂一样要跟随我们漫长的一生，陪伴我们度过最黑暗无光的日子，最坎坷难行的路途，直到我们肉身消失，那个时候，我们整整一生全部的重量，也就只剩下这轻飘飘的几个字了。它或者被刻在墓碑上，随着石头一起慢慢地腐朽，或者被铭刻在一些人的心里，随着岁月的绵延而历久弥新。而如果有一天我们的名字被玷污了，那也就如同我们丢失了自己的灵魂，变成了一具行尸走肉，即便死后被刻在了石头上，也依然会暗淡无光。

杰出的英国诗人济慈才华横溢，与当时的雪莱、拜伦齐名，他去世的时候年仅二十五岁。他遗留下的诗篇一直誉满人间，被认为是西方浪漫主义诗歌的杰出代表。临死之前的日子里他就为自己写下了墓志铭：Here lies one whose name was written in water.（此地长眠者，姓名水上书。）

誉满世界的诗人在死亡面前，也只剩下了一个名字，而且还是写在水上的，一阵风就会把它抹得无影无踪。

2014 年 8 月 8 日

（本文首发于《今日彬县》报）

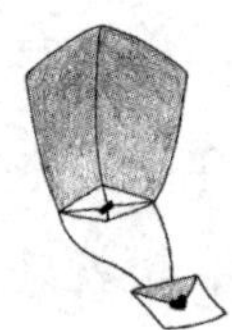

春天的怀想

还是春寒料峭的时候，我们就盼望着阳春三月的到来。在最初的日子里，我们依然穿着冬的装裹，只是把头偷偷地探出来，窥望着春的讯息。那是土地解冻的时刻，酥软的泥土在历经了一个冬天的睡眠之后开始睁开惺忪的睡眼重新均匀地呼吸。那是毛茸茸的绿意铺满整片田野的时刻，当我们的眼睛还在冬的荒芜中迟钝麻木的当儿，猛然一推窗，整个世界的盎然春意就豁然暴露在了我们眼前。

春天就是我们曾经最初的青春，那份按捺不住的焦躁，那份欲在最初的暖阳里褪去冬装的急迫，都令我们无比怀念那份少年的无畏。是的，春捂秋冻，这是父母对我们语重心长的岁月传承。只是那份猴急的心痒，又如何肯信？所以，我们才在感冒头痛的折磨中用切身的体验来自己总结教训，在一场不期而遇的春雨中瑟缩着身子跑回家跟父母求要那身昨天还让我们厌弃的厚装裹。

都说春雨贵如油，那是饥渴了一个冬天的大地在历经解冻之后迫切渴望甘露滋润的呼声，那更是父辈们对养育了我们祖祖辈辈的黄土地挚爱无比的心声。原来在庄汉人的眼中，世界上最贵的东西不是黄金，不是钻石，而是民以食为天的油。这油也不是城里人眼中三天一个价的汽油，而是自家地里长出来的菜籽黄豆榨出来的食用油。这种油和春雨有一个共同的特点，都养人。

城市的春天是短暂的，我们昨天才看见绿意满城郭，今天已经是阳春里满大街裙衫亮眼的少女峥嵘了。虽然我们都不得不身处城市，可比起城里的春天我还是更喜欢农村的春天。因为田野是最天然的公园，且绝无昂贵的门票。因为河水永远都是那么清澈，而不是护城河里远看亮眼近闻腐臭的人工穿凿。更因为这天然的公园就是自家的田园，而这清澈的河水还是免费的矿泉。还因为农村本来就是我们的家园，有家园，心自安！而城市只不过是我们漂泊逆旅中的寄身之所，是心魂不安、夜夜不寐之中的人生行役。

在这个夜晚，我不知道为什么开始愈发怀念那些成长记忆之中的少年春天，和伙伴们一起上树下沟，追逐打闹，在绿色的乡土里远离物质丰腴的金色青春。那个时候一颗糖果可以滋润我们一整天的欢乐，一颗被糖精浸泡过的青杏躲在绿色的太白酒瓶里就是我们一整天的可口可乐！而二十年后的春天，我在被沙尘暴和黑色的雾霾重重包围，无法脱身。我在人工降雨的二十分钟时间里感受什么叫春雨贵如油，我在环卫部门花费几十万的人工铁树的绿荫下感受都市的春意盎然。

我忽然突发奇想，如果有一天，我们的孩子有了人工制造的星光大道，却不知道什么叫日月星辰，那他们的青春里还会有春天吗？

康德说：有两种东西，我们愈是时常反复地思索，它们就愈是给人的心灵灌注以崭新的意义和有加无已的赞叹与敬畏，那就是我们头顶的星空和心中的道德法则。

我也想说，如果有两种经历能够在我们的记忆里唤起我们对生命崭新意义的不断求索，那就是我们自己的青春和这世界之中的每一个春天！

（本文首发于《文化艺术报》2023 年 3 月 10 日“龙首文苑”副刊）

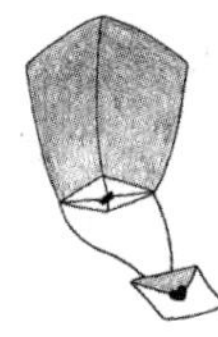

一个悲观主义者的私语

我是个悲观主义者，只是我一直都在抱着乐观的态度去悲观，这就好比我们改变不了生活的本来面目，我们只好去改变自己！

我悲观，不只是因为叔本华，相信我们中国哲学里的悲观主义远比西方深远，亦如老庄的无为其实就是一种彻骨的悲观主义。为什么无为？就是因为无法改变所以才不为，庄子的鼓盆而歌不是因为自己对死去的妻子不怀念，而是因为这种怀念根本改变不了眼前的现实，所以他索性不去用千人一面的哭泣模样面对众人，他的笑与歌，又何尝不是一种绝望里的怀念与留恋！

其实，在这个芸芸众生的世界上，病态才是常态，完美或者绝对的健康是不存在的。只是在很多的时候，我们都对自身的健康状态处于一种不自知之中。我们的探求心和窥视的欲求往往是对别人的关注程度超过了对自己本身。

但是，虽然人性的自私本质无法改变，因为没有任何人会在自身难保的情况下去救助别人。这并不是因为他的自私本质，而是他的能力不够。我完全相信，人性里的善总比恶要多，世间的好人比坏人要多。但是，在许多的情况下我们却不知道如何去评价一个人是好人还是坏人。

因为在平常的大多数情况下，缺点和优点在每个人的身上都是存在的，缺点并不等同于坏，优点也不一定就等于是好。只有大善大恶者才是显而易见的。但是，它毕竟只是少数。

悲观，但却绝不消极，这是我的态度。忧伤，只是在忧伤里释放自己的压抑，一如落花的美，无法永远地保留在枝头，那么就索性在该凋落的时候凋落，以一种优雅的姿态去面对世人的眼光。每一瓣清香，都完全地飘散，完全地绽放，然后入土，化泥！

一如王维的《辛夷坞》的境界："木末芙蓉花，山中发红萼。涧户寂无人，纷纷开且落。"无须为其绽放而自赏，也不因其陨落而悼惜。这样的人生态度，实在是一种禅意的人生，也只有王维这样的大诗人才能有。然而，转过来想，我们每一个人存在于这个世界上，又何尝不是一朵木末芙蓉？我们的生与死，就是木末芙蓉的开与落。只是我们的一生里充满了喧嚣与躁动，不能像花朵那样安详而静寂、从容而优雅地去面对，这就体现出了生命里动与静的不同。

人，是主动地去生，却往往遭受的是被动的结果；花是被动地去死，但却因为其被动里的不与万物争，而拥有了主动的生存空间。因果，果因，花开花落，生死消亡，我们的存在只是一瞬，那就安静地面对这一瞬吧，活在这一瞬，你就拥有了一生的幸福！

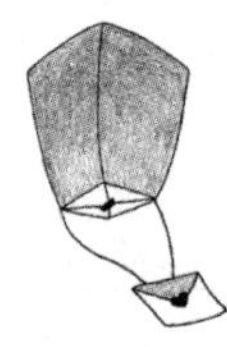

不朽之途

——写在陈忠实老师逝世之际

我以为，对一个作家的最好祭奠莫过于认真地去阅读他的作品，这时他的精神和他活着之时的全部意义便会从他的文字中浮现，从而让他抵达真正的不朽之途。

——题记

作为一个始终关注文学的晚辈，我无法不对陈忠实老师的病逝产生触动。尤其是我们共同生长在一片黄土地上，脚下这一块又一块的黄土台塬是我们得以生根发芽延续血脉与情感的永恒故土。

一部厚重的《白鹿原》给了我们得以了解这片土地的心灵密码，那些活灵活现有血有肉的人物形象和生动故事，是我们每天都在接触的父老乡亲，更是我们无法忘记的记忆与梦想。

选择了文学，就意味着放弃个人的得失与荣辱，用义无反顾的担当去为一个民族书写真正的史诗。陈忠实和他的《白鹿原》所给予我们的正是这样的启示。

可能我们很多人并没有真实地与这位老人打过交道，可我相信只要阅读过他文字的人，观看过他采访节目的人，甚至于道听途说过他待人接物故事的人，都会觉得他无愧于他名字中的“忠实”二字。他始终怀着一颗悲天悯人之心，以一个农民的善良本分履行着一个作家所应有的担当和责任。

2002 年刚上大学的时候，陈忠实老师来我们学院做报告，当时能容纳五百人的阶梯教室座无虚席，就连过道和走廊里也拥满了前来听课的学生，甚至一些慕名而来的社会人士。同学们的提问一个接一个，在那个互联网方兴未艾、文学依然神圣的年代，我们怀着满腔的青春激情环绕在这位老人身边，急切地想从他的口中得知文学写作的奥秘和捷径。面对众多的提问，陈忠实老师以饱满的精神状态为我们尽可能地做出阐释和回答，如同雪花一般的提问纸条从讲台下面传递上去，陈忠实老师一口关中方言，语音纯正精湛，句词落地有声。

这么多年来，在文学的道路上我从未想过放弃，正是因为当年我在一个关中汉子身上所看到的希冀和向往，那是一种带着梦想光芒的抵达，是埋身黄土走出黄土又回归黄土的悲壮和决绝，是抬着棺材出征的大无畏气概。所以，在陈忠实老师身上，他生前的所有预言几乎都得到了验证：要写一本死后入棺垫枕的书，要用文字来揭示一个民族的秘史，要让人回归到人本身的尊严。

高中三年级读的那本《白鹿原》被别人翻得早掉了封底，所以我一直以为自己看到的《白鹿原》没有结尾，甚至我一直都没有搞清楚白家得势之后小说的结局会走向哪里。

《白鹿原》的结尾实质上是一个开放的结尾，作者并没有局限于所谓的正面与反面角色的区分，而是站在大历史的背景下纵观社会变迁与人心的向背，这正是《白鹿原》之所以超越历史局限而获得崭新视野的可贵之处，因此这本书放在任何一个历史时期都不会过时，《白鹿原》中的那些人物永远都带着浓郁的黄土气息，以鲜明的个性色彩活跃在中国乃至世界文学史的画廊之中。

一个文学领军人物的辞世是令人悲伤的，这是整个中国乃至世界文学的一大损失。但他和他的《白鹿原》必将因此更加深刻地进入世人的心中，并在持续阅读中不断获得崭新的意义。我以为，对一个作家的最好祭奠莫过于认真地去阅读他的作品，这时他的精神和他活着之时的全部意义便会从他的文字中浮现，从而让他抵达真正的不朽之途。

（本文首发于《豳风》杂志 2016 年第三期）

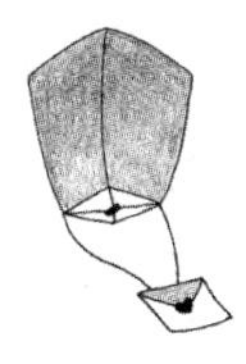

一个人与一座城的十年

——长篇小说《西漂十年》后记

当我写完这本书的时候，忽然有一种如释重负的解脱感。也许在别人看来写作是一件快乐的事情，而我也确实认同这个观点。只是《西漂十年》的写作于我而言，却并非一件完全快乐的事情。如果让我用四个字来概括整个写作过程中的心情，那我只能选择：悲欣交集。

因为这是一部个人心灵史，是一个人与一座城市，甚至整个世界的搏斗过程。这个人内心脆弱、敏感多情，却又时时刻刻充满着防御与猜疑，他总是在过度的自信与自卑中彷徨不安。这个人怀抱着梦想的烛

火，在遍布泥泞的沼泽与水域中艰难前行，他时时竖起耳朵保持警醒，渴望感受来自世界的温暖，最终听到的却只是自己内心静寂而又顽强的心跳。这个人从离开故乡柔软土壤的那一刻起，他的灵魂就充满了不安，他急切地想把自己还带着泥腥味的根须扎进城市的钢铁丛林，却因而被伤得体无完肤。他被城市文明的光环所诱惑，却又无法斩断深扎乡土的根须。他被爱情的芬芳与青春的瑰丽所吸引，不顾一切地与魔鬼签约，从而将灵魂抵押，痛苦与煎熬因此相继而来，在天堂与地狱之间永久地轮回，从此永无安宁。

真正进入了小说情节的书写，我开始被故事带回童年的温暖记忆，带回大学校园的美好时光，回想那段青涩懵懂的爱情的芬芳，怀念同窗兄弟之间的深厚情谊。每每忆及这些，我在写作的过程中常常一个人笑得满眼是泪。我不知道那是痛惜的泪还是甜蜜的泪，但它足以让我知道在经历了人生的风雨之后我的心至少还是温热的。

只是写到城中村时，我的内心常常因为一些不堪的经历而疼痛到抽搐，因为在面对真实的生活和逼真到纤毫毕现的生活图景时，我的内心是那么惊慌失措、狼狈不堪，差一点就到了落荒而逃的境地。痛苦的记忆，我们往往是不愿意再去揭那个疮疤的。但只要走过了那段最黑暗的日子，还是有勇气战胜自身的怯懦，向着未来和梦想继续前行。

生活往往就是这样，当我们真的被逼进了墙角，退无可退了，反而能够“置之死地而后生”。事实也的确如此，毕竟我们生活在一个前所未有的好时代，只要肯俯下身去，无论从事什么工作，生存，总不成问题。

用自己的劳动去换取衣食住行之需，本身就是一件成全自我尊严的事情，我们无须为此而觉得羞愧，相反，我们应该为此而感到自豪。只有自己尊重自己，才能获得别人的尊重。尊严这种东西，其实是建立在一种平等的心态之上的。没有相互的平视和敢于平视的心态，尊重就无

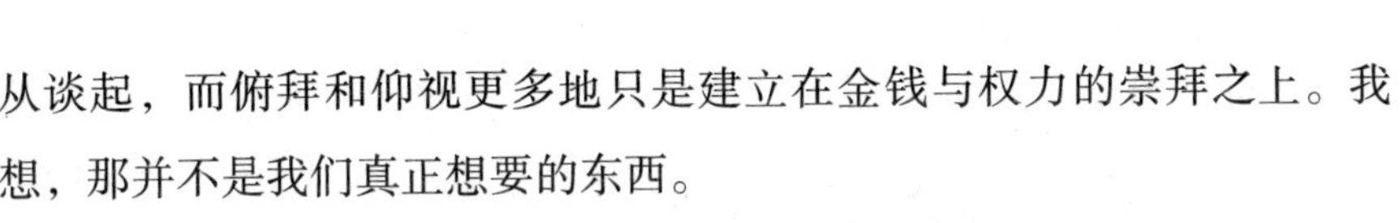

从谈起，而俯拜和仰视更多地只是建立在金钱与权力的崇拜之上。我想，那并不是我们真正想要的东西。

奔走在城中村的十年，是我青春年华最美好的十年。十年转眼即逝，青春也如刹那芳华成为过眼烟云。这十年中，我的单车滚过城中村的角角落落，也把青春如同水银泻地般洒遍了所到之处的每一个角落。在北山门我努力挣脱稚嫩的学生面孔，在瓦胡同我把自己变成一个最卑微的报童，在和平门与龙首村我在文学青年与底层民工之间不停地互换角色，在张家堡我试图彻底地沦陷，以堕入地狱般的放逐寻求向天堂上升的阶梯。

那些风雨泥泞相伴的日子，那些漫天大雪的冰寒，甚至飞蛾扑火般的绚烂爱情，而今皆已成往事。而我所居住过的那些城中村也正应了那句戏词：眼看他起朱楼，眼看他宴宾客，眼看他楼塌了！城中村在不断地加盖和不断地拆迁中灰飞烟灭，这座城市的底层记忆也跟着一同烟消云散。只是站在城中村的旧址之上，我心中昔日的图景依然历历在目。

这本书前后历时五年，共计四十万字，前半部写成之后我便一直搁置不理，直到确定出版之后才放下手头的一切工作，花费一个多月一气呵成。搁置的原因不是我不想写完，而是后半部的书写实在太痛苦。因此当写完的时候，我几乎已经没有力气再去从头打量这部书稿了。我想就这样吧，不是我对读者不负责任，而是我已经有一种把自己掏空了的感觉。

在这本书最后的写作过程中，我也在经历着另一种人生的悲凉图景。我的两个亲舅舅在不到三个月的时间里相继撒手人寰。二舅曾陪伴我度过了整个高中生活。他为人忠厚，勤劳朴实，热爱读书。他一生节俭，在家徒四壁的土窑洞里培养出了两个大学生，不到六十岁便得了食道癌。记得上高中时几乎每个冬天的夜晚，二舅都会帮我把炕烧得热热的，等我放学后陪我一起看书、休息。但今年春节我去看他的时候，他已经瘦得只剩一把骨头，吃饭也只能吃流食。我离开时和二舅一起拍了张合影，然后和他说一定要等我写的书出版，我第一时间给他拿回来。当我回城之后，在手机里却怎么也找不到和二舅的合影了。我的心立时就慌作一团。紧接着在冰雪还未融化的早春里，便得到了二舅病逝的噩耗。

大舅已经七十多岁了，一米八的身高，长得帅气英武。在二舅去世之前的两个月大舅妈突然病故，大舅妈的病故对大舅的打击太大了。只是眼看着二舅在熬日子，大舅放心不下，等到看着二舅病逝安葬了，大舅的心里也泄了气，仅仅因为一场流感，就溘然长逝。

看着身边的亲人一个个到了垂暮之年，想到人生的晚景凄凉、枯索寡味，总令人心生凄冷悲凉之感。人生到了而立之年，总不免要迎来这种离别的场景。它在让我们感受时间的无情之时也在感悟着生命的真谛、亲情的可贵以及我们需要承担的责任；它需要我们忍住泪水，用悲壮的胸怀去承受这不能承受的生命之轻。

这本书的出版缘起于文友万金阳同学的热情鼓励，后来她做了这本书的编辑，参与了初稿的部分编校工作，再后来因为私人原因她辞职一个人单枪匹马去北京闯荡江湖了。好在她一直在幕后热心关注和参与着这本书的出版进程，不遗余力地出谋划策，令我时时心生暖意。感谢二稿编辑曾亚琴女士的认真编校工作，让我认识到了自己写作中存在的很多不足，从中受益匪浅。当然我更要感谢我昔日的一帮中学同窗好友的慷慨解囊，没有他们的大力支持就没有这本书的呱呱坠地，尤其是高中死党张军峰对我的信任与支持令我时时心生愧意，怕我的文字辱没了他的盛情。我更要感谢恩师田俊鹏，感谢侯刚等一帮大学同窗对我写作的肯定和鼓励，感谢我的母校西安欧亚学院校友会对本书出版的大力支持。

最后我要感谢的是陕西省作协副主席雷涛老师的亲笔题名。雷涛老师书法家的声誉早就闻名遐迩，能够得到雷涛老师的墨宝我实在受之有愧、诚惶诚恐。感谢诗人左右、散文家邢小俊和青春文学家贾飞的倾情推荐，感谢插画师李艺阳与摄影师周东临的全力支持，感谢我的兄弟柴治平的呕心沥血之序言。同时也感谢我的故乡彬州市作协和彬州市文联多年来对我的培养与支持，没有故乡文友的并肩学习、取长补短就没有我的今天。尤其是彬州市本土作家大漠兄长《白土人》的创作和出版极大地鼓舞了我对《西漂十年》的写作信心，在此一并致谢！

2014 年 7 月 7 日于古城西安

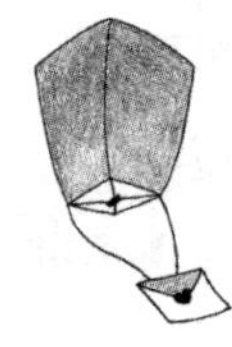

一个人的阅读史

——文学评论集《文字的风度》后记

1

我始终相信，阅读改变人生。

虽然阅读不能令一个人大富大贵，也不能换取金钱与物质，但阅读却可以像水一样，滋养我们的心灵。或者说阅读本身就是一条无声无息的河流，流淌在我们的生命里，带着灵魂的闪电、血肉的融汇，甚至是醍醐灌顶般的战栗，然后给予我们以柔软、丰富、韧性乃至宽厚与博大。

阅读是无声无息的，但在阅读里却隐藏着一个浩渺的宇宙、无穷的广宇，隐藏着人的一切和一切的人，隐藏着我们的复杂、痛苦、欢乐、泪水与微笑。

我相信，阅读本身是有生命的，所以我将阅读看成人的一种本能。就好像我们每天要吃饭和呼吸，阅读就是精神的进食，是灵魂的呼吸，是我们须臾不可离的灵魂伴侣。由此我甚至想大声呼喊：不阅读，毋宁死！

2

刚开始上幼儿园的我们是懵懂的，虽然每天听老师讲故事，也每天都能认识几个最基本的汉字，可我们从来没有想过文字与故事之间的联系。童年阶段的阅读，虽然在不断提高我们的表达能力，但阅读的盲目性是无法避免的。就我个人而言，这种盲目性在初中阶段几乎达到了顶峰。金庸、古龙、梁羽生还有一些三流武侠小说家的作品每天在我的脑海里狂轰滥炸，直到有一天劳动课上，阅读武侠小说的我被老师抓了个正着。

在戒除武侠小说的毒瘾之后，偶然之中我阅读到了《西游记》。那种语言的陌生感和文字的新奇感，天马行空的想象力与精神上的丘壑纵横，让文字与生命之间的隐秘通道开始一点点地敞开在我面前。

尽管多年之后，我重新认识到武侠小说同样是文学的一种，它和其他文学样式一样，也有着文字的优劣之分，情趣的雅俗之别。比如金庸、古龙的作品，历经时间的检阅和岁月的冲刷，依然焕发着历久弥新的文学素质。

3

整个高中阶段，图书馆、教室与校外的租住点三点一线的呆板生活里，隐藏着我对于疯狂阅读的美好体验。我终于清醒地认识到了阅读与文字之间的桥梁就是写作，是用手中的笔表达我们对于阅读与生活的体验，表达我们看不见、摸不着但内心却能真实感受到的情感与理性。

阅读与写作让我发现了一个完全不同的自我，被世俗和规则掩埋的自我。有了阅读与写作，我的生命里才有了光。她犹如一盏看不见光源的灯，无边无际，恰似母亲温暖的子宫用她的柔软拥抱我们，也用她的理性指引我们，而从不伤害我们。

在阅读中我逐渐明白，一个人的见识愈广，便会愈加认识到世界的广大与自己的渺小。这并非是说我们变得卑贱了，而是因为我们看到了更广阔无垠的美丽，这美丽与无垠扩大了我们的胸怀，让我们看到了虚怀若谷的美好，所以我们才会感觉到自己的卑微与渺小。

偶然的一次机会，随着参观校园的人流一起闯进了西北大学，见到了它的图书馆。一排排书架在四月的春风里无声地耸立着，我霎时间傻了眼，静默中只感觉在书架与书架之间似乎奔涌着一股浩大的精神洪流，在不断地冲击着我的心房。它是如此强烈又如此不可抗拒，在它面前，我之前在有限的格局中建立的心理防线开始一寸一寸坍塌、崩溃……

4

我从来没有想过自己有一天会失聪，但从初中三年级开始我就在失聪的路上不由自主地跋涉着。尽管实在不想提起，又不得不提起，正是数学老师的一巴掌，将我推上了这条看不清前路的人生迷途。

庆幸的是，我发现了阅读这条最美丽也最孤独的路，并因阅读最终进入了大学。我真的拥有了一座图书馆，尽管她最初的模样是那么寒酸、简陋，但正是这所图书馆，给予了我发现更多图书馆的可能，也由此消弭了我第一次走入图书馆时的那种惶惑。

原来，只要你有读书的欲望和勇气，这个世界上所有的图书馆都会不设防地为你打开。它是铺设在每个人脚下的无形阶梯，是人类知识进步的阶梯，更是我们认识自己的阶梯。

我要感谢我的大学和它所拥有的那座图书馆。三年时间里，我在这里找到了在声音逐渐离我远去之时的精神温暖。在无数个孤寂的日子里，我在这里找到了真正的自己。

我身守书城，拥抱孤独和寂寞，也同时拥抱了许多伟大的灵魂。他们是在孤独中毁灭自己也成就自己的梵·高，是在晚年听不到一点声音却创造了命运交响曲的贝多芬，是面对孤独、冷漠的世界，用灵魂去审判灵魂的卡夫卡……

我和他们一起在这无声而又寂寞的海洋里起舞，倾听他们不凡的心声，用文字与他们交谈，倾吐自己的苦闷。我笔下的很多读书评论就是在这样的心境中产生的。

当然，也有一部分评论是我漂泊在西安这座都市的旅程中阅读产生的，比如钟楼书城的阅览架前，烟雾缭绕的网吧之中，城中村的出租屋里，甚至夜晚的路灯之下……

这些地方对别人来说可能是喧闹的也是不堪的，于我而言却能获得另一种灵魂的安宁。我想，也许正因为这些地方是最世俗的，才能让我深陷其中去感知那一个个孤独灵魂内心的温暖与悲凉，感受文字之内与文字之外的人的处境。因为文学终究是关于人的文学，离开了人，所有的文字便也丧失了它存在的意义。

5

读书评论的真正意义并不是要证明我们读过多少书，而是要证明我们在阅读中获得了多少思想和力量。人类之所以有绵延永续的文化，是因为我们站在巨人的肩膀上，是我们脚下的这些前辈的智慧汇聚成的文字河流抬升了我们的眼界，开拓了我们的心胸。

读书评论是阅读者对经典作品的学习和再生，也是写作者砥砺思想的磨刀石，更是每一个阅读者在阅读中重新发现自我的不二路径。

文学评论集《文字的风度》包括国内外经典作家作品评论七十余篇和关于长篇小说《西漂十年》的评论文字九篇，合计约二十四万字。评论主要分为“先锋阅读（余华、苏童、严歌苓、慕容雪村等作家作品评论）”“经典品读（贾平凹、王海、范小青、迟子建等经典作家作品评论）”“风流人物（张爱玲、安妮宝贝、张悦然等作家作品评论）”“豳地文丛（彬州市本地作家作品评论）”“外国经典（外国经典文学评论）”“书边语丝”六大部分，是对国内外重要作家作品的阅读诠释与分析评论。

这些评论均是我多年来从事读书写作的主要收获。这些作品曾经分散地发表在十点读书微信公众平台、陕西作家网、东莞《文化周末》杂志书评专栏、《豳风》文学期刊、《今日彬县》报等媒体。今结集出版以飨读者，希望得到大家的批评与指正！

（本文首发于《秦都》杂志2023年陕西省残联咸阳市采风作品专刊号）

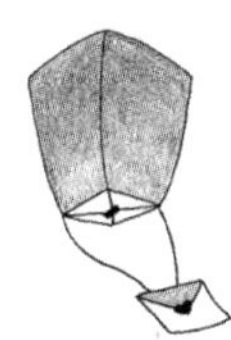

一个孤女的青春成长史

——长篇小说《吕小溪》序

作者张菲菲曾对我说："《吕小溪》是一部言情小说。"《吕小溪》从语言上来说，确实有很多言情小说的味道。可当我阅读完整部小说之后，却更愿意将它当作一部纯文学作品来看。

为什么呢？虽然从表面上来看，《吕小溪》所写的只是一个女孩与几个良莠不齐的男性之间的情感纠葛，可从本质上而言，《吕小溪》所写的其实是一个孤女的青春成长史。

这个孤女从一出生便被亲生父母遗弃于下水道，然后被养父抱回收养。但养父因为妻子非自主意识的不贞史从而对女性的看法极为轻率。虽然他一生娶过六个女人，生了很多孩子，但并不是一个负责任的丈夫和父亲。因此，吕小溪这个孤女只能跟着养母长大，以养母的姓氏为姓。而养母因为丈夫对于自己的轻视不免心怀怨愤，由此她对于这个孤女自然也不会投入太多的情感。及至后来，养母因病去世，吕小溪只能回到养父的身边生活。

吕小溪的养父是一个风流的作家，换女人如换衣服。这也决定了吕小溪绝不会有一个稳定的家庭成长环境，更不会有温暖的母爱和宽厚包容的父爱的心灵支撑。所以，我们几乎可以断定，吕小溪从一出生就是一个极度缺乏爱的孩子，这也造成了她的内心极度缺乏安全感。

而更恐怖的是，来自养父的兄长对吕小溪的性侵威胁。这几乎是一颗始终埋藏在幼女吕小溪青春成长史里的定时炸弹。由此，也就决定了吕小溪对于男人生发自骨子里天然的敌意，演变到最后几乎成为潜藏在她身体里的一种生理性反应，更深刻地影响了吕小溪的整个婚恋史。

在青春成长的过程中，因为孤儿身世的阴影，吕小溪对自己的人生始终充满了迷惘和不确定性。后来，她成了一名教师，开始逐渐依靠自己的努力去掌握自己的命运。可偏偏此刻养父中风瘫痪，住进了ICU，后母和养父诸多的子女与亲属们对养父的遗产又个个虎视眈眈，但他们对养父的病情却不闻不问。

此时此刻，只有孤女吕小溪一个人站了出来，承担了照顾养父的所有责任以及沉重的医疗费用。为此她欠下了无数的债务，不得不依靠同时打几份工来缓解经济压力。同时，她还要面对伯父随时可能到来的性骚扰以及伯父与后母狼狈为奸的家庭丑闻。这一切的一切，也对吕小溪的心理带来巨大的冲击，让她患上了严重的抑郁症。可当她去看病时，又遭受了来自不良心理医生的猥亵和恐吓……

为此，我们几乎可以说，当吕小溪一来到这个世界，因为没有真正的亲人的陪伴，她所遇到的几乎是一个充满了种种陷阱和豺狼虎豹般的野蛮世界。在她自身的铠甲还没有生长出来的时候，她的每一步人生路都可谓荆棘丛生。

在个人情感方面，吕小溪一直以来都没有真正地成熟过。所以她才会有对于初恋男友及其家庭长达七八年不求回报式的付出，那是因为她想从那里寻找真正的亲情，可是她依然颗粒无收。之后，她也曾邂逅过她仰慕的男子安小陌，但她觉得自己烂事缠身，没有资格和他平起平坐。所以她只能被极度不成熟的姜小聪和夏乐、陆贝等人围绕着，也围困着。但说穿了这些男生自己都还没有长大，又如何能够给与吕小溪一个安定的情感港湾呢？而那个深爱吕小溪的李南子偏偏深陷“围城”，无法自拔。他最后虽然侥幸脱身，却终致枉送性命，令人叹惋。

回过头来，再看看吕小溪身边的几个纨绔子弟，余子铭性情轻浮、敬子航恶贯满盈，在这些人物身上也许偶有真情流露，但他们终归都是渣男。所以，吕小溪需要成长，而她也真的在成长。因为在她的身边有一帮真诚的朋友陪伴，有许夏末、师小颖这样能为她两肋插刀的姐妹。这是吕小溪人生中仅有的温暖，也是最大的情感慰藉，更是她能够始终立于不败之地的内心支撑。

从小说结构上来看，《吕小溪》营造出了一种极具戏剧效果的小说氛围，全文更多的内容是以对话、独白和白描的方式来展开的，由此小说也就给人一种更加生动、形象、立体的艺术质感。但同时也因为对话过多，不免削弱了整部小说的思想厚度，是为一憾。

但我们必须要肯定的是，《吕小溪》塑造出了一个勇敢、坚强、执着而有追求的新女性形象，主人公身上虽然不免有这个时代的年轻女性在行为和生活方式上的冲动、放纵、敏感等缺点，但也正是因为这些缺点，让我们看到了一个鲜活饱满又不乏坚韧可爱的成功的女性艺术形象。

说实话，在吕小溪身上，我几乎看到了民国时代的女作家萧红的影子。萧红也是一个孤女，她从小失去母亲，后来为了逃脱封建婚姻离家出走。她所遭遇的外部世界和吕小溪所面对的荆棘人生非常相似。在她们的身上，都有一种顽强而不屈服的生命韧性和勇敢追求自我人生的大无畏勇气。而在物质主义甚嚣尘上的网络信息时代里，这种无畏和勇敢堪称凤毛麟角。所以，《吕小溪》也可以看作是我们在网络信息时代抵抗物质主义与虚无主义的一面旗帜。

是为序。

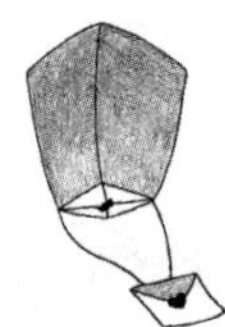

一代人的记忆

——《文昌阁散文集》序

自立先生的首部散文集《文昌阁散文集》要付梓了，嘱我作序，其情恳切，实难推托，只能提笔就命。

自立先生和我同为彬州人，按照地理划分，他是水口原人，我是北极原人。在彬州的版图上，这两座大原，一南一北，遥相呼应，因中间隔着一条泾河，走动起来并不容易。因此我们最早的相识并不在彬州这片土地上，而是在省城西安。

记得应是2016年的夏天，一个艳阳高照的日子，自立先生回乡探亲后，返回单位的途中在西安转站，约我于西安火车站附近相见，邀我给他带一本签名版的《西漂十年》。

那次在西安火车站对面的肯德基见面时，因为他所乘坐的那列发往青海的车次已经距离发车只有不到两个小时，我们只能草草地聊了几句，吃了一顿便饭便匆匆告别。可即便只是短短一个小时不到的就餐过程里，自立先生已经给我留下了深刻的印象，尤其是他绵密的话语就如同他在文章中绵密的思绪一般，竹筒倒豆子，可谓是古道热肠的彬州人的典型代表。他微胖的身材，如灯般明亮的眼睛和一张亲切朴实的脸庞，能在极短的时间内让人放下人与人之间的戒备，轻松愉快地进入交流。这一点并不是任何人都能做到的。

自立先生是1967年生人，他在很小的时候就失去了母亲，家中兄弟姐妹七个，他是家中的长子。在那样一个国情艰苦的时代里，他依然完成了高中学业，虽然后来没有考上大学，可仍然算得上是一个有文化的青年。在后来闯荡社会的过程中，他饱经生活的磨砺和人生的忧患，内心却一直埋藏着一颗热爱文学的种子，有着对于人生无限的热爱之心和赤忱之志。

在《文昌阁散文集》中，他写的最为动人的篇章，应该是母亲去世时家道的艰难，他的父亲既当爹又当娘的辛酸和无奈，还有他的外婆得知女儿去世时的心痛与哀伤，以及他的外婆一生养育了众多孩子，却眼看着他们一个个在艰难的世道中离散和殇亡的荒凉感。可即便在很早的时候就经历了如此之多的世态炎凉，自立先生依然不改初心。他愿意用自己的笔去为自己的亲人们立传，去记录那一整个时代里的人的记忆，哪怕它们是如此支离破碎，犹如散落一地的米粒，早已湮没于尘土。

文学的最大意义，就在于在它的丰碑上，常常书写着人生的苦难和时代的苦难以及人类的苦难。而苦难会让我们心生怜悯，会让我们拥有人类情感中最基本的同理心，这便是人道主义最根本的出发点。而《文昌阁散文集》正是自立先生在知天命之年回归故乡，埋首于郴州市图书馆的角落里悉心梳理过往人生中的酸甜苦辣咸，在这人生五味中整理出来的一部满溢着人道主义光芒的文集，是他从六十多万字的草稿之中筛选出的精华篇章。

由此，《文昌阁散文集》便表现出三个显著的特点。一个是乡音，一个是乡情，还有一个是乡志。

说乡音，是因为虽然在后来成长的过程中，自立先生奔走在青海公路建设的一个又一个工地之上，但他不管身在何方，内心却时刻都在倾听和收集着来自故乡的声音，或者说是一个个散落于各处的郴州人的故事。

说乡情，是因为自小在彬州的土地上长大，在亲情的牵念里获得生命的温暖，这种情分便是刀割不断、水浇不灭的血缘之情。所以，他在文章里说，只要一想到父亲在村子道旁的树下还在等他回家，不管有多远，他也会搭上回乡的列车。

说乡志，是因为《文昌阁散文集》从根本上来说，是为乡土立志的一部书。在这部书中的一篇篇文章里散发出的最多的味道便是乡土的味道，或者说是彬州大地上的泥土的芬芳。尽管这片土地在过往的时代里，曾经遭受过贫穷和苦难，甚至血与火的考验，但无论何时它都依然是属于我们每一个彬州人的故乡。

当然，《文昌阁散文集》从写作的角度来说，还有一些瑕疵，比如在行文上过于恣肆而缺乏节制。这样情感上虽然是丰沛的，但在文章的结构和逻辑上常常失于严谨。散文虽然是一种最宽泛的文体，有时候可谓海纳百川，但最好的散文却需要“行于所当行，止于不可不止”，在这一点上，自立先生在以后的写作中不妨注意一二。

是为序。

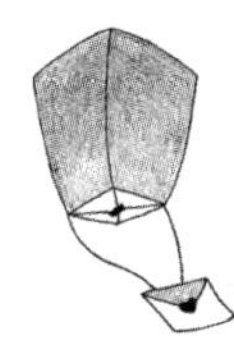

女性的独立人格与自由精神

——青池长篇小说《爱在九点》序

青池的长篇小说《爱在九点》要付梓了，嘱我作序，其情殷殷。

其实论年纪，青池略长我几年，私下里我们也常以姐弟相称。青池对文字的痴迷，对文学的喜爱，我以为比起很多虚名在外的行业人士来，一点也不差。她的《爱在九点》从某种角度上来说，相当于一个时代角落里的缩影，主人公的形象是很多女性的统合体。里面的人物也是在城市里的逐梦者，这一点和我的长篇小说《西漂十年》颇为相似。同时，这也都是我们的处女作。

《爱在九点》的主人公程晓华是一名农家子弟，她为了减轻父母的家庭负担，为了成全哥哥弟弟的求学之路，毅然放弃了高中学业，仅凭着一腔青春的孤勇走入了灯火璀璨的都会。

在最初的日子里，她做过饭店的服务员，目睹了几个青春女性各自的人生选择。这其中有朴实单纯的刘蕊，在家庭的逼迫下接受了早就被安排好的婚姻，从而放弃了自由相恋的厨师长。这其中还有小丽这样爱慕虚荣的女子，在听说即将被饭店老板辞退之时，卷款潜逃，之后又凭借着姣好的相貌要去做“借腹生子”的勾当。不想人家实际上是要拐卖她。机灵的小丽最终逃了出来，还顺手牵羊拿了主谋一大笔钱。

这些情况，只不过是程晓华这个单纯善良的女子初入社会之时的耳闻目睹。接下来将要发生的才是她人生中真正的故事。那就是她遇到了王力这个离婚后带着孩子进城打工的青年。他们相遇在程晓华打工的第二个老板的建材店里。当时程晓华负责装车，王力是司机。同时王力还是老板的亲戚。

因为这份工作是在程晓华的前一个老板卷款走人，没有给程晓华发一分钱工资的情况下找到的，所以尽管活儿很苦很累，但程晓华却越干越卖力。也正是她的这种精神感动了建材店的老板。因为之前这份工作很多人只能干几天，就会因为累而辞职。

拥有了这份工作后，程晓华在城中村租了一个小房子，用几十块砖头和一张床板搭起了自己最初的小窝。这是程晓华在这个都市真正的落脚地，虽然不免寒酸，但内心里总算有了一分底气。

在工作中，她遇到了客户的性骚扰，在委屈憋闷的情况下王力来到了她的身边，给予她最初的关怀。这便有了他们两个人在小小的城中村出租屋里最初的对话和接触。那一夜，程晓华依然委屈，但王力在挑逗她后却放弃了进攻。接着，王力选择了辞职，并在离开之前以兄长的名义给她买了很多生活必需品。

也正是从这一刻开始，程晓华在心里对王力有了似有若无的期待。也许是因为内心的孤独，也许是因为情感的寂寞。当王力第二次回到这个都市再次向程晓华表白的时候，他们很快便在一起了。两个青春的躯体在程晓华租来的那个出租屋里，有了第一次灵与肉的碰撞，然后一发不可收拾。

可王力到底是个什么样的人呢？主人公并没有看清楚。她只是一直沉浸在自己的爱情幻想里，天真而单纯地做着自己的爱情梦想。王力比程晓华早入社会，他和妻子结婚后生有一个女儿，后来妻子离婚去了大城市，做了一个大老板的小三，为对方怀了孩子。王力也曾经在深圳打工，误入夜总会，成为富婆们的玩偶。这一切，都是王力在认识程晓华之前发生的故事。

当王力和程晓华开始同居后，程晓华以自己的单纯心地接受了这个离异后带着孩子的男人。甚至王力突然离开，程晓华发现怀孕之时，惊慌失措，独自一个人去做人流。可等到王力再次回到都市，她依然原谅了他。辞职后的王力只能靠卖气球为生，程晓华关键时刻出谋划策，将自己打工时认识的中年女子任淑梅介绍给了他。那是她在饭馆做服务员时认识的同伴。

任淑梅当时到饭馆打工只是寻找丈夫时的权宜之计。她的丈夫在外面认识了一个年轻女人，然后就再也不回家了，好几年找不到人，她想离婚也无计可施。任淑梅在离开打工的饭馆后，独自贷款开了一个中等档次的早餐店。生意非常好。王力就是在这时候被程晓华介绍给任淑梅的。

和王力同居之后，程晓华凭借着自己的文化知识应聘了星级酒店服务员的工作，离开了曾经的建材店。王力则来到了任淑梅的早餐店给任淑梅帮忙。也正是这一个转变，让故事的情节开始朝着不可控的深渊一步步下滑。都市的诱惑似乎正在侵蚀着每一个人的内心。

在酒店做服务员的时候，因为无意中的一个错误，程晓华认识了广告公司的老板路毅。路毅很快发现了隐藏在程晓华灵魂里泼辣、率真的一面。这是谈生意时女性公关人员身上必须具有的一种要素。于是，路毅极力怂恿程晓华来自己的公司发展，一起做业务。程晓华因为之前的错误，欠了路毅的人情，同时自己也想多认识一下社会，开开眼界、长长见识。所以，她很快被路毅包装打扮一新，摇身一变成为都市丽人。

王力很快发现了程晓华的转变，他自卑了，心理扭曲又痛苦。于是，王力先下手为强，提出了与程晓华分手的决定。这个决定并非偶然，而是因为王力在程晓华的身上已经看不到什么资源。而在工作中，王力无意间听到了任淑梅与父母的谈话。原来任淑梅有一个弟弟，在读高二时因为见义勇为被歹徒刺死，获得过一笔二十多万元的赔偿金。所以，王力决定转身追求任淑梅。后来，任淑梅经不住王力英俊相貌的诱惑，他们真的结婚了。

可人算不如天算，王力和任淑梅结婚后，任淑梅很快被查出了乳腺癌。王力的如意算盘落空了。而此时的程晓华已经看清了王力的薄情。就在这个时候，路毅为了签成一笔大单子，设计让程晓华在醉酒后坐进了甲方老板的路虎车里，让对方侵犯了酒醉的程晓华。程晓华和路毅在合作中是赚到了不菲的佣金，但他们的合作触犯了她的底线。于是，他们只能分道扬镳。

与路毅中断合作后，程晓华从酒店辞职。这时任淑梅选择与王力离婚，王力准备去深圳发展。他认识了一家高科技公司，其实这家公司只是一家传销公司。王力知道程晓华辞职后，再次怂恿程晓华跟他一起去深圳发展，当然他们只是以朋友的关系。程晓华也想重整旗鼓，被传销公司所鼓动，一起参加了几十人的南下之旅。

他们到达深圳后，被安排住进酒店。很快他们就被当地警方盯上了。关键时刻，王力凭借着曾经在深圳的经验逃脱，又受他曾服务的夜总会上司的诱惑，要设计将程晓华转卖给夜总会以得到一笔大钱。他们的谋算当然没有得逞，关键时刻程晓华说动了王力的跟班，及时给警方发出求救信号。程晓华最终逃脱了陷阱。

回到原来的城市的程晓华，再次遇到了路毅。此时的路毅已经结婚，可是他们的婚姻有名无实。其实，路毅一直喜欢的是程晓华，程晓华也一直爱慕着路毅。路毅对于自己曾向程晓华所犯下的错误表示了深痛的忏悔。从此，他们成了一对情人。而程晓华也开始了新的拼搏，一切的一切都只是为了在这个霓虹闪烁的大都市里能拥有一方自己的立足之地。

在程晓华与王力的爱情中，似乎彻头彻尾都是一个骗局，因为王力的付出都是有目的的。虽然他们也曾有过清苦日子里的患难与共。可在这个骗局里，程晓华几乎付出了自己的所有，收获的却只有越来越惨烈的伤害。而在与路毅的交往中，他们从最初的利益开始，到最后的和解与相拥，他们似乎也很难说是一对真正的恋人。我们似乎只能说，他们是一对在都市的夜晚里能够用肉体与激情相互安慰的孤独灵魂。

繁华的都市里，人来人往，熙熙攘攘，但都是为了各自的利益。所以，携带着一身风尘的程晓华所收获的依然只有孤独。不同的是，此刻的她已经为自己打造了一身铠甲。可以不再畏惧任何风雨。女性的独立人格与自由精神，也正是从这身铠甲里一点点滋生出来的。从此，她们不再依附于男人，甚至不依附于任何人。她们拥有了自己的话语权，可以对任何人说不，拒绝来自任何人的施舍。

作者青池曾说，之所以给小说取名《爱在九点》，是因为九点象征着早晨的太阳，拥有着永远蓬勃向上的青春朝气。这亦如《爱在九点》里的程晓华，可以在倒下的地方一次又一次站起来，一次又一次地重新出发。

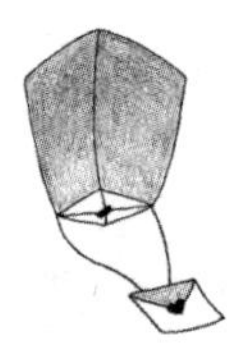

厚积薄发、熟能生巧，写作没有捷径

——2019 年新年献词

挥手 2018，对于一个小小的公众号而言，也自有它丰富而碎小的感触。

就像那句话所言：再小的个体，也有它的品牌。

在过去的一年里，我的写作，甚至于我的朋友们的写作，都在陪伴着“西漂十年”公众号一起成长。比如柴治平的写作，刘秀梅的写作，萧黎的写作，徐颖的写作，还有和“西漂十年”公众号结成伙伴关系的“豳州文苑”公众号（作家张建华主编）的写作群体，花家七公子的个人公众号，作家席平均主编的“我在金殿等你”公众号等，甚至我们还接收到了很多爱好写作和在写作领域有突出表现的彬州籍作家的投稿。只要是好的文章，我们都会刊发或转载，甚至推荐到杂志和报纸发表。

其中，柴治平的散文系列，一直在“西漂十年”公众号里有着突出的表现。他的散文笔墨浓烈、血肉丰满，联系底层、凸显底层的精神吸引了一大批喜欢他文章的粉丝进行转发、分享和赞赏。

作为他多年的朋友兼铁杆兄弟，我们不想他的才华被琐碎的世俗淹没，所以我和彬州籍作家刘秀梅女士一直督促他抓紧写稿，期望在不断地相互学习、相互监督之中收获更美的文字，这便是“西漂十年”公众号里“三堂会审”栏目的由来。

刘秀梅的散文和柴治平的散文，在本质上同样散发着浓烈的泥土气息，而作为一个从乡土里走出来的女子，她的散文能将粗劣的生活升华为带着金子般闪光的质朴情怀，这是少见的一种写作质地。在散文写作中，我一直在向他们学习，在锻打属于自己的风格。而这样的锻打也确实是难的，但我觉得它是值得的。这就好像我在阅读汪曾祺和沈从文先生的散文之时，所发现的那种丝毫没有匠气的文字。它们是从生活中打捞出来的带着湿漉漉的生活气息的文字，是没有被浮华的世俗所侵染的文字。但我在同龄人的身上发现了这种宝贵的文字质地，他们是和我一起成长的，甚至曾经从一所中学里走出来的伙伴。这种学习自然是更加生动的，也更吸引人的一种学习。

徐颖的写作，一直保持着她平淡而温和的风格。这在众多的写作者中，是自成一体的。她的很多散文是对平常琐碎的朴素抒情，是在庸常之中发现生活朴素之美的一种散文格调。尤其是，她的文字保持了一种审美的脱俗的韵致，体现出了散文的审美性。

这一年来，我一直在坚持阅读和书评方面的写作，因为阅读是写作的一种必要的铺垫，甚至是先写作而前行的必需。将阅读的心得和收获诉诸文字，也是一种将别人的东西转化为自己的东西的一种锻炼，是不断地增加自己浓缩的能力、厚积薄发的能力和开阔视野的一种方式。这种方式，相比于只动眼不动手的阅读，显然是更加深入的。因为理论写作的能力也是一种逻辑能力的锻炼和整合能力的再现。

我们不能一直觉得理论的东西没有意义或者是一种夸夸其谈。因为理论能力是一种对世界和事件的再认知，是透过现象看本质的一种认知。

很多东西，我们在阅读之后，觉得自己掌握了，可实际上又好像并没有掌握。这个时候，只有诉诸理论的文字，去在自己的大脑里进行再叙述，你才会在这种叙述中碰撞和激发出属于自己的真正认知，这便是属于你自己的创作，也是阅读的意义所在。

厚积薄发、熟能生巧，写作没有捷径，这是真正的写作人才懂得的学习方法。

同时，我们一直在转载一些能够给我们的生活和学习以启迪和激励的名家文章。

我们始终相信：众声喧哗之下，坚持自我，不丢失自我，才能走得更远！

我们必须知道，在写作之中，从来没有最好。我们只能在相互的学习、启迪和竞争之中走向自己所能到达的最好！

第四辑

萍踪追影

夕阳西下，绚丽的晚霞映照着沉寂在一片金黄之中的西夏陵阙，金戈铁马的岁月远去了，但在时光奔流中的英雄梦想却永远不灭……

——《疲惫生活中的英雄梦想》

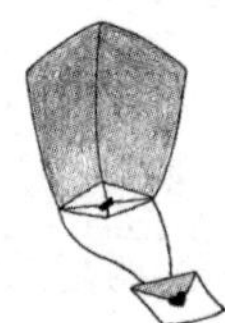

统万城：一个远去的王朝

知道统万城，还是从陕西著名作家高建群的长篇小说《统万城》开始的。之后，便一直想着有朝一日能亲临这座浩大的城垣遗址，目睹匈奴民族所创造的一段辉煌历史的生发地。

那次旅行是一次规划完整的自驾行。我和朋友计划出西安，走北线，以最近的黄河壶口瀑布为起点，进延安红色圣地，经洛川，再进靖边后就直奔统万城而去。

那是十月份秋光正好的季节，但延安、榆林的气温已经跌到了低点。白天里万亩果园、一片丰收的洛川景象在我的眼前刚刚退去，下午六点时分就已经是大风呼号、风沙游走的靖边夜色了。

晚上，在窗外风沙呼号的漆黑夜色里，我想象着统万城的雄伟壮观，想象着曾经存在于这片土地之上的大夏国的兵强马壮。人们都说靖边是“老少边穷”之所，实际上并非如此。因为这片土地之下蕴藏着丰富的矿藏，特别是煤炭和石油储存量惊人。在近年的全面开发之中，已经完全改变了这片土地上人们的生活面貌。如果说还有什么没有变的话，那就是铁锅羊肉的丰盛美食了。

第二天，一出靖边县城，天气立刻大好，太阳也变得热情起来。榆林早晚温差之大还真是超出我们的想象。靖边与宁夏、内蒙古接壤，统万城所在地也就有了很多穆斯林的色彩。这也是曾经的大夏古国所遗留的异域色彩。

确切地说，统万城位于靖边县城北五十八公里处红墩界乡白城则村，这里视野开阔，占地广袤，都城连环，是匈奴族在人类历史长河中留下的唯一一座都城遗址，也是中国北方最早、最有名的都城。

据历史记载，公元407年，匈奴族铁弗部的赫连勃勃以鄂尔多斯为根据地建立了大夏国。六年之后，以叱干阿利为将作大匠，发岭北夷夏十万人于朔方水北、黑水之南营建都城，名曰“统万”。“阿利性尤工巧，然残忍刻暴，乃蒸土筑城，锥入一寸，即杀作者而并筑之。”统万城营建历时六年，牺牲苦役之数可想而知。建成后的统万城有文记曰：“高隅隐曰，崇墉际云，石郭天池，周绵千里”，城里“华林灵沼，重台密室，通房连阁，驰道苑园”。

所以，统万城遗址全部为夯土建筑遗存，位于今天的无定河台地之上。原有城市的基本格局仍旧保留。部分城垣、城门、马面及角楼遗存清晰可辨，城内主要建筑、道路均已无存，仅遗留下高大的夯土台基。

“马面”是城墙每隔一定距离突出的矩形墩台。考古工作者曾在统万城西城南垣的部分马面、城垣外，发现了近四十个密集排列的柱洞，城墙前还发现了铺设在地上、用于扎战马马蹄的“铁蒺藜”，每个铁蒺藜由四根铁刺组成，一头向上。这种铁蒺藜可以预防敌人接近城墙。

导游介绍说，这些密集排列的柱洞，就是《汉书·晁错传》中记载的“虎落”留下的遗迹。“虎落”指的是篱落、藩篱，用以遮护城邑或营寨的竹篱。统万城遗址发现的“虎落”柱洞里面，原先插满了削尖的木桩或者竹子，以此防御敌人进攻。据说，有了这种“虎落”，敌人的步兵、骑兵就不能直接到达城墙，守城人可以站在十二米的马面上，利用城墙和马面，居高临下从三面攻击入侵之敌，配属的武器包括弓弩和

礌石（即石头）。

考古发掘表明，这些“虎落”，与夯土城垣、马面、垛台、护城壕、铁蒺藜等，共同筑起了统万城的第三道立体防御体系。

第一道是河流，由红柳河、纳林河夹道形成三角台地，两面临河，统万城坐落其中；第二道是外郭城，是外围的一道城墙。这种城防体系的设置，很像唐长安城。有了这三道防御体系，统万城更加坚固，在当时已经是黄河“几”字区域内最坚固的城池，代表了当时城市防御的最高水准。

当我们走进当年这片万里之内水草丰美、如今却已严重沙化的土地之时，尤为其雄伟苍劲的城垣遗址所震撼。高耸的古堡直刺苍远的蓝天，数十座城堞勾连蜿蜒千里，站在每一座古堡的顶端，从四周望去皆无所遮掩。目之所及青山巍巍，白云悠悠，草木丛生，而英雄之心顿生。闭目遐想，似有千军万马浩荡而来，势不可当，匈奴王朝最鼎盛的年华开始在这里云聚云散……

白色的城垣皆用沙子、黏土、石灰夯筑而成，其坚可砺刀斧。8 世纪“大风积沙”、9 世纪“堆沙高及城堞”、10 世纪“深在沙漠之中”。

一个帝王曾经的雄心勃勃与丰功伟绩终究抵抗不了浩荡的时光洪流，远去在历史的尘埃之中，只留下这片见证过往辉煌的白色城垣，在白骨蔽野的荒凉中孤守千年。

奔走在统万城的遗址之内，便不由得深感人类在自然面前的渺小无力。可登上耸立千年的城郭顶端，又不由为人类身上所具有的永恒创造力所震撼。那些千年之前的厮杀与争夺，那些血腥弥漫之中的成功与失败，都是人类在征服自然和征服世界之时努力的见证。如今，那些曾经的英雄都不见了，留下的只有在风沙堆积之下逐渐被湮灭和终将被湮灭的统万城。

一千六百年后，当我用颤抖的手掌抚摸这片依然坚如石磬的城垣，白色的隅墩、马面依然散发着恒久的热情，粗粝坚硬的石质光芒传递着一个英雄民族的质感与温热，一种苍凉激越的豪迈之情不禁由心而生。就像此刻站在古堡顶端挥舞着红色纱巾的回族女子，她妩媚多情的眼神无意间便泄露了一个远去王朝的烂漫风情。

（本文首发于《咸阳文艺》2020 年第三期）

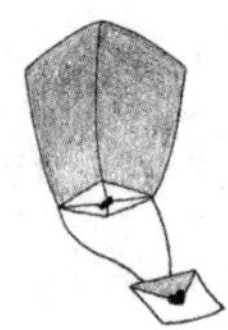

疲惫生活中的英雄梦想

十一假期终于结束了。这个假期过得虽然疲惫，却也充满激情。疲惫的是旅途中的长途奔袭，车马劳顿，人山人海。然所游走的几个地方却也给了我心灵困顿之时的精神力量，这力量，终将凝聚成为我们的英雄之梦。

1. 壶口瀑布

壶口瀑布的激情飞扬，以海纳百川之势将数百里宽阔的激流汇于一处，从而爆发出气吞山河的气势和席卷天地的伟力。站在这样壮观的黄河之岸，我们在尘世中疲惫困顿的心灵终将被唤醒，那些失去光华的生命因子重新睁开朦胧的双眼，去寻找我们在尘世中丢弃已久的梦想。那梦想也许只是我们孩童时一个执拗的爱好，却终将在我们数十年如一日的坚持里生根发芽，开出绚烂的花朵，长成茁壮雄伟的参天大树。这也正如遥远的山间的一条小溪，凭借着生命本身的一股活力，一路奔流，最后汇入这滔天的巨浪之中，从而呈现出天翻地覆慨而慷的勇气和魄力。九曲十八弯的黄河就是这样，蜿蜒曲折，将自己与身边的这片黄土地融为一体，成就了中国母亲河的慷慨悲歌。

2. 南泥湾

南泥湾，穷山恶水烂泥塘。星星之火从这里燎原，革命的刀耕火种硬是凭着一股百折不挠的勇气和毅力，缔造出了今天的新中国。那些陈列在博物馆里陈旧沧桑的红军服，在默默诉说着昨天的贫穷与牺牲。那些铁锈斑斑的手榴弹和红缨枪，在这盛世的奢华里一片沉寂，在明亮的射灯下泛着清寂的光芒，令人心酸。而那些被时光腐蚀得看不出本色的日军机关枪，一架架相互杂堆在一起，就好像一堆破铜烂铁无人问津。可是曾经有多少青春热血的男儿倒在它的火舌之下，又有多少鲜血染红了这片土地。

历史在十月的秋风中沉寂不语，唯有伟人的语录与塑像肃然挺立。当东方红的歌声再次在这片穷山恶水烂泥塘的土地上响起，却已是稻花香气四溢的新时代，一轮鲜红的太阳正从东方冉冉升起。

3. 枣园革命旧址

枣园，也许这是一处令人失望的景点。因为它太寒酸，太不起眼。唯有满园的枣花香气扑鼻，众多的枣树将这里装扮得一片朴素大方。而挺立在枣园中的建筑，却是一栋栋的泥坯房，里面是简陋的老式桌椅和床架，看不出颜色的木门铁锁。唯有一张张黑白照片中的人物和内容，显示出它曾经贫瘠中的辉煌。

这片坐落在延安市西北八公里处的革命旧址，原是一地主庄园，后成为中共中央书记处所在地。园中有毛泽东、周恩来、彭德怀、刘少奇、任弼时、朱德等老一辈革命家在延安时的旧居。这里是 1944 年到

1947年中国革命的红色中心，也是将新中国的伟业推向最终胜利的不凡之地。而今这里被众多的卖枣商贩包围着，唯有满园的绿色盎然，显示着它曾有过的勃勃生机。这里确实是一片缔造英雄的热土，而居住在这里的人物，无不是驰骋沙场的将军，挥斥方遒的领袖。半个多世纪以来，这里始终被红色所笼罩，其革命摇篮的功绩千古流芳，固不可撼！1947年，这里遭受胡宗南军队近乎毁灭性的破坏，一座延安城换取了一个新中国，沉寂岑冷的黄土高原其富于牺牲的革命气概确是无人能及！

4. 贺兰山缺

踏入贺兰山麓，便使人不得不想起民族英雄岳飞的那首《满江红》："驾长车踏破，贺兰山缺"。这里地势依然一承银川平原的开阔壮美，公路盘旋而上，可跑步前进，亦可驾车直趋。古时贺兰山麓一直是西夏党项王朝的屏障，同时也是他们的兵库和大本营，只是英雄如元昊铁骑，依然没能阻挡蒙古族的长驱直入。

滚钟口风景区位于贺兰山东麓，为古贺兰胜境之一。此地三面环山，山口面东敞开，形似大钟。山内又有一座小山，形似钟内悬挂钟锤，故以得名。这里是西夏王陵的一个重要景区，内有伊斯兰教、佛教、道教三教合一的建筑，是西夏王朝多民族融合的见证。在这片山峦起伏、宏阔壮美的山麓上奔走，令你不由为一个少数民族在短短二百年间便建立的宏伟版图和灿烂文化所惊叹。处于辽、蒙、金和汉族夹缝之中的西夏，就是依靠脚下的这片厚土，强悍地树立了二百年，并一度和辽、汉形成三足鼎立之势。

西夏王元昊曾在这块地方修筑了一处避暑山庄，而今依然有残砖破瓦零落于遗址之上。宽阔蜿蜒的环山公路盘旋而上，遥望去如笔走龙蛇，又如蛟龙出窟。山中有"宁夏第一槐"挺立于"老君堂"门前，三

枝分杈，枝叶遒劲，屈指算来已有二百三十余年树龄。南侧三峰侧立，乃为“笔架山”，相传可采佳石为砚，山巅有“望海亭”，远眺西峰，云涛翻滚，极目东望，千里平畴。恍然间但见天地一体，云烟浩渺，如临仙境。而在这片神奇的土地上所诞生的两个英雄李元昊和成吉思汗，最终也都长眠在了这里。肉身虽朽，英灵永存。他们辉煌的霸业在这片故土上永久传唱，亦如他们波澜壮阔的一生，令多少后世的英雄只能枉自嗟叹……莫等闲，白了少年头，空悲切……

夕阳西下，绚丽的晚霞映照着沉寂在一片金黄之中的西夏陵阙，金戈铁马的岁月远去了，但在时光中奔流的英雄梦想却永远不灭……

5. 长河大漠

去宁夏中卫腾格里沙漠东南边缘的沙坡头，是我平生第一次与沙漠亲近。大漠孤烟，长河落日，莫若心有灵犀。

站在沙坡头的顶端，黄河的壮阔、大漠的雄浑、高山的苍峻、绿洲的葱茏，无不尽收眼底。骑在骆驼的背上，抚摸柔软的驼峰，对视温情的眼神，那是另一种胸襟摇曳，它比大漠红衣女子的眼神更清澈，更能令人心生怜爱。躺在柔软的沙滩上小憩，金秋时节暖阳多情如少女的眼眸，而大漠午时的清风，时而激越如将军击剑，时而柔曼如大漠驼铃。一梦醒，忽如置身异域，只有满身的清凉和眼前无边无际的金黄，恍惚间便想起了陈子昂的《登幽州台歌》：“前不见古人，后不见来者，念天地之悠悠，独怆然而涕下！”

曹孟德当年与刘备煮酒论英雄时有言：“夫英雄者，胸怀大志，腹有良谋，有包藏宇宙之机，吞吐天地之志者也”，想三国逐鹿，群雄并起，亦如这雄奇大漠，莽莽苍苍，侠骨柔情，诸般心绪，一时纷纭难辨。回首今日平庸，自身疲惫，困顿人生，自堕梦想，便羞惭顿生，而心有凄恻。我们都身处一个令人疲惫的时代，日日在琐碎的生活之中消磨意志，而英雄梦想更多则隐藏在历史的长河中、自然的风尘里，等待我们去发现，去激发自身的潜能，获得更多的生命感悟，如此才会有崭新的英雄之梦诞生，给我们的平庸人生以惊喜！

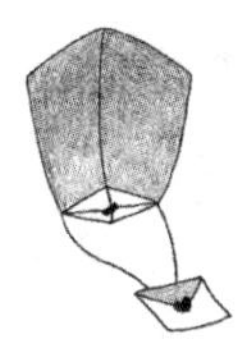

在延安这片热土上思索

1

没有走进延安的时候，在很多人的心目中延安是一座神圣的城市。或者我们可以说延安是一片热土。这里是中国革命的圣地，新中国的摇篮，这里有着无数国家领导人热血奋斗的足迹。时至今日，这里已经成为一片红色的热土，成为无数人想去瞻仰的中国革命的活化石。

我第一次踏上这方热土，去的第一个地方是壶口瀑布。千里黄河一壶收。站在壶口瀑布的岸边，听着混浊的河水震彻天地般的鸣响，我们便会想起冼星海的《黄河大合唱》那激越人心的调子……

看过了壶口瀑布的人，再走进延安的时候，内心会更加地崇敬，更加地小心翼翼。因为这里的一草一木，似乎都被染上了另一种不同的色彩。而它本身也确实具有不同凡响的魅力。这和它物质的粗糙与贫穷无关，和它出不了叫得出名字的山珍海味无关。

延安城是山脚下的一座城，一座土城。因为地形的限制，它无法像别的城市那样开阔平坦。它给人的感觉就是窝着，蜷缩着，委屈着，逼

仄着。这就像中国革命最初的样子，小米加步枪的样子。

因为太穷了，我们只能窝着。把我们的雄心壮志藏起来，在还没有壮大的时候，需要小心翼翼地活着。但这丝毫无碍于我们内心的强大和世界性的眼光。这里有三山两河的壮阔风景，湍急的南河之水奔腾不息，缓缓的延河之水涓涓而流。宝塔山、凤凰山、清凉山三山环抱，这便给了我们最基本的资源，是山沟沟里闹革命的穷人资本。

说起延安的美食，很多人可能嗤之以鼻，因为这里真的没有什么大菜，有的只是小米、土豆、小麦、红薯做成的最基本的吃食。比如凉粉、油糕、抿节、洋芋擦擦、荞面饸饹、油馍馍。这些吃食就像陕北这片黄土地本身的肤色一般，怎么装扮都丝毫脱离不了一股黄土地的味道。

如果这里不是中国革命的那片红色的渲染，那片红色的奠基，与那片红色的血脉相连，我想，没有人会将这里当作一方旅游的圣地。而且这里的气候早晚温差过大，一进十月就必须穿上厚厚的衣服，也无法让青春少女们展露自己妖娆的身姿。

2

很多人对我谈起这片土地的时候都会叹息，他们说怎么也想不通毛泽东当年怎么会选择这么一块土地作为中共中央的所在地。我说，就是因为它不起眼，才不会引起敌人的注意，能在悄无声息之间获得休养生息的时间和机会。

因为山沟沟里能藏人啊。而且藏的都是当时中国社会中无一例外的精英群体。就是在这一方土地上，曾经活跃着中央党校、陕公、鲁艺、抗大、延大等一大批干部学校，为服务抗战和根据地建设培养了大量人才。

1973 年进入延安大学中文系学习的路遥，他的成长其实像极了中国革命中第一代奋斗群体的样子，是从贫穷的根子上生长起来的文学之树。是中国现实主义文学在新时代最真实的描写和展现。生长于清涧的路遥刚一出生就因为贫穷而被送给了大伯一家抚养。如果不是他的不认命，可能会像陕北黄土地上的农民一样面朝黄土背朝天地无声无息地生、无声无息地死。不同的是，路遥不认命。从内心的尊严觉醒的那一刻，他就认定了自己的一生必须创造出一番轰轰烈烈的事业。所以才有了后来的《平凡的世界》。

《平凡的世界》展现了几代人在中国最初的发展历程中的壮阔人生风景。它也是从贫穷中生根的几代人的生命历程，更是路遥自己的人生历程，是中国城乡巨变的最初的实录。《平凡的世界》其成功的根本并不在文学写作上的新理念，也不在于描写手法上的新表现。它的成功之处只有两个字：真实。很多人能够在《平凡的世界》中看到自己的影子，看到中国社会巨变初期发展过程中那些青春生命的悸动，看到自己的委屈、泪水和咬牙撑持以及最终在浩荡的社会洪流之中或成功或失败的细节。

同样是史诗般的巨著，《平凡的世界》的故事性也没有《白鹿原》那般典型深刻，那般充满灵与肉的大挣扎和人性成长中的冲突与困惑。《平凡的世界》更像一幅平面的风景画，而《白鹿原》则是一幅立体素描。但这对路遥来说已经足够了。

一个从贫瘠的黄土地上走出来的青年，实现了自己的文学抱负。仅仅这一点，他就已经成功了。因为路遥从来就没有想过要做什么文学巨匠。其实他一直所想的就是用文字和文学去洗掉自己身上的那股与生俱来的黄土味儿、穷酸味儿。这是路遥的人生发愿，也是陕北这块黄土地上无数从贫穷中走出的青年们的人生发愿。

3

很多人从一出生便浑浑噩噩，随波逐流，不明白自己的人生方向在哪里。可贵的是，路遥从一出生，从自己生命最初觉醒的那一刻开始，就不愿做一个平凡的人。这恰恰也是《平凡的世界》这部史诗巨著诞生的渊源，是路遥人生成长过程中所怀有的初心，或者说是远见和抱负。

我始终觉得，文学对路遥来说只是他实现自我人生抱负的一个工具，而不是必然的选择，是他的人生愿景在穷途末路之时所能抱紧的最后一根生命的稻草。但从一选择开始，就能扑下身子彻底地投入，泼死亡命般地劳作，最后像夸父逐日一般地献身，这一点却不是一般人能做到的。因此，路遥的人生仍然值得我们尊敬、崇敬和向往。

《平凡的世界》的成功之处的另一点，还在于它的励志。很多人其实对励志的文学作品多少是有点看不起的，因为这多多少少有点心灵鸡汤的味道。但《平凡的世界》却是一部史诗般的励志文学作品。因为它让无数出身社会底层的草根看到了成功的可能性，也抚慰了他们在人生成长中的那些委屈与不甘。

但这同时也体现出了《平凡的世界》平庸的一面。至少在文学的革命性、深刻性和思想性方面，《平凡的世界》无法称为一部一流的文学作品，无法影响那些最卓越的文学大师的思想，给予他们智慧性的启发，无法去引领他们的创作进入更深一层的境界。

来延安插队的史铁生不同，他同样也在延安这块土地上生活过，却比路遥的人生更加不幸，也更加幸运。不幸在于史铁生的人生是在轮椅上度过的，是人生行为上的不自主。他的人生因为有了残疾和瘫痪，无法奔走呼号，而只能是一种静止般的生存，在有限的空间里寂静地思索，在一分一秒的煎熬之中漫长地忍受。

幸运的是，史铁生的生命比路遥长久，因此史铁生的文学生命便比路遥能够更加深刻细致地揳入我们生活的方方面面。这便是史铁生的文学创作的哲学化倾向。这便让史铁生通过自己的努力逐渐成为能够引领作家们在文学的智慧层面不断上升的导师级人物。

路遥的人生只是为我们树立了一个奋斗者的楷模，而史铁生的人生更能引领我们的思想在不断的探索中去超越和成长。这是一种人生层次的分野，也是人的生命卓越性的分野。尽管他们都曾经在生命的暗夜里挣扎过，痛苦过，努力过。

4

在延安有一个叫曹谷溪的作家，是路遥和史铁生的朋友。同时他在青年时期还接受过周恩来的接见。这让他的生命本身便有了文学史的意义，这也是一种人生的幸运。曹谷溪最初的时候曾经是路遥的老师，最后成了文学创作上的朋友，成了兄弟般的死党。路遥在自己人生创作的低潮和暗夜里曾经无数次给曹谷溪写信倾诉自己的委屈和愤懑以及不甘。

曹谷溪在延安利用自己的影响力为路遥办了许多实事，照顾他和他的家庭在生活中的方方面面。尤其是《平凡的世界》最初在《山花》的发表。在史铁生的生活与创作中，曹谷溪同样给予了很多的探望和帮助，甚至在史铁生去世之后，还在铸铜像的过程中全面细致地做了安排和指导。

由此，曹谷溪将自己的生命参与进了两个伟大作家的生命，留下了一批最直接的文字和影像见证。但曹谷溪是低调的，从来没有将这些文字作为获取功利的工具。他只是真实地做着自己的奉献，给予朋友最具体细致的帮助，留下自己最真切生动的感动。

因此，在延安曹谷溪也是一种文学活化石般的存在。2020 年 10 月，在延安期间，有幸亲聆这样一位白发苍苍却依然风度卓越的八十岁老人讲述关于自己和路遥与史铁生人生交往中的故事，确实是一种幸运。

在离开延安的时候，我一个人在秋日的暖阳中登上了延安三座山之中最高的凤凰山。站在凤凰山的最高处，俯瞰延安城，清凉山与宝塔山两山对望，俯首低眉。凤凰山居高临下中的延安城，依然是一座黄土城。可这座黄土城实质上已经今非昔比，尤其是到处遍布的红色遗址让这方尽管逼仄却已经辉煌无限的土地，在当今的中国显得非常耀眼夺目。

那些曾经蜷缩的灵魂，已经在这里得到舒展和丰盈，经历了血与火的洗礼，成为英雄般的存在。南河与延河依然在它的旁边时而咆哮奔腾时而涓涓而流，我的思绪也在这咆哮和低回中随着列车的飞速奔驰无限地漫漶着……

（本文首发于《延安作家》2020年第四期）

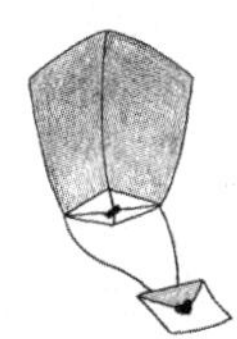

群山深处青木川

1

从西安到宁强的高铁沿线，风景美丽如画。一块一块的水田，满布着翠绿与金黄，那是绿油油的水稻和盛开的油菜花。还有一座座高低起伏的民居小楼，都是两三层、三五层错落地分布着，在水田边、公路边一字儿排开。白墙灰瓦，清新雅致。高铁在桥梁与隧道间飞驰，连绵起伏的大山一会儿露出庞大的身躯，近得似乎触手可及；一会儿又飞奔着远去，朝着更高更深的远方自由伸展。人置身于这样的天地间，身心便会轻轻地飘浮在半空里，灵魂和呼吸也好像成了一股清气，要和这山水白云一起漂游远去。

2

出了高铁站，对面即是大山。有了连绵起伏的大山，雨便说来就来。这不，一出高铁站，就碰上了落豆子一般的雨珠。赶紧把伞撑起来，站在伞下，再抬头看着雨中连绵起伏的大山，一片泼墨般的葱绿，夹杂着雨水的清新。一股湿漉漉的气息便钻进了鼻孔。忍不住，简直就要打个喷嚏。当然，这不是感冒，而是醉氧，是整个人要陶醉在最纯粹的空气中的一种感受。

宁强是一个特别小的县城，它的闻名，源于2008年的那场大地震。宁强和四川比邻而居，受当年地震的余祸颇深。其地势高低起伏，整个县城的高楼大厦很少，几十层的高楼更是屈指可数。大多的楼房，不论是酒店还是民居，都是七层的高度。但相比于狭窄的街道而言，宁强的交通却四通八达。

县城虽小，五脏俱全。从高铁站打出租，十分钟左右便到了县城中心。正值晚上七点，华灯初上的时刻，安排好酒店，出来吃饭，找了一个当地特色菜馆。馆子从外面看起来是开了很多年的老店，店内的桌椅便不免有一种晦暗与油腻之感。就连灯光也是朦胧的。和这昏暗的格调不同的是，每个菜分量都是不一般地足。竹笋炒肉，干煸香菇，外加一个土豆丝，都是家常菜，也是地方特色。两碗米饭，一瓶果啤，便让人觉得甚是满足。老板是一个健硕的中年女人，态度里三分慵懒中透出七分和蔼；厨师则是一个胖墩墩的男子，显然比老板娘年轻许多。菜色算不得精致，味道却也不差。只是每个菜油盐的分量显然都给得很足，能看出宁强人身上实诚的一面。

吃完饭，从饭馆出来，往前走百余米，便是宁强县有名的永惠桥了。永惠桥是一座廊桥，俗称北关桥，始建于金朝天会九年（1131年），历经明成化年间、明万历十九年（1591年）、清道光十九年（1183年）多次维修，现存永惠桥前有一座五龙庙山门、正殿和乐楼，在夜晚的灯光下呈现一派古色古香的韵致，尤其璀璨华美。如今的永惠桥虽然称不上十里长廊，距离水面高达十余米的大桥自是气势不凡，沿着桥下的河流已经形成了一座天然公园，成为宁强县内一处地标性的建筑。

六月天气里的宁强县城，夜晚十分静谧，有和煦的晚风不时掠过街面，晚上十点已是人迹寥寥。也许是经过地震重建的原因，宁强县内的建筑呈现一派朴素的面孔。即便大型的商场，也是在两层的建筑之内，看上去不免有点局促。酒店的环境倒是十分优雅。大理石的台阶一层层环绕盘旋而上，五层的建筑，并没有电梯，东西南北却有四个出口，给人一种踏实的感觉。

3

去宁强，我们的目的地是青木川古镇。中途先坐公交到阳平关，再由阳平关转大巴到青木川，这中间的路途长达三个小时。但走完之后，你会觉得这一切都很值得。

清晨六点半起床，七点刚好赶上第一趟发往阳平关的班车。此时的宁强县城还没有摆脱昨晚那丝微雨的凄冷，整个天空里弥漫着浓浓的水雾。但街道上的行人已经多了起来，一辆辆的公交车穿梭其中，让我初生一份走进宁强的都市感。

大巴一开启，五分钟之后，我们便进入了两边大山环绕，甚至悬崖叠嶂的荒寒之境。这里的道路都被夹持在大山与峡谷之间，两辆车相对而行，中间不会留多少空隙。但公交司机还是开得又稳又快。准确地说，离开县城，我们便进入了一个又一个镇子。但这些村镇都坐落于大山之中。村民的房子几乎全部建立在紧邻大山两边的道路上，小小的水泥石头房子，像火柴盒一般垒起来。根基都是小小的一块平地，在上面筑起两层或三层的小楼，分成一个个小小的格子房间。外墙涂成白色，奢华一点的贴有瓷砖，但大多数则是粗笨的原石质地，有一种天然的质朴，又不免有些简陋。但我在心中却将它们称为别墅，因为这里的自然景色真的是太好了。房子后面都是一座又一座的大山，房子的脚下是一条条或宽或窄的河流，房子的周围都是水田、竹林。尤其是这里的大山好像一层又一层绿色的帷幔，宽广，笨重，密不透风。好像挺立的绿色巨人携起手来，紧密地相拥，那么踏实，那么温暖。它们是这些城镇的天然守卫，将所有的喧嚣，所有的世俗都隔绝在外，让你在看到它们的那一刻，心中除了山，便只剩下了山。

公交车会在这些绿色巨人守卫的道路上不时地停下来，会有背着背篓的乡民上车或下车，也有穿着时髦裙子的姑娘欢快地奔下车去。道路两边的房檐下站立着等车的旅人，他们都十分的安静，脸上看不到一丝的匆忙，而是从容不迫。在到达阳平关一个小时的车程中，道路两边的大山从来没有消失过，大山脚下的河流也从来没有中断过。更有一座座的石桥、竹桥、铁桥，它们一起横跨在河流的两岸，将大山、竹林与房屋连接起来。

这是我有生以来第一次看到这么多的山紧密相连，看到这么多的绿色横亘在眼前，就好像绿色的永恒，好像永恒的绿色中的另一个世界，让我在自己生长的黄土高原之外，看到了一种别样的静谧人间。

在看着这些风景的时刻，我的内心是不宁静的，却又是宁静的。我想到了世外桃源的美，想到了自给自足的安稳，也想到了封闭与隔绝，更想到了辽阔与伟大。这些东西是那么矛盾，又那么和谐自然地在我的内心翻滚着，让我体验着一种说也说不清楚的兴奋与慌乱。

4

阳平关只是一个小小的集镇，也是很多车辆的一个交接点，有多路公交大巴在这里中转，然后让乘客换乘不同的车辆，开往不同的目的地。我们到达这个小镇的时候，已是早上九点钟。从七点半离开宁强县城，一个半小时内，宁强境内的山水已经给了我一种十分强烈的刺激。

这是一种完全来自大自然的全新感受，它太让人目不暇接、流连忘返。

在阳平关我们吃了简单的早餐，只是两根油条。因为炸油条的摊点太过于简陋，总觉得不甚干净，所以吃得很少。也因为旅程中强烈的景色刺激，我好像完全忘记了饥饿。于是买了两瓶水之后，我们站在这个小镇上等待开往青木川的大巴。在阳平关，我们大概停留了四十分钟，便继续上了另一趟大巴，往青木川进发。此时的地理坐标显示，我们已经进入了四川境内。两边的道路依然是大山绵延，相继经过了几个城镇，城镇里的房子开始出现五六层的大型建筑物，还有正在建造的大规模的塔吊。一座特别挺拔的大桥之后，我看到了九寨沟的路标指示牌。接着，车辆便彻底开进了青木川古镇风景区。

5

青木川号称“一脚踏三省”，是陕川甘三省交界之地，也是当地的交通咽喉要冲，更是陕西最西部的古镇。这里最早是由蜿蜒的金溪河冲出一片平坦的川谷，一条“回龙场”古街从南向北把小镇拉得悠长，犹如弯弓一般，因街的南端有古青木树，遂称青木川。

“回龙场”古街呈现出“平盘端凳，雕窗扇门，院落集中，四水倒淌”的格局。站在最高处举目远望，整条青木川的街坊、店铺、酒肆，顺着金溪河走向错落有致布局，北倚凤凰山、南面龙池山，像镶嵌在大巴山中的一颗明珠，又呈现出一条游龙的形状。

这里因民国年间在此盘踞多年的土匪武装魏辅唐兴建的魏氏宅院而闻名。魏辅唐的故事被著名作家叶广芩写成长篇小说《青木川》，继而被改编成电视连续剧《一代枭雄》。青木川古镇的旅游业由此被引爆，青木川也便成了人流涌动的旅游胜地。

如今的魏氏宅院依然保留着当初的基本规模，有风格古朴、雕梁画栋、古色古香的古建筑二百六十余间。古建筑群有魏辅唐的新、老宅院，回龙场老街的洋房子、烟馆、荣盛魁（妓院）以及辅仁中学为主体的建筑，形成了在当时繁华兴盛的商业重镇。

“一条长街两区宅院三家宝号展现百年春秋卷；十里川道千亩良田万仞崇山绣成无迹风月图。”这是青木川古镇入口处两边红木门楣上的对联，典型形象地概括了魏氏家族昔日的繁华和青木川古镇的锦绣风光。

回顾那段历史，远古的宁强，旧称宁羌，又称羌州，是古老的羌族人盘踞之地。青木川地处陕南深山，沟深林密，一向是绿林土匪猖獗之地。到了民国年间，上层政权尚且矛盾重重，自顾不暇，这大山里的青木川也便成了匪患猖獗的独立王国。魏辅唐便是这独立王国里领袖群伦的人物。民国政府剿匪每次都是轰轰烈烈，每次又都是草草收场，无奈之际，便给了这个独立王国的领袖魏辅唐一顶“地方自卫总队上校总队长”的官衔。可招安之后的青木川依然还是原来的青木川，是魏辅唐的青木川。

魏辅唐能在这三省交界的是非之地，坐稳枭雄老大的位子，自然有其自身的过人之处。他的队伍赏罚分明，由此立下了“八斩条”：“调戏妇女者斩，欺负同类者斩，吞没水头者斩、引水带线者斩、私通奸细者斩、临阵脱逃者斩、执令不尊者斩、泄露秘密者斩。”这八斩条中的规定可以说比民国军队的军法还要严格。

除了“八斩条”之外，他还规定当地人绝不许抽大烟，也绝不许涉足妓院。抢掠也有规定，不抢穷人、不抢妇女。贪官必抢，不保生死；清官的财货要留一半，不许伤人。由此，这一方土地被他经营得井井有条，也就不足为奇了。

被招安之后的魏辅唐大力兴农、兴商、倡学，使青木川呈现了空前繁荣的景象。虽然魏氏的经济支柱依然是大烟、赌场、妓院，间或绑票、抢掠。可发达之后，除了加强自己的势力，他并不随意挥霍，而是搭桥修路、引水凿渠，接济穷人，施行善举。他在青木川一手创建起来的辅仁中学便是他一生最大的功德。辅仁中学建造在青木川镇回龙场老街后南面一个小山坡上，1942 年开始修建，1947 年竣工落成，首任校长魏辅唐，后为刘甲三，解放后改为青木川中学。整个学校布局合理，非常讲究传统的对称美，房子的风格西式，高大宏伟，由魏辅堂邀请上海的建筑师设计建造而成。辅仁中学校门酷似笔架，是魏辅唐对对面笔架山的联想，他认为笔架后面就是文房四宝，文人墨客的用武之地，学校就是出人才的地方，所以令工匠把校门做成了笔架形。魏氏宅院与辅仁中学分列金溪河两岸，一南一北，遥相呼应。如今的辅仁中学，依然发挥着它的教育功能。

青木川的“洋房子”里有一首七言诗，其诗写道：“山外青山楼外楼，行人往复任勾留。哪管中日战争事，闲居乐土度春秋。”这就是一个一代枭雄虽然粗鄙却极其实用的人生观，他雄霸一方，不问世事，只乐于经营自己的世外桃源，但却给了百姓在乱世之中的一方庇护，也算是一个独善其身的王者。

6

走进青木川古镇的烟馆，依然可以看到被保留完整的民国小说期刊《紫罗兰》的广告画页被张贴于墙壁之上，还有橄榄油香皂广告画页、阴丹士林美女旗袍广告画页，散发着一股旧上海的风情。而被称作“荣盛魁”的妓院，则是一栋三层木质小楼，整个小楼东西南北均有房间，木式长廊环绕，二楼的天台更可以一窥整个青木川街市全景。小楼全是木式楼梯，踩上去不免晃晃悠悠。二楼的小木梯一次只能承受三人的重量。天井里摆放着八仙桌供奉着香火，旁边一张条凳上摆放着古筝。行人上下必须从天井通过，楼上的房间被分割成一个个小间，每个小间里摆放着挂有丝绸蚊帐的雕花木床，自然是姑娘们用来接客的房间。

整个“荣盛魁”上下的大厅里挂满了红色的丝绸灯笼，从楼梯的两边平行着依次排列开来，呈现出一派红红火火的景象。灯光从红色的纱灯里透射出来，却是一种暗暗的玫红，氤氲着一种暧昧朦胧的格调。不免让人想起王昌龄《青楼怨》中的经典画面：“香帏风动花入楼，高调鸣筝缓夜愁。”只是，新时代的女性却大胆地将这里当作一种特别的浪漫，纷纷在这木质楼梯的纱灯之下高调地拍照。盈盈笑语间，朱腮粉面，暗香浮动，青春女子的衣袂飘飘，便瞬间唤醒了这座小楼中的古往今来。

7

回程的时候，我们没有从原路返回。而是在青木川的出口，和几个旅行者一起搭了一辆专门跑汉中的私家车，从青木川直奔勉县。这一路也是三个小时，但路途上到处都是修路的大型挖掘机在施工，时而两边大山环绕，时而黄土阵阵，烟尘弥漫。见到了好几处被挖掘机切割得只剩下仅容一辆车通行的窄路，路途中还伴有泥泞的土路，颠簸不堪。也能见到道路两边的农家，却不免呈现出荒凉。但我看着眼前的景象，心中一直在想的却还是青木川。

青木川在很多人的心目中都是一个梦，一个关于一代枭雄的梦，一个称王称霸的梦，一个啸聚山林的梦，也是一个世外桃源的梦。这里的青山秀水，彪悍民风，淳朴乡情，似乎能满足每一个来到者心中的梦幻。就好像那座建在最高处，让人登高望远的观景台，当你俯瞰整个青山秀水的青木川美景画图之时，你便感受到了一种王者的喜悦和旷达。

（本文首发于《延河》下半月刊 2023 年第十二期）

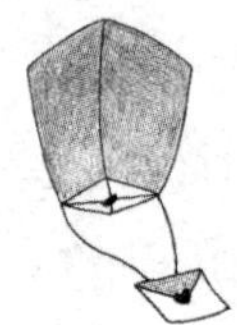

商洛记

1

去商洛于我来说是一趟梦寐以求的旅行。这里面的原因林林总总，提起来不免千头万绪。

一是商洛是中国父亲山秦岭的一部分，它的钟灵毓秀自不待言，早已在国人的心中有了一种崇高的地位。二是商洛出文才，诸如贾平凹、陈彦、陈仓、方英文、孙见喜等文坛大家，他们的出生地无一例外都是商洛。正如贾平凹在文章中所言，商洛是自己的血地，更是自己能够文思泉涌，生生不息地成长为一棵文坛常青树的生源地。

对于喜爱文学、痴迷于文学的我来说，自从中学时期就开始接触贾平凹的小说、散文。后来怀着一腔孤勇从故乡彬州一路踏入古城西安求学、工作。哪怕在最艰难的时刻，我也没有想过放弃自己的文学梦想。而在 2005 年前后的那段做报纸投递员的日子里，我正是依靠报社里那一柜子书度过了青春中最彷徨的一段时期，那柜子书里最多的就是贾平凹商州系列的散文。

真正地踏入写作生涯的时候，我更因为种种机缘结识了一大批志同道合的写作者，其中便有出生于商洛山阳的诗人左右，他的聪慧过人、勇猛精进，曾经给我以特别强烈的精神冲击。后来，我们不仅成了特别好的朋友，也成了在文学写作中相互鼓励的文友。他曾经多次邀请我去他的故乡山阳旅行，虽然因为种种原因一直搁置，但此次陕西省残联组织的作家采风活动无疑是一个难得的契机。于是，我们欣然相约，一道同行。

西安城南客运站发往商洛汽车站的大巴是在中午十二点发车的，这一天有中雨，但并不妨碍我们心中的喜悦与向往之情。当汽车驶入商洛地界的时候，雨不知什么时候已经停息了。就在这时，我透过车窗看到了南秦水库的画面，那是在大山掩映下的一潭碧波，宽大浩荡，清秀喜人，似一个安静站立的少女正在抚弄自己的一头青丝。她面带笑容，羞怯而又坦荡，大有一种“半弹琵琶半遮面”的风姿。这便是商洛所给予我的第一印象。

2

我们的第一站是商州区。商州区位于秦岭北麓，丹江上游。大巴到达商州汽车站后，有商州区残联工作人员前来接站。在等待接站的过程中，我一个人站在商州汽车站外，看到的是在群山环抱中的商州区。汽车站的对面是起伏的青山，满眼的绿色在云雾中蒸腾隐现，我的心似乎一下子便被淘洗一新，整个人的精神都为之一振，心中便充满了一种巨大的喜悦。我不知道这种喜悦由何而来，只是隐约感觉到它和这满眼的绿色、满城的清新空气是分不开的。

我们下榻的地方是位于商州区的欣源酒店，签到以后参会的人员陆续来到。新朋旧友见面，不免一番寒暄，但内心都怀着一种雀跃之情，

想一睹号称“22° 康养之都”的商洛风采。

第二天七点起床早餐后，整个采风活动在商洛市残联院内启动。在启动仪式上，商洛市残联理事长房立学充满感情地说：“残疾人作家采风活动，在根本上要体现出在思想上和人格上对残疾人的平等与尊重。”这句话言语铿锵、落地有声，直到为期五天的整个采风活动结束，都一直回荡在我的耳边。

在接下来的活动中，我们参观了商洛市残疾人康复中心，观摩了省级残疾人大学生就业基地商州区阳光农场。阳光农场里的香菇种植规模和产量都给人一种鼓舞的力量。

下午，我们一路坐大巴赶赴洛南县，参观了洛南县的巧手草编项目。不看不知道，一看吓一跳。所谓的洛南草编，主要是以小麦秸秆、玉米苞叶等农业废弃物为原料，编织出草帽、婴儿摇篮、凳子、储物筐，甚至还有具有工艺性质的草编拖鞋、提篮、蒲团。尤其是他们生产的草编婴儿摇篮，已经成为陕西省内唯一的出口型产品，远销日本、韩国和欧美多国，供不应求。这不仅带动了当地经济发展，更为乡村妇女和残疾人就业提供了极大的方便。

晚上下榻于洛南县音乐小镇酒店，环境静谧安详。尤其是雨中游览整个音乐小镇，一座座造型别致的西式建筑在灯光的照映下分外美丽，让人恍惚处于一处 18 世纪古老的英国庄园。这又让我们见识了商洛不为人知的别样风情。

3

第三天，我们就要来到贾平凹的故乡丹凤县棣花古镇了。

早上起床后，依然雨雾弥漫，随着大巴车一路在雨雾中穿行，我们一行人打着雨伞走入了棣花。大家最先来到的是贾平凹故居，这是一处

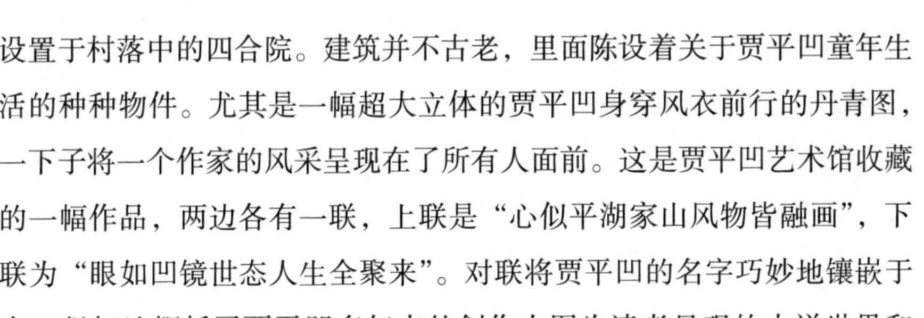

设置于村落中的四合院。建筑并不古老，里面陈设着关于贾平凹童年生活的种种物件。尤其是一幅超大立体的贾平凹身穿风衣前行的丹青图，一下子将一个作家的风采呈现在了所有人面前。这是贾平凹艺术馆收藏的一幅作品，两边各有一联，上联是“心似平湖家山风物皆融画”，下联为“眼如凹镜世态人生全聚来”。对联将贾平凹的名字巧妙地镶嵌于内，很好地概括了贾平凹多年来的创作力图为读者呈现的小说世界和世态风情，尤其是他笔下关于商洛和棣花的一草一木、一人一事的倾心描画。

在贾平凹故居的门前，有一块石头，石头的后面立有一副木牌，牌上书写着贾平凹的成名散文作品《丑石》。我们无法得知这究竟是不是我们曾经在语文课本中所读到的那篇叫《丑石》的课文中所描写的丑石，但心慕神追，我似乎终于从曾经的梦境中来到了眼前的现实环境里。而在这块丑石旁边，却是一片盛开得格外烂漫的牡丹。她就开在贾平凹故居的门前，是那么随意，那么平凡。她和任何一家农户小院门前的牡丹并没有任何区别，但此刻在我的心目中却自有一股格外的郁氛。其实，她和那块躺在她身边的丑石一样，普通而又不普通，平凡而又不平凡。这一切都是因为文字的精魂在潜移默化中为它们注入了一种别样的精神。

顺着贾平凹故居的台阶一路往下，我们便进入了棣花古镇风景区。这里有着自秦朝以来西接丝绸之路起点古都长安，东至河南省内乡县柒於铺的商於故道；有着宋金时期两军割据的分界点宋金街；更有着从唐朝时期开始承担重要的军事和民用物资运输功能的商州驿以及守护着一方百姓信仰的二郎庙。厚重的历史底蕴和战争的风云变幻在这里相互交织，碰撞融合，然后滋生出一种朴素的信仰，那就是千百年来这片土地上民众对生活的热爱。

从二郎庙出来，眼前烟雨朦胧之中的丹水之上，一座廊桥在垂柳依依中恬然而立，廊桥的身后是一副巨大的摩天轮。这座廊桥所连接的对面便是贾平凹获得茅盾文学奖的长篇小说《秦腔》中的清风街。清风街由清一色的青石铺就，呈现着古老清新、古今交融的风貌。走在这样的青石街道上，让你时时感觉贾平凹小说中的人物会猛然冒出来，让你分不清书里书外，也分不清现实与虚构。而当我们终于走出了清风街的时候，我恍然疑惑，不知道是土生土长的商洛稼娃贾平凹造就了今天的棣花，还是古老的棣花造就了今天的文坛大家贾平凹。

4

采风的最后一天，我们来到了商南县。商南县城处于大山脚下，地形非常逼仄。我们所下榻的酒店位于一座大山的山顶之上，与县城的街道垂直距离有百米之高，而在这百米上下的两个平面上，各自存在着井然有序的街道与公路以及在这街道和公路上的房屋与店铺。

在商南我们参观了这里的春雨茶叶合作社，它位于商南县试马镇郭家垭村。这里的良种示范茶园多达两千五百亩，全部采用现代化技术种植，使用机械化进行管理、收购和销售社员产品，是国家级农民合作社示范社。

当我们站立在位于山顶、造型优雅别致的春雨茶社产品体验展示厅里，一边品味着手中茶杯里的香茗，一边看着一座座茶山安静而美丽地分布于我们的眼前，在云雾氤氲之中寂静地生长，酝酿着属于它们自己独特的芬芳。这又让我们看到了商洛不平凡的另一面，那是用勤劳的双手所打造出的一个现代化的崭新的商洛。

而在商南即将返程的那个早晨，我和一个与会的朋友一起登上了位于酒店对面的一座土山。在那座山路的两旁，是一块块简陋的梯田，梯田里种植着油菜花、小麦这些我们北方常见的农作物。但就是这样的梯田的边上，还均匀地分布着一座座墓碑，呈现着一种特别整齐、特别肃穆庄严的氛围。我不知道这是不是这里的一种风俗，但对我来说，这却是一种特别强烈的心灵震撼。因为在我们的家乡，或者说在整个陕西，很多人在老人去世后都将坟墓安置于土地的中央，至少要找一个宽敞明亮的风水宝地。可是在商南，我看到了另一种对土地的极为珍惜的使用方法，那就是让坟墓尽少地占用农田面积的一种做法，或者我们可以称之为“路边坟”。而这又是另一种令人钦敬的商洛面貌了。

告别商洛的那天，阳光格外灿烂，商洛残联的工作人员将我们一一地送上返程的火车，在千叮咛万嘱咐中离别而去。而坐在返程的火车上，看着车窗外的绿水青山，仔细体味这几天中所看到的每一幕风景，所遇到的每一个人物，商山洛水的大美与大爱便愈加清晰地呈现于我的心中，令我感动，也令我热泪盈眶。

（本文首发于《豳风》杂志 2023 年第四期）

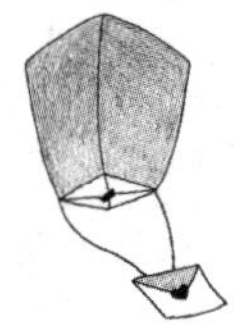

榆林走笔

1

在写这篇文字之前，有个女孩和我说，如果一座城在你的心目中有很重要的地位，那一定是因为那座城里有你牵挂的人。

2021 年 9 月 27 日，当我随省残联作家采风团坐上奔赴榆林的动车时，我的心里确实在想着一个人，一个曾经在大学时代与我同窗数载、毕业分别之后始终彼此牵念的好兄弟。他是子洲人，此刻就在榆林。说起来，我们之间的缘分有点特殊。如果一定要解释，那我只能说是源于一种人与人之间对彼此的性情和待人接物的态度以及人生追求的激赏与信赖。

当年，我们不仅是同一个班级里的同学，还是同一个宿舍里的舍友。宿舍里的八个兄弟之间，可能我们两个人的交谈并不多，在一起也没有太多的玩闹，但内心却始终有一种亲切的理解。因为对于文学从中学时代以来的痴迷，尤其在进入大学文科学习之后，我确实陷入了一种浑然忘我的状态。我们当年在学校学习的是新闻大众与传播专业，可我

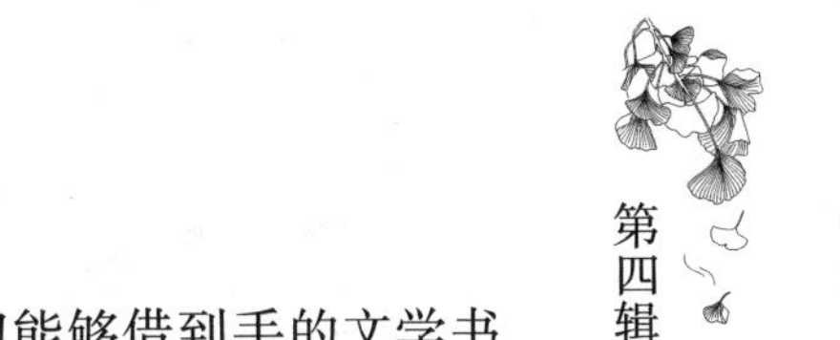

的内心真正向往的还是中文系。

于是，我在利用课内外的时间抓紧阅读一切能够借到手的文学书籍的同时，还报考了西北大学汉语言文学专业的本科自学考试课程。虽然，这让自己的学业压力几乎增加了一倍不止，我却苦在其中，也乐在其中。这是我在大一第二个学期就开始的文学攻关计划。因为在我的心目中，一个文学写作者如果不掌握汉语言文学的核心课程，就好像始终在别人面前低人一等。

我们所上的那所大学，是当年全国大学扩招之后陕西创立的首批民办院校之一，师资力量比较薄弱，很多专业课老师都来自其他高等院校，是兼职授课。也正是这种薄弱，给了我一个非常自由的学习环境。甚至课堂上，老师在讲台上照本宣科，我在讲台下慢条斯理地阅读小说，二者也能互不干扰，和谐与共。

我的这位兄弟其实也喜欢阅读，对文学作品还颇具鉴赏力。偶尔和我聊起来，还非常投机、且很冷幽默。可他当年是个叛逆的家伙，不管课堂上下，还是宿舍内外，常常不见人影。班主任如果偶尔来查房，兄弟们都会相互为其打掩护。因为他的人缘实在太好。这当然不是没有原因的。

每天晚上下了自习课，一回到宿舍，他必然挨着给兄弟们发一圈烟，且档次绝对是宿舍最高的。这时候，有的兄弟在吃饭、有的兄弟在喝水、有的兄弟在听歌，还有的兄弟在洗脚，他都不会放过，一一发到，到了我这儿，还必须点上才走。因为我是宿舍铺位最里面的一个。我们当年读的是统招大专，所以大学三年，他这种对兄弟们的“照顾”坚持了三年。

从很小的时候，我便有个习惯，晚上常常睡得很晚。在进入大学之后，每晚十二点熄灯，睡不着的同学们便会拿起军训时发的小凳子，一个个来到楼道的公用电灯下或抽烟打牌，或聊天解闷。

当然，也有部分同学会拿着书本出来看书，我是其中之一。这个时候，常常是我一天之中最好的写日记时间，每天的阅读感想，或者生活里的思考，在这个时候都会被我记录在日记本里。我的这位兄弟偶尔也会出来看书，却经常是宿舍的铺位空空。他实在是太贪玩了。

但只要他在的时候，经常会出来坐在灯下，一边抽烟，一边思索。那种桀骜的姿势，让人看起来很是特别，因为他的嘴角经常挂着一抹似有似无的微笑，下巴微微上扬、眼神望着远方。远方是楼道窗外一排在路灯下被橘黄色的灯光照射得如烟如雾的白皮松。此时，我们的相互陪伴经常是沉默的，一个看书，一个抽烟。而他手中的书经常动不了三两页，目光便又投向了远方。

2

大三第一学期实习的时候，还是听力的原因，别的同学都一个个去了报社。我却只能待在学院的宣传部写一些无关痛痒的文章。但从来与世无争的我依然每天将自己沉浸在小说天地之中，自得其乐。那时所写的很多文字，后来都传上了校园网，成为我后来的毕业实习作品。也就是在那个时候，有一天，我出门时，被一个女生拉住了衣角。她说，听说你宿舍的兄弟给你买书了，他可对你真好。我愣了愣说，我不清楚啊。那年假期结束即将回家的时候，我果然收到了两本《中国青年》杂志编辑出版的特稿丛书。但我当时根本没有把那个女生的话放在心里，因为在整个大学里，我真的是“两耳不闻窗外事，一心只读圣贤书”。对于同学之间、班级之间的传言耳语，几乎没有一点敏感性。也是在那个假期里，当我打开书来一页一页阅读的时候，才猛然想起了那个女生的话。我整个人好像一下子打通了任督二脉，心里猛一激灵。但我却从来没有想到去说一声“谢谢”，因为在我的直觉中，这种表达反而显得见外。

大学三年，对于我来说是困守书城的三年。这三年中，我写了十余本文学阅读笔记，也写了厚厚的六本日记。汉语言文学本科考试科目中的每一门课程，都被我非常谨慎地加以对待。而其中的《中国古代文学史》《中国现当代文学史》《外国文学史》以及《中国现当代文学作品选》和《外国文学作品选》《外国文学作品研究》中所涉及的众多的作家与作品，只要能在图书馆找到的，我都会一一找来阅读。我还读了大量包括萨特、尼采、叔本华、高更、梵·高、贝多芬等人的作品或自传。

对我来说，这是一个思想狂飙的时期，脑海里经常犹如万马奔腾，各种思潮与主义在其中混战，我却经常找不到自己的出口。因为从进入大学之后，我的听力便直线下降，和同学之间的交流沟通，甚至在课堂之上的听讲都陷入了困境。我只能依靠大量的阅读来让自己的愤懑和压抑得到一个释放的出口，去从别人的生命里寻得一点未来的曙光。

让我庆幸的是，我的这位兄弟能够懂得我的痛苦，虽然很多时候他都是不置一词，但他向我投来的目光往往会让我更加坚定自己的文学信仰。

2004 年 7 月毕业之后，他很快地确定了自己的结婚伴侣，对方也是我们的同班同学，一个非常优秀的浙江姑娘。在他们的结婚宴上，我第一次喝得酩酊大醉。那是我人生中的第一次醉酒。

3

让我没有想到的是，现实的残酷。一个听力有障碍的人，在现实社会中要寻得一份工作，简直难如上青天。在经历了几份文职工作之后，我不得不选择了报社底层的发行员工作，为的只是能够有机会多亲近油墨的清香。

七八年的报纸发行员工作，让我在这座城市的无数城中村之间游走，也看到了更多的世俗烟火与底层挣扎，看到了在城市扩张中升斗小民的卑微，也看到了一座又一座的高楼大厦在西安的三环内不断耸起。这便是我的第一部长篇小说《西漂十年》的由来。

十年之后，当我们兄弟再次相见，我才不由得松了一口气。因为我终于觉得自己可以对得起一点当年自己在他的目光中的期许了。

2015 年 5 月 1 日，我的长篇小说《西漂十年》发布会在西安小寨万邦书城举行。在他与一些同学的号召下，能来的大学同学都来到了现场。我的兄弟在现场嘉宾发言中说："在我的眼中，辛峰是真正的男人。"我想，这句话并非说我有多么了不起，也并非说我写出了什么惊天动地的作品，而是他认为，我在无比窘迫的处境之中，坚持了自己的文学理想。

2017 年十月假期，我计划经壶口瀑布、靖边统万城到宁夏进行个人采风。路经靖边，他在朋友圈看到了我的消息，说过来接我。当时已经到了晚上，靖边忽然起了大风。所以我最后没有答应，心中颇觉惭愧。等到个人采风结束，我特地坐硬卧来到了榆林。这是我第一次来到榆林，一个人登上了镇北台，在黄昏的暮色中体会到了榆林边城曾经的那份兵强马壮的凛冽与大气。那次，兄弟叫了好几位好友相陪，当晚我们好好地聚了一回。

此后，在而立之年，我经历了母亲、父亲的相继离世，也有了自己的第二部作品《文字的风度》的出版，其中所涉及人生的每一个关口，都会得到他的问候与助力。人生中的点点滴滴，就是这样一路走来，让榆林这座城市与我在无形之中结下了一份深厚的兄弟情谊。

所以，再次即将到达这片土地上之时，我必须告诉他我的抵达。

几乎是在我消息发出去的同时，得到他的回复是，我叫人来接。

4

又一次重逢，又一次相聚。如今已身为人父的他更觉持重练达。把酒言欢之际，都有着人到中年的感慨，也有着对未来的希冀与展望。那一夜，我吃到了榆林最好的铁锅炖羊肉，也重温了最温暖的兄弟情。

酒酣耳热之后，兄弟带我去了他的书房喝茶畅谈。茶水停顿间隙，他指着墙角一尊景德镇定制瓷瓶对我说，你还记得这个吧？我当然记得，这尊瓷瓶上白鹿奔逐于山野之间的山水画旁的两句诗便是我的建议。兄弟在定制的时候让我选两句诗要写在上面。我看了画，忽然想起了李白的诗歌："且放白鹿青崖间，须行即骑访名山。"倒是非常应景，而他看了想也没想，就说好。如今作品呈现眼前，往昔讨论的过程便显得更加令人愉悦。

之后，是长达四天的采风活动，红石峡的秀美奇崛、麻黄梁的浑厚苍凉，还有陕北民歌的高亢婉转。更让人振奋的是我们采风团一行看到了榆林在煤炭、化工、能源诸领域里所铸就的骄人业绩。榆林如今已然成为陕西乃至全国在行业领域的引跑者，而其浑厚博大的文化积淀，更给予了它一双展翅翱翔的羽翼，这实在是不可多得的助力。

最后一天早上，在采风团作家座谈会上，我们见到了榆林众多优秀的作家与编辑，聆听了他们对于榆林文化行业发展的介绍。其中身为中国作协会员、鲁迅文学院高级研讨班学员、《陕北》杂志的编辑曹洁老师的发言可谓句句发自肺腑，没有一句虚言。她对文学写作的朴素理念，对于当下写作中关于人的关怀，实实在在地道出了人文主义写作的真谛。

座谈会后的下午，大家自由活动。榆林文学期刊《陕北》杂志编辑刘雕和兄弟带着大家一路来到了榆林老街，原汁原味的老榆林本色一下子出现在了我们的眼前。当一双脚真的踩在了古老的青砖之上，当古老的城楼耸立在我们的面前，加上国庆之际的红旗招展，一对对新人在这城墙边摆起造型，精心地拍摄着婚纱照。古老与现代就这样交相辉映，在灿烂的阳光下这一幕幕画面不由令人动容。

最后，我们来到了榆溪桥长廊景观带，参观了里面设计精美的渡渡美术馆。创始人刘若望先生一幅幅精美的作品，将各种技艺融汇于作品之中，给人带来惊奇、震撼、肃穆、典雅等不同的艺术感受，更是给即将离开这片土地的我们以全新的感官体验。这又是一个不同的榆林，它站立于传统的根基之上，却更加现代张扬，它就像涓涓不息的榆溪河一样不断地展示着新榆林海纳百川的胸怀。

晚上，我回到酒店的时候，前台告诉我有人送来四盒特产，我一看产地：子洲。

（本文首发于榆林市文联《陕北》杂志2021年榆林市采风作品专刊）

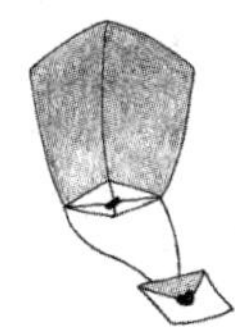

在岐山

1. 在岐山

在岐山的那个夜晚，是个雨夜。看不见月亮的岐山县城，依然很美。聚会之后，一个人悄然下到岐山凤鸣酒店大厅，走出大门便是碑石环绕的礼乐广场。丝丝雨雾中，关于周公的故事便一个个映入眼帘。

凤鸣岐山，是一个美丽的典故。几千年前的周公，对于岐山来说，就是充满着吉祥图腾的凤凰，是岐山的福音。诸如“虞芮之讼”“梦见周公”“泰伯奔吴”的典故，更是证明周公乃贤明治国的典范。

初秋夜晚的岐山，并无喧嚣。相反，却显出一些特别的冷清意味。从雨雾中归来，有一段时刻里，房间停电了。当我推窗远望，在寂静和黑暗之中冥冥感应历史的悠远深邃，便想起之前乘坐汽车从蔡家坡到岐山县城盘旋而上的山势蜿蜒，想起岐山这个有点特别的地方对我个人的意义来。

是的，我是豳地的儿女，是周公的子孙，是千年之前散播于泾水流域的一粒火种。所以，今天在岐山的大地上，仍然有一个乡叫古郡乡，原是西周先祖创业的圣地。直到解放后，才改名为怀邠乡。“邠”即为“豳”，就是《诗经》之中的吟唱《豳风》之地。

公元前 1169 年，周部族数万民众，在古公亶父的率领下，离开故土豳地，从北方戎族的侵扰中突围出来，迁往岐山下的周原。豳地是周部族的老家，又是先祖公刘创业和世代生息的故土。古公亶父和民众们背井离乡，迁徙岐下，时常怀念家乡豳地。怀邠，正是西周后代迁徙新居，怀念故地的意思。

今天，我作为先祖公刘的子孙，来到岐山凤鸣之乡，又怎能不对这段渊源心怀追忆？

在这个温润的雨夜，我躺在岐山的土地上，就好像回到了祖先的怀抱里，心中有一股特别妥帖的宽慰。

而在离开之前的清晨，我的梦乡里隐约似有清脆的凤鸣之音，婉转悠远，不绝如缕。我想，这定是周公馈赠于我的好梦吧，只是不知他是在欢迎我的到来呢，还是要欢送我的归去？

2. 周公庙

在踏入周公庙之前，曾看过一篇名为《周公庙的雾》的散文，作者是岐山县作家赵林祥。文章中的周公庙充满了氤氲的灵气和宁静的氛围。巧合的是，这次采风活动，我们就是在赵林祥的奔走联系之下，才最终踏入了这块人间福地。

刚一下车，一座卧型石碑上铭刻的“梦见周公”四个字就闯入眼帘。移步换景，两株十四五米高的古柏立于山门两侧，郁郁葱葱。据说树龄距今已经有一千二百年，柏树本植于唐代，又称“唐柏”。

看门前碑刻：明嘉靖十三年（1534 年）扶风知县杨瞻《揭周公庙碑记》载：“台西一柏，父老谓黄巢之乱，屯兵于庙，斩此以誓军令，

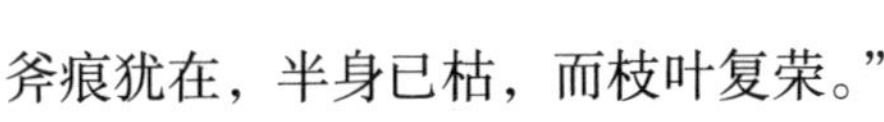

斧痕犹在，半身已枯，而枝叶复荣。”

有诗赞树曰：“生机不死总由天，一脉根蟠润德泉。古柏已枯还复茂，独留瑞物万斯年。”枯柏复生遂为“周邸（周公庙）八景”之一。

跨入山门，园中的松柏垂柳满眼青翠，此时的天气由丝丝细雨逐渐变为急促的中雨。远处山顶上的雾却没有在雨中消失。果真如赵林祥文中所说，氤氲盘旋，始终不散。令人惊叹的是，周公庙的山势是由上而下的俯冲之势，实有猛虎下山的意味。而山顶的松柏垂柳，皆是巨大的参天巨木，此刻它们正在急促的雨雾中自由舒展着自己的灵魂。它们默立了千年，沉寂了千年，亦灵动了千年，奔放了千年。这山下的庙宇，恢宏的殿堂，无处不充盈着它们的气息。

一如《诗经》所言：“有卷者阿，飘风自南。”早在六千多年前，在岐山的卷阿一带就有先民傍山临泉而居。所谓的凤鸣岐山，就是因为周兴起时许多著名事件都发生在卷阿附近，凤凰又是姬姓周族崇拜的神鸟，所以古卷阿附近至今仍有许多与凤凰有关的地名和遗址，如凤凰山、凤鸣岗及“丹穴凤迹”。

周公旦晚年归隐于卷阿，逝世后即建祠祭祀。西周末年古卷阿建筑遭毁坏，秦汉以后曾被重修。唐武德元年（618 年），唐高祖李渊为纪念曾助武王灭商立国、辅成王平叛安邦的周公旦，下诏在其制礼作乐的“卷阿”创建周公祠。后经宋、元、明、清历代修葺、扩建，形成了以周三公（周公、召公、太公）殿为主体，姜嫄、后稷殿为辅，亭、台、楼阁点缀辉映的古建筑群，这就是我们今天所见到的岐山凤凰山下气势恢宏、庙宇成群又坐落井然的周公庙。而这里所祭祀的后稷、姜嫄溯其来源，根底却无不源自遥远的古豳。

周公庙中的润德泉，更是有着一段神奇的传说。据《岐山县志》载：“唐大中元年，凤翔节度使崔珙因泉出为瑞，上其事，宣宗赐名润德。”意为润德于民。“相传源于豳洲，十数年辙来去，来此则彼涸，去彼则此涸。”一眼泉水，却连通着故地今地，涌动着古往今来，实在是千古罕闻。

走出周公庙的时候，天已放晴。再次立于庙门之外，放眼凤凰山麓，空中铁索缆车穿梭，赵林祥告诉我说，缆车所连通的是地势最高的周原。在岐山，我们终是无法走出一个“周”字。

3. 石鼓文

在宝鸡参观完中国青铜器博物院，我们来到了石鼓阁。如果说宝鸡是中国西周文明的宝库，石鼓阁里的一段历史记忆则是中国汉民族文化一曲曲折坎坷的悲壮歌吟。石鼓阁中所珍藏的十只石鼓，就是博大精深的汉文化千百年来历经磨难又历久弥新的强大生命力的见证！

石鼓文，是先秦刻石文字，因其刻石外形似鼓而得名。发现于唐初，共计十枚，高约三尺，径约二尺，分别刻有大篆四言诗一首，共十首，计七百一十八字。石鼓文内容最早被认为是记叙周宣王出猎的场面，故又称“猎碣”。宋代郑樵《石鼓音序》之后“石鼓秦物论”开始盛行，清末震钧断石鼓为秦文公时物，民国马衡断为秦穆公时物，郭沫若断为秦襄公时物，今人刘星、刘牧则考证石鼓为秦始皇时代作品。石鼓刻石文字多残，北宋欧阳修录时存四百六十五字，明代范氏天一阁藏本仅四百六十二字，今之“马荐”鼓已一字无存。

宝鸡中华石鼓园中的石鼓阁是今天石鼓的存放之地（石鼓真品现藏于北京故宫博物院石鼓馆，此地石鼓为仿制品）。石鼓阁北临渭水，南依秦岭，高五十六点九米，阁顶距滨河路相对高度一百一十米，建筑面积七千二百平方米。这座仿秦汉风格的建筑，采用外五内九的层级设置，气势雄伟，喻示着周秦文明在中华民族史上九五之尊的崇高地位，堪称西北第一阁，是宝鸡市地标性建筑。

从唐代陈仓石鼓被发现，后置于凤翔县孔庙，历经“靖康之变”，精美的石鼓便沦落于金人之手，且在搬运的途中被挖去石鼓表面金泥，弃之荒野。精美的艺术文物，就这样惨遭荼毒。

元朝初年，这些沦落荒野的石鼓又被国子监教授虞集在淤泥中发现，于是被搬运至北京国子监。1933 年，在新的战乱中石鼓被从北平运到上海，存放于天主教堂街仁济医院库房。1936 年，南京朝天宫文物库房建成，石鼓从上海转运至南京。1937 年，南京沦陷前，石鼓经由徐州、郑州、西安，运至石鼓的家乡——宝鸡。1938 年，石鼓由宝鸡经汉中、广元运至成都。1939 年，石鼓由成都转运至峨眉，先后存放在峨眉县东门外大佛寺和西门外武庙。1946 年，抗日战争胜利，石鼓由四川峨眉转运至重庆。1947 年，石鼓再次由重庆运至南京，存放于南京朝天宫库房。1950 年，由南京运往北京，存放于北京故宫博物院。

战乱之中的石鼓的命运多像我们历经屈辱的民族的命运，即使被弃于荒野，依然不肯自弃，历经蹂躏、风雨和岁月的侵蚀，却仍然能焕发出清越的石质光芒。经历风雨的石鼓始终沉默着，不发一言，可我分明从它们久经风尘的内里看到了不幸与沧桑，也看到了坚韧与不屈。金人的铁蹄与日军的炮火中间有着多么漫长的不堪，就有着多么强悍的风骨。我们正是在这风骨的浸润里，才迎来了今天的盛世繁华！

（本文首发于宝鸡市文联《秦岭文学》2019 年宝鸡市采风作品专刊）

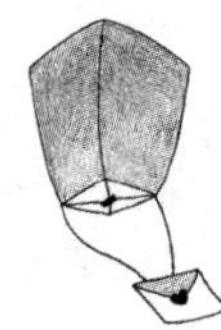

蓝田漫笔

曾经的蓝田在我的心中充满了神秘的色彩，那是在我背诵李商隐诗句的时候。“沧海月明珠有泪，蓝田日暖玉生烟。此情可待成追忆，只是当时已惘然。”青少年时期，这样明媚的诗歌早被铭刻在了我的记忆深处。

那时的我正值十五六岁的年纪，有一天对唐诗忽然生出了浓厚的兴趣，便跑了十几里路，在我们那里最大的镇子北极镇上的书店里买下了一本黄白色封面的《唐诗三百首》。我买到书后，如获至宝，用报纸包了书皮，在封面上郑重地写上自己的名字。然后逐字阅读，日日背诵。

就这样我遇到了李商隐，遇到了蓝田。当时我并不知道蓝田在哪里，只是在李商隐的那首《锦瑟》里，那朦胧恍惚，甚至扑朔迷离的爱情，让我备觉青春与诗歌的美好，一种无法形容的美好。

上大学的时候，我从渭北高原泾河流域的一个小山村来到了西安古城求学。初次走进大学的校门，我对一切都充满了好奇。大学里有一门公共课，叫作毛泽东思想概论，简称毛概。那时各个系的学生集合在能容纳几百人的大阶梯教室里一起上课，每次上课几乎都是几百人在一起抢座位。在这过程中新闻系的我碰到了英语系的张盈，她的家乡就在蓝田县九间房。

和张盈交往的过程中，她一脸实诚的微笑与善良的言语给我留下了特别深刻的印象。有一件事情也让我记忆尤深，那就是她的生活费特别紧张。有一天，张盈又来找我借钱，扭扭捏捏半天才说出口，说自己快一天都没有吃饭了。我听了说，走，跟我一起先吃饭再说，我请客。可是张盈死活不同意，说你把钱给我就行了，给我留点尊严吧。我只好默默地点了点头。

她每一次都是那么羞涩、惭愧，似乎难以启齿又不得不开口的样子，拿到钱之后说声谢谢就转身跑掉了。看着她远去的背影，我能体会到她内心的自卑，和一个女孩子无地自容却又异常强烈的自尊心。我那个时候也常常经济比较紧张，但我从来没有拒绝过张盈，我怕她在别人那儿碰壁，一个女孩子面对这种事情总是难以启齿的。

空闲的时间，我也从张盈的口中听到了很多关于蓝田的故事与传说。比如王顺山，说的是王顺孝顺父母的美好品质；娃娃鱼，蓝田秦岭山泉中特有的一种珍稀动物，其叫声如小孩夜啼；还有温泉，尤其是蓝田汤峪镇的温泉，听说可以治病、养生，很多外地的人都慕名而去。那还是2000年左右的时候，蓝田的旅游开发正处于摸着石头过河的阶段。

再次动心想去蓝田，是在著名作家陈忠实老师去世之后。陈忠实老师笔下的白鹿原从地域文化来说，似乎和蓝田这块土地始终有着千丝万缕的联系。白鹿原在地理位置上东与篑山相接，西到西安，南依秦岭终南山，北临灞河，居高临下，是古长安城的东南屏障。自从这块土地上诞生了当代作家陈忠实和他的长篇小说《白鹿原》，这块热土似乎重新焕发了生机，也给白鹿原与蓝田县的旅游开发带来了新的机遇。

作家驾鹤而去，作品却永远流传了下来。白鹿原影视城，白鹿原民俗村，还有位于西安东郊灞桥区西蒋村的陈忠实故居，都成了世人瞩目的焦点。那个周末，我闲来无事，便破天荒地想去白鹿原民俗村转转，

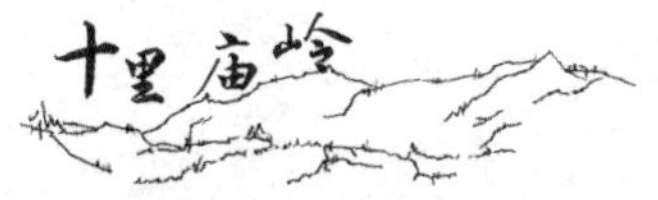

最好能顺路瞻仰一下陈忠实老师的故居，便一个人在南门上了 910 路车。出了东城，小中巴一路飞驰，宽阔的公路逐渐变窄，等到道路两边出现无数的田野和孤村，我才在恍惚犹疑之中下了车。那是早春四月的天气，春寒未尽，春风在四月的暖阳中犹带着丝丝缕缕的寒意。

我一路打听，来到了民俗村的入口处。好像因为不是周末，整个民俗村有点冷清，一些由民房改建的农家乐还只是一个个雏形，暴露着星星点点的白灰和水泥点子。我索性放开脚步，在整个村子里四处晃悠。不觉间转上了公路，在白鹿原民俗村的半山腰上，一辆辆开往蓝田和汤峪的中巴不时地呼啸而过。三三两两的村民在山腰上种植着草木。只有带着泥腥味的低矮灌木在正午的阳光下吐露着青葱的绿芽。

我在这片蓝田的地界里肆意狂奔，脚下酥软的泥土每一脚踩下去都会发出轻柔的呻吟，不断地刺激着我的耳膜和心脏，灼热的血液在身体里奔流。远远的山下，是一泓又一泓的泉水，在无比清澈之中喷涌着夺目的水珠，似在将我无声地召唤。

我终于跑累了，便一头躺倒在向阳的山坡上小憩。天上朵朵白云一群一群地在头顶飞过。我渐渐不由自主地闭上了双眼，脑海里只剩下了无边的草木和喷涌的清泉。

一觉醒来，日已偏西。一骨碌爬起来，随便搭了一趟中巴来到了蓝田县城。途中一层一层的盘山公路似虎踞龙盘一般，绵延不绝。下了车，眼前的蓝田县城明亮如洗。一家一家的玉器古玩店一字儿排开，家家窗明几净，玻璃柜台中的玉器则闪耀着温润的光芒，让我丝毫不能将它和十几年前张盈口中的贫穷落后联系起来。

这就是李商隐笔下“日暖玉生烟”的蓝田，紧靠县城的喷泉琼飞玉溅，道路两边的小吃散逸着香味，不断地诱惑着过往的行人。忍不住饥肠辘辘，吃了一碗正宗的蓝田荞麦饸饹面，芥末多，辣子汪，再加一碗面汤，原汤化原食，受用得很。

蓝田县城街道比较狭窄，可以说依山而建，有点酷似于延安城的街道，环山抱水，依偎在秦岭北麓之下。吃完饭遇一老汉，年已古稀，瘦而清癯，耳聪目明。我说，大爷，听说蓝田的温泉特别好，县城的几处水好是好，可是看起来池子很小啊。他说距离县城二十公里处的塘子村有个汤峪温泉，是全县最好的温泉水，所有人都去那儿洗，小伙子走错方向了吧？我听后，唯有黯然。心想，先找个地方休息一晚，明天就是走也要走到汤峪温泉去泡个澡。

（本文首发于《汤峪温泉报》2017年11月副刊）

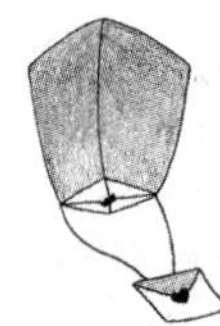

石老人的浪花

青岛是一座属于海的城市，它地面上的所有事物甚至都带着一股淡淡咸涩的海风味道。

青岛的晴天很蓝，公交车沿着海岸线一路奔跑，似乎就要跑进海里去，猛一转身，才发现这根本就是瞎想，开阔处的道路那么宽，狭窄处的道路又那么窄。到处笔直耸立的教堂，让青岛充满了异域风采，但我更喜欢青岛的海。站在教堂的尖顶楼阁里看海，它只是窄窄的一溜儿，像极了给小丫头绑头发的彩带条。

栈桥的巨浪咆哮回旋，狂躁地拍击着堤岸，又被拦截回去。从没有见过海的我站在这样石栏筑成的堤岸边，感觉整个人兴奋得都要飞起来了。来到波涛翻滚的石老人海，我看着一重一重的浪花席卷过来，又倒退回去。我的双脚隐没在浅水层里静静地享受被大海抚摸的温柔，一波一波翻卷而至的浪花被我的脚掌踏碎，白色的泡沫瞬间便被翻涌的海水推向远方。看着在汹涌的大海里追逐嬉戏的孩子，他们勇敢的身姿不由引起我深深的赞叹。每当浪潮狂啸着退回来的时候，我都被吓得赶紧往后撤退，眨眼间它又呼啸着往前飞卷而去。

在太阳的光芒下，那白色的海浪似水的精魂，那么耀眼夺目，却又

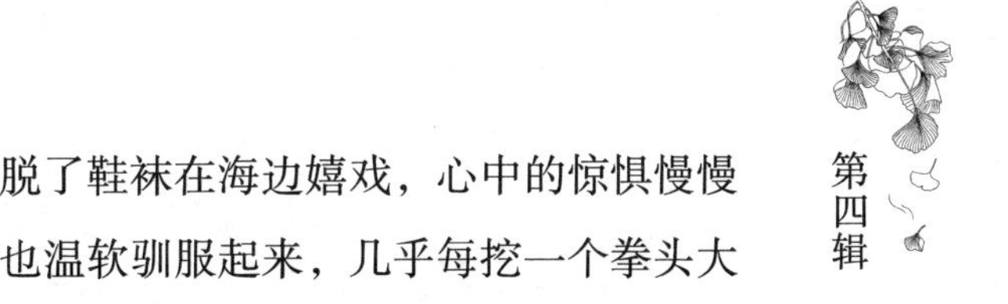

瞬间粉碎，让人的心无可抓挠。脱了鞋袜在海边嬉戏，心中的惊惧慢慢地放松下来，便感觉脚下的泥沙也温软驯服起来，几乎每挖一个拳头大小的沙窝都会有海水涌现。表面看起来平坦的沙滩下其实汇聚着一条又一条的河流，它们是从大海里倒灌回来的海水，还有被海浪冲刷回来的泥浆与贝壳。当脚掌踩踏在这些表面上看起来干燥的沙子之上，便会有隐隐约约的水纹在脚掌用力的地方四散开去。当脚掌抬起，它们又悄无声息地聚拢复原。作为在北方小山沟长大的旱鸭子，我对大海有着天生的渴望，这渴望生长在“海上生明月，天涯共此时”的唐诗里，也生长在“乱石穿空，惊涛拍岸，卷起千堆雪”的东坡长调里。然而，当亲眼见到了这浪与“雪”，我却又被眼前的气势惊得哑然失声。

我像孩子一样执着地想亲尝大海的滋味，于是伸出手指蘸几滴海水放在自己的嘴里咂摸味道，那略微发苦的咸涩引起我无限的好感，觉得眼前的一切竟是如此亲切。徐徐的海风吹在身上，比深秋季节仍然热情的阳光更显温柔，波光粼粼的水面上闪耀着金色的光芒，远处的石老人寂然无声地挺立在大海的中央，它岿然不动的形象在太阳的光芒下更加引人注目。在我的心里它就是挺立于茫茫大海之中的孤独英雄，亦如海明威笔下的硬汉。大海因为有了它的存在更显出雄浑浩瀚，它因为有大海的存在才拥有了自己的灵魂。它们彼此陪伴，互相依存，在水天一色的海平线上，眼前的风景便更加雄奇壮美起来。

海风肆虐起来的大海又是另一番模样，浪花里带着冰凉寒彻的飞沫，翻卷着搅得整个天空都灰暗起来，太阳瞬间也不知道跑到哪里去了，此刻的它不再雄奇，而是充满了苍凉与冷峻。那一块块横陈眼前的滩涂，一下子都失去了海水覆盖之时的美感，露出了它阴森恐怖的面目。荒凉、冷寂、凄楚这些词也便瞬间紧紧地占据了我的灵魂。

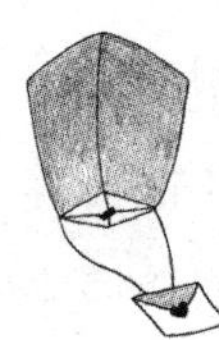

白土行

——解密《白土人》背后的故事

1

出彬州城西五公里，便是西桥。清明时节，暖风徐来。朝阳初升，草木葱茏。旧貌换新颜的古豳大地上，到处是在建的林立楼盘。高耸的塔吊与轰鸣的电机，在淙淙流淌的泾水河畔编织着一幅新世纪的宏伟蓝图。而我的思绪却一直沉浸在对于长篇小说《白土人》的诞生之地白土村的遐想之中。在大漠住处翻阅彬州县志的片刻，关于白土村的那些历史文献与远古传说更是引发了我那一颗强烈的探究之心。

于是饭后不久，我们便一起赶到西桥，坐上了前往水口镇白土村的中巴。而在乡俗之中，关于地名的称谓我们往往更愿意以地形来划分，所以水口镇在我们的口中便成了水口原。作为整个渭北高原渭河流域的一分子，水口原的风貌依然是沟壑纵横，层层的梯田、丘陵与山包将地面切割得四分五裂，而彬州城通往水口原的地形走势则尤其陡峭。

车一发动，便开始爬坡。这些坡道由下往上盘旋而升，一如九曲十八弯的黄河般曲折，却比九曲十八弯的黄河更加险峻。人坐在车中，也在跟着车子的颠簸和地形的起伏做着身不由己的前倾后仰、左侧右斜的伸展运动。好不容易爬完坡进入平展地带，不料往前刚行驶不到几公里，又走起了急剧的下坡路。

这时大漠告诉我，前面是“三程坡”。在“三程坡”的两旁，一边是陡峭的山梁，一边是悬空的高崖。山梁上是葱绿的草木，初绽的嫩芽，青青的小草。高崖下是层层的台硷与梯田，还有在春风中飞扬的尘土，尘土中鲜嫩的麦苗。

关于铺设“三程坡”，大漠在《白土人》中早有叙述。原来如今已颇显宽阔平展的柏油马路的“三程坡”，在20世纪80年代却只有一辙之路，这个“辙”指的不是汽车的车辙，而是牛车的车辙。亦如大漠文中的描写：“三程坡，五里路，弯多坡陡，一辙之路，两边就是悬崖峭壁。”就是在这条路上，小说中正值年幼的白桦林和二哥白秉坤用牛车拉着从百子沟煤矿买的近一千斤的煤往回赶。到了三程坡，因为牛困人乏车重，牛在陡坡上竟然跪了下来，车子直往下滑。白秉坤为此差点用鞭子把牛打死。最后还是白桦林看出了牛的饥饿，给牛吃了一块馒头，牛才睁开含满泪水的双眼慢慢地站了起来。

过了“三程坡”便是韩家坡，眼前一个油漆鲜亮、字迹醒目的站台在我们的眼前一闪而过。大漠说，出版长篇小说《潮》的彬州籍作家韩晓英的家乡就在这里。我点头时不禁在心中默叹：“这究竟是一块什么样的神奇土地啊！”

韩家坡之后便是“断路”，所谓“断路”就是用眼睛往前看去前面似乎成了悬崖峭壁，到了跟前时脚下却是急转直下的长坡。车子沿着坡道滑翔般盘旋直下，再做一次相反的爬升，眼前便是开阔平坦的水口原了。

2

下车之后，一股清风扑面而来。清明时节的水口原，整个大地上绿

油油一片。麦苗如同无边无际的大草原铺展在我们眼前，心胸在一呼一吸之间便豁然开朗起来。和大漠沿着公路岔口处拐进一条通往村巷的平坦小路，小路两旁尽是青青的麦田，麦田中那些颇显空旷却并不稀疏的小山包寂静地栖息在大地的深处。我们的心中都明白，那是祖先留在这片大地上最后的印迹：土墓。

因此，在这样的一个季节，走在这样的一条路上，我不由得想道：这其实是一条横亘在生与死之间的路。

进入小路百余米，大漠停歇下来指着眼前的一片麦田对我说："这就是苻坚当年兵败逃亡的地方，当时这里全部种植着荞麦，正值夏收时节。一丛丛如兵林立的荞麦秆让苻坚以为其中藏有百万伏兵，最终惊吓过度自缢身亡。"

我方始明白，原来水口原的这片土地就是诞生历史上著名典故"风声鹤唳、草木皆兵"的地方。那个曾经不可一世的前秦皇帝苻坚，死得竟如此英雄气短。想当年他身拥百万雄兵，统一黄河流域和长江上游，威服西域的丰功伟绩至今仍被史家传唱。只可惜淝水一战，被胜利冲昏了头脑的他，终因严重的军事错误大败而归。百万雄兵一朝散，可叹英雄不自量！但苻坚统一中国的壮志雄心终归令人感佩！

大漠说，就在距此不远的水口原九田村西，荒草丛中有一座低矮的坟冢，坐南向北，不拘一格，封土高三米，形状为一角锥体，当地人称"长角冢"。现存墓碑一通，上题"前秦国王苻坚之墓"。

听大漠之言，望英雄之地，整片大地上春风浩荡，青青的麦苗在绿色的海浪中翻滚，我不由张口大喊："魂兮归来！"我的声音甫一出口便被整个水口原上的春风淹没了。眼前只有那一座座栖息在大地深处的土墓堆，在寂静无声中默默地回应着我的呼唤："魂——兮——归——来！"

就在距离白土村村口十余米处，竖立着一座远比前面田野中的土墓堆更加高大的坟墓：几尺见方的石碑之上写有四个大字：公孙贺墓。此墓占地数十平方米，墓堆高耸，土壮坟圆。墓碑的背后还有彬州市人民政府的公约，大约为“文革”后所立。但是很显然，墓前的道路已经挖掘占用了土墓约四分之一的面积，因此高耸的圆形墓堆便呈现出一个看似北圆南方的不规则体。

大漠说：“据传公孙贺为西汉时人，与名将李广同朝为官，官至宰相。‘白莽新政’时因小儿贪污牵连下狱，死于狱中。公孙贺的老家就在水口原的孙村。”

我笑言：“又是一个乱世豪杰，可惜教子无方终受累！”遂又感叹，一个如此偏僻闭塞的地方，竟葬有如此之多的帝王将相，看来小说《白土人》中那些关于这片神奇土地的传说，确有渊源。

3

要进入白土村，必须先经过祁家崖村。据县志记载，祁家崖原本是白土县城遗址所在地的一部分，新中国成立后考古过程中，还在祁家崖的后崖上发掘出许多前代文物。只可惜，我今天看到的祁家崖几乎已经无崖可见（大多已填平）。

进入祁家崖村，首先映入眼帘的是新建的二层教学楼的祁家崖小学，大漠说他曾经在此上小学五年级（快班）。我明白，在那个时候是没有六年级的，五年级之后便是初中。由此，我可以想象到小说中的那个青涩稚嫩的白桦林，他是如何在这个原来的校舍之中背着馒头、睡着地铺，度过了自己最后的欢乐童年的。

祁家崖在小说中几乎就是白土村的一部分，因为今天的祁家崖和过去的祁家崖在地理位置上或多或少地存在着变迁。原来的窑洞大多都已经填埋，并在上面耕种多年。原来的水厂，已经荒废，只留下一栋破败的屋舍和生锈的水泵在荒草萋萋中见证一段岁月的流逝。现在村民们用的则是新建的新型水厂，高耸的水塔在村子中鹤立鸡群，崭新的设备承载着村民们对于生活新的希望与期许。紧接着，我们走过了祁家崖的猪场，这是一个看起来颇具规模的私人猪场，在春风暖阳中透出一股慵懒之中的闲逸与邋遢。大开的铁门却显示出主人对于村民的一种不设防的自信。

之后，大漠带我来到了一座三间土木结构的房子面前。房屋两间相连是个通间，一间独立开来是为小间。只是均由铁将军把门，显出一派荒草枯杨的破败景象。当我睁着迷惑的双眼询问时，大漠才说这就是小说中的大哥白秉乾的老房子，现在已无人住。站在房屋的前面，眼前是一片看来已经开始结果的苹果树地。土地平整得非常精细，颗颗土粒疏散均匀，土质油亮发黑。走出院子时，我在房背后见到了一副石磨，只剩下了两扇磨盘，寂寞清冷地相互靠拢在背阴处，显出一种被时代遗忘的萧索和凄凉。而我明白，在新中国成立前后的几十年里，乡村之中的妇女就是靠着这样的两扇石磨套在碾子上将小麦变成面粉，将高粱、玉米、大豆，变成可以食用的粗粮与精粮。

《白土人》中的白母在老大白秉乾开荒虎狼湾的时候，为了借用别人家的石磨，黑夜中趺趺撞撞赶了几十里山路，那样的艰辛与苦难亦是苦难中国的黄土地上的一种精神传承。因此，石磨是一个时代的见证，是历史的遗存，也是中国农村几千年来虽然落后却无法或缺的物质依靠与精神依存。

祁家崖的村落之中房子大多分布在村子道路的两旁，愈往深处愈是寂静。村子的最底端便是大沟。在大沟上面的土原之上星罗棋布地分布着小说中众多人物原型的房舍。在前往老二白秉坤的房子途中，我见到了一个和大漠长相酷似的中年汉子。在和这个汉子聊天的过程中大漠娴熟地谈论着门前核桃树的长势，这样我们便一起来到了白秉坤的家。

相比白秉乾的老屋，白秉坤的家要好一点。一砖到顶的三间正房与两间偏房占据了院子的正西与正南，西南角上的一个敞篷偏厦将正房与偏房连接起来，里面用来堆放杂物柴草。

正房是卧室，偏房是厨房。只是里面的厨具与锅灶均已灰尘蛛网勾结，铁锈黄土混杂，似已多年未生过火。紧邻正房的西北角上有一棵桃树，花蕾含苞，散发缕缕清香。正房的对面搭建有一个简易厕所。院子正中是自来水接口与水表，陷在正方形的深坑之中。整个院落的布局与北方一般农家无异，只是令人奇怪的是房子均由铁将军把门，同样无人居住。飞扬的春风将四周的杂草吹进房屋的拐角，院子里便呈现出一片杂乱荒芜的萧索，在寂寂春日的暖阳中令人顿生寒意！院子的正北亦是一片苹果树地，只是果树均小，似刚栽种不久。令人深感突兀的是，果树地中一长排高达几十米的高压线电塔均呈“大”字形，似跨腿伸臂的真人，一字儿排开十余座向东延伸开去，直到大沟边上。

出了白秉坤的院子，有好几个人影和大漠打着招呼一闪而过。大漠说，那是八痕娃。我抬头间，人已不见。八痕娃，这个小说中白土村原村主任，在和支书王照山的明争暗斗中因为向乡长司马庆告密村子谎报田亩的事情而毁了自己前途的官场老油条，他又如何能想到王照山的砖厂里竟有司马庆的干股。相同的是，他们都是官场上的蛀虫，不管中饱私囊还是明争暗斗，结果无一例外地都是为了个人的私欲。

接着我们进了一个不是院子的院子，此院只是在田头盖起的一栋三间水泥预制板的“工”字形瓷砖房，光秃秃地挺立在田头，照样是无人居住。大漠告诉我这是小说中稠子的房子。稠子，这个在小说中跟着白秉轩白秉宇一起下煤窑在白秉宇的身旁眨眼间就因塌方死于非命的汉子，没有人能记住他。就连眼前土地之上的苹果树也在人死之后被别人拔了个精光，此时只有人亡房独存，何等凄凉。从稠子的地头出来，小说中的原型人物在我的眼前一一走过。

猫骟，一个小时候被猫咬过蛋，被狼咬过脑袋之后头上左侧头发脱光头皮发红的怪人。后来又被峙峪村的神婆接了神，从此便在村中以唱大神为生。

关当，小说中原白土村四队队长，狼抓脸的哥哥。和王照山、八痕娃合谋后，耕种了白家唯一的好田地。与弟弟狼抓脸一起在村中欺男霸女、横行乡里的乡村无赖、恶霸式人物。

还有乡村教师王晋安、乡村医生王安定兄弟，当这些小说中的原型与他们的居所一一出现在祁家崖的村巷的时候，我心中的那些古老的故事便一一地复活了。他们的言行举止、房屋居所都在我的心中与小说中那一个个固定的脸谱对号入座了。

在这样的恍惚中，我和大漠来到了祁家崖最底端的地方：大沟。在大沟的上面，有一块已经被填平的耕地，那就是白氏家族居住了几十年的老窑洞，是白晋用镢头和铁锨、用笼担和肩膀一凿一斧打就的地庄坑子，八口窑洞，用尽了白晋一生的精力和心血。

在大沟的边上，是白桦林被大哥白秉乾逼迫相信迷信而不从决心跳崖的地方，大沟的下方则是百米的悬崖、沟壑纵横的荒草野林。只是到了今天，在一个上官县长的号召之下，全部种上了柿子树，从而成了另一番模样。

站在大沟的边上，正值早上十点多光景。青青的麦田之中稀稀散散地分布着一些除草的妇女、老汉。他们在四月的春风中荷锄而作，不紧不慢，手中挥动的锄头与脚下成长的油菜在亲密接触间却能够在不伤及油菜的前提下，瞬间除掉与油菜争夺土壤养料的野草。而且还能一边与田野另一端的村人谈笑风生。我不禁折服，这是一种多么从容有致的生活态度啊！而他们正是白土村众多人物中的一分子，是大漠笔下的一个个生动鲜活的人物形象的风神来源。

从大沟折回来，在麦田中跟随大漠游走，我便见到了狼抓脸的墓

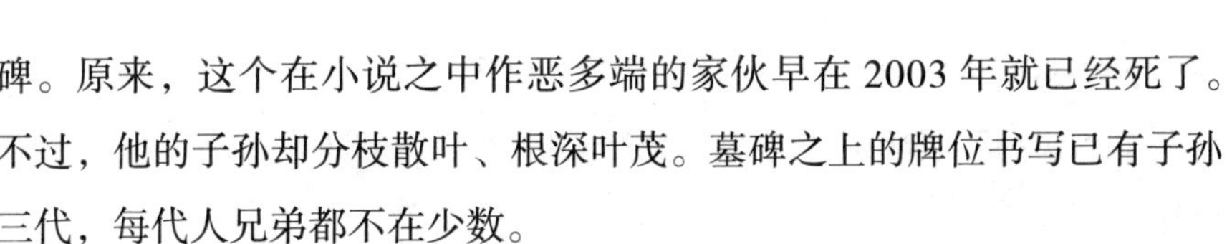

碑。原来，这个在小说之中作恶多端的家伙早在 2003 年就已经死了。不过，他的子孙却分枝散叶、根深叶茂。墓碑之上的牌位书写已有子孙三代，每代人兄弟都不在少数。

接着，我跟随大漠来到田地中央的油菜地里，见到了一个戴着石头眼镜，身边停着自行车，地头放着不锈钢茶壶，手中还挥动着锄头的老人，他就是小说中的乡村信贷员的原型：董卓。可能而今已经告老归田，他一边挥动手中的锄头，一边和我们闲聊。大漠出书的消息可能早已在村中传开，因此，大漠的询问与他的应答之间倒是保持了一种默契的矜持与庄重。

告别董卓，来到了白晋的坟头，大漠对我说这就是他父亲的坟。一个呈长条形状、宽两米长五米的土墓便出现在我的眼前。从小说描写中推测算来，白晋至今已经去世二十年有余。在这二十余年里，作为幺子的白桦林却从未见过父亲一面，在他记忆深处父亲的形象永远都是一个模糊的轮廓，这又是一种何等沉痛的生命之殇。因此我亦可以想象大漠心中的悲伤，这个在我认识以来从未见过笑容的汉子，潜藏在他眉头心底的忧郁似一团凝结在心头的谜一般，始终令我难以看透。

4

白土村在水口乡以南，位于祁家崖村南面。早在北魏盛兴二年即公元 468 年，这里就是彬州城的早期行政中心。千年之后的祁家崖村后崖背处，考古工作者从这里出土的文物印证了白土城曾经的辉煌，白土村从建县至今已有一千四百六十余年。而当我的脚步跟随着大漠一步步踏入白土村的核心地带之时，小说之中那些原始的场景便相接而来。

白洼窑洞，白秉乾与张会娃结婚之后的家，也是他们和白母分家之后的第一个家。这里与白氏家族的老窑洞相距甚远，且坐落于山腰硷畔，居高临下。而今我们所能见到的只是一个早已坍塌的破土窑。山墙之上被“烟洞”熏黑的墨迹却如同历史的遗迹般见证着那个年代的窘迫与苍凉。

大漠说他就出生于此窑，然后又指着窑洞院落外面的一块硷地说，这块地早年向阳，麦子早熟。在那个年代濒临断顿的日子里，青黄不接的时候，这块地上长出的麦子就成了我们的救命口粮。

是的，我能够想象那段并不遥远的饥荒年代的景象，因为我的母亲在我年幼的时候曾经不止一次地向我提起那些挖野菜果腹、用玉米芯充饥的人生遭际。生命有时候脆弱如星火，有时候却坚韧如磐石。白氏家族在父亲白晋死后，孤儿寡母，一家六口，在白母的拉扯抚养下一个个都长成了七尺的汉子，然后又娶妻生子单门另户。几十年的岁月就这样如风而逝，如今只剩下了这一孔坍塌破败、在荒草萋萋中独享岁月的孤寂与悠长的老窑洞。在这孔窑洞的隔壁就是白秉宇与席小琼的院子，如今也同样“物非人亦非”！

跟着大漠从白洼窑洞的山梁上来，高原之上的道路也并不宽展，两米宽的水泥铺就的路上，水泥与土层明显分割开来，看上去就像铺在土层上的一条条水泥预制板。路面下是沉陷的地基，地基下是明显凹陷下去的某个人家早年的窑顶。窑顶破了一个窟窿，路面就陷下去一个凹槽。走在这样的路面上不免让人时时有一种天塌地陷的忧惧。

就这样我们来到了现在的白土村。广场之上有一栋约两层的村民委员会办公楼，米黄色的墙面，里面是崭新清洁的办公环境。见到大漠向村委会走来，老远便有人前来握手寒暄，之后便各干各的去了。

我们在意的不是村委会的办公楼，而是办公楼周围的一排排整洁有序、鲜亮如初的新农村民居院落。墙面统一贴了瓷砖，家家户户均是红色的大铁门左右延展开去，村委会的办公楼恰恰居于新农村民居的正南核心位置，广场就在村委会的前面。大漠带我来到一家民居院子前敲

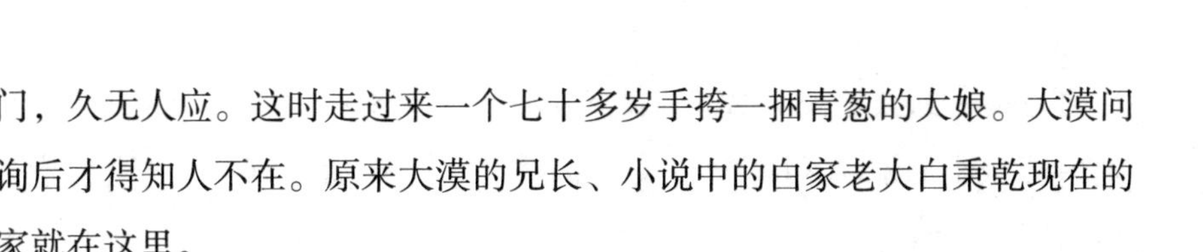

门，久无人应。这时走过来一个七十多岁手挎一捆青葱的大娘。大漠问询后才得知人不在。原来大漠的兄长、小说中的白家老大白秉乾现在的家就在这里。

这时我才明白了前面大漠所说的白秉乾的老屋是什么意思了，我想准确地说这应该是一种忆苦思甜的欣慰吧。新农村民居之中的院落敞开着大门的人家有的女主人正在用洗衣机洗衣服，有的男主人正在擦拭着新买的电动摩托车。春日的暖阳在午间十一点的时刻焕发着一种紫色的光芒，将新农村的民居院落照耀得明晃晃一片。我们也都在一种旧貌换新颜的振奋中欣赏着今天的白土村。

出村口的时候，村头一片规划整齐的土地上，竖起了一面广告牌。广告牌上是水口镇白土村新农村民居规划效果图。图上屋舍井然，绿树环绕，山清水秀，彩蝶飞舞，俨然就是桃源仙境。这时大漠指着眼前的一块土地对我说，这就是小说中的“滴水堂”，也叫“十字涝池”。实际上就是公元468年的白土县的十字老街。然后大漠顿了顿又说，这是一片神奇的土地。

是的，我明白小说中的瓜子娃在风雪之夜冻死于窑洞外面后来就是让阴阳先生连夜埋在了这里。小说中的“十字涝池”是一片地势低，环境差，遇雨则涝，遇旱则灾的土地。后来在填土窑盖新房的风潮下，白秉宇硬是在这片土地上盖了三间大瓦房，欠了一屁股债，无奈之下，狠狠心去了煤矿。这片土地也是一块坟茔颇多，且埋葬的大多为夭折、病死等遭受无妄之灾的孤魂野鬼。因此，关于这片土地的传说实在是太多太多。

走出白土村，经过祁家崖小学的时候看到大门开着，大漠便和我走了进去。崭新的校舍，窗明几净的教室，让人根本无法将它和大漠早年就读的那个点着煤油灯、睡着地铺的祁家崖完小联系起来。校园之中的两个村民正在用水泥砖头砌着花园，大漠和他们也是熟识的，而我则把注意力集中到教学楼下面的一排平房上去了。平房一间间被隔开来，分别是教导处、体育器材室、会议室和图书室，最后还有一个挂着“农民培训学校”的房间。

出了学校，我们在路边看到了两个低头玩耍的小男孩，正在玩一种类似我们小时候玩的“打面包”的游戏，只是他们用的是一种工厂统一制作出售的圆形塑卡，而不是我们小时候用纸叠成的或三角形或四方形的纸片。但是游戏规则是相同的，只要用自己的“面包”或塑卡将对方的打翻（由正面变为反面），则对方的“面包”或塑卡就归自己所有。大漠看到他们玩得兴起，也用一种饶有趣味的表情欣赏着他们的童真与纯情。那是一种我们已经逝去的岁月珍藏，也是《白土人》中那个活在淳朴与美好天性里的稚气未脱却斗志昂扬的白桦林的童年缩影。

再一次经过公孙贺墓，我看到了土墓对面的一片生长在地坑中的笔直白杨。它们挺拔茁壮，直参蓝天的枝丫在春风中透射着一种生命的激情。它们一如小说中的白桦林一样，也像站在我身旁的大漠一样，在人生的梦想追求中，绝不旁逸斜出，而是永远向着一个坚定的方向，做着执着也执拗的努力！

在走出白土村的道路上，我忽然醒悟：“苻坚用剑未竟的英雄梦，在同样的一片土地上，却有人在用笔来完成，这究竟是一种历史的巧合呢，还是冥冥之中的一场轮回的约定？”

2012 年 4 月 7 日于古城西安

（本文入选彬州市水口镇乡村振兴专辑《白土探源》）

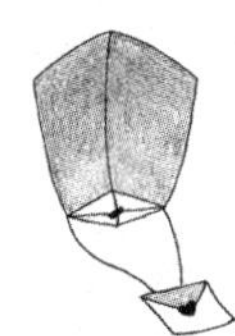

推个车车逛咸阳

1

“一点飞上天，黄河两道弯。八字大张口，言字往里走。左一扭，右一扭；西一长，东一长。中间夹个马大王。月字边，心字底，挂个钩担挂麻糖，推个车车逛咸阳。”

小时候，我在昏黄的煤油灯下，很多次地听过从目不识丁的母亲口中唱出的这首关于咸阳的歌谣。那个时候，我的年龄还太小，前面的内容都没有怎么记住，只记住了最后一句：“推个车车逛咸阳。”

于是，我经常手里拿一根比指头稍微粗一点，比我的个子稍微高一点的又细又长的木棍，木棍的一头握在我的手里，另一头蹭在脚下的泥土地面上，“嗒嗒嗒”地推着往前走，任木棍着地的一头在路面上随着尘土的飞溅划出一条条的细渠来。这个时候，我的嘴里一直唱的便是母亲的歌谣里那最后一句词儿：“推个车车逛咸阳。”

等我长大了，走出了我们那个小山村来到西安求学，我才知道了这首歌谣里所唱的内容就是陕西人最喜欢吃的“biang biang 面”的那一个

“biang”字的写法，这个字是个形声字，实际上意指做面条的师傅将生面饼摔打在面案上发出的声音，据说只有康熙字典里才有。这也是我的生命里最早对于咸阳这个地名的记忆。

在上大学之前，我的足迹很少走出过我们那个叫义门的镇子，去我们彬州县城的次数也是屈指可数。可我也在逐渐长大的过程中明白，我脚下的这块土地就是咸阳的一部分。作为一个在秦腔熏陶之下长大的青年，我更能从父亲对秦腔曲目的喜爱中感受到咸阳这块土地的特殊性。尤其是这块土地上的人们的性情刚烈而又古道热肠，情感深沉而又侠肝义胆。

依然是青少年时期，忽然有一天父亲在结束一天的劳作，从田地里扛着农具回家的路上，在沟壑纵横的山野里唱出了一句秦腔：“咸阳埋的是皇上。”这句话好像一个晴天霹雳，一下子击中了我的天灵盖，让我明白了脚下这块土地的真正不同。也突然明白了这块土地上的人们性格里的那种骄傲和自尊，那种赤忱和热爱，那种奉献和牺牲的源头。

2

咸阳埋的是皇上。它是大唐帝国陵墓群所在地。这里有依梁山为陵的唐高宗李治与女皇武则天的合葬墓乾陵，而乾陵的所在地正是乾县，古称乾州。走进乾县，也就走进了乾陵。美人仰卧的雄姿和那一对双乳峰早就成为不胫而走的传说。统治唐帝国的女人果然不同凡响，生前身后都有着别人无法复制的手笔。就像那座无字碑，好像给予它再伟大的评价也不过分，又好像把它当作历史中一粒尘埃，它也不会觉得卑微。一个杀伐决断的女人，就这样把自己放置在了千年的历史之中，坦然自若地任天地之间的风云浩荡而来，又寂然而去。

在无字碑的旁边不远处，是六十一尊形态各异的人物群像，被称为六十一蕃臣像，另一种说法则是宾王像。他们侍立在乾陵朱雀门外东西两侧，均与真人身高相仿。只是，如今他们的头部均被人凿去，所以也就成了残缺的宾王像。成了一群无头的石人。但依然能体现出千年之前的唐朝盛世所遗存的那一抹雄风。

历史是无情的，就好像政治的无情。亦如在十七岁的青春年华死去的永泰公主的命运。她是唐中宗李显的第七个女儿，也就是唐高宗李治与武则天的孙女。据说她的死是因为对于女皇晚年的私生活甚为不满并颇有微词，结果和她的几个同宗族的哥哥被一并处死。但从如今存留墓葬的浩大工程来看，也应该算得上是厚葬。她的墓道全长八十七米五，深十六米七，宽三米九。墓室有六个天井，八个便房，每两个便房对称，共四组。这些便房里存有大量的陪葬品，其中就有唐朝颇有盛名的唐三彩。后来，永泰公主墓虽然被盗过，但依然出土了一千三百五十三件种类繁多的珍贵文物。这还只是一个因罪被处死的皇室公主死后的待遇。由此，盛唐之盛也可以猜想一二了。

唐朝从公元 618 年建国到公元 907 年灭国，共有二十一位皇帝在位，其中陕西咸阳的乾县、礼泉、泾阳、三原、富平和蒲城六县境内埋葬了十九位皇帝，因为唐高宗李治和女皇武则天合葬乾陵，故称“关中十八陵”。在中国历史的陵墓史上，至今也只有秦始皇与李治武则天的陵墓是未被掘盗过的。虽然历代的盗墓贼和军阀头子们想尽了办法，依然寸功未见。

对于乾陵的挖掘，最主要的说法里便有唐末的农民起义军领袖黄巢掘沟一说。黄巢沟位于乾陵西侧，如今是乾陵八景之一。它西贯漠谷河，东接乾陵，松柏掩映，梯田纵横，是和乾陵融为一体的自然景观。相传唐朝末年天下大乱，黄巢曾动用四十万大军盗掘乾陵。他们把半座梁山都铲平了，依然没有找到墓道口。如今，在乾陵主峰西侧，有一条四十多米深的山沟，传为黄巢当年盗墓所为，被称作“黄巢沟”。这也见证了乾陵地宫的幽秘和其千年无恙的传奇。

在与乾县对山相望的礼泉，便是唐太宗的陵墓昭陵。昭陵位于九嵕山下，闻名天下的“昭陵六骏”便指的是唐太宗墓前的六匹曾陪伴他征战天下的骏马的石刻浮雕。这组石刻立于贞观十年（636 年），分别表现了唐太宗在开创唐帝国重大战役中的鏖战雄姿，它们先后为主人乘骑出战，陷阵摧敌，立下了卓著的功劳。有平刘黑闼时所乘的“拳毛䯄”，平王世充、窦建德时所乘的“什伐赤”，平薛仁杲时所骑的“白蹄乌”，平宋金刚时所乘的“特勒骠”，平窦建德时所骑的“青骓”，还有在征战中被箭射中受重伤的“飒露紫”。浮雕由画家阎立本起稿，良匠雕刻而成，浮雕上方原有唐太宗撰文、欧阳询书写的赞文。1914 年，六骏中的“飒露紫”和“拳毛䯄”被盗运到美国，现藏于费城宾夕法尼亚大学博物馆，其余四块现存于西安碑林博物馆。

关于“昭陵六骏”的故事，稍微了解一些历史的人都心有戚戚。可九嵕山的烟云盛景他们搬不走，站在朦胧的雨雾之中，遥望九嵕山碧色青青中的烟云飘逸、雨雾漫漶，似乎太宗当年征战天下的马蹄声仍然依希可闻。

九嵕山下的昭陵入口处有一副对联，出自民国书法家宋伯鲁的七律诗《与祭昭陵》：

灯火烧空彻夜红，乱山残月马蹄风。
莘莘鼎俎风光外，簇簇旌旄曙色中。
神骏只今余断石，苍鹰终古镇幽宫。
丰碑一片资防护，铁画银钩字字雄。

对联选取了其中的第三联诗：“神骏只今余断石，苍鹰终古镇幽宫。”表达着我们对一个逝去的辉煌时代的痛惜与挽歌。

3

一个人的一生，往往要经历这么两个阶段。一个阶段是走出去，去经历世界的广阔和人生的艰辛。另一个阶段是回望故土，在拥有了开阔的视野和对于人生丰富的体验之后再来观照自己成长的那片土地，这个时候我们便会拥有完全不同的视角和强烈的认同感与归属感。

我依然记得2001年第一次离开脚下的这片土地去西安上学的情景。那时还没有高速公路，更没有能够连接到县城的火车。我们只能坐着大巴走低速，在一路颠簸中，从彬州到西安的过程里要先后经过出发地彬州，之后是乾县、永寿、礼泉、户县，然后才能到达省城西安。这一路的旅程中，咸阳原上的那些帝王陵墓、百姓的土坟碑子相互交错着在我的眼前一一闪过。在我的心目中，父亲嘴里曾经所唱的那句“咸阳埋的是皇上”的秦腔曲调便瞬间变成了眼前的现实，而母亲的口里所唱的那句“推个车车逛咸阳”的歌谣也成了现实。可我的内心还是一片懵懂，因为触眼所及皆是翻越不完的黄土高天。

在此后的二十多年里，我一直不停地努力读书，在各种各样的文史资料和一座又一座的图书馆里翻阅查找，试图解开父亲口中那句唱词的秘密。现在，我似乎终于找到了。它的真正意义就是皇天后土。也就是只要你仍然相信你头顶的这片天，只要你依然相信你脚下的这片地，你就是一个顶天立地的人。一切的一切，只因为我们的血脉传承，因为我们的骨子里流着同样沸腾的热血，因为我们有一个共同的祖先。

千百年来，无论人类经历了多少文明和战争，归根结底我们都是在追溯自己生命的源头，在不断地寻求着一个终极之问的答案：“我们从哪里来？”因为我们只有知道了自己的来处，才会拥有一份生命的归属感，继而获得生命的价值体认，明白自己究竟要往哪里去。

一个人活在这个世界上，最害怕的是不知道自己的父母是谁，因为这样他从一生下来就会像一棵被斩断了根的树，飘荡在风里，无依无靠，没有抓挠。而一个民族，最怕的则是不知道自己的祖先在何处，脱离了故土，便会被别人到处追逐，成为丧家之犬。由此才会产生仇恨和掠夺，产生战争和流血。

第五辑

高山流水

在这漫长的一生里，在最美的青春时光里，
有过一次酣畅淋漓的大醉，此生足矣！

——《那年醉酒》

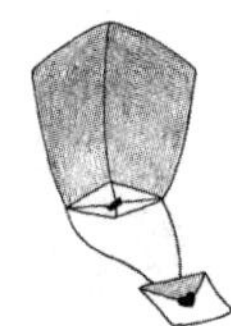

那年醉酒

小时候每逢过年节，父母经常要准备一两瓶白酒，用来招待前来拜年的家门叔伯与堂兄弟们。等到我年龄稍长，也时时被大人们喝酒行令的热闹场面所感染。有时候不免跃跃欲试，想一尝人们口中所谓“美酒”的滋味。

上了中学，在十五六岁的年纪，我第一次获得了准许上桌的资格。那一年家里准备的酒并不是陕西人经常喝的西凤酒和太白酒，而是山西的汾酒。汾酒的滋味绵软，韵味悠长。就着花生米一点点地倒在舌尖上细细咂摸，味道里竟还有一股甜丝丝的芬芳。这让我第一次感受到了酒的滋味。它确实令人沉醉，令人留恋。等到二两酒下肚，睡一觉醒来，整个身体里都回荡着一股酣畅淋漓之感，用我们陕西方言来说就是“舒坦”。

但我也曾见识过村里的中年汉子在邻家的结婚喜宴上喝得酩酊大醉，躺在地上搞得满身尘土却浑然不觉的那种狼狈与尴尬。那个汉子不喝醉的时候朴实本分，一旦喝醉就像变了个人一样。可他恰恰是那种逢酒必喝、逢喝必醉的人。由此每逢婚丧嫁娶，村里的汉子们便变着法子起哄，一个个轮番上场和他猜拳行令，为的就是看他喝醉之后出丑的洋相。这种醉酒的状态对我来说是绝对无法接受的，我也就绝对不允许自己多喝。可从此对酒也有了一种新的认识，那是自己用味蕾亲自体验之后的滋味，是一种感受到了忽然长大的自豪与欣喜。因为从获得上桌喝酒资格的那一刻起，我在父母的眼里已经不再是一个小男孩，而是变成了家中的小小男子汉。

在二十岁之前，我虽然也经常喝酒，却从来没有真正地醉过，也就无从知晓自己醉酒后究竟是一种什么样的感受和反应。等到二十二岁那年，大学毕业，我终于迎来了自己的第一次醉酒。时至今日，我已经到了不惑之年，但再也没有遇到过这样的醉酒状态。因为那次醉酒之后，我整整睡了二十四小时才彻底醒来。

我所上的大学是西安的一所民办普通高等院校，我们上学的那会儿，也正是中国高等教育进行全面扩招的时候。当时我们学习的专业是新闻大众与传播，也就是今天人们口中的文化传媒学院。当年，我们宿舍有八个兄弟，同属于一个班级。大家每天低头不见抬头见，相互之间的关系也就比较亲密。

记得在学校的时候，我们八个兄弟还在班级新年晚会上一起合唱了一曲柯受良的《大哥》，虽然歌曲被唱得五音不全，氛围却被渲染到了极点。从此之后，大家之间也就更加团结。

宿舍的八个兄弟来自天南海北，老大和老二分别来自榆林的府谷和子洲，老三来自贵州，老四是我本人，咸阳人也，老五是西安本地人，老六是厦门人，老七来自海南，老八则是江苏人。八个人中，我和老三都是闷葫芦，平时很少说话。老七老八平时独来独往，各有各的心事。但除了我和老三，其他人都比较喜欢足球。

坦白来说，我当年是个文学发烧友，因为高考没有进入理想的中文系，所以在学校学习之余，一门心思地报考了西北大学的汉语言文学自考专业。平时百分之九十的时间，也就都用在了看书和学习上。但这并不影响大家之间的相处。老三受我的影响，也报考了新闻专业的独立本科自考课程。老二则因为家境富裕，性格叛逆，平时虽然也喜欢看些杂书，却很少能在公共场合见到他的影子。只是每次一下晚自习，便是他回宿舍休整换衣的时间，这时候他会给大家发一圈烟，逐个人地打招呼，完了就不见人了。等到他再回宿舍，要么已是熄灯时分，要么就是第二天早上了。

这样浑浑噩噩地过了三年，毕业的时候，大家突然都非常珍惜最后相处的时光。但我们依然无法挽回时光飞逝的脚步。老二大概在大二那年，和同班的一个浙江女孩相恋。刚毕业不久，他便宣布了结婚日期。那时我们均已搬出了学校宿舍，在距离学校十几公里外的电子城一个城中村租房住。那也是我们初次走出校门进入社会的时刻，每个人的内心都充满了对校园青春时光的不舍，也充满了对汪洋大海一般的都市社会的迷茫。每个人都拿着求职简历如同无头苍蝇一般到处乱撞，却不知最终要落脚何处。

也就是在这个时刻，老二的结婚日期到了。他在电子城东边的一个酒店设了宴席，专门宴请还留在西安的同学们。也就是在那次酒宴上，看到那么多的同学欢聚一堂，看到自己的兄弟喜结良缘，我不觉间心底便涌上来一股豪气，按捺不住自己多喝了几杯，加上几个同系的同学哄抬怂恿，我第一次喝得酩酊大醉，如坠五里雾中，完全不知所然。

据说，当天晚上我是被老二安排出租车，让老三照顾我并一起回到住处的。而整个坐车的过程，我完全是断了片，事后没有丝毫的记忆。我和老三当时租住在北山门村一个院子的五楼，老三一个人拖着我上了五层楼，累得他差点吐血，因为他当天也喝了不少，而老三恰恰是个一喝酒就脸红的人。事后他当然将我一顿臭骂。但如今回想起来，那依然是我此生中最欢乐的一次醉酒，也是最豪迈的一次醉酒。那次我整整喝了一斤多，用的是那种喝啤酒用的白色圆筒玻璃杯。唯一值得庆幸的是，我的酒品很好，醉酒之后只是昏睡，不曾哭爹喊娘，也不曾撒泼打滚。

在三十岁之后的年龄里，我遇到的酒局越来越多，形形色色的人事纷纷扰扰，喝酒的次数已经无法计数。但我一直告诫自己：不要喝醉，不许忘形。因为在这漫长的一生里，在最美的青春时光里，有过一次酣畅淋漓的大醉，此生足矣！

（本文首发于《文化艺术报》2023 年 4 月 28 日“龙首文苑”副刊，获长安国学会 2023 年度《初见……我的第一次》征文大赛一等奖，入选征文作品合集）

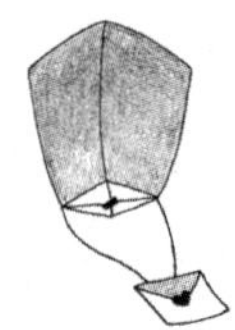

永远的远光

近日，去大学同学周乐女士创办的陕西金玉兰文化公司做客，见到了早就耳闻却一直无缘相见的刘增锋兄长。谈话间才知道他现在在金玉兰公司做副总，已经出版了两部散文集，是为《莽原碎笔》和最新的《远去的乡愁》。

说到《远去的乡愁》，便不得不提起我上次在豳州诗人赵凯云的办公室看到的其中一篇关于已经逝世的陕军东征四大家之一的京夫老师的故事。我说，我那里有一部京夫老师所写的《八里情仇》，小说故事特别好。可叹的是京夫老师去世太早，不然还会有更精彩的作品让大家看到。

说起彬州的人和事，魏锋和赵凯云都是增锋兄长特别熟悉的文友，也是多年的至交。由此我们的距离又拉近了一步。但当谈起关于我曾经在华商网结识的一批文友时，我们便不得不谈起郭远光兄长。

我最初认识郭远光兄长，还是他在创办《青春客》杂志的时候。那是 2005 年，大家正值青春蓬勃、激情满怀的年纪。一大帮人相逢于网络 BBS 如日中天的时刻，各自怀揣着一个关于青春的梦想，远光兄长便是其中之一。对于新闻行业，我想可能谁都没有郭远光的执着与热忱。

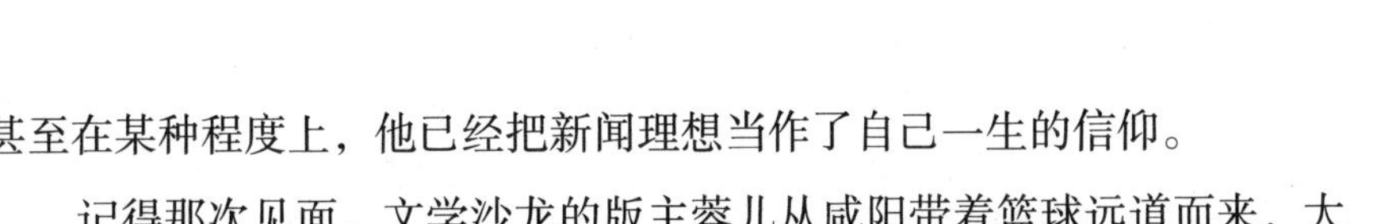

甚至在某种程度上，他已经把新闻理想当作了自己一生的信仰。

记得那次见面，文学沙龙的版主蓉儿从咸阳带着篮球远道而来，大家相聚于北郊初具规模的城运公园篮球馆。很多人一边打球，一边有一搭没一搭地交流。远光兄长带着他创办的《青春客》杂志创刊号，赠送给大家阅读。令我记忆犹新的是，初春的太阳在早晨的天空里升起，透过篮球馆顶层的钢构大棚穿射进来，一束光芒刚好打在他清瘦的脸庞上，明媚清晰的脉络让我看到了一种柔弱中的坚韧，还有他递杂志给大家时脸上的羞涩。多年之后的今天，我想如果一定要给当年的这束光芒下一个定义，我愿意称它为理想之光与信仰之光。

最后一次见远光兄长，是 2015 年 5 月 1 日，在我的长篇小说《西漂十年》的首发式上。之前我在 QQ 上邀请了他，他没有任何考虑就接受了我的邀请。那天的首发式上，他和韩琦锋兄长（笔名：家住未央）以及当年华商网的一批文友都来到了现场，而且分别作了发言，回忆我们当年的青春岁月。现场的他，依然如同当年那么清瘦，只是谁也不知道他此刻已经是一个带病工作多年的人。从 2001 年开始，他坚持创办中国新闻人网十五年，同时《中国人物周刊》杂志也已创刊三年多。他所创立的人物传播学此时已经得到了业界的一致认可，只是不管是他所创办的网站还是杂志，从来没有植入过任何媚俗的商业广告。所以他和他的新闻人事业一直以来都完全依赖于其个人信仰的支撑，在盈利上时时处于入不敷出的状况。刘增锋在《祭远光》一文中说：“远光是一个理想主义者，而且视金钱如粪土。为了中国新闻人网，他一生无房无妻、无子无女，他就像一棵孤独的树，顽强地扎根在悬崖峭壁，苦苦生存，他所经历的坎坷与苦难，是别人无法想象的。”

读了刘增锋兄长的祭文，我才确切地知道了远光的去世是因为癌，说穿了也是因为穷。为了事业苦苦支撑的他，从来没有好好地去看过病。远光的去世是 2016 年紧接陈忠实老师离开之后，在陕西文化界最震动人心的一件事。只是，令人无比痛心的是，他是英年早逝。他在这个世界上带着他的理想与信仰之光只存在了短短四十年。他用他的光芒照耀了很多人的生命，给了很多人温暖。他远去之后，他所留下的中国新闻人网在他的弟弟郭朝阳的坚持下依然屹立着。只是，他的微信和他的博客永远地停留在了那一年的那一天。

人都说，网络最是无情物。因为它的虚拟，也因为人的世故。可我觉得网络又是最有情的，因为它可以让我们生命中的一些东西得到保留和传承，比如远光兄长和他的新闻人网所延续的理想与信仰，还有他短暂一生留存在很多生命中的记忆。是他让我们在这个喧嚣的信息时代感受到了一束纯粹的生命之光。

亦如《陕西日报》高级记者袁秋香老师所说：有时候，我觉得远光很像一棵树，一棵长在传媒地头的树，孤零零地站着成了一片风景。他就那样站着，迎着娱乐化、商业化的飓风，审视和观察着传媒的风云变幻，坚守着传媒人的底线……

远光，远光，生命之光，信仰之光！

远光，远光，生命虽去，信仰如斯！

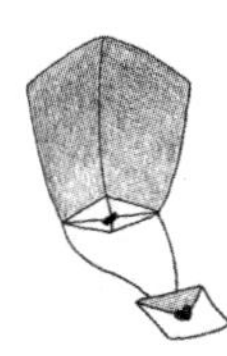

永远的歌者

——致小柯

1

不知道为什么，我一直觉得你还在这个世界上，在某个地方的某个角落里，唱着属于自己的歌。可是，我又明确地知道，你病了，走了，永远地离开了我们。

可那个总是坐在宿舍的下铺上弹吉他的男孩，分明就曾坐在我的眼前，在我正对面的铺位，在欧亚学院曾经最简陋的平房院里，深情地弹奏着属于我们青春的歌谣。那一串串欢快的音符飘飞出平房院的宿舍窗户，环绕着院中的梧桐树不停地飞翔、欢歌着飘往梦的远方。

我们总是叫你小柯，那是因为我们深信你一定会在未来成为比那个音乐人小柯更有名的歌者。对，就是这个词，歌者。你应该是为唱歌而生，也为唱歌而死的。但是这是一个非常辛苦的职业，也是一条看不清前途的路，它就像我一直追逐的文学，远看光彩夺目，实际上却是一条浸满着血泪的荆棘之途。但你是个热情的人，你面对每一个陌生的人都会伸出热情的双手，敞开温暖的怀抱。

我想，在整个大学时代，你是唯一和我温情拥抱过的同学了。每次见面，每次夜晚晚自习后从教学楼里归来，你总是一路唱着歌，带着欢快的节奏推开宿舍的房门，然后你看到埋头看书的我呆呆的表情，总会夸张地说："辛峰，你好哇！"然后伸出热情的双手来和我拥抱。

在这个时候我总会不好意思地笑起来。我们拥抱之后，我总会摇摇头，又将自己埋进书里面去。

其实，我也是一个曾经非常喜欢音乐的人。可残酷的是，自从进入大学后，声音就在一点点地远离着我。我曾经是那么喜欢孟庭苇的《风中有朵雨做的云》和俞丽拿的梁祝小提琴曲。在大学的宿舍里，每一个夜晚我用单放机曾经无数遍地回放《风中有朵雨做的云》，让它陪伴着我入眠。然而，歌词总是不那么清晰。

于是，在一个夏日的晚自习之后，我让你帮我把这首歌的歌词一边听一边抄写下来。你不厌其烦地听了三四遍，认真地帮我誊写在笔记本上。那可能是我在整个大学时代里与音乐最近距离的接触了。

2

热情的人总是能带动身边的朋友一起做大家喜欢的事，那时候的每一个夜晚，我们的宿舍里总是歌声不断。胡柯伟和陈正，还有卞董华等同学就是这样被你影响着，让我们的宿舍变成了整个平房院里歌声最欢快的宿舍。但你实在又是一个兴趣广泛的人。

记得我从家里去大学上学的时候，将自己喜欢的几本长篇小说都背到了宿舍里，其中就有《穆斯林的葬礼》。你是真正喜欢书的人，将我柜子里这本书借过去没有一周时间，就读完了。到了晚上，还一定要和我做深度交流与讨论。那时候的我特别内向，喜欢将所有的东西都写进笔记本里，不管是见到的、读到的、还是想到的。这愈发引起了你的好奇心。

你总是在我一个人读读写写的时候，悄悄地来到我的背后，然后用你柔情的歌喉拉长声音说：“辛——峰，你又在写什么故事呀，给我也看看好吗？”这个时候的我，只能不好意思地将手边的书和笔记本和盘托出。

3

有美好歌喉的人，身边总是有一群朋友环绕，那夜夜笙歌的青春，就这样在我们的手指间悄悄地流淌，然后转眼间就不见了。我们忽然间都变成了陌生而世故的人。很多事情，我们自顾不暇，彼此间的联系总是被岁月的疏离所代替。

还记得在重新按照班级划分宿舍之前的那个夜晚，因为第二天大家都要搬离平房院，搬进宿舍楼里去，那个夜晚我们将桌子摆在宿舍的床铺中间，大家环绕着围坐在一起，用勺子敲打着饭盒，唱了整整一夜的歌，我们还在宿舍的墙上写下了自己的名字和给后来者的寄语。我们是那么任性妄为，无比伤感，却又带着即将搬进宿舍楼的兴奋感。在那个夜晚，张学友的《朋友》不知道被我们唱了多少遍，直到蜡烛耗尽最后一滴泪，我们倒在宿舍的床铺上沉沉地睡去。

4

分宿舍之后，我们便很少见面了。但你是欧亚校园里不死的传说，有歌声环绕的地方似乎总少不了你的身影，中秋节联欢晚会，班级组织的演艺活动，甚至学院里大型的歌唱活动中总是活跃着你的身影、飘荡着你的歌声。

毕业后有一次相遇在西安的街道之上，你说那时候自己正在电台里实习。知道你在做着自己最喜欢的事情，我打心眼里为你高兴。你真正的名字叫柯煜峰，贵州人。准确地说是70后。你说为了上学，在高考的时候虚报了好几岁。就为这个你还求了好多人才最后争取到一纸大学的录取通知书。

你说自己从小父母离异，之后母亲远嫁台湾，而父亲从此不知所终。你说自己有五六个兄弟姐妹，你是最小的那个。因此当你的几个姐姐都成家之后，你还在上学。可是姐姐哥哥们没有一个人愿意为你出上大学的学费。

这让我想起了你在大学时期的拮据，你总是找同学借钱。这个时候的你脸上总是带着一种深深的自责和惭愧。但你真的是喜欢音乐喜欢到了骨子里，你的歌喉婉转，音色非常好。为了买磁带和光盘，买最好的光盘播放机，你到处借钱，但却在宿舍里丢失了价值千元的光盘播放机。这让你整整失落了一个月。

但从音乐职业来讲，你上学的时候年龄已经二十多岁，可以说错过了这个职业发展和培育的黄金时期。因此也就与很多机遇失之交臂。其实这些故事，都是你在大学毕业十年之后，我们再次联系上的时候，你在深夜的微信上告诉我的。

你说在上学的那几年，你没有生活费，一度去浴池里打工，还被人羞辱。你说自己去台湾找母亲的种种不易，还有很多为追梦所付出的代价。总之是往事不堪回首月明中。最后的日子你回到了自己的故乡，从事着教育培训的职业，做得还非常不错。这我们都相信，因为你是个热情的人，你喜欢孩子，你也一定能够教育好这些从大山里走出来的孩子。可谁也没有想到你会倒下去，原因竟是白血病。

5

在我的第一本小说出版之后，我给你寄去了我的作品。你知道后非常高兴，你想为我讲述很多关于自己的故事，那是因为你的心中也有一个关于文学的梦。你是个心胸非常开阔的人，你甚至会不顾忌个人的隐私，为我讲述那些一般人根本不愿意面对的故事。

其实，一直以来我都觉得有愧于你的坦诚，因为你说有一天我如果来到贵州，你一定会为我讲述更多的故事，带我看看你的故乡，那片神奇的山水，那片孕育了你的歌声的故土。更惭愧的是，这几年我们的联系几乎没有。我还是从 0103 班的熊浔同学那里第一时间得知你的离去。让我欣慰的是，你其实一直和很多同学都有联系，尤其是同班同学。因为你的歌声曾经给他们带去了不可替代的精神慰藉，在那样一个青春迷茫的时期，你的歌声甚至就是我们梦想的天堂。

6

同学闫少龙说，你对草原之歌情有独钟，尤其是腾格尔的《天堂》、亚东的《向往雄鹰》，这些歌总是在你的动情歌唱和深情演绎之下将大家带入一片绿色海洋般的精神原乡里去。同学辛红玲则在怀念你的文章里说，你在生命最后的日子里忍受着病痛，还留下了一首自己作词作曲的歌《阿吉留在了 2020》。

阿吉是你的艺名。你在歌里写道："请把我留在 2020，莫要让我走得很安静，不是因为我留恋好风景，是因为我想多一些共鸣；请把我留在 2020，就算我的存在一直很安静，不是因为我的故事石破天惊，是因为我的心对你难舍多情……"也许你早就知道自己即将离去，也许这只是你冥冥中的一种预感……然而，人生短暂，真情难舍。

亲爱的小柯，你一直都是一个深情的人，一个热爱生命，并试图用自己的歌声唤醒无数麻木的灵魂的人。你是真正的歌者，纵然你的生命一直很安静，但你的灵魂之声带给了无数你所认识的人以无限的温暖和抚慰。我们不会忘记你，我们会永远铭记你，连同你的歌声一起。

歌者，无论走到哪里，都会是歌者。因为歌者的灵魂在他不死的歌声里永恒地歌唱着，也共鸣着……而那些连自己的名字、自己的面孔都嫌弃和抹杀的人，在你的面前纵然活着，也不过是行尸走肉罢了。

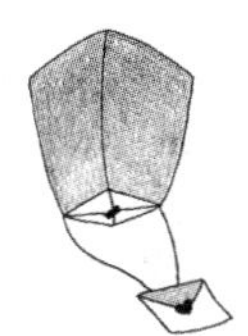

书画家高阳印象

与青年书画家高阳相识，可谓人生中一大快事。

高阳的故里韩城，是我最崇敬的大史学家司马迁的故乡。这是一块人文荟萃之地，也是陕西唯一入选世界文化遗产的地级市。因为它拥有中国民居建筑文化的最优秀代表——党家村明清民居遗址。

我曾经跟随高阳去他的故乡韩城采风，在党家村一起游览，亲手触摸过那里的青砖石瓦。当我的双脚踏在这块布局严谨的街巷与院落之中，看着眼前散发着古老气息的明清建筑与家居物件，我一直飘浮不定的心魂似乎也跟着这些古老物件一起沉静了下来。

我还跟随高阳一起回到了他的家乡，吃过了他的母亲亲手做的韩城农家饭，在他自小长大的村庄里一起四处游览，从而知晓了他朴实的性格和热忱的为人究竟缘何而来。

高阳的母亲慈祥温润，时时刻刻给人一种亲切与和蔼之感。高阳的父亲高大威严，举手投足间自有一种气度。他本是韩城颇具名望的乡贤人士，早年曾服务于政府机构，也是能写会画之人。

在高阳自小长大的村庄里，每家每户的门头上都有用青砖砌塑的对联和花卉鸟兽图案，彰显着主人的文化情操和襟怀抱负。在这样的村庄里游走，俯拾皆是的都是明清时期的文物遗存，如古老青砖上雕塑的文字与图案，大块的石头铸就的动物塑形。因此，高阳对书画的痴迷不改与一往情深，可以说既是一种生发自血缘的传承，也是基于这种文化环境自小以来的耳濡目染。

高阳兄体格魁梧，藏于浓眉之下的一双眸子明亮深邃，是标准的陕西秦人代表性长相。由此，我经常嬉笑说，他如果站着不动，那就是兵马俑塑像的翻版。他性情稳健，为人豁达，交游广阔，深具卓见。

自出乡求学以来，他历经多年刻苦钻研，如今在书画造诣上已有小成。在书法上，他擅长篆、隶，尤精行楷。他以描金行楷所写的《心经》《金刚经》朴素大气，浑然天成，给人一种扑面而来的肃穆庄严之气，是正心、正气、淘洗心肺的上乘之作。他的人物山水写意，奔放恣肆，古拙中藏锐气，浑厚中得天然，深得魏晋风度之精髓。

近年以来，高阳精心打造的“耕心堂”书画工作室，更是团结了一大批书画、文艺方面的人士，是文朋诗友聚会交流，切磋、提高的极佳文艺沙龙。在这里，人们被高阳的真诚与善良感动着，被他身上所散发出的艺术气息吸引着，更被他专业、深邃的艺术精神滋养着。同时，在百忙之中高阳还兼顾书画教学，为各个年龄段的书画爱好者指点迷津，为青少年书画学习者提供专业指导。由此，人们都他被身上所焕发出的充沛的精力与艺术光华所折服，打心眼里尊敬与爱戴着他。

书画艺术是中国文化艺术的精髓，其历史源远流长，其跨度更是涵盖中西，如今已经成为一股浩浩荡荡的世界文化潮流。但要在这个行业中有所成就，就必须历经艰苦卓绝的身心磨砺，要在不断的临帖与摹绘中发现自己的灼见，形成自己的风格，煅就自己的如椽大笔。

如今的高阳，已经是陕西书法家协会会员，西泠印社会员，更被陕西德经书画院聘为副院长，在陕西书画艺术行业里，他已经打下了一方属于自己的天地，更获得了众多专业人士的认可和书画爱好者的拥戴。

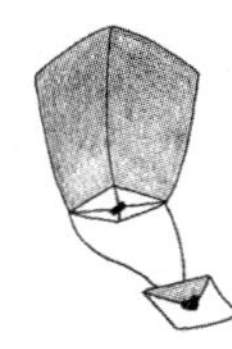

字亦有情

——关于柴治平

我一直在很多文章里说老柴是个情种，这情其实并非狭隘的男女之情。

老柴从小学二年级就开始练毛笔字了，而且一接触就喜欢上了毛笔字。他整日如痴如狂地沉浸其中，把写字完全当作了一种快乐。相比那时候的我，虽然也在写毛笔字，但充其量只是为了完成老师布置的作业，不得不“刻字”交差。

我所说的刻字，就是在大字作业本上将每个字按影格上的模样像盖章子一样用铅笔先画一个外壳，再用墨汁把这个壳子填充起来。而且要填得恰到好处，一点墨汁都不能溢出线外。很多同学为了做到这一点，一直都是用小字笔写大字，用钢笔吸饱了墨汁写小字。

这种字打眼一看，中规中矩、有模有样，实际上只是躺在纸上的一具僵尸，是没有灵魂的毛笔字。写起来也让人感觉特别痛苦，因为我们从来不知道每一个字笔画的起承转合，更不知道一撇一横、一点一竖的来由。我们很多人就把这种字从小学二年级一直写到了小学毕业，最后一个个都变成了熟练的毛笔字“刻匠”。我们写了四年毛笔字，仍然不知道我们的民族有一种毛笔字叫作“书法”。更可笑的是，我们的老师多半是从“泥腿子”中提拔起来的小学毕业生，他们也不知道什么是

"书法"。

老柴是幸运的，更是幸福的。他从一接触毛笔字，就遇到了一个知道什么叫"书法"的语文老师，而且对他关怀备至。老柴的书法在中学赢得全国性比赛大奖的时候，我们很多人已经不写那种令人痛苦的毛笔字了。因为按照国家规定，从初中开始我们的语文教学便取消了毛笔字的练习，让它完全回归到一种爱好中去了。这时候的毛笔字，便显出了它书法艺术的身价。剩下的几个屈指可数会写毛笔字的人，继续坚持把毛笔字一定要写好的人，一下子都成了小小"书法家"，被老师呵护着办黑板报，被大家拥护着羡慕着。

笔落惊风雨，诗成泣鬼神。当我在阅读的世界里终于醒悟，我们五千年的文化，几乎全是文人们蘸着黑色的墨汁写成的。那一幅幅传世的书法，有多少人争得头破血流，依然至死不悔。从仓颉造字天地泣号，到文人落笔江山变色，我们所书写的每一个文字都饱蘸着文人的血泪，排列起来全是一颗颗滚动的精魂，落在纸上是必须要光芒四射的。

我说老柴是个情种，便是因为他对书法的这种痴情，对落笔的每一个汉字的敬畏和痴迷。在他的身上无论写字还是写文章，都具有一种精益求精的情感灌注。这种感情一旦投诸世间万物，便是一种大悲悯和大情怀，是天地万物皆有情感的宗教赤诚。老柴不信宗教，他的身上却自带这种天赋异禀。

他在书法上的苦心孤诣，在文章上的匠心独运，在对动物关怀上的无微不至，都来自这种有情。凡是他所爱的，他都愿意付出自己的全部。在对流浪猫的关怀上，他几乎用每月工资的三分之一来买猫粮、猫罐头，带它们上最好的宠物医院，为它们做手术，他的付出从来不求回报。

他说，他的能力有限，这个世界本就残酷荒凉，只要看见了，便尽自己的所能给它们一点点庇护。他说，其实不是他在照顾它们，而是它们在成全他，成全他的一颗因孤独、荒凉而在暗夜里常常惊惧莫名的灵魂。

人那么狂妄，那么无知，经常想着要主宰万物，以造物主自居。可在自然面前，在风雨雷电、山呼海啸的不可抗力面前，他们又常常被这种无知和自大惩罚着。在这个时候，谁看到了自己的真面目，谁懂得了敬畏和施予，也许谁才能真的得到。

字亦有情，是因为人亦有情。更因为字是人造的，它是人类在刚来到这个世界之初，为了和整个自然抗衡、和自己内心中的野兽抗衡而为自己找到的朋友。它更是我们内心的一面照妖镜，我们忠诚它便忠诚，我们背叛它也随之背叛。

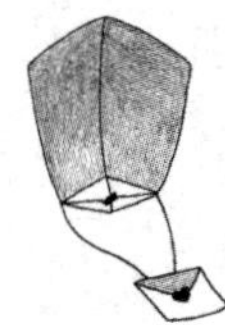

韩磊印象记

1

如果从2015年的那场见面算起，我和韩磊已经认识快六个年头了。那个时候的韩磊也不过二十岁出头，但他的身上已经有了一股风尘仆仆、走南闯北的有为青年的气概了。

韩磊是做记者出身，说起来和我同属一个专业。但实际上我们内心一直对文学都怀有着比新闻更强烈的梦想和期待，这也就决定了我们的志同道合，是注定了会成为朋友、兄弟和死党的那类人。

2015年5月，我的长篇小说《西漂十年》出版，并在小寨万邦书城做了一场不大不小的首发式。因为有各方面的老师与朋友的倾力相助，其宣传效果出乎意料地好。省城包括都市快报、《西安日报》、华商网、《三秦都市报》《阳光报》等主流媒体都对此进行了报道。因此，便有了“西漂十年”这四个字的不胫而走，也引来了一帮志趣相投的朋友前来结识。其中便有商洛的韩磊和在《阳光报》工作的张伟以及在《三秦都市报》实习的吴曼曼。

其实，在小说出版的那段时期，我自己也是《三秦都市报》的一员，只不过我一直奔波在最基层的发行员岗位上。《西漂十年》的写作也得益于我多年在报纸发行岗位上而常年生活在城中村，接触了城中村的三教九流各色人等，通过自己的切身经历、社会观察、心灵感悟所获得的一份文学记录、一段心路历程。

也正是因为这本书几乎描述了西安城目前仍存在的，或者已经在拆迁中消亡的大多数城中村的生活图景，是非常接地气的一种描写，所以曾经在城中村生活过的与我有共同青春体验的人们便发自天然地对其有着一种亲近感。

比如那天我和韩磊、张伟等人相聚的自强东路的童家巷。它就是我在书中具体描写的一个城中村。现在虽然已经不在了，但张伟在烧烤摊上讲述起自己因为在附近的学校生活而租住在童家巷村的具体细节，依然引得大家心有戚戚然。

贫困中那些求学的岁月回忆起来总是滋味深长，而寒冷冬夜中发着高烧却只能靠一张电热毯取暖的细节，令人在辛酸之中又感受到一丝青春的悲壮。那就是我们自身的青春故事，是无数企图在西安这座有着千年历史的城市中有一方落脚之地的青年们的梦想。

那是七月流火燃烧古城大地的一个夜晚，我从居住的大白杨大兴景苑前往安远门地铁口和张伟会合，又被他带着几个朋友一直开车到童家巷附近吃饭，为的就是一起追忆当年生活的点点滴滴。韩磊便是在这个时候半路杀到的。

韩磊的身上有一股直率的热情，当时他穿着一身合身的西装，浓眉大眼，双目炯炯有神，给我留下了比较深刻的印象。那天大家都比较热情，因为本来就是一帮媒体从业者，所以谈话也就单刀直入，喝起酒来也是非常能放得开。

借着夜幕之中烧烤摊上炽烈的灯光，大家都喝得有点微醺。但我依然记得韩磊一杯接一杯挨着给大家敬酒的那份直爽，那是初一相见就能让人坦诚相待的一种目光，会让你深信不疑。但因为当天晚上后半夜韩磊还要赶火车，所以大家喝酒之后他匆匆拿了一本《西漂十年》就提前告辞了。

2

我和韩磊第二次见面，是 2015 年在宝鸡散文作家刘省平的住处。当时刘省平就居住在北山门巷子深处的一个院落三楼的小套间里。北山门位于南郊电子城电子正街，我之所以对这个村子记忆非常清晰，是因为它还是我大学毕业后搬出大学校园所居住的第一个城中村。我在西安城中的最初写作也是开始于这个村子南二巷 18 号三楼的一个小套间里。当时我和大学同宿舍的同学一起合租在这里，前后居住了一年时间。因此，这个村子的每一个角落都留下了我们的身影。在《西漂十年》出版前，我曾带着大学同学摄影家田家彰和死党柴治平一起在这个村子的巷子里拍摄了很多用来准备做插图的照片，其中便包括《西漂十年》第一页的城中村俯瞰图。它的具体内容就是北山门村的俯瞰图。而且这是历经十年时间依然没有拆迁，仍然在西安城中保存完好的一个城中村。

刘省平为人洒脱，言语之间儒雅大方，大家一起在刘老师的小小套间里看着他书架上一排排的名著相谈甚欢。之后刘老师还签名赠送了他的散文集给我们。

那天，我们在刘老师的住处待了一个多小时便出来了，之后因为韩磊还有别的事情，我们又匆匆地各奔东西。

3

此后，我很少与韩磊见面，他一边工作，一边继续着小说散文的写作。其间，我关注到他还经历了父亲的病故，也经历了自己的新婚。可能是为了生活，他最终还是去了南方工作。目前，他还在南方从事媒体工作，这也就决定了他经常要在全国各个城市之间奔波辗转，其辛苦可想而知，但他自身却乐此不疲。同时，他还协助妻子接手了商洛市文联的《秦岭文化》。业余期间，他和妻子并肩作战，至今已让这本杂志发行上万份。这一份魄力与担当是非常令我敬佩的。2020 年，我的文学评论集《文字的风度》出版后，韩磊从南方归来，我们又见了一面。这次见面后，我了解到这些年他在写作上的具体努力和成果，也了解了他的工作和写作计划。坦率地说，我对韩磊这种在工作和学习上的认真劲头自愧不如。比起自身在写作上的随性、懒惰和缺乏规划性而言，韩磊简直是每天在掰着指头计划着一分一秒的具体用途。他甚至三天之内能周转七八个城市地去采访，也能花一个通宵去写一个具体的专题。

认识韩磊后，我断断续续读了韩磊的很多散文和小说。他的写作手法非常独特、大胆，语言的表达上善于采用片段化的方式来具体刻画生活中的细节，常常给人一种整体上的错位、朦胧和细节上的清晰有致的体验。而商洛家乡的村落生活、与亲人相处的片段以及童年的乡村经历则是他表达的重点。

在其中，我能深刻地感受到韩磊性格中的那种黏稠的血质，那是一种浓得化不开的质朴情感。这种情感之中包括对亲人的热爱，对妻子的怜惜，对乡亲们的关怀。少年贫寒，青年奋发的经历在韩磊的生命中打下了坚韧不拔的烙痕，这让他在具体的写作上其语言表现非常克制和冷静，是一种欲扬还抑的写作手法。这也在某些方面影响了他在写作语言上表达的流畅性。因此他的语言常常给人一种滞涩的质感，这无疑是他自身的一种写作风格。但我还是常常建议他能在写作中彻底地放开自我，让内心的情感和欲望在语言的极致表达中喷薄出来。如此或许才能真正解放他的自我天性。然而，这种克制要改变起来也绝非朝夕之功。这其实也是我自己在写作中存在的问题。

记者的身份能够让韩磊在采访中接触到第一手的现场资料，有利于他在写作素材方面的积累，也能够极大地开阔他的视野。文学性的眼光则能让他以一颗悲悯的心灵去体察世间万物，在写作中做出自己独特的观察与表现。这是韩磊在写作上得天独厚的优势，相信假以时日，他必能拥有丰厚的收获。

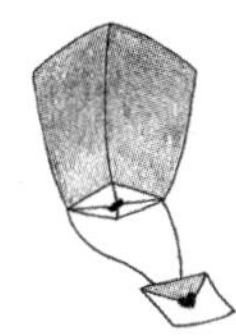

张菲菲和她的非也读书会

和菲菲同学一起进行了很多次读书会活动，我们已经是非常熟悉的老朋友了。每次相见，又突然间会有一种新的陌生感产生。在我的眼中，她更像是一个百变金刚式的女子。热情、内敛，单纯、复杂，梦幻、纯真，直率、细腻，这些非常非常矛盾的词语却可以很好地综合到她的身上。

尤其是她对阅读的热爱，对音乐的痴迷，让我在她的身上看到了这个时代的青年身上另一种不同的文化素质。这是一个在倾诉自己的时候，能够完全将自己放空的人。她的无所顾忌、大胆热情，经常令我感到震撼，过后却又觉得非常真实。正像她给自己定义的绰号：小疯子。

在这个小疯子的身边环绕着一群热爱生活，热爱阅读，热爱音乐的80、90以及70后们，甚至有时候老少阶层各种年龄段的热爱生活的人都可以参与进来。是她组织的各种观影活动、音乐活动与读书活动让大家有了绽放自己生命热情的舞台，更能够让本来完全陌生的朋友在一瞬间敞开心扉，畅所欲言地倾诉自己的真实想法，表达对生活与阅读的思考，获得群体的认同与共鸣。

这是一个极其热爱音乐与读书的女子，谁也想不到在她阳光灿烂、

疯疯癫癫、大大咧咧的生活背后却隐藏着一颗孤独、丰富、敏感、纤细的灵魂，有着强烈渴望得到关注、得到呵护与陪伴的童年时光。是的，不可否认，在菲菲身上有着浓得化不开的孤儿情绪。这与她的成长经历不无关系，甚至与她的青春血肉相连。

曾经阅读过她自己写的一篇关于青春期爱情的文字，那里面除了青春的梦幻，更多的是一种自我放逐般的寻找与追忆。一个从一生下来就不知道生母在何方的人，被养父所疼爱又遭受家庭成员的疏离。一个十多岁就开始将亲情的渴望寄托在爱情追寻上的女子，在音乐学习的道路上一个人苦苦地撑持，却出于种种的原因只能将梦想当作爱好……所以她选择了将生命放逐到摇滚乐重金属的旋律中去，选择了将孤独释放在一本又一本的经典名著里，甚至选择了永不停息地工作，在忙碌与疲惫之中获得另一种生命的价值。

这仍然是一颗清醒的灵魂，是一个踽踽独行在爱与生命价值寻找之路上的女子。放逐并不等于放弃，她的生命曙光正在从一个个沉寂的午夜冉冉升起！所以她才一次又一次地组织各种经典名著的读书会，邀请作家与歌手、倾心阅读的读者与热爱生命的青年来参与一次又一次生命的相约、灵魂的告白。

2018 年 3 月底的某一个夜晚，在我拖着疲惫的身躯办完父亲的丧事终于回城歇息的时候，菲菲突然在微信中说：“我们现在都是父母双亡的孤儿了，辛作家。”看到这句话后，我突然间有点鼻子发酸，两点清冷的泪滴落在了古城三月沉寂的午夜里。

是的，就是在这个沉寂的房间里，我陪伴着父亲度过了他生命之中最后两个月时间。晚年的老人，就像孩子一样不时地赌气发火，各种理由的闹腾之中所暗藏的无非就是生命的孤独与寂寥。这是每个人必须承受的生命重量，即使再亲的人也无法分担。

我们必须承认这个世界的残酷和快乐可以分享，孤独却必须独自承受的现实法则。就好像菲菲选择用阅读与音乐释放青春生命的钝痛。因为在一年之前的此刻，也正是她生命之中最后的亲人——她的养父撒手而去之时。令我惊讶的是，其实菲菲的养父还是一个在西安文化界有着不小名头的老报人和作家。由此我又获得了另一种心灵的印证，文化力量的延续竟是如此如蛛网般绵密细致，疏而不漏。在菲菲身上潜藏的文化情结，已经跨越了血缘的疏离，上升到了广阔深沉的文化传统层面。

两年来，菲菲组织的非也读书会与态史宫摇滚俱乐部，已经获得了西安众多热爱阅读与音乐的青年的认可，在青年群体中卷起了一股旋风。回音公园概念书店与吉禾书屋，还有古西楼书屋已经无形中成为非也读书会的常驻地址，她一次次自费为读书会举办年会、购置礼品的花费加起来已经达到了令人咋舌的数额。

当然，她读书会的粉丝关注量也获得了极大的提升，尤其是微博号 @ 态史宫的粉丝量急剧上涨。这一切都说明每个人的付出总是有回报的，任何事情长期坚持就一定会获得成长的快乐。而我相信，阅读与音乐已经成为张菲菲生命中无法割舍的两大情结了。

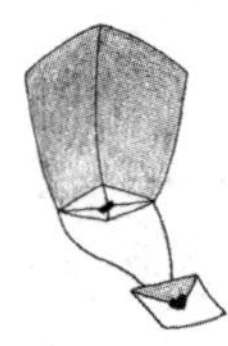

旋转生命的舞蹈
——记校友

在欧亚，在我们的学生期刊里，尤其是在《欧亚报》上，也许我们很容易看到一个名叫李凯夷的人和她的文字。三年来，从未间断。这是一个懂得坚持的作者，也是一个极有个性的作者，在她的文字里，似乎流淌着和她的血液一样特别的一种叫作生命力的东西。

我是个喜欢在文字中度日的人，因为相比于现实世界的喧嚣，那似乎是一个可以更让人信赖的世界。所以我常常将自己的灵魂放逐，放逐于另一种精神的原野与水域。于是我在无意中看到了李凯夷的文字。那种文字是一种没有丝毫遮掩和犹豫的裸露，是一种肆意的宣泄和无情的揭露，能给人一种残酷之中的痛感。从她的文字里，你会时而发现一种类似精神贵族般的执着，一种淡淡的冷漠和孤独之中的守望，还有一种张扬之后的落寞。

她的文字里有着余杰的狂放，只是缺少余杰的底蕴。虽然她视余杰为宗师，可毕竟，她就是她，她不是余杰。但我们仍能发现她内心领域孜孜不倦的追求与探索。大一，是她文字最为张扬的时刻，那似乎代表着她积极的参与愿望和不竭的激情；大二，在些许的收敛里却透出一股思想与情感跃动之中清澈的光芒；大三，则在全面的内敛里显出忧伤与孤独之中的平静，文风更加纯净、朴素而亲切。

有一位朋友在谈起李凯夷的文章时说："我对她的《涅槃》印象极为深刻，话语虽然尖刻，但却道出了人与人、人与生活之中的尴尬与可笑！"她还说，曾幻想她是一个大帅哥，后来才从文字中得知她是一个女生。本想认识一下，可想来想去，相知何必曾相识？只是衷心祝福她，一只孤独的大螃蟹一路好走，不要再受什么伤害就好。

写到这里我想说，李凯夷其实并不孤独，她能够有这样的知音实在是一种幸福，而在世间能够得到这种幸福的人其实并不多。她的孤独只是因为她思想的锋芒太过于尖锐，女性的敏感让她易于思考得更深入的同时，又最易被自己的锋芒所伤，《一只螃蟹的内心独白》与《飞翔与不能飞翔》在低缓诚挚的曲调中传达了她"特立独行"的外表下内心中一种朴素的愿望，就像手捏冰凌的肌肤在沁骨的冰凉中涔出的丝丝体温……

李凯夷的文字就像一个人在寂寞的房间里独自起舞，醉人也自醉。生命的律动在疾缓疏昂的节奏间悄然展开，动人而精彩。于是，我不禁想：在这个有些迷乱的年代里，有些事情我们无能为力，在纯真的破坏中，我们异样地舞动；有些事情我们正在追寻，在纸醉金迷的世界里，我们叛逆地舞动；有些事情我们需要忘却，在阴霾的天空下，我们忘我地舞动；有些事情我们却要坚持，继续永恒地舞动，为阳光，为生命，为爱你的人和为你所爱的这个世界！

第六辑

枕边故事

翻墙事件之后我的兄弟开始变得落寞，屁股后面的跟班也少了很多人，而他更多的时候则是躲着他们，宁愿一个人独来独往。

——《童梦如歌》

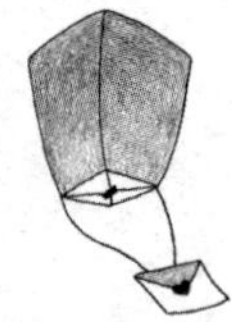

童梦如歌

我将要写的这个人与他的故事，现在对我而言是熟悉而又陌生的。熟悉是因为那些青春的歌谣仿佛就流淌在耳边，陌生是因为我已经开始逐渐走向苍老，而他却将永远青春蓬勃，并一如既往奔跑在我生命的年轮里。

——题记

1. 被豹子亲吻的小男孩

我的兄弟小时候是一个很胖的小男孩，胖嘟嘟的脸蛋总是十分惹人疼爱。只要被妈妈带在外面，他经常会被熟悉或不熟悉的人亲吻。虽然他一直在本能地抗拒这种不分场合的亲昵，尤其是与陌生人的亲昵。可是他的脸蛋还是经常被弄得湿漉漉一片，上面沾满了来自不同年龄不同性别的乡亲们的口水，这令我的兄弟分外痛苦，却无力躲避。于是，他便经常会把自己的脸埋在爸爸的脖子里，埋在妈妈的胸怀中。每次一回家他都先要求洗脸，甚至拿着毛巾狠狠地擦自己的脸，直到整个脸蛋被擦拭得通红，不用问都知道那肯定非常疼。

有一次，他遭遇了一头豹子的亲吻。这是一次险象环生的亲吻，但对我的兄弟来说却是他童稚懵懂的记忆里最快乐的一次亲吻。孩子的天性总是纯真的，这种纯真让他在面对一只庞然巨兽之时完全没有恐惧的心理，有的只是好奇与惊喜。

正像那首歌中唱的那样：我生在一个小山村，那里有我的父老乡亲。我们的乡亲都纯朴而憨厚，老实而笨拙，整天面朝黄土背朝天，只知劳作不问世事。我们成长的那个村子处于彬县北极原的纵深腹地，虽然沟壑纵横，但相比于闫子川、弥家河那样的河道坡地而言，就是一马平川的风水宝地了。

我们的村庄叫庙岭。关于这个村名的由来，我曾经问过无数的老人，他们都说不出个鼻子眼睛来。只知道我们村子在很久之前有许多庙宇，人称"十里烂庙岭"。十里相连的庙宇，现在想象一下都感觉非常壮观。可是据已经去世多年的二爷说，"文革"时期"破四旧"的时候，所有的庙都被砸了个稀巴烂，只剩下很多破破烂烂的石头瓦块，还埋在村下面的沟渠里。的确，那些刻画有石像模样的石头瓦块，我们是见过很多的，它们被镶嵌在村子底下的沟渠坡地的山洞中，我们一群野孩子还专门捡来打过野仗。

就像我们小时候听过次数最多的一首歌所唱的那样：我家住在黄土高坡，大风从坡上刮过。就彬县的地形地貌来说，基本上没有一片完全平展的土地，即使像北极原这样的平原地带，四周也是布满了沟沟壑壑，所以彬县的农村人基本上没有哪户人家没有坡洼地。而所谓的坡洼地，就是处于山沟之中的梯田，一层套一层如同多米诺骨牌模型一样精致，却是永恒屹立不倒，只任风雨侵蚀、岁月削割。

在我兄弟四五岁的时候，家庭联产承包责任制的推行正如火如荼。山村田野还是一片原始森林，沟深林密，野兽出没，不时有村中壮年男子组成的猎手队伍身背猎枪前往山林地带捕猎。因此，豹子的出现也就不足为奇了。

那是一个夏天的午后，记得那天的太阳很大很大，正是麦黄时节，割麦的人都下沟了。我的兄弟一个人坐在麦场上边看麦子，边自得其乐地玩耍。不记得到底是几点，就在我的兄弟坐在麦场上背靠着石碾十分专注地看着地上的蚂蚁驼着一颗麦粒搬家的时候，他忽然感觉到自己被一只体格与人一般高大、全身花纹的野兽背起来往麦场外走。

此时麦场上一个人也没有，我的兄弟既没有惊怕也没有哭泣，只是转头与具有硕大头颅的野兽面面相觑。奇怪的是在他们的相觑中野兽竟然变得温驯下来，最后慢慢地重新回到了麦场上。它并没有背走我的兄弟，也没有伤害他，而是将他轻轻地放回了石碾旁，然后用它硕大的脑袋在我兄弟的脸蛋上不停地磨蹭。我的兄弟也直瞪瞪地看着野兽的眼睛，他们就这样相互久久地对视，直到野兽败下阵来，然后头也不回地跑掉了。

事后，当我的兄弟把这个过程告诉母亲的时候，她变得十分惊恐。母亲上上下下把我的兄弟打量了一遍又一遍，然后紧紧地抱住他说，以后再也不会把我兄弟一个人放在麦场上了。可当母亲问我的兄弟究竟是什么野兽想把他背走的时候，他竟然十分清楚地回答说：是豹子。然而问题是在他四五年的成长经历中，我兄弟从来都没有见过豹子长什么样。

母亲后来猜想说那应该是狼，可是他却一直坚决否认。母亲说，在我的兄弟还是个月子娃的时候，村后喜运家的窑洞门被一群狼撞开了，喜运的孩子当时还只有三个月大，却在炕上被一群狼吃了个干净。临走的时候，狼还把窑后的几只下蛋的鸡也一起抓走了。而当时喜运和老婆全下地了。

有一回母亲随口把我兄弟的故事告诉了父亲，父亲却一直不信，我的兄弟急得在一旁都快哭了，父亲才说："那豹子怎么没有把你叼走？"我兄弟说："把我叼走了你现在还有儿子吗？"父亲想了想说："那倒是。"

可是至今谁也无法知道这是真是假，如果是假的，以他四五岁的年龄如何会编出这样匪夷所思的故事来？

2. 土财主与独根苗

关于我兄弟的童年，很多人可能都有这样的感觉，我兄弟很有钱，是个小土豪。虽然个子小，却整天屁股后面跟着一帮甚至比他还要大的孩子。一个个低眉顺眼、点头哈腰地围着他转，而且基本上是他要他们做什么，他们就做什么。有钱能使鬼推磨。在小时候我兄弟虽然完全不懂得这句话的意思，但是却在多多少少地实践着这样的世俗箴言。

在那个物质还特别奇缺的年代，我兄弟每天兜里的零花钱从没有少于过两块钱。两块钱能干什么？在今天也许它只能买几个水果糖，可在20世纪80年代它基本上相当于二十块甚至更多。要知道那个时候的水果糖一分钱两个，一毛钱就能买一大把。

我兄弟是我们家的老幺，是父母四十多岁老来得子的独根苗，用母亲的话说，他们恨不得用蜂蜜水天天浇灌，盼着他快点长大成人。父亲那个时候在煤矿上班，是煤矿的正式工，每月有固定工资，而每个月用在我兄弟身上的钱差不多能占工资的三分之一。包产到户之后，农民的日子相比以前有了很大的改善，吃喝是管够，可是在物质上还是相对短缺，农村的各种商品还是供给有限。但是我兄弟身上却常常穿着当时最流行的运动鞋、皮夹克，还有全身上下成套的运动服。而今想来父母对我兄弟的娇惯虽然并没有从本质上惯坏他，但是他在一些孩子的拥护下身上也多多少少沾染了一些纨绔子弟的不良习气，比如偷着抽烟、结帮拉派、闹事寻仇。只是本质上我兄弟却是个特别懦弱的孩子，身上极度缺乏号召领头的魄力与气概。所以很多时候，他都是在被比他大一些的孩子所利用，他们极度地拉拢宠护他，为的只是从他身上得到好处。

我兄弟虽然懦弱，骨子里却有一股尚武之气和豁达的胸怀。那个时候虽然大家都在同一个年级上学，有的孩子却比他要大好几岁，个子也更高。男孩子之中流行玩刀子，那种刀一般用钢锯条磨光，两面开刃，“把手”用黑胶布缠裹，刀头磨成三角，刀尖开刃之后凸显出来，锋芒毕露。

当时他们班有个个子很壮实的同学叫衡军怀，每天下课之后就把自己的“宝刀”拿出来，在课桌上摔刀子，每次刀子都能深深地扎进木头里。尤其是衡军怀还会把“君子报仇，十年不晚”这样的江湖话刻在桌子上。虽然谁都不知道他究竟和谁有什么深仇大恨。我兄弟对此十分崇拜，一买好吃的准会分给他吃。而衡军怀这样的“君子”，在美食的诱惑面前也乐得跟在我兄弟的屁股后面，屁颠屁颠地转悠。

现在想来，作为一个小孩子，我兄弟那个时候也的确阔气，每次买了东西之后都是先给要好的同学一人分一点，等分到最后感觉不够自己吃的时候才罢手。那些分到了的同学，自然兴高采烈，没有分到的则垂头丧气。我至今仍然清楚地记得有一个叫李江平的同学，每次都是把手伸得老长，然后对我兄弟一次次地说：“××，就看你喔人哩！××，就看你喔人哩……”如此反复哀求之下，我兄弟自然会动恻隐之心，而他每次都能分到，拿到吃的之后，一把填进嘴里，嚼个天翻地覆。倒也令人莞尔。

3. 慢腾腾的小男孩

在整个小学时期，我的兄弟一直都是一个慢腾腾的人。无论做什么事情，总会比别人慢三拍。记得刚上一年级的时候，我们的班主任叫李老虎，非常厉害，如果谁完不成作业，他常常在第二天早上上课前把那些没有完成作业的人叫到前排用桃木棍子抽。因此，我兄弟对李老虎老师都是既惧又怕，对他布置的每一项作业都严格执行，不敢有半点怠慢。更让人无奈的是在那个时候，小学一二年级都是一个老师承包一个年级的所有课程，不管是语文、数学，还是思品、劳动等副课，所以学生根本没有半点偷懒的机会。

作为一个胆小而又心思很重的小男孩，李老虎的每一项作业我的兄弟都会不打折扣地写完。可是他写字实在是慢极了，常常天还没黑就开始写，一直写到半夜十二点还没有完。这个时候妈妈就会很疼惜地叫他睡觉，说明天再写。可我的兄弟一想到李老虎的桃木棍，哪怕上下眼皮再打架，也不敢睡觉。这个时候，他就会急得一边哭一边写，煤油灯的浓烟和着自己的眼泪便把我的兄弟弄成了一个小花猫般的模样。妈妈实在看不下去了，就会叫起已经睡觉的姐姐帮他一起写。那个时候姐姐已经上五年级，写字的速度当然比他快。可他又怕姐姐的笔迹和他不一样引起李老虎的怀疑，常常是满心不情愿地看着姐姐"唰、唰、唰"地三下五除二就帮自己完成了作业。

晚上写作业睡得特别晚，早上起床的时候往往会迟到。经常的情况是我的兄弟在前边一边哭泣一边跑，妈妈在后面帮他拿着书包拼命地赶。到了学校门口，如果恰好没有老师值班，则会偷偷地从教室背后溜进去。万一碰到了老师，则只有乖乖地站在一边，忐忑不安地等人家记下姓名班级，然后灰头土脸地进教室。

我兄弟的慢还表现在考试答卷的时候，常常所有的人都做完了题目交卷了，他的卷子才答到一半。因为打小对语言文字的敏感，我兄弟的语文课程一直学得相当好，可在答卷的时候，则往往是卷子答到一半时间就到了，交上去的考卷就会有一少半题目根本没有做。可就在这样的情况下我兄弟的成绩还能维持在中等偏上的水平。这个时候，李老虎就会叹息，说你他娘的怎么搞得做什么都在人后面？而数学考卷答不完，则是他真的不会做。我的兄弟从上三年级开始数学就不怎么好，往往只会做简单的和相对复杂的题目，他数学成绩常常维持在六十分上下，这也是以后他的学生生涯里文理偏科现象的根源。可以说在我兄弟的学生生涯里，他的数学考卷打初中起从来没有开过答完所有题目的先河。

4. 最快乐的童年时光

在我兄弟的童年记忆里，有一段最纯真最美好的时光，至今想起都会有一种让人心酥到落泪的甜蜜，那便是在学前班的日子。

在 80 年代初期的农村，有很多学校是没有幼稚园的，只开设简单的学前班，顾名思义也就是正式上学之前的初步启蒙。学前班的课程只是教简单的汉字和拼音、数字，让我们会数自己手指有几根，会简单的加减法和基础的儿歌。记得那个时候，我兄弟所在的庙岭小学的学前班只有一个班级，老师是一个刚刚走出校门的高中毕业生，姓景。和那些只知道循规蹈矩照本宣科的老师不同的是，他几乎是个全能的幼儿老师。弹风琴、唱儿歌、讲故事、画图画，可以说无所不能。只是，景老师身上最大的缺点，或者说是遗憾，就是他是个残疾人。他的一只右手，在小时候被压面机切断了。此后便一直用左手代替右手来完成生活中的一切，包括写字，骑自行车，下地劳动，吹口琴。

我兄弟三四岁的时候，就从简单的汉字和数字开始学着写字了。直到上学前班，我的兄弟基本上已经完成了启蒙教育的大部分课程，这当然得归功于有一个比他大六七岁的姐姐。正因为这个，我的兄弟理所当然地被景老师任命为班长。只可惜，我兄弟生来没有当官的命，刚上任不久就因为在领读的时候压不住阵被换成了副的，来统管纪律与卫生。这确实让当时每天都高度紧张的他松了一口气。

让他真正快乐的是，景老师在每天自习课上所讲的故事，和在音乐课上教他们的儿歌。后来在我的记忆中常常映现出这样一个场景：

在阳光灿烂的午后，当所有的学生都还在上最后一堂课的时候，学前班的同学便提前放学了。他们按照南北两条路线在学校门口分队而行，这个时候有一个小男孩满脸稚气地唱着刚学的儿歌，身上背着母亲缝制的花布书包，奔跑在回家的路上，边跑边唱，道路两边则皆是笔直的白杨。初夏时节路边田野里的花草正在疯长，蝴蝶在小男孩的身边上下飞舞。而他的口中哼唱的正是新学的《花蝴蝶》:“你看那边有一只小小花蝴蝶，我轻轻地走过去，悄悄抓住它。为什么蝴蝶不害怕，为什么蝴蝶不害怕？哟，原来是一只美丽的花蝴蝶！”

就是这个唱儿歌的小男孩，从此开始为歌曲着迷，为童话落泪，他常常在老师讲完一个故事之后便陷入长久的沉思。那是一种回味和重演，是我的兄弟在午后的阳光里独自回家路上的个人盛宴。

5. 翻墙事件

我的兄弟生来是个乖乖娃，腼腆是任何一个长辈都对其称道不已的形容词。然而跟着一帮大孩子天天疯，再腼腆的娃娃也有不腼腆的表现。

那次翻墙事件的起因是我们村二队的孩子都住在学校的后墙背后，如果从大门进学校，势必要绕着学校的围墙兜一个大圈子，可如果从学校背后的后墙翻进去，那就只有两步路，而且保证不会迟到。学校的后墙其实就是厕所的后墙，在我兄弟上三年级的时候，厕所被家住在学校背后的老师承包了。他为了拉粪方便，把厕所的后墙挖了一个豁口。豁口的下面是垫起的土堆，正好方便了他们一群偷懒的学生。可是谁让他们正好遇上一个“正直”的校长呢！

乔公正先生那个时候在我们北极原的乡亲们口中那是人人称道、个个赞口的。纪律严明，以身作则，天不亮就起床巡视校园，天不黑绝对不离开办公室。翻墙的那天早上正是放学时间，二队的海军、正红都是

比我兄弟小一级的玩伴。放学铃声一响，大家一窝蜂地往厕所跑。谁也不知道乔公正校长是什么时候出现在他们背后的，反正他是拉着我兄弟的后腿把他从墙上拉下来的，其他的几个已经翻过去的也被陆续追了回来，正准备翻的，全被围剿在了厕所里。

这次翻墙事件的后果是所有被逮住的人第二天早上都站在升国旗的学生队伍前面被点名示众，我的兄弟因为被校长逮了个正着，所以批评尤其严厉，还被公正先生在口沫飞舞的极度愤怒中照着屁股踢了一个趔趄。这可能是我兄弟整个小学生活中最丢人现眼的一次犯错误。

翻墙事件之后我的兄弟开始变得落寞，屁股后面的跟班也少了很多人，而他更多的时候则是躲着他们，宁愿一个人独来独往。

6. 娃娃书

大概从三年级开始，我的兄弟忽然迷上了娃娃书。娃娃书其实就是小人书，又叫连环画。那个时候最流行的是革命英雄题材的连环画，如《烈火金刚》《狼牙山五壮士》《铁道游击队》。

三年级的时候班主任换成了一个青年女教师，姓马，教语文的。于是几乎所有下午的自习都变成了语文课。早读是语文，晚读也是语文。而晚读的时候经常是把他们所有人分散到操场上，一个人占一块地方，在上面用废弃电池的墨芯来写生字、组词、造句。常常是一个下午之后，整个操场上都是一片一片的黑字。而到了晚上放学之时，他们则要一个挨一个到马老师的面前听写生字，不过关的，往往晚上回家之后还要写很多遍错字。

相比枯燥乏味的生字练习，娃娃书则有意思多了。那些精美的插图配上简练的文字，演绎的就是一场荡气回肠的英雄故事。我兄弟从此再也不和他的那帮跟班胡吃乱花了，而是把所有的钱都积攒起来买了娃娃书。那个时候的娃娃书一本的定价从九分钱到五毛钱不等。最贵的一套十册的铁道游击队也不过五元钱。为了看娃娃书，我的兄弟开始撒谎，常常在晚自习的时候装肚子疼，跟马老师请假回家。然后整个下午的时间都变成了娃娃书的王国，直到妈妈从地里收工归来。此时天已经黑了下来，我的兄弟却还坐在门槛上一动不动继续看他的娃娃书，鼻子尖都挨到书上了，还不愿意放下书。

经常的情景是到了每个周末的下午，我的兄弟就哼哧哼哧地把家里那张比他个子还高一半的枣红木椅子搬出来放在猪圈门口，椅子下面放一个小板凳。然后一本正经地坐在上面看起他的娃娃书来。记得有一次，妈妈叫他出去到邻居十奶奶家借了个箩筐。回来的时候猪已经冲出了猪圈栅栏，撞倒了枣红木椅子，把我兄弟正看的《张老汉跳崖》的娃娃书吃得只剩下了一半。我兄弟一见这个场景，那个尖叫失声，痛心疾首，如丧考妣，把妈妈活活地吓了个半死。事后，妈妈和姐姐晚上在煤油灯下一张一张把那些娃娃书的碎片粘贴完整，我的兄弟却坐在灯下哭了整整一个晚上，睡着了出气还是一抽一抽的。爸爸后来回家看到他这个模样，摸着他的额头说："唉，这娃是痴了！"

7. 悲伤的开始

本来我的兄弟前面还有一个哥哥和一个姐姐。这个哥哥是父母从别人家抱养过来的孩子，父母千辛万苦地把他供养大了，读书工作娶媳妇，一切都安排妥当了，人家却跟着亲爹老子认祖归宗去了。那个丧尽天良的哥哥我们就不去说也不必说了，而我兄弟的姐姐，他那曾经相依为命的姐姐，在我兄弟上四年级那年，因为义门中学的一次运动会上长跑比赛引发急性心脏病，永远地把自己留在了十六岁的花样年华里。

在四年级以前的生活里，因为有姐姐的庇护，我的兄弟娇宠蛮霸，什么都尽着自己先用，剩下来的才轮到别人。可是就在一夜之间，似乎家里的空气到处都沾染上了母亲湿漉漉的眼泪，让人的心情晴朗不起来。

我兄弟记得很清楚的是：姐姐抢救无效被从医院拉回来的那天是个阴天，没有雨，有的只是永远也散不尽的雾，灰蒙蒙地笼罩着整个村庄。一路上，妈妈的哭声沿着车轮填满了整个天空。姐姐被下葬之时，我的兄弟并不知道，因为这种事情大人都不愿意让小孩子亲历。他所知道的只是忽然之间姐姐就从自己的生活里彻底地消失了，从此放学路上他的手再也无人牵引，只能左右牵右手，独走人生路。就连姐姐的所有衣物，用过的书籍，哪怕是一支铅笔，也找不到了。我的兄弟就像一个忽然之间迷路的孩子，茫然无措，每天只是面对着妈妈的以泪洗面，在惊惧和慌张中煎熬。

悲伤弥漫在整个天空里，也弥漫在我兄弟的眉间心底。妈妈也好像突然之间换了一个人，整天神思恍惚，总是一回家就找不到人。而找到的时候，不是在村野的空地里哭号，就是在房后的田地之间啜泣。

就在这样的氛围中，我的兄弟度过了五六年级，这中间还遭遇了前面的养兄的分家。反正似乎从姐姐离开之后，全部的生活都伴随着不顺与争吵。这两年的他，已经厌倦了娃娃书，代之以作文书、童话书、故事书。格林童话、365 夜故事、作文大全，他经常把自己埋在书海里，借以逃避母亲的眼泪。

也就是从四年级起，他开始逐渐厌倦母亲的眼泪，开始逃避回家。他把所有的钱都用来买书、抽烟。那个时候，一块钱在集市上可以买一百支的散装“飞蝶”牌香烟。我的兄弟每次买回来之后都是偷偷地藏在课桌抽屉里，每天下午放学之后，带着一群人去村野里、山沟里，分散给大家一起抽。当时他的同桌是一个胖子，胖子的父亲是个厨子，红白喜事，走村串乡，哪一家也不会少了他的香烟。所以胖子也经常抽烟。胖子是从父亲的柜子里偷出来的好烟。胖子不仅能抽，而且会抽。

他能把烟从嘴里抽进去然后从鼻孔里放出来。可我的兄弟不会，和胖子一起抽了好几年的烟，他还是不懂得烟的奥妙。他只是喜欢看着那一缕缕的烟雾飘散到天空里，那一刻就好像自己心胸间的闷气也全飘走了一样。可是当所有的烟雾散尽，悲伤就像一颗埋藏在他心间的种子，不知道什么时候会突然发芽。

五六年级的时候，最快乐的事情是有了正式的作文课，我兄弟的作文总是写得声情并茂，这当然和他总是爱给小伙伴们讲他从书上看来的那些故事有关。平时的他总是闷呆呆的样子，可是一到讲故事的时候就变得生龙活虎。由此我的兄弟也成了大家宠护的对象。而他的作文每次都能得到语文老师的优评。

因为庙岭小学是一所完小，到了五年级有了来自周边村落的许多新同学的加入，我们的班级人数从原来的二十三人，一下子扩充到五十多人。周边的同学都是骑自行车或者步行上下学，而我兄弟整个小学生活都是在家门口度过的。这种地缘上的优势常常让我的兄弟引以为傲，因为他是班级“掌门人”。更准确地说，因为家离学校近，教室门的钥匙便一直由我的兄弟掌管。这可能也是我的兄弟在所有的集体生活里所享有的唯一的特权。做了“掌门人”以后，我的兄弟每天都是第一个到校，很少有人能赶在他的前面，“迟到”自然也就成了一个永远的历史名词，从此消失在了他的生活里。

8. 武侠梦

从上初一开始，我兄弟对学习便有一种惊惧而又欣喜的复杂情绪。而自从有了几何课程，我兄弟的学习便再也没有轻松过。那个时候我的兄弟很瘦小，身高只有一米五多一点，因此无论是上早操，还是排座位，我的兄弟永远都位于第一排。而在体育课上，很多测试我兄弟都很难过关。于是我兄弟便开始想方设法地逃避一切可以逃避的体育课。因为身体的瘦小，我兄弟也成了班上一些小混混欺负的对象，在所有的课余活动时间，他总是被几个住在镇上的年龄大的同学调笑、推搡、欺辱。在初中一年级的整个过程里，我兄弟便一直扮演着一种被别人愚弄的小丑角色，只因为在身为数学老师的班主任眼中，他本来就是差等生。作为差等生的我兄弟，开始自暴自弃。而在所有的课程中，只有语文与历史能够让他躲进一方文字空间里娱乐自我，舒展心灵。

初一年级，班上的几个小混混经常捉弄我兄弟的办法是私自将我兄弟的自行车骑走，让他在中午和晚上放学的时候无法回家。那时我们上学的中学距离家里有十几里的公路，没有自行车是无法回家的。有一次在夏天，晚上十点了，我兄弟依然站在已经空无一人的学校里等待着那个叫窦博强的小混混把自己的车骑回来。最后实在没有办法了，才一路哭泣一路打听到那个小混混的家里。好在那个混混的父亲通情达理，将自己家的自行车交给我兄弟让他骑回家。因为天黑路远，在月光迷蒙、割麦之后一片片光秃秃的麦茬的田野中间骑行，难辨路途，好几次我兄弟都将车骑进了麦地里。

此时白茫茫一片的田野在月色的笼罩下，泛着一片耀眼的迷雾。脚在收割后的麦田里不辨虚实地踩下去，便会被锋利的麦茬刺得伤痕累累。一次次地误走进麦地，一次次地退出去，反反复复，等终于回到家里的时候已经是晚上十二点。可当母亲问为什么回来这么晚的时候，我的兄弟只是简单地说自行车被同学骑走了。

在班级里，我的兄弟除了和几个本村的同学关系近一点外，整天都沉默寡言，只是搜集一切可以搜集到的小说、故事，如饥似渴地阅读。在这个时候我的兄弟被小混混窦博强叫去给他写作业。而窦博强每天上课除了看武侠小说，便是睡觉。我兄弟给窦博强写作业的唯一好处是他可以免费看窦博强从镇上的私人书店里租来的一本本武侠小说。因此，整个初二年级，我兄弟整天便沉浸在一本本香港武侠小说中。甚至在上副课的时候将武侠小说直接放在课本上面埋头苦读，被抓个正着。副课的老师是个年轻人，他在课堂上说我兄弟可真是把“最危险的地方就是最安全的地方”这句古代兵法运用得炉火纯青了。我兄弟因此在年级里“一举成名”。

后来我兄弟将小学的几个同学发展进自己的阅读组织，大家一起开始从各方面搜集武侠小说来看。因为明显地窦博强的供给已经远远不能满足我兄弟的阅读欲望。再后来我兄弟开始想方设法地节省零花钱用来和同学一起合买武侠小说。而上了初二之后，我兄弟很快地认识了比自己高一年级的同村伙伴程云峰。程云峰那个时候跟着初三年级的一帮混混整天跑山头、拉关系、打群架，甚至成立帮派。我兄弟当时和程云峰一起住在镇上给学生提供住宿的人家，便被程云峰说得动了心，以防身的名义和程云峰一起在镇上的铁匠那里打造了两把小型的斧头。

后来程云峰因为参与打架出事被学校抓获，便供出了我兄弟打造斧头的事。只是我兄弟并未参与打群架，因为以我兄弟瘦小的体格根本没有打群架的资本。只是程云峰所参与的附近几个中学的帮派团伙斗殴因为参与人数众多，涉及面极广，而后果也很严重，听说有人被打得头破血流，造成重伤，所以程云峰被学校开除，我兄弟也被校长叫去严加盘查，并暂时收缴了斧头。因为斧头打造好之后一直放在家里，所以我兄弟并未因此事受处分。只是在班主任的眼里，我兄弟俨然已经成了危险分子。而在好事的同学口中，我兄弟则直接被封为“斧头帮主”，从此得了一个“帮主”的恶名。而他对武侠小说的疯狂阅读也就此告一段落。

也许在所有男孩子的心中，都曾经有过一个“武侠梦”。而追究武侠小说的源头，则可能要上溯到小学二年级金庸的小说《雪山飞狐》被改编成电视连续剧，那个时候就连平时严厉的班主任李老虎也破例在电视剧热播期间给他们放假。及至后来《江湖恩仇录》的热播，《白眉大

侠》的风行大陆。我们确实赶上了一个思想文化领域大众文化的解禁期，加上男孩子青春期的叛逆和影视小说的影响，人人在梦想中都渴望做一个行侠仗义、打抱不平而又身怀绝技的侠客。

只是我的兄弟生性胆小，身体单薄，而又常常因此被同学欺负，所以他内心对武侠梦的向往便更加地迫切和热烈。只是他只能将这种浓烈的情感寄托到阅读的幻想之中，因为他已经明白现实生活中的生离死别是何等凄惨，又何谈江湖之上的血雨腥风呢？

9. 红豆生南国

上了初三年级，我的兄弟长高了一点。在同学中虽然还处于弱势，但已经不再受人欺负。所有的同学此时都已经熟悉，彼此之间也因为面临毕业变得客气起来。此时我的兄弟喜欢上了一个女孩，那个女孩就坐在他前排的位置，有一副柔软的心肠，一头如瀑的秀发，一张姣好的面容，那时语文老师为了提高我们的写作水平，为所有学生征订了由陕西师范大学主编的《写作导报》。那一篇篇同龄人所写就的情感真挚的文字，深深地激发了我兄弟对写作的兴趣。也正是从这时开始，我的兄弟彻底地抛弃了他以往所热衷的武侠小说。因为当阅读了这些同龄人的作文之后，他发现武侠小说都是“拳头加枕头”式的千篇一律，而《写作导报》上那一篇篇饱含朦胧青春情愫的诗文，也在刺激着我的兄弟，让他辗转反侧、夜不能寐，只因为他想用最美的文字来表达心中对那个女孩最真的爱。虽然此时他的作文已经写得不赖，可他依然不满意，生怕自己的文字亵渎了那个女孩璀璨的美丽。

时间就在这样的煎熬中一日日地继续，我的兄弟此时面临着学业和情感的双重压力。在整个初中阶段我兄弟的学习状况一直处于中等偏下的水平，这不仅仅是武侠小说对他的影响，还有英语与数理化成绩差到

极点。尽管我兄弟一直都在努力，然而在初中阶段连英语音标都认不全的他确实已经到了烂泥扶不上墙的地步，尽管他的政治历史课程和语文相当好。再加上初中毕业考试之时遭遇了一场痢疾，我兄弟的初中生活就在这样几乎一败涂地的状况下彻底结束了。

而关于那个他喜欢的女孩，他只是用隐晦不明的语言在日记本里留下了一篇又一篇幼稚的情话。那些文字中有诗歌、日记、散文，甚至一些杂七杂八的梦中呓语。而那个美丽的女子留给我兄弟的唯一一张初中毕业之时的艺术照，还是他趁人家不注意时抢来的。

只是那个女孩已经有了自己爱慕的人，尽管大家都是以朋友的方式在相处。而那个她所爱慕的男孩成绩也相当不俗，尤其是一支短笛在他的口中能吹出婉转悠扬的音乐来。因此我的兄弟惟有黯然神伤，在她的背后做一个不为人知的暗恋者，只有关于文字的私语与倾诉一直延续到了未来……

我的兄弟所不知道的是，那个当年她所爱慕的男孩一年之后在打工的异乡自杀身亡。而那个当年的她，初中毕业便草草地嫁人，让他的满纸相思变成了永远的一厢情愿。

2014 年 2 月 28 日

（本文首发于《鹵风》杂志 2016 年第五期）

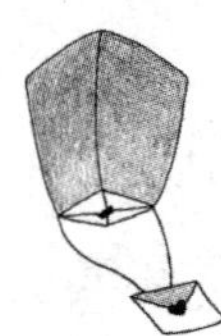

青春边缘

序言

丁宇宸走了，他永远离开了这座北国之城。带着一颗伤痛的心，也带着一种对爱情的迷惘走向远方。他在给我的信中说：我现在的心态已经变得简单了。我不再思考生与死，甚至不再去想诗歌与文学。希望有一天我也能够忘记爱情。因为我完全不懂得爱情，我希望我的流浪里只有流浪，我的奔走中只有奔走。

一个人，去远方。这是我现在的理想。

丁宇宸在走的时候没有给覃雪留下任何只言片语。他说，也许我只能做别人生命中的过客，我永远无法做别人的依靠，那么最好的告别也只能是不辞而别。

“风，坚持你所坚持的，追求你所追求的，永远不要在意他人怎么想。我们有共同的理想，我们是永远的人生知己。但是现在，请原谅我对你说一声：对不起！我要将我们的理想托付给你，带着我们共同的梦去努力，我会给你永远的心灵支持！”

关于 love 与 sex，我想它们的区别不只在于精神与肉体。也许有一天，有人真可以把它们分开，让爱变得纯粹。但是，那最终的结果不是又回到了柏拉图式的精神恋爱上去了吗？而性之中如果没有了爱的成分，则只是一种完全的欲望崇拜，对于人类而言，那是可怕的。

在我的心目中，传统的爱情还是美好的。

好了，我们的争论就到此为止。从明天起我将不再关心理论与现实的冲突。我只愿做一个凡夫俗子，去关心粮食与大地。

1

那天考完试，覃雪先是陪着丁宇宸喝了酒，之后是在北风呼啸的大雪中一味走路。他们几乎走遍了古城的大街小巷，直到路灯亮了又灭，覃雪才扶着微醉的丁宇宸走进了一家旅馆。

2

覃雪紧紧地依偎在丁宇宸的怀里。丁宇宸那双散发着无尽忧伤的眼睛让覃雪为之心痛不已。覃雪从丁宇宸的怀中伸出手来，反手将他的头紧拥在胸口。丁宇宸像一个孩子一样用无助的眼神呆呆地望着覃雪。他发现此刻的覃雪是那么的温柔美丽。她的眼中尽是脉脉的柔情，似水如烟的秀发将她衬托得如同梦境中的仙子。她那一脸的怜惜让丁宇宸的心口隐隐作痛。四目相对，覃雪低首轻吻丁宇宸的双眼，久久。

白色的房间里一片静谧。窗外的大雪依然飘飞。他们身下的床单亦洁白如雪。旅馆里的暖气无声开放，只有窗帘是一袭清雅的蓝，鲜明的对比弥漫着一股说不清的感伤。明显地，那是丁宇宸身上散发出来的。

突然，丁宇宸翻身将覃雪压在身下，狂热地吻。覃雪闭上双眸，感受着体内蒸腾的血液似乎要喷薄而出，生怕他要消失似的。他的吻印满了她的额与脸，然后深藏于她的脖颈里。她的双眼投向窗外，整个世界白茫茫一片。不知为什么，她忽然就想起了川端康成《雪国》里的女主人公倒映在列车玻璃上的影子，心里一时便充满了幸福的迷惘。

“宇宸，你爱我吗？”她问。

“嗯”。

“宇宸，我情愿给你我所有！”覃雪伏在丁宇宸的肩膀上轻声呢喃。

丁宇宸转过头来望向窗外的银白世界。

“傻瓜，不要那么说。我，承受不了！”他说。

“为什么？”覃雪睁大了眼睛望着他，她的双手依然紧紧地抱着他。

“真的，我想给你我所能给的，只要能够抚慰你的伤，我，在所不惜！”覃雪说。

“可是，我又能给你什么呢？”丁宇宸说。

“当然是爱！我除了你的爱，什么也不要。”覃雪说，“宇宸，你知道吗？我喜欢你身上的一切，这都能让我感受到一种无比的温暖，有了这些，我就知足了！”

丁宇宸沉默，只是一味地看着窗外的飞雪。

突然，他转头说：“也许，也许有一天你会恨我！”

“我永远不会恨你，因为我永远爱你！”覃雪的额头抵着他的脸说道。

不知道过了多久，覃雪忽然羞涩地对他说：“你，你要吗？”

丁宇宸不明所以，一脸茫然地看着覃雪。

覃雪转过身去，一点一点解开了裙子的纽扣。白皙而光滑的皮肤在灯光下晶莹如雪，丁宇宸被这瞬间的美惊呆了。他不知道该如何去应对这青春的美，当覃雪一点点地向他靠拢过来的时候，他才忽然明白了什么。

他慌乱间抓住覃雪的手，说:“别，你不要这样，不然我会难过的！”

“为什么？你……”覃雪有点惊鄂地看着丁宇宸，双眼里禽满了泪花。

“因为我怕自己玷污了你的纯洁！”丁宇宸认真地说。

“不，你不会。我愿意给你我最宝贵的！”覃雪靠着他的肩膀说。

丁宇宸紧紧地将覃雪抱在怀里，他的眼角溢出了晶莹的泪花。

“你不爱我吗？”覃雪问。

“不，不是。”丁宇宸说，“你看窗外的雪花多美。你就是它们之中的一朵，静若处子般的美，你说，我怎么忍心亵渎呢！”

“你真好！”覃雪说。

“不，我一点也不好。以后如果要忘记我的话，就要多想我的不好！”丁宇宸说。

“可是，这样是不公平的！”她说。

“其实，这个世界上无所谓公平与否。”丁宇宸说。

“怎么会呢？”覃雪有些迷惑地躺在丁宇宸的怀里，看着他哀伤的脸庞。

“好了，我们不要讨论这个了好吗？说说现在你最想做的事情是什么？”他问。

“就是这样啊，你抱着我睡觉。”覃雪羞涩的脸庞上荡漾着绯红。

丁宇宸终于露出了这些天以来难得的笑容，一排洁白的牙齿显得十分好看。

“那好，我就这样抱着你哄宝宝睡觉好不好？”他说着抱起了怀中的覃雪，脸上显得十分温柔。

那个晚上覃雪一遍又一遍地抚摸丁宇宸的皮肤，滚烫的手指和柔软的唇印满了他的记忆。

在他们相拥而眠的时候，窗外，大雪依旧，寒风不减！

3

丁宇宸是我的朋友，也是我唯一佩服的人，在我所有的朋友中。这不仅仅是因为他的聪明与才华，他写得一手好书法，曾经获得全国青少年书法比赛一等奖、省级比赛二等奖多次。而且他的文笔也是一流。尽管如此，他却是个甘于淡泊的人。和他做朋友多年了，我们既是同乡，又是高中时的死党，共同走进这所大学的时候，我们都对对方有一种惺惺相惜的感觉，因为我们共同摆脱了烦人的数学，也因为我们都是文学的圣徒，却都是数学的囚犯。我们偏科严重。

当我高呼“解放万岁”的时候，他却以一种平静而又欣慰的眼神看着我。

我经常会被他感动，不是因为他的话语，而是因为他那深邃的眼睛里的蓝色，那种忧郁而哀伤又时见神采与光华的蓝，让我在看他的眼睛的时候心里总有着丝丝莫名的伤感。

我们同样来自农村，都有着农村孩子特有的敏感与孤独。我们因文学而走到一起，对诗歌有着一种说不清的迷恋。但是宇宸的诗写得往往比我好，而且特别感伤。很多时候他总是为一个词语的运用而冥思苦想，因此我喜欢叫他诗痴，他却不以为意，浅浅一笑算是默许，总让我无可奈何。他笑的时候，那棱角分明的唇线显得特别性感。

真的，宇宸不能说是那种特别帅气的男孩子，但他身上特有的那股气质总是让你在人群中能准确地认出他来。

丁宇宸绝对是个情种，在高中的时候，他就已经谈过三次恋爱了。他的作文又总是在课堂上将那些美眉感动，让她们佩服得五体投地。然而，世间的事情并不总是像小说写的那样十全十美。丁宇宸的缺点，准确地说是他家庭的缺点，是贫穷。虽然我不知道，贫穷究竟算不算是一种缺点。

在高中时代，贫穷还不会让我们同学之间感觉有太大差别，只要学习好、有文采，你照样可以有尊严地生活。所以丁宇宸凭借他那手漂亮的书法和过人的文采稳坐学生会主席的职位，在他的身边总是围绕着许多叽叽喳喳的小女生。这让我在走进黄河中学的时候心里颇不以为然。怀着“不鸣则已，一鸣惊人”的雄心，我在高中的第一次作文上很是下了一番功夫，结果苍天不负，语文老师吴治学对我的文章很是夸奖了一番。接着他却说，风同学的这篇作文在叙事方面文笔娴熟，情感充沛，朴实感人。但是在语言的诗体化方面还应该向丁宇宸同学学习。这后面的一番话让我觉得心里很不是滋味，我想凭什么让我向他学习？什么狗屁诗体化，想我写诗歌也不是一天两天了，下次一定写几首让你们开开眼界，也好为自己争口气。不过，倒是有几位同学很给面子，课后他们就和我热情地聊了起来，这让我的虚荣心毕竟得到了一点点满足。

4

上次的较量就在平静之中过去了。接着学校接到县上举办“爱国主义影评征文”活动的通知，吴老师推荐我参加。于是我写了一篇自己百看不厌的《小兵张嘎》的影评对惨无人道的日本鬼子进行了一番不无深刻的口诛笔伐，并深深赞许张嘎机智勇敢的爱国主义精神。结果巧获头奖。当我坐着校长的专车和他一起从县城电影院的颁奖大会上抱着集体奖牌、荣誉证书凯旋的时候，校长很是表扬了我一番。当然，集体奖并非我一人的功劳，还有二、三等奖的几个同学，我只是代表而已。校长在师生大会上说，这是我们黄河中学永远的荣誉。

此次得奖事件立刻让我名扬校园，但只有我知道，这纯属侥幸，是我的主题正选择了爱国主义精神的结果。但我却并不知道丁宇宸由于母亲生病住院而请假在家，没有时间参加此次比赛，吴老师当时推荐我很可能是出于暂时的权宜之计，这恰恰给了我一个机会。如果丁宇宸在的话，我很可能是没有机会的。谁都知道，丁宇宸是吴老师初中教了三年的得意门生，曾为他赢获大大小小的荣誉无数。而我，只不过是一个刚踏进黄河中学的外来生而已。所以，我并不为自己的侥幸窃喜。相反，我却有点对不起丁宇宸的感觉。在偶尔与丁宇宸接触的时间里，我发现他是一个很不错的朋友，他对我的文章提出了许多中肯的意见，说着说着我们就谈到诗歌上去了。当我听着丁宇宸滔滔不绝地说出许多我根本就没有听过的诗人的名字和他们的作品的时候，我心里那原本膨胀的虚荣一下子就像被踢破的皮球一样瘪了下去。我开始认真地倾听，并时而为他精辟的观点喝彩，并插入一些自己的看法，这也会引起他热情的赞同和详细的分析。他热情高涨，心怀鼓舞，那深邃的眼睛里放射着奕奕神采。有时他甚至会激动得流下泪水，黯然神伤或者满怀忧虑。我的心灵就这样被他对于文学的一片深情深深地震撼了。

是的，我打小学读书写作以来还是第一次碰到对诗歌与文学有着如此深情的人。就在那一刻，我在心底暗暗发誓，我一定要好好地珍惜这个人生知己，在未来的人生中他一定会给我带来无限的精神力量，这是一种支撑我们的生命在黑暗中前行的力量。

就在那个交谈的晚上，在我校外租赁的小屋，我们的谈话持续了整整一夜。最后，我们都陷入了深深的沉默中，而在黑暗之中他那如炬的目光仍能让我感觉到他对诗歌的深情。

在此后的交往中，我了解到丁宇宸和我一样都是特别内向的人。我们在一起交换着阅读彼此的诗歌和小说，在相互的探讨里我们感觉自己的写作水平也有了较大的提高，而这个时候的丁宇宸完全是另一个丁宇宸，他神采飞扬，谈笑自如，眉目间完全是陶醉与忘我。吴老师也说，想不到我们竟然成了一对亲密无间的朋友，当时他看我的性格绝对不是个轻易服人的学生，所以他才说要我向丁宇宸学习。其实，我的那篇文

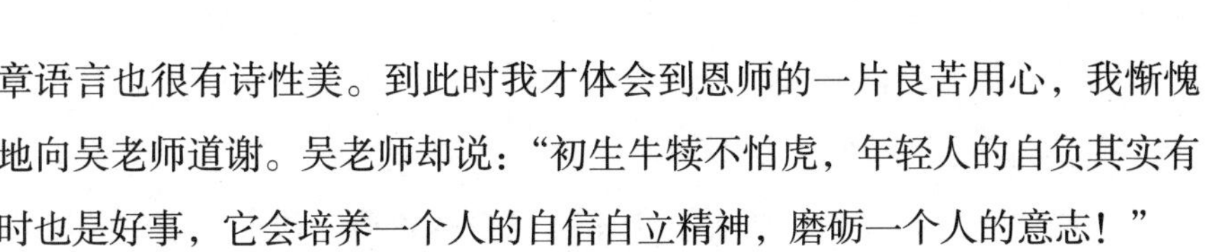

章语言也很有诗性美。到此时我才体会到恩师的一片良苦用心，我惭愧地向吴老师道谢。吴老师却说：“初生牛犊不怕虎，年轻人的自负其实有时也是好事，它会培养一个人的自信自立精神，磨砺一个人的意志！”

吴老师看着我们对于文学怀有如此的热情，不禁说：“孺子可教啊！想当年，我和你们一样大的时候又何尝不是如此！”我们听了，都抿嘴笑了。

丁宇宸依然喜欢沉默。在有的时候，只有他那深邃的眼神才会让你感觉到他心中的光芒。但他越是这样，就越是吸引女孩子好奇的探究心理。在这一点上，我自愧弗如。而且我的身体发育也似乎比较晚，在高中的三年里，我从来没有感觉到自己对女生有太多的想法。连丁宇宸都说，我这个人除了思想早熟之外，有时真是磁铁一块。可是，磁铁都有异性相吸的原理呢，我为什么没有？这让我困惑了好长时间。

5

到了大学之后，我们才深刻地感觉到贫穷与富裕的天壤之别。虽然大多数同学对此并不是那么敏感，但总有一些人或有意或无意地让我们为自己身上的穿戴而感到不安。

身处于城市的钢筋水泥丛林中，我们这些来自穷山村的孩子就感觉特别不自在。贫穷让我们离群索居，些微的文采又让我们孤独无依。我们在大多数的时候只能去图书馆打发我们寂寞发霉的时间。虽然文学与写作是我们共同的追求，但是除了写作课上我们能够充当一时的主角之外，在整个偌大的校园里，成双结对的情侣和结帮拉派的游玩才是主流，我们就像孤独的剑客，拖着长剑在古道上独自踟蹰。

丁宇宸对我说，在这里我忽然对自己丧失了信心，我不知道什么应该叫作爱情。我现在有点怀念高中时代的爱情了，单纯而明净的情感，彼此可以为对方哭得死去活来的爱情，至少那些眼泪是真诚的。但在这里，除了物质是真实的，我不知道还有什么是真的。

有钱才能获得女孩的青睐，无论你自身的资质如何，热烈的狂吻里飞扬的是蒸腾的欲望，大庭广众之中的哗众取宠，炫人耳目而已，究竟有多少真情存在？

何为真？何为假？我的感觉已然麻木。第一天认识，第二天逛街，很可能第三天就抱着大堆的高档服装和名牌化妆品上床了。这还算是浪漫的、慢节奏的……哈哈！这个世界，金钱在左，美女在右，纸醉金迷，唯我独尊……

在大学才几个月，丁宇宸已经濒临绝望的边缘，他的愤世嫉俗让我无语，又让我喟叹。

“宇宸，你究竟是怎么了？你平时并不是这个样子的，也是很少发牢骚的。有什么心事说出来，别闷在心里！”我说。

站在六层教学楼的阳台上，丁宇宸转过头的时候，我才发现他不知什么时候已经泪眼迷蒙。他说，他从来没有感觉这样窝囊过。然后他说：“你知道覃雪吗？”我点点头。

“你什么时候开始注意她了呢？她是个少有的漂亮文静的女生啊！”我说。

“我没有注意到她，也从来没有去想过。可是我在上课的时候总是能够感觉到一股灼热的目光在注视着自己。说真的，我起初并没有在意，可是到现在都已经几个月了，你想我就是个木头人，也不会感觉不到这样的目光。可是……”

“可是怎么了？”我急着问。

“可是，每当我回头的时候她就会迅速地埋下头去，满脸绯红，再抬头，却只是淡淡一笑，那笑容真的好美，颇有惊鸿一瞥的娇羞！我的心在这个时候就不禁跟着跳了起来，我为自己一瞬间的荒唐想法感到羞

愧。然而，到了今天，我觉得自己再也不能无动于衷了。否则，那就是对一个人的熟视无睹，是对一颗心灵的漠视，如果真那样的话，我会觉得自己非常卑劣的！”丁宇宸的自述是那么一往情深，他那低沉的音调、脉脉的神情里似乎散发着无尽的忧伤与缠绵。

“谁叫丁宇宸天生是个情种呢！我知道你现在很自卑，可是你应该相信覃雪是个什么样的女孩，如果她真是你所要的爱情，如果你相信自己对她的感觉，也相信她对你的热情，那就自信而大胆地去追求，不要作茧自缚！”我说。

“其实，我觉得爱情在本质上是和金钱不相关的。甚至有时候爱情和性都是无关的。在一定程度上来说，性和金钱同属于物质的范畴。性是生理需求，金钱是生存需求，爱情则是精神的需求。所以只要有爱情的需求与渴望，只要我们追求爱情的动机是纯洁的，那么我们就是问心无愧的！我们的追求也是合乎情理的！”我对着高远的夜空说。

“我谈了几次恋爱都没有思考过这个问题呢，没想到你思考得如此之深，真是惭愧！也许你说得对，性与爱是两种不同的需求，但是从远古的西方哲学到现在的存在主义，他们虽然都实践过这样的爱情。可并无十分成功的例子，就是萨特与波伏娃的爱情，也并没延续到老。现实地来说，性爱合一似乎才是我传统眼光里最完美的爱情，你说呢？”丁宇宸似乎有点孤独地说。

“不得不承认，在当前，我们的确无法做到让性与爱剥离开来。但是，我却总是在想，如果让爱情完全地脱离性的附属，也许那才是世间最纯净而不含任何杂质的爱情！”我说。

“你真是个完美的理想主义者！可是风，我希望你在现实的生活中最好传统一点，否则我们都会伤痕累累的！”丁宇宸背向着傍晚的夕阳说，“你想一想，在传统的眼光中，爱是性的前提，性则可以说是爱的保障。男女双方如果不再相爱，那么双方一旦发生性行为，不仅在舆论上站不住脚，就是在自己的心理上也会有羞辱之感，你信吗？”丁宇宸问。

“我信。但是在我看来，性不一定是爱的保障，或者准确地说，它应该是婚姻的保障。在我们传统的思想中，婚姻才能等同于性的合法，这里面虽然也包含有爱，但是这爱更多只是名义上的，在实际的行为中它是虚的。它是一种被动的爱。”我说。

“这的确是一对矛盾的命题。不过它带给我们的体会却是真切的。分与合都难免会产生各自的缺陷。”丁宇宸说。

“是个三位一体的矛盾。爱、性与婚姻它们在我们的实际生活中就像一个三维空间，而我们就是被困在其中的小兽，我们无法突围，更很难深入。这就是所谓的情感吧！”我说。

“嗯，你这个比喻真的很切贴，似乎比钱锺书的围城更形象！说真的，我对你这些奇思异想是有点着迷！”丁宇宸说。

“好了，我们不要再讨论了，要不真就有点走火入魔了！对了，说真的，我觉得覃雪是个很好的女孩。相信自己的眼光！现在的心情好点了吗？”我笑着问丁宇宸。

“嗯！是好多了。我也只是对她的目光很感动，我觉得那里面含有一种信赖让我不得不去关切。也许生活在这个世界上，物质的东西真的很重要，我总是因为自己贫寒的处境在接近覃雪的时候心里自信不起来！”丁宇宸说。

“宇宸，我们都是一样的。但是我们今天贫穷，这并不代表着我们将一辈子贫穷，让我们一起好好努力好吗？”我说着伸出手掌。当两只手在向晚的夕阳里紧握在一起的时候，我们知道，我们是彼此心灵深处的慰藉，无论到了何处，我们的友谊都将保存在各自内心最柔软的地方。

6

覃雪是喜欢丁宇宸的。这从刚开学我就有所觉察。只是爱情一般从暗到明，往往需要一个酝酿的过程。半学期后，他们的爱情渐渐地由暗转明，先是朋友，再是知己，当彼此之间的情感达到了一种默契，进入热恋时，丁宇宸却退学了。

他不辞而别。覃雪对此的感受如何，她对丁宇宸的了解究竟到了什么程度，这却是一个永远的谜！

丁宇宸对覃雪的喜欢，我当然明白。他们真正的接触，是在那个冬天的圣诞节前夕。覃雪的英语特别棒，当然这是题外话。

那天，丁宇宸和覃雪是在校园里的租书屋相逢的。丁宇宸是去租书看，覃雪则是在那里打工。至于覃雪为什么打工，这至今还是一个谜，因为她的家庭条件是很好的。覃雪性格中的要强让她在很多人的眼中都是个不好接近的人，脸庞晶莹如雪的她眉目间更是有一种阳刚之气，闪烁的眸子里荡漾着似水柔情，但很难轻易捕获。

那天天气很冷，租书屋里没有暖气，所以覃雪脸被冻得有点发青，却依然热情。因为覃雪和丁宇宸平时是同班又是邻桌，覃雪坐在他的后面。

说起来很奇怪，丁宇宸谈恋爱都有一个相同的模式，就是女生主动他被动，因此我经常笑他是个天生的情种。虽然他对覃雪实际上是心怀好感的可是当他真的面对覃雪的时候却并不知道如何去表白。在进入状态之后丁宇宸从来都是个高手，他主动；但在进入状态之前，他却从来都是个生手，他被动。在进入大学后，他是一点也不主动和同学聊天交往。覃雪沉静，却是聪敏敢言，她善于捕捉对方的眼神，敏锐地体察对方的心理，她能够看出丁宇宸那种怜惜的眼神。于是在简短的问候中她很巧妙地向丁宇宸表达了她的心理语言。

她说："天真冷，可是好在人少，你可以慢慢挑你想看的书。"丁宇宸说她说这句话的时候两只手一直在相互摩擦着取暖。

是的，女孩子有时候只是一句话、一个小动作或者一个意味深长的眼神便可以让我们看出她对一个人和其他人的不同，覃雪正是如此。要知道要强的覃雪从来不在别人面前流露自己的脆弱，但她出乎意料地告诉了丁宇宸她上班的时间在每天下午的六点到十点，而且工作性质要求必须得站着。那天她的眼睛一直没有离开过丁宇宸，这让人能够体味到覃雪性格中不为人知的一面。于是，我才明白，她绝对不仅仅是冰雪聪明，她更有着一般女孩子所没有的大胆、热情。在所爱的人面前她从来都不掩饰自己的情感。所以，丁宇宸才说他强烈地感觉到她灼热的目光。

在丁宇宸告诉我这些细节的时候，我对丁宇宸说：覃雪这个女生绝对不简单，她一定是那种胆汁浓稠型的女孩，这种类型的女孩会为自己所爱的东西而甘愿奉献一切。你可要当心了。

她的沉静让她的美丽显得神秘，她的聪明又让人能够感觉到她是可爱的。准确地说，覃雪早已看出丁宇宸怜香惜玉的柔情，不同之处就在于她更能激发对方的这种心理，让对方准确地感知。所以，覃雪的可爱是一种惹人怜惜的爱。丁宇宸对于覃雪最初的情感正是缘于这种冰雪中的感动。

那天离开租书屋的时候，看着覃雪冻得如同青苹果一般的脸庞，丁宇宸忽然对她说："你等着我，我给你拿点东西来。"说完，就一头跑了出去。

等他再回来的时候，手上多了两个热气腾腾的烤红薯。覃雪见了这暖心又甘甜的美味倒也无所顾忌，吃得像个小孩子一样高兴。丁宇宸说，她那个时候的模样真是可爱。他甚至产生了抱着她用身体取暖的冲动。

丁宇宸说，当她说她冷的时候，我不知道为什么心里就涌起一阵阵的痛，好像那个受冷的人就是我。可要真是我，我的心里就绝不会有这样的痛！丁宇宸在说这话的时候眼睛里充满了青色的云霭。

事后，我问丁宇宸："你真的确定你喜欢覃雪吗？"

丁宇宸却说："我不知道。但是看到她那瑟瑟的面容，我就忍不住想为她做点什么。我感到只有这样我的心痛才会缓和。"他浓眉紧皱，表情中有一股说不出的忧伤，是一种让人无法理解的忧伤。

7

两只烤红薯的爱情便由此而生。

尽管丁宇宸抱着两个烤红薯的样子有点傻，但是这对于覃雪却是最暖心的。覃雪吃着刚出炉的热气腾腾的烤红薯，眼睛里却含着泪花。只是这泪花谁也没有看见。尽管它晶莹如雪花，亮晶晶的瓣瓣都是不落的爱。覃雪就在那个寒冷的冬天为丁宇宸亲手编了一条暖融融的围巾。因此他每每出门的时候，我就开玩笑说："你有爱情的高温烘烤，她有红薯的甘甜暖心，还要这毛毛虫一样的围巾干吗？"这时候宿舍的哥们儿就一起跟着起哄："宇宸啊，借你的围巾暖和一下兄弟的冷脖子怎么样？"丁宇宸在这时就会大方地解下围巾说："拿去啊！"

我们便一起回答："哪敢啊！看我们的覃委员不把我们给生吞活剥了！"覃雪是我们班级的英语学习委员，还是新闻系英语角社团社长。

我便打趣说："哥们儿也别说的那么难听啊，人家还是我们新闻系的系花才女呢！"说着大家便哈哈大笑起来。

"你们说大冷的天，我怎么看我们的才子越冷越精神呢？"下铺的小王说。

"嗐！那是你不明白爱情的雪花可是热情的结晶，岂会冻着爱情中的人？”上铺的何凯接腔说。

丁宇宸拿我们没办法，边往出走边说：“哼！我这就去烤炉子去，气死你们这帮家伙！”

“啪！”一只拖鞋紧跟着飞了过去，丁宇宸赶紧低头一缩，溜了出去。

其实，覃雪和丁宇宸走在一起的时候是很般配的一对，这个时候的丁宇宸是快乐而欢欣的，像个小孩子，他眼中那种惯常的雾霭似乎被蒸发了。而且，覃雪的善解人意总让丁宇宸有如浴春风的感觉。丁宇宸是个书痴，覃雪就会买很多精美的书让他看。在那段时间，他们也一起交换藏书，一起阅读，然后交流读书心得。那的确是一段很宁静的日子，他们肩并肩、手拉手走在校园里，坐在林荫下，一起上课，一起吃饭，美好的身影和爽朗的笑声回荡在校园里。那些吟诵在嘴边的诗歌就好像专门为他们写的一样。他们读英国女诗人勃郎宁的诗歌，丁宇宸用他那手漂亮的行楷把它们一一抄写下来。他们完全陶醉在一种宁静单纯的爱情的芬芳里。丁宇宸有时候为了马上读完一本书而熬到深夜两三点才睡觉。读完后又急匆匆地给覃雪写信，因为覃雪最喜欢的就是丁宇宸亲手写的钢笔字帖一般精美的行楷。而他的毛笔书法则被覃雪专门在美院附近的字画装裱店里装裱后挂在自己的床前。所以，他们读过的每一首诗，都是一幅镌刻在各自心灵中的行楷书法，行云流水，风韵天然。

文情并茂的情书在这个电脑横行的年代已经渐成稀罕，所以覃雪总是乐于收藏这样的作品。

但是，一个人的时候丁宇宸又总是忧心忡忡。丁宇宸的多情善感是他的优点也是他的缺点。他常常会翻来覆去地思考一个问题，直到连自己也不能忍受。

城市与农村相比，它是开放的。但是生长于乡村的我们对于这个开放的城市却很难完全适应，丁宇宸更是如此。

在北国寒冷寂静的大学校园里，我们走在落满积雪的小道上。

丁宇宸说："城市的天空处都是蒸腾的欲望，连冰天雪地的冬天也冷却不了它。但是，为什么这个城市又是如此让我们依恋？"

"也许是缘于这个城市里千年的古老文明和现代文化，正是它一路将我们引来。"我说。

"那为什么我却一点也体会不到这文明与文化的温暖呢？我带着自己的梦想来到这里，可我仍然是如此孤独。一种比原来的孤独更加刻骨铭心的孤独！"丁宇宸抬起忧郁的双眼望着满天飘飞的雪花说。

"我能感觉到你的痛苦，因为我比你更甚。无论白天黑夜，无论是稠人广众之中抑或孤寂无人之处。我都能感受到自己处于一种边缘化的状态。"我说。

"边缘状态？"丁宇宸低沉地发问。

"对。在我的感觉里这种边缘就是城市与农村的边缘，因为我们虽然走进了城市，但是我们的根须还浸润在淳朴乡村的土壤里！"我说。

"你说对了！"丁宇宸凝眉而立，他的背影对着北方寒冷的天空，那沉缓的声音让我能够感受到他心灵的震颤。

"是的，边缘状态！我们其实就是一种边缘人，我们的骨子里流淌着农民纯朴而鲜活的血液，我们的思维却一直追逐着城市文明而紧紧不放。我们奔着文明而来，走入这陌生的城市。可是我们却发觉自己很难完全融入这个城市，或者说它在某种程度上拒绝我们的进入。这种相互的碰撞与相持就是我们目前的困境所在。"丁宇宸呼出的热气在天空里如同一条串动舞蹈的蛇！

"所以我们必须改变自己。走入大学，不就是对自己灵魂的一种重塑吗？"我说。

"也许是。但是这个城市是否值得我们去改变呢？我仍然心存怀疑。说实话，我觉得自己不适合这个地方。也许有一天，我终将离开这里！"他说。

“要走，我们一起走啊！最好是一起去流浪！”我说。

“不！应该是一个人。”丁宇宸的口气是如此坚决。

“为什么？是你，还是我？”我问。

“不知道！”丁宇宸笑了笑。他的微笑里似乎有一种若有若无的歉意！

8

在丁宇宸的性格中有两点是我所无法理解的，那就是他极端的柔情与极端的理性。他永远奔波在这两种极端的矛盾与挑战中。

圣诞节即将到来的时候，校园里面顿时张灯结彩。据学姐们说，在每年的这个时候，学生社团联合会总会像过元宵节一样挂起一串串的小红灯笼组成的灯谜来，把整个冰雪校园装点出一派节日气氛。冰天雪地中五颜六色的小红灯笼在北风中轻轻地摇摆，一个个小灯笼下面挂着一条条各不相同的谜面纸条，如果同学们猜对了就可以得到一份精美的礼品。这种集知识性、趣味性、娱乐性为一体的圣诞灯谜晚会是我们学校每年特有的活动，深受同学们的喜欢。

明天就是圣诞节，丁宇宸却忘记了给覃雪准备圣诞礼物。我提醒说：“你小子是不是还想抱两个烤红薯和人家一起过圣诞？而且每个班级都有自己的圣诞晚会，不能太粗心了哦！”

丁宇宸连连点头道谢：“那你说送什么好呢？都现在了去哪儿找好礼物呢？你怎么不早说！”

“好啊，我好心提醒你，你倒埋怨我了！”我说。

“唉！不是，不是！我不是那个意思！对不起！我是太急了，所以一时说错了话。不过你一定要帮我想个好主意，我晚上请你吃饭！”丁宇宸说。

我说："你就省省吧！有钱还是用在刀刃上吧！对了，依我之见如果诗意一点的话，不妨送一串风铃，我前天就在超市见到过，挺漂亮的！"

"好！主意不错。在哪儿的超市？我们一起去买！"我话没说完，他就拉着我直奔校外的紫薇超市。这是丁宇宸送给覃雪的最后一份礼物，一串紫色的水晶风铃。清脆悦耳的声音伴着绿色水晶的色调，最下面是一个小巧玲珑翩翩飞舞的蝴蝶。

我至今仍然记得圣诞夜前丁宇宸在风铃的盒子里附赠的三个精美的书签上分别用黑色钢笔写下的三句很不对题的诗。之所以说很不对题，就在于它的混杂，只是意境却也不俗。

其一：

无语秋风对酒眠，
一任相思开到冬。

其二：

落红不是无情物，
唯有花魂与雪魂！

其三：

宁可枝头抱香死，
何曾吹落北风中！

我问丁宇宸，我怎么感觉怪怪的？这是圣诞节啊！他却只是抿嘴一笑了之。只是他抬头从六楼寝室的窗外望去，漫天银装素裹的北国风雪中是穿得像小棉熊一样的女孩子在开放的烟火中大喊大叫着赞叹。

我说："可惜她们却不知道，她们的青春比那虚无的灿烂烟火要美丽许多！”然而，伴随着她们的尖叫，快乐却瞬间充满了整个校园。就在我们一起要出去的时候，丁宇宸接到了覃雪的电话。

覃雪在那边很激动的样子，第一句话就是：“宇宸，先祝你圣诞快乐！”

“嗯，还有呢？”丁宇宸问。

“还有……还有……”覃雪的话却没有说下去。

“还有什么啊？”丁宇宸问。

“还有，还有……我……”

“你怎么了？快说啊，不要吓我！”丁宇宸焦急起来。

“我……”

“你到底是怎么了？快告诉我，是不是病了？我马上过来看你！”丁宇宸问。

“不是！我，我说不出……”覃雪说。

“有什么就说什么啊！有什么说不出的？你说的每一句话我都爱听！你一会儿出来，我给你一个小小的惊喜！”丁宇宸说。

“不，我现在还是在电话里说吧。我怕我一会儿又说不出来了！”覃雪说。

“那好！你说，我听着呢！”丁宇宸答道。

“宇宸，我—爱—你！”覃雪的声音通过电话的短波，带着震颤，悠远绵长！

“嗯！好了，我们一会儿见，我还以为谁欺负我们的小丫头了呢！”丁宇宸回答。

“没有！我一会儿就出来。不过我可不是你们的！”覃雪说。

“那是谁的啊？”丁宇宸问。

“应该是——”

“是什么？”

“是——你的！”那边传来覃雪轻轻的笑声，有一种美丽的音乐感！

“好的！我知道了，那我挂了！”丁宇宸说。

“拜拜！等你！”

我足足等了丁宇宸近半小时。

9

那天晚上猜灯谜，他们出人意料地顺利，竟然一口气连续猜对了八对灯谜，这令我深感惊讶。第一个灯谜的谜面是：对影偕行梦先断，离人愁绝半生休（五唐），丁宇宸答谜底：树树皆秋色。揭开谜底，正是。我说，原来是诗啊，侥幸，再来。得奖品：一朵玫瑰！覃雪羞涩接下。

第二个灯谜的谜面是：渚莲初拆出清涟（打一地理名词），丁宇宸说：“这个以前似乎见过，应该是拆字谜，谜底：土著。揭开又对，覃雪得奖品：卡通钥匙扣，拍手笑着喝彩。我说，别得意，继续。

第三个谜面：仗剑开边曾建勋（唐诗目），丁宇宸说：“这个更容易，是赠别。”揭谜底，果然。我无语。得一日记本。

第四个谜面：此番分房，还盼能给大家平等机会（滕王阁序一句，六字），丁宇宸刚要开口，覃雪说：“这个我知道，谜底是：是所望于群公！”正确！我赞叹：“果然才子佳人啊！”覃雪笑着要打我，我说快领奖吧！这么多一会儿要分我一半呢！覃雪说那你去领，没想到奖品竟然是一包洗衣粉！他们就一起笑，我自嘲：“呵呵！劳碌的命！”

直到第八个谜面：一逝埋何处？化没蓬蒿下（四字柳永词）。一时大家都沉默了，忽然丁宇宸口吐莲花：“十里荷花！”揭晓，没错！我叹息：又是拆字谜！

在我的眼里，丁宇宸从来没有在什么时候有过那样的踌躇满志，他飞扬的神采让那个圣诞节的夜晚亦为之动容，咯吱咯吱的雪花踩在脚下

是如此的柔软，我们感觉不到一丁点的寒冷。也许是因为有覃雪之前的表白，从而大大增强了他的自信。原来忧伤彷徨中的丁宇宸，突然在一个夜晚就成为口吐莲花、魅力四射的主角，圣诞夜开放的烟火里他的眼光中蕴含了如此之多的谜一样的光彩，而那些原本的孤独与寂寞像白鸟一样纷纷飞走。

覃雪接过丁宇宸的风铃时，她的脸色如同盛放的桃花般芳菲娇艳，霎时似乎所有的寒冷都悄悄地远遁。当她要打开那些书签的时候，丁宇宸却阻止了她。覃雪在迷惑之中对丁宇宸微微一笑。她那沉醉在紫风铃悦耳的天籁之音中娇羞脉脉的表情，让丁宇宸感受到了女孩子特有的敏感。而她们的敏感有时不免会形成一些自我的错觉，或者说她们纤细而敏感的神经总会让我们为自己的愚钝与麻木深感惭愧。

丁宇宸后来说，他永远都无法忘记覃雪那羞涩而甜蜜的微笑，因为那让他感觉到了自己的悲哀。覃雪是快乐自如的，她抱着满怀奖品时的样子就像是抱着自己所有的幸福。

后来我想，丁宇宸在那个晚上绝对是快乐的极致，但他却不知道这后来也成了他痛苦的极致。在覃雪的面前那个关怀备至的丁宇宸是男子气十足的，但他内心的自卑却也是如影随形。所以只有我知道，丁宇宸站在覃雪面前的累，或者说是他那强烈的自尊处于明眸皓齿的覃雪面前的累。他能够忍受做一个爱情的囚徒，但他却不能容忍那些风流公子的嘲笑和戏弄。

高涛是我们班为数不多的高干子弟中的一个，课少上，酒常喝。在那个圣诞的晚上，他路过时不经意的一句话让我们一个晚上的快乐化为乌有。当时，他和刚认识不久的女朋友，一个外语系的女生一起路过。看到覃雪手里的玫瑰和那大大小小的不值钱的奖品，他说：“呵！这么浪漫的夜晚，你们这是扫荡垃圾礼品店去了？瞧这一大堆的，还当宝贝一样抱着！”

丁宇宸立马就要冲上去把他掀翻在地上，只是我快速拉住了他，才没有闹成打架。虽然，覃雪之后一再表示，她只在乎他的情意和才华，可是那个晚上我们再也没高兴起来。不过覃雪一直拉着丁宇宸的手直到她的公寓门口才放开。

丁宇宸虽然穷，可在他以前的求学过程里他的信心从来都是满满的，这造成了他对自己在别人眼中的地位的特别在意，可在这个城市里我们所遭遇的表情，就是在这个夜晚我们所遭遇的表情。所以我能深刻地理解丁宇宸在覃雪的面前的神采奕奕和在覃雪身后的落寞孤寂！

面对整个城市的生存环境，我们内心的理想与现实形成了强烈反差。这种反差带给我们一种无形的压力。所以，丁宇宸内心压抑，郁郁寡欢，即使在恋爱之中，他也无法逃离这种情绪和心态。是的，他对这样的大学有着太深的失望。他说这不是他心目中的大学，永远不是。实际上，我们都共同生活在这种失望之中，我们无法让自己承认，又不得不承认。

带着这种对未来的失望与渺茫，他无法全身心地投入到恋爱中去，因为他与这座城市的物质距离，因为精神世界中无法调和的矛盾，这双重的痛苦无时无刻不让他如坠地狱，当然这和他太认真、太爱较劲的性格有着太大的关系。

“我原以为，文学可以拯救世界，现在我发现它连我自己也拯救不了。那么爱情能吗？建立在贫穷基础上的爱情能吗？不，不要说我悲观，是因为这个世界太残酷。我现在是一个连学费也无法付清的穷学生，而我的家庭仅仅这一学期的学费已经让父亲倾尽了所有的家底，那么我还能忘乎所以地去爱吗？我凭什么？”丁宇宸站在空旷的校园圣诞夜里对着天空说。

“所以，当覃雪不顾女孩子的娇羞与自尊先一步向我言爱的时候，我只能沉默，我无法对她说一声：我爱你！而我又是那么想对她说一句：我爱你！因为她是如此的纯洁可爱，像天使一般不容拒绝，因为那样实在是对纯洁的一种残酷的伤害！所以我只能微笑，在微笑里沉默地表示我的忏悔！”丁宇宸说。

“可这并非长久之计，以后又怎么办？你如何向她解释？”我问。

“不用解释，就让这短暂的爱随风而散吧！”丁宇宸的语气里散发出一种深深的哀痛与绝望。

“可你这样做对覃雪同样是一种伤害，你本可以说出你一切的苦衷的！”我说。

“不，不能！这已经是我最后残留的一点自尊了。我知道，只要生存在这个世界上，无论怎样，我们的生命都会留下伤痕，有些事情我们无论如何努力，最后的结果却都是无能为力！”他说。

“其实正是因为你爱覃雪，（一种无法割舍又无法挽留的爱。）”我只说了前半句。

“可是爱又如何？爱情并不能拯救世界，亦不能拯救我！”丁宇宸说。

“你看开一点，事情总会有变化的！”我说。

“变化，你知道变化是好是坏？”他苦笑着说，“告诉你吧，学校已经下了最后通知，要求我补交下学期学费，我早上还找班主任说过。”

“怎么样？”我问。

“希望渺茫，学校不愿意再减免，说这已是最后底线，否则……”他说。

“否则怎样？”

“休学一年，然后接着上。”丁宇宸说。

“你觉得行吗？”

“不可能！我绝对不会休学的！我退学！”丁宇宸说。

我沉默，世界无语，我感觉到了丁宇宸那坚定中的绝望。

圣诞夜里晶莹如雪的北国啊，你繁星闪烁，如此冰冷！
圣诞夜里的爱情啊，你灼热无比，如此短暂！
圣诞夜里的姑娘啊，你如此美丽，又如此哀伤！
滚烫的泪水，顺着我冰凉的脸颊不息地流淌；
幽蓝的火焰，在我的心房里蒸腾燃烧。
我美丽而纯洁的姑娘啊，
我的赤情，可以感动你天使一般的情怀，
为何却无法撼动这坚固如城堡一样的城市？

10

人世间的痛苦是我们所无法理解的，因为它的蛮横、粗暴，更因为它的铁石心肠，冰冷如铁。此后的一切来得实在太突然，任是谁也无法在瞬间接受。

圣诞节过后，丁宇宸接到家里电话。父亲病重，已经到了市医院，让他马上赶过去。丁宇宸当天下午就请假走了。我一直为他担心，不知道他父亲得的什么病，是否严重，只是作为同乡我可以想象，绝对不是小病，不然不会住进市医院。因为在我们家乡，有稍微大点的病，住镇医院已经算高等了，何况市医院！只是在以后的几天，覃雪问了我好几次为什么宇宸走时跟她招呼也不打，她看起来依然似平时一样单纯快乐，还沉浸在圣诞夜的爱恋里。所以，她对我看她的眼神很不能接受，问我：“怎么了？”

我一时不知道该说什么，忙说：“没事，没事，我在想问题呢，与你无关。”

覃雪说：“你在想什么天下大事啊，与我无关还瞪着我？”

我说："哦！是吗？我有吗？对了，我现在有事，先走了！"我知道自己很不礼貌，只是宇宸走的时候说他的事情谁也别说，尤其对覃雪！

一周后，丁宇宸返校后神情悲伤，那双忧郁的眼睛里满是哀痛，他整个人都瘦了一圈，对于覃雪他采取了回避！

丁宇宸父亲的病情已经是肝癌晚期，因为经济差，住了三天医院就回家了。医生说现在只能养着，多则一年，少则三五月。丁宇宸对我说这些的时候声音沙哑，眼角干枯，他伏在床上痛苦的绝望表情让我的心里一阵阵难受。对于这人生的巨变我深感震惊，我只能默默地陪朋友垂泪哀伤，除此之外我找不出任何可以慰藉的话语。我生平第一次发现语言有时候竟然是如此苍白无力！

丁宇宸一根接一根地抽烟，我明白他的痛苦，没拦他。那个时候期末考试临近，丁宇宸始终都没有跟覃雪说他父亲的事情。但敏感的覃雪还是感受到了他的悲切、他的瘦削。覃雪每天早早地为他打饭，为他记笔记，然后一起去自习室复习。

丁宇宸陷入了一种深深的绝望里，即使这样他在覃雪的面前还是平淡如同往常，但这一切又岂能逃过覃雪的眼睛？覃雪不依不饶地问他怎么了，他只是一味地沉默。覃雪对他的平淡与沉默，还有眼神里那种刻骨的伤痛无法找到原因，所以她找到了我。

"他就是这样的臭脾气，你还不知道？"我敷衍说。

"不，你们都在骗我，他从家里回来以后整个人都变了，他的家里究竟发生了什么事情？说出来大家可以一起想办法啊，为什么要这样让大家一起难受呢？"覃雪说。

我说："真的没什么事情，只是……"

"只是什么？你快说啊！"

"只是他和家里闹别扭，心情不好！"我也不知道自己怎么说出这样的谎言来。

“真的吗？”覃雪又问。

“我还能骗你？”我嘴上虽然这样说，心底却有一股悲凉直往上涌，所以我只有匆匆离开。

11

丁宇宸的父亲已经瘦得不成样子了。宇宸说他陪伴在父亲身边的时候心里特别难受，他实在不能忍受这样残酷的现实，说着他的泪水溢满了眼眶。

是的，宇宸的父亲我是熟悉的。高中的时候，宇宸的父亲在镇政府做炊事员，我们在放学后经常一起到政府玩，宇宸高中时期就在父亲身边住宿。应该说宇宸的父亲平时是很好的人，但是他好赌，仅仅这一个缺点就抵消了他在人们眼中的所有优点。因为只要每月的工资发下来，过不了几天就输得精光了。但也有赢的时候，这个时候的丁宇宸总能多得到一些零花钱，作为孩子的宇宸在这个时候往往能够高兴上好几天。虽然父亲因为赌钱而让家里受穷，宇宸在这一点上不能说不恨他，但作为儿子的丁宇宸对父亲还是有一种深深的依恋之情的。

丁宇宸考上大学的时候，父亲光是为了凑齐第一学期的学费，就前后奔波受了好些罪，为了借到钱，甚至差一点给人下跪，仅仅是这些，就让丁宇宸对以前父亲的看法改变了许多。虽然他爱父亲，可他却很少和父亲说话，除非到了万不得已，学校催着交学费什么的。亲人总是亲人，打断骨头连着筋。当二十一岁的儿子看着父亲重病在床为了省钱连医院都不住，看着他憔悴的模样，丁宇宸流下的何止是悲伤的泪水。那里面更有为自己无能而生的悔恨与愧疚，有身为人子而不能尽孝的无涯之痛。

在漆黑的夜晚，束手无策的丁宇宸流淌着无声的泪水。他每天一次电话，询问父亲的病情。本来他是不想返校的，他要一直陪伴在父亲的

身边，可父亲说花那么多的钱就应该好好地在学校念书。是的，学校催缴下学期学费的事情他一直没有跟家里说。他知道即使说了也没有用，对于父亲现在的病情只能是雪上加霜。

每次在电话里，父亲都会让他安心读书，不要惦记自己和家里；他对着电话什么也说不出，握紧的拳头每次都在墙壁上捶打出斑斑血痕。内心的伤痛无法用泪水洗刷，深夜的他更是夜不成眠，床头的火星一闪一闪，缕缕的烟如同浓浓的哀愁蒸腾在他的心头，比石头还沉！

丁宇宸说，我从来没有像现在这样害怕过死，以前看过许多文学作品、哲学理论，我的心里原本对死总是存着一种神秘的敬畏感，我也在自己所有的文章里都说：死亡美丽而宁静，它是生存意义上的更高升华，是我们最后的永恒归宿，甚至在一段时间里我把叔本华奉为死亡大师，对他的学说、观点的精辟而拍案叫绝。可是现在，我却是那么痛恨“死亡”这个词汇，我觉得我原本仅存的一点可怜而卑微的家庭温暖现在也要被它洗劫一空了。

我凝神静听宇宸的流泪倾诉，在这样看不见泪水的夜晚，我想说：“当然，那是因为我们往往对死亡采取审美观照，它和我们没有发生主观性的情感冲突，所以我们向往死亡。哲学家如此定义死亡，是因为他们在更深刻的程度上体验了死亡之于生命的磨难，从而更加深彻地领悟了生的真谛。可我们不能，也许因为我们还太年轻，在这一点上，我们是没有资格的肤浅者。”

可是，我感觉自己的嘴巴好像被糊上了厚厚的泥巴，无法张开。

我索性也点燃一根烟，深深地吸一口进去。我忽然发现自己刚才的想法太理性，太清醒，甚至有点残酷的意味。看着朋友那张因为哀伤过度而憔悴不堪的脸，我只能沉默又沉默。此刻，我才知道，原来在我眼中只能是有害的尼古丁，在这个时候竟然是我们唯一可以借其慰藉灵魂的依赖！

覃雪在这些日子里紧紧跟随在丁宇宸左右，因为不知道事情的真相，她说的安慰话永远不着边际。我想在这一点上宇宸是有点顽固了，他就像一只乌龟一样，把自己藏在厚厚的壳里，不想让别人看到自己哪怕一丁点的脆弱。可他不知道，他的所有脆弱实际上都写在眼睛里，写在憔悴的容颜里。他这样做只会让爱他的人更感觉痛心。同时，听着覃雪说给宇宸的话，我也感觉自己是世上最不会撒谎的笨蛋。因为她说的那些话只会每时每刻地刺激着丁宇宸敏感脆弱的神经，让他的心永远无法安宁。可我依然只能沉默，让丁宇宸承受着近乎荒诞的安慰以及不可言说的痛苦。

北方冬天的夜晚，总是会有很大的风。它们如同狂怒的魔鬼一样在夜空里肆虐，宿舍里尽管有暖气，但是我们依然感觉到冷。

冷，不仅仅是身体，冷的还有我们流动的血液，一点点地延伸到心里，直到让我们的思维凝结，大脑一片模糊。然而，即使在这样的寒夜里，我们的心志依然不死，它们总是如同千万只无头的苍蝇在狂乱地唤醒我们的思维。外面的北风越大，它们就越显得疯狂，它们在把我们的心脏深深刺痛的同时，也把我们的悲伤唤醒，于是所有的痛苦与不幸，甚至所有原本与我们无关的哀伤都在这一刻潮水般向我们涌来，我们的心堤轰隆作响，我们感觉一切东西似乎都要在这一刻轰然倒塌，离我们而去，或者深深地把我们掩埋。

在那些夜晚，不知道为什么宇宸父亲的身影总是不断地在我的脑海里闪现，它们如同挥之不去的梦魇一样把我紧紧地缠绕。

12

在模糊的梦影里，我看到宇宸的父亲出现在镇政府的食堂门口，他端着一碗热气腾腾的面条向我走来，他平静的脸庞变得越来越大，越来越大……又越来越小，越来越小，紧接着一闪，就不见了。忽然，丁宇宸的父亲又出现在赌桌上，我们站在门外透过裂缝从外往里窥视，我紧紧地依附在丁宇宸的身后。丁宇宸紧张地说："快看，我大赢了！"于是我的眼睛凑向裂缝的门扇，看到宇宸的父亲从门缝里伸出一只大手向我抓来，我本能地一闪。

再看时才发现他的手伸向的原来是其他人面前的一张张钞票。丁宇宸父亲的眼睛闪亮闪亮，亮得发绿。我迅速地想到了母亲曾经跟我说过狼的眼睛在夜里总是发亮的绿色，于是我似乎又看到了一匹匹狼凶狠的模样，我的心不由得害怕起来。后来，丁宇宸把我推开了，一直走得很远很远。

接着我看到的是宇宸的父亲躺在家里的土炕上，宇宸像木头人一样呆呆地看着父亲伸在炕沿上的手，瘦骨嶙峋。那只手此刻是那么无力，就像一根稻草一样孤零零地挂在半空里，软软地似乎就要掉下去。突然，它又动了起来。宇宸父亲的眼睛半闭半开，他一心想要抓住什么似的，可接着手却沉沉地掉了下去。我感觉自己也跟着一直往下掉，深渊一般永无尽头。

猛然间一阵挣扎，醒来却发现自己躺在床上，满头的汗珠往下滚。眼睛适应了周围的黑暗，还是深夜。钟表的秒针在我的床头"铮铮"地响着。回想刚才的梦，却是一片模糊。只记得一碗热气腾腾的面条，狼的绿眼和一只如同稻草一般枯槁的手。可是任凭怎么回忆，都无法将整个梦境连接起来。

感觉过了好长时间，我不知道怎么颠三倒四地对宇宸说："你昨天给家里打过电话吗？"

"昨天下午刚打过，怎么了？……"

"叔叔的病还好吗？"我问。

"还好，只是我不知道他们对我说的是不是真的……"

“嗯，那就今天再问问！”我不知道怎么说出这句话来。

“我知道，天明再说。你怎么忽然问这个？”

我抬头看床头的闹钟，短针直指三点。我就说：“是啊，还早呢！”接着就又迷迷糊糊地睡着了。

再次醒来，我发现丁宇宸已经不见了。我原以为他和覃雪一起上自习去了，可是洗漱后才看见他写给我的一张留言。

风：

我六点接到电话，父亲病危。我马上回去！

你昨晚睡得很折腾，我想你需要多睡会儿，就没叫你。

另：记得帮我请假，假条附后！

宇宸即日

我猛然回忆起昨晚的噩梦，桩桩件件如在眼前。我心里不由一阵发冷，我只好安慰自己，不要迷信。可是，宇宸父亲的事情。为什么会出现在我的梦境里？

我和宇宸不是一个班级，只是我们常常在一起听课，在阶梯教室，我们是一个系。所以，这次只好让覃雪代宇宸请假。

他的请假条只写了因为家有急事，需要迅速回家一趟。宇宸的班主任一直对宇宸的文笔书法都很欣赏，所以请假相当容易。

但是，覃雪却一再追问我宇宸接二连三回家的原因。

13

宇宸这次回家两周没有回校，眼看期末考试就要到了，覃雪的心里非常着急。我也一样担心，不知道宇宸的家里究竟怎么样了。他家里的

电话覃雪始终打不通。覃雪于是每天晚上都往宿舍打电话，询问丁宇宸是否回来了。这让几个不知情的哥们儿很是怨声载道而又嫉妒万分，苦的却只有我，每天都要琢磨怎么对付朋友的这个红颜知己。

可我的安慰又有什么用呢？我几乎跟她说了一千遍一万次“宇宸一到，我立刻通知让他打电话跟你报到！”可是她依旧故我，我真是无可奈何。女孩子的痴心有时候真的是不可救药，想着他们可能的结局，我就不禁悲从中来。我不知道覃雪是真的感受不到丁宇宸有意无意的回避和无可奈何的处境，还是她对这一切根本不在乎。宇宸不在的日子，覃雪每天在自习室复习的时候老是一个人发呆。实在看不下去的时候，我会过去敲打她一番。她说，她也不知道怎么了，这些日子脑子里全都是宇宸的影子。我说，你这样不怕考试让别人抢占你的第一名的宝座？她口里叹气说：“就这点破考试，我才不怕呢！别以为我把什么考试第一看得比命还重要，要真是那样我就不是覃雪了！”她说这话的时候脸上带着自负而又坦率的神情，让我不禁对这个女孩子又多了一层敬佩。

“呵呵！”我不由得笑着说，“如此才女，却为情所苦，真是可惜！你说这人和人怎么就不一样呢？我要是有你的英语一半水平，我早睡大觉去了，何必坐在这里受累！”

她却凄然一笑说：“不！我并不感觉累，相反我现在心里很满足。”

“是幸福吧？”我说。

“也许是，至少在我的感觉里是这样。要不是你和宇宸那么铁，我是不会和你说这些的！不过我现在是真的感觉既幸福又孤独，也许你还算是一个可以信赖的倾诉对象！”她说。

我说：“那看来我是沾宇宸的光了！不过你说我怎么感觉到特别累呢？”

“是吗？我倒是把你看错了，你这种人，实际上比宇宸还要孤傲！”覃雪凝神思索。

我的心里不由得一凛，说："呵呵！真的吗？那可不敢当，本人向来柔若无骨，怎么敢称'孤傲'二字？"

"得了吧！看来我还说不过你，算我服输怎么样？"她笑着说。

"呵呵！你这是以退为进啊！其实我只要你知道我的好就知足了，要知道我可是为你们这对情侣费心不少！"我说。

"那也是应该的嘛！谁让你和宇宸是朋友呢！说真的，你们的情分连我都看着嫉妒！"覃雪说。

"还说你说不过我，这么绕着圈子套我。不过这话听起来很受用！"我说。

"其实，我一直很羡慕你们男孩子之间的那种'两肋插刀'的情谊，只是这在我们女生之间往往很难做到！"覃雪叹气说。

我默然一笑，表示认同。

"我喜欢宇宸，喜欢他的认真、纯朴，更喜欢他的才华与人品，所以虽然自己这样看起来有点傻，但是值得！"覃雪的语气里充满了感情。

她继续说："等待一个人，有时候其实也是一种幸福。你说呢？"

看着眼前的这个自负而又深情的女孩，我感觉像有什么东西压在胸口，很沉很沉。她美丽而聪颖，羞涩中不乏胆识卓见，热烈而痴情地为自己所选择的爱情情愿抛却女孩子本应有的羞涩，俨然一个爱情的勇士！可是，爱的结局却让人难以预想！此刻，我又能对热情似火的她说什么呢？我再次感觉到语言的苍白，它在残酷的现实面前只是一些晶莹剔透的水晶玻璃，虽然美丽异常、光彩照人，可是一旦遇到坚硬一点的东西就会瞬间粉碎。

语言，在某些时候只是我们掩饰自己空虚软弱的面具。无论多么的华美，都无法触及事物的本质。它们有时只会把原本清楚简单的东西越搞越乱，越说越恍惚迷离。我们就如同隔着玻璃看世界，我们的手指在大多数情况下只能触及玻璃的冰凉与光滑，却无法感触玻璃内部真实世

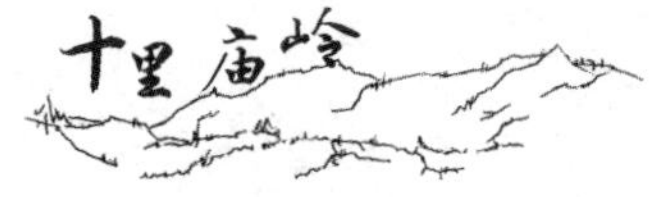

界的热烈与粗糙。年轻如我们，又何曾知晓这不同的人生况味呢！

可我总觉得，单纯与聪颖对于女孩子来说是最美好的，她们本身就是一种美丽的艺术活化石，而保存这种活化石的原本质地对于这个物质主义的现实社会而言恐怕比保存恐龙的化石还要难！

在这个世界上，一切都在因时间的流逝而瞬息万变。那样我们就会失去自己的一些本来的可贵之处，甚至找不到原本的自己，把自己迷失于时空之中，让生命本原的信仰化为乌有。而丧失了信仰的我们就会成为一群不知方向的可怜虫，只会盲目地随大流，永远不知道自己曾经是谁，现在是谁，更不可能想到自己的将来是谁！虽然我不知道，这些东西是否与爱情有关。也许有，也许没有。但我想，它至少与我们的灵魂有关！

14

半月后归来的丁宇宸，表情冷漠而哀伤，胳臂上戴着黑纱。他那原本充满深邃光芒的眼睛也变得暗淡无光。

丁宇宸进门之后的第一件事情就是收拾所有的东西，打包。只留铺盖卷，然后请宿舍的哥们儿聚餐，却唯独没叫覃雪。他不见覃雪，甚至不见任何人，在这几天里他把自己关在宿舍里，连课也不去上。覃雪知道丁宇宸回校了，她的电话又如潮水一般地响起。丁宇宸只是望着桌子上丁零作响的电话发呆，却怎么也不肯去接。在期末考试之前的那个晚上，我们一起喝酒、吸烟，不停地举杯、碰杯。看着地板上排列起来的一行行啤酒瓶，如同我们眉头挺立的一桩桩心事。我们无法入眠，因为我们无法忍受即将离别的感伤！

丁宇宸用被子把自己深深地埋起来，一言不发。整个宿舍像沉寂的坟墓。

半夜的时候，从下铺传来如同狼泣般的哀号，哭声低沉凄恻，这是丁宇宸返校后发出的第一个声音——哭！记得晚上大家一起喝酒的时候气氛一直很沉闷。席间只有大家碰杯发出的叮当声，那清脆的声音不知道怎么也让人备感沉闷。

丁宇宸停止了哭声，从床上下来，满地找烟，可是桌子上的烟盒全是空的。上铺的小王知道了，竟然起床从隔壁宿舍拿回了一整条的白沙。然后大家一一点燃发过来的香烟，八颗星星在八个角落明灭闪烁，此起彼伏，整个宿舍流动着一股沉痛与哀伤，烟雾瞬间笼罩了我们的头顶。最后，我不得不打破了这沉闷的气流，我知道我们的心中都充满了哀悼与惋惜。哀悼的是宇宸的父亲就这样撒手人寰；惋惜的是宇宸即将退学离我们而去，仅仅相处不到一年，但却相知默契的友谊让我们不能割舍。可实际上我知道宇宸恐怕最受不了的就是这死一般的沉寂。他胸有块垒，只有发泄出来才会好受一些。但是他没有发泄的对象，他面对的只有冰冷如铁一般的现实，他只能自己扛着、忍着、憋着。

于是我提意玩扑克，大家开始陆续加入。丁宇宸硬是被我拉下床来，一页页的纸牌在我们的手中起落游回，窸窸窣窣的声音伴随着明灭不定的烟火和为打牌而点燃的烛火，我觉得宿舍里越发沉闷。就这样直到一条白沙变为两百个烟头悄然撒落在一号楼 209 宿舍的地板上。外面的天空由黑到灰再到白，我们才红着眼睛倒在了床上。我看了看床头的闹钟，六点半。下午四点半还要考试呢。现在必须睡觉了。

中午十二点半，我把丁宇宸拉出了宿舍。

空旷的体育场上空，雪花狂乱地飞舞，凛冽的寒风让这个北方的冬天异常地冷。滴水成冰的天气里，宇宸泪流满面，他再也掩饰不住内心的悲痛与压抑，他无声的哭泣和汹涌而流的泪水在寒风中洒落，那真是滴泪成冰的伤痛啊！

他说："父亲去了！就埋葬在这冰冷的土地之下，连丧事也没有办。所有的钱都交了学费，现在家里还欠了一屁股外债！我走的时候，妹妹辍学了，家里一片凄凉。我实在是不忍看这个贫破凄惨的家。可这一切都是因为我而起，是我让父亲贫病交加，是我让妹妹幼年辍学，是我让母亲守着一个空荡荡的家！我是什么？我是不孝的儿子，我是无能的兄长，我是这个世界所厌弃的人，我是千古罪人！”丁宇宸的泪水如雨而下，他的低吟悲鸣，声音沙哑低沉。我的泪水不由得溢出眼眶，在这个北风呼号、风雪满天的下午，我们流着泪紧紧地拥抱在一起。

我说：“宇宸，你不能这样。我们固然贫穷，但是我们决不能自暴自弃！叔叔过早地离开了我们，这对我们的确是一个无法弥补的遗憾，可你不能把这一切都归罪于自己。你应该还记得我们曾经的誓言：永不放弃！也许在我们的生命中注定了要经受苦难，可这并不可怕，现在的你就是家中唯一的男子汉，你应该坚强地扛起这个家。这你比我更明白。在我的眼里，你从来都是坚强的，相信自己，人生没有过不去的火焰山！”

我不知道我们在风雪中站立了多久，还是下午考试的预备铃声把我们带回了宿舍。

15

那是期末考试的最后一天。覃雪在宿舍、校园、餐厅疯狂地寻找丁宇宸。可直到考试之后，他们才见面。覃雪本来是那么的怒气冲冲，可是看到丁宇宸那表情哀伤、臂缠黑纱，满头乱发的样子，就紧紧地冲上来抱着他哭了。覃雪的泪水洒在丁宇宸的脸上、怀里，丁宇宸一直就这样僵硬地立着。他拼命地咬着嘴唇，眼睛死死地盯着漫天飞扬的大雪，那种爱恨交加、悲凄难言的场面至今让我难以忘记。

是的，我们都还是如此的年轻，本该有无忧无虑的青春，有快乐飞扬的诗情雅意。可现在我们却为什么会有这么多的人生不幸，难道仅仅是因为我们的贫穷？难道这就是上苍说的考验？那未免也太残忍了一些。我孤独而悲伤的朋友，我究竟能为你做些什么？究竟是我们太过于脆弱还是命运太过于无情？宇宸，宇宸，我的朋友，你的下一步应该去向何方？

覃雪的火车票是明天的，这也是她今年在学校的最后一天，假期的到来让人感到时光的催迫。可是这个新年对于丁宇宸来说，却带了些决绝的意味。也许，覃雪并不知道这短暂的一天到底意味着什么，她太依恋丁宇宸了，而正是这种依恋让她本来的敏感细心大打折扣。她能够体会宇宸的悲痛，却无法预见宇宸的明天。她是完全想象不到宇宸目前的窘迫处境的，或者说她对宇宸的了解还是太少！她只知道诗情画意之中的宇宸和丧父伤痛里的宇宸，在覃雪的心目中，宇宸是理想化的或者说抽象化为一个有迷人气质和艺术天赋的白马王子，他忧郁的神情和潇洒浑成的书法里都蕴含着她所追求的那种富有情趣的韵致。她看到的更多的只是他的表象，但是却很难体会一个农村青年内心之中的痛苦与矛盾。

然而，我们却也无法否认爱情的存在。尤其是青春少女的初恋，它单纯而明亮，美好而赤诚，就像初晨青草顶端的一颗浑圆滚动的露珠，在明媚的阳光下闪耀着自己澄澈的光芒！它只为内心那无法抑制的情感而存在，甚至它带有盲目的倾心和近乎狂热的崇拜色彩。

所以，此刻见到丁宇宸的覃雪眼中满是灼热的火焰，她一心所想的只是彼此的心仪，是一个女孩子心中永远的钟情与痴迷。除此之外她很少看到别的。

覃雪含泪的热情和满怀的赤诚让丁宇宸不由自主地又前进了一步。此刻，他站在爱情的边缘，她站在爱情的中央，我们一起站在这个城市的边缘。当我们真正俯身观望，却猛然发现只有自己孤身一人。

在这个被苍茫白雪覆盖的北国校园，丁宇宸孤独地站立。他忽然产生一种穷途之感，进无进路，退无可退。丧父的伤痛，死亡的虚无，命运的不可知，整个大地在他的眼中成了白茫茫一片。

快七点半的时候，他和覃雪一起相拥着走出了校门。他们的背影很快消失在了风雪之中，于是便有了他们一起踏遍古城大街小巷的夜晚。

第二天，丁宇宸送覃雪去火车站，我也被覃雪叫了去。在丁宇宸找座的空儿，覃雪对我说："风，你帮我照顾好宇宸，他的精神状态特别差，我很担心！"

"不用你说我也知道的，你就回家安心过年吧！"我说。

覃雪转身望着宇宸的背影，眼睛里全是脉脉的情意。

上车的时候，覃雪哭了。丁宇宸只是紧紧地握着覃雪的手。

火车开动的时候，覃雪带着哭腔说："多写信！"

"我——知——道！"丁宇宸的音调在火车的长鸣声中久久回旋！

火车带着覃雪连同她伸出窗外的手一同远去。宇宸挥动的手却还孤零零地挂在半空。他像尊雕塑一样呆立在铁轨旁。我拍了拍他的肩膀，好久他才转身，眼里全是澄澈的泪。

他说："我知道，也许再也不会相见了！"

我们一起走出车站的时候，满天都是飘飞的雪花，这场雪下得是那么的久，好像整整一个世纪也下不完似的！

结尾

下学年开学，丁宇宸办理了退学手续，请我们宿舍的兄弟一起吃了顿饭，然后便悄然离开了学校。覃雪不知道何故开学一周后才回学校报到，听我说宇宸退学的事情后，她颤颤抖抖地从一本书里拿出了一封信，她说她一直没有看到宇宸圣诞写给她的信，回家后偶然看书才发现。

我感到我有责任告诉覃雪事情的真相，包括宇宸的家庭状况，父

亲的病丧，头一年缓交一学期的学费，学校的催缴学费事宜，宇宸的精神压力和他对覃雪的爱与愧疚。当一切明白之后，覃雪的泪水唰唰地流了下来。她只是摇头说："不，不，什么也不要说了，我不会怪宇宸的，永远都不会！"

覃雪说："你一定会笑我的愚蠢与可怜，我对宇宸其实了解得是那么少，却还口口声声说爱他。我只是沉迷在自己的感受里，宇宸其实一直以来都活得是那么压抑。他也本可以将事情全部都说出来的，只是以他要强的性格，他很难做到。但他却给了我如此之多的快乐！我没有理由去怨恨……真的。我只是感谢上苍，将宇宸带到我的生命里来，也许他并不真正属于我，但我已经无怨无悔！"

你是我生命中永远的晶莹，
滴滴泪水凝结为我虔诚的祈祷，
我用祈祷的泪水为你取暖，
我黑夜里永远的守护天使！

我不知道，
你是否只为我而在，
就像我渴望爱情的永恒，
虽然我的生命短暂如星火。

你是我心中永远的纯洁，
就如同北国大地上
永不枯寂的雪落；
在我孤独彷徨的日子，
是你最珍贵的纯洁

丰盈了我孤独的灵魂，
让它安宁，不孤单！

也许，也许我明天就会远去，
我用哀伤无助的眼神
吻你，
最后一次。
我想只要我看到这北国大地上
永不枯寂的雪落，
我就会想起你，
想起你——我的覃雪！

这就是丁宇宸在那个圣诞之夜写给覃雪的诗！

从此，沉静聪颖的覃雪永远都是一个人走在校园里，孤来独往，四年如一日。此后她的文章接连在各种文学刊物上发表，文风简洁，故事曲折感人。在她所有的故事里永远都有一个忧郁的影子。谁也不明白，她为什么会在短暂的时间里成为一个文笔苍劲的写作者。只是她的所有稿费都寄给了一个偏远农村的中年妇女，很少有人知道她就是丁宇宸的母亲。

她的文思似乎永不枯竭，而她对文学的痴情似乎胜过了生命中的一切。她坐在自己的文字里等待，青春在她的笔尖悄然流走，只是我们都知道，她的笔名叫作：焚烧爱情。

2004 年 8 月古城西安北山门第一稿；
2007 年 11 月 29 日古城张家堡二稿。

（本文首发于《豳风》杂志 2014 年第二期）

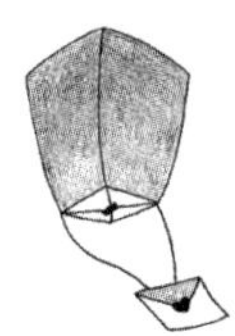

圆女的心曲

引

一个人坐在高高的秋千架上，看着这个城市的万家灯火，媛媛总觉得自己是个异乡人。她的记忆似乎只停留在那个乡村风雨飘摇中小小的护林房。来到这所中学已经两年了，尽管她青春逼人的气质总是吸引着无数男孩子的好奇心，可是他们谁也不敢轻易接近她——这个来自异乡的始终一脸落寞神情的神秘女孩。而她自己也相信，她的无声无息的落寞神情是得自爷爷的血脉遗传。

是的，是爷爷，而不是那个除了赌博一无所长的无能父亲。

她恨他。如果说原来她还对父亲怀有一些依恋的话，那么自从他把自己的抚养权以几万元转卖给了现在已经发达的母亲后，她对父亲所剩下的就只有恨了。

媛媛今年上初三。这是一所城市的贵族学校，她每天放学后都有继父的司机专车接她回家。平心而论，那个男人对自己和母亲真的不错，可她从来没有给过他好脸色，甚至连一个轻微的微笑也没有，就更不必说叫一声爸爸了。是的，这个称呼是她的禁忌。在她的心里自己的爸爸早已死了。她只觉得她现在是个孤儿。不！自从六岁那年爷爷死后她就已成了无依无靠的孤儿了！

圆女，是她过去的名字，而她也喜欢人们这样叫她。只是在这所名流子弟云集的学府里，这个名字是太老土了。所以，她就给自己取了一个新的名字——嫒嫒。是的，她太需要爱了。可是，那些珍贵的如同珍珠一般的爱，在她很小的时候就已经远离了她！

1

小时候村里的阿婆婶婶们都是这样叫她的——圆女，之所以给她起这样的名字，大概是因为她的脸长得很圆，但是并非是像皮球那样的圆，而是一种和她美丽的母亲一样匀称的圆。她的嘴是圆的，鼻头也是圆的，在她的两颗铜铃似的眼睛里，时常透出一种羞怯而又纯朴的神情，清澈透底，从那幽深的眼波里却可以窥探到一种隐秘的忧伤，一种自怜自爱的孤单。

2

圆女在八岁的时候父母便离婚了。她自小生长在北方一个贫困的山村里，在圆女幼小的记忆里，她是被爷爷牵引着手指长大的。那时候，她总是用细小而又圆润的无名指勾着爷爷粗糙的中指。爷爷锄地，她就提一个小小的柳条篮子跟在爷爷的锄头后面将从酥软黝黑的泥土里翻出的芥草和喇叭花细嫩的根须一棵一棵捡进小篮子里。她往往能够不声不响跟着爷爷的锄头捡拾整整一个下午。在她后来的记忆里，她感觉那个时候真是她生命中最单纯而又美好的一段日子，有着爷爷的中指和锄头的牵引，她还能感觉到一种被守护的温暖。是那种晚上在爷爷烧得暖暖的大炕上呼吸到散发着老人的汗液与烟草混合气味的踏实与依赖。在那个时候，她的心是宁静而知足的，一种单纯的童稚般的宁静与知足。

可是，当她在一个早上起来之后却发现这种单纯的宁静与知足似乎在一夜之间就消失了。她再也找不到那唯一可以依赖的粗糙的中指的牵引了，从此她细小圆润的无名指与爷爷那根粗糙却温暖的中指再也无缘。因为当她重新发现爷爷的时候，他已经平静地躺在一具大大的木头匣子里，在她后来的成长中她知道了那就是被人们叫作“寿棺”的东西，可在当时她根本没有办法将“寿棺”这个词语和眼前的这个笨重的木头匣子联系在一起。

3

她用自己细小圆润的小手吃力地想去触摸木头匣子里爷爷那看起来像枯槁的树枝一样的大手，可是却再也不能了。父亲和伯伯们将装爷爷的匣子一起埋入了又大又深的在泥土里挖成的大坑。她不懂得人们为什么都穿着白色的衣服，可在她的眼里那白色的衣服的确是很漂亮的，至少比人们平时穿的粗布衣裳要漂亮得多。

他们哭，她也跟着一起哭，她不知道他们为什么哭，只是当看到爷爷被往日他锄地的那黝黑的泥土埋起来的时候，她才知道那不是游戏，她真的要永远也见不到爷爷了，于是她开始真正地哭泣。她的泪水在这一刻飘过满地的芥草和喇叭花的藤蔓，飘过这个春天早晨浓雾弥漫的山梁，在她的记忆里永远荡漾！

她不知道那是死亡，可在她的意识里那却是永别，是和那汗液与烟草混合的宁静与知足的永别，她的内心头一次有了一种孤儿的愁绪！

后来，她得知爷爷是在晚上回家时不小心踏空失足掉下邻家的地崖而死的。邻家的地崖，早已没人住了。那个时候，村人已经普遍地搬进了砖瓦房。所以，当第二天早上有人无意中发现爷爷的时候，他已经停止了呼吸。

爷爷一辈子不声不响，性情温和，人们没想到他的死却是那样血腥与悲惨。后来圆女一直不解于爷爷的死，她觉得爷爷获得那样的终了实在是不应该的。总之，爷爷的死在圆女的生命里留下了一种让她说不出的缺憾！

4

爷爷死的时候圆女只有六岁。那年，她开始懂得父亲是个嗜赌如命的赌徒，她美丽而朴实的母亲开始从原来的默默忍受转变为反抗。但是母亲的反抗换来的却往往是父亲更残暴的毒打，还有留在母亲美丽身体上的累累的伤痕！

其实，父亲本来是和爷爷一样无声无息的人，只要他远离赌场。

圆女曾经无数次亲历过父亲在赌场上的那种聚精会神，两眼放光，神采焕发，一扫平时的消沉与平庸！特别是在他越赌越输，越输越赌，直到输完身上的全部财物的时候，他的精神才会回到原本的那种无声无息的委顿。圆女也曾经无数次听从母亲的吩咐跟踪父亲看他如何从家里翻箱倒柜地找出母亲养兔、养鸡、挖药以及卖花椒攒的那点血汗钱，然后在一夜之间就输个精光。输完后回来更是变本加厉将一身悔丧之气变成拳头撒在母亲身上，后来便成了明目张胆的索要！

自从爷爷死后，父亲的赌瘾日甚一日，也就更加蛮横和无理。圆女每天放学回家看到的总是满脸泪痕加伤痕的母亲，圆女也开始发现，原来母亲眼中的顺从和温柔没有了，变成了一种冰冷和设防的敌意。圆女知道，那一定是母亲对父亲的厌恶和恐惧！

圆女对父亲的感情是无比复杂的，在她逐渐长大并开始懂事的过程中，她对他身上的那种无声无息的落寞情绪甚至是有些依赖的，也许那是爷爷的血脉遗传的原因吧，她也听说爷爷在年轻的时候也是好赌如命的，而且奶奶的早逝和爷爷的好赌不是没有关系的。只是她从来没有见过爷爷在赌场上的样子，打小的时候她见到的就是已经年老、整天只和土地打交道的爷爷了，年轻时的戾气在他身上已经连一点点的影子都没有了，而正当青年的父亲正好弥补了她对青年时期的爷爷缺失的印象。这些都是她长大以后自己默默的猜想，而她的猜想是否都是对一幅印象中的爷爷画像的完满素描，她至今不得而知。

虽然父亲好赌，父亲残暴，父亲蛮横，可在圆女幼小的心灵中，她对于父亲总是怀有一种说不清楚的怜悯。其实只要远离了赌场，父亲还算得上是一个尽职的父亲，他出门打工即使再远的归程也不会忘记给母亲和圆女买一身好看的衣裳。圆女甚至猜想，母亲当年之所以心甘情愿放弃富足的家庭生活，跟着父亲来到这个贫困破败的家，一定也是因为父亲沉默里的细心和能知晓女人的心思。

5

自从爷爷死后，他就彻底变了，变得让圆女和母亲感到陌生。父亲整天混在赌场上，丧失了平时的温和和亲切，甚至连一点笑容都没有。他的情绪变得更容易激动和烦躁不安，不是摔东西，就是打母亲，甚至开始将家里的家具和粮食拿去变卖，然后去赌。于是，每次从学校放学回家，圆女除了在母亲的脸上看到红肿的眼睛和那眼睛里透出的如同死鱼眼睛一般的绝望，还有一天比一天更加空荡荡的窑洞！阴霾的冷寂与凄凉就这样一点点在她小小的心灵里填塞起来，取代了那往日的欢歌笑语。

只是不知从何时起，母亲开始在夜晚父亲不在家的时候像老鼠一样到处挖洞，将仅存的一点值钱的东西偷偷地埋入泥土。这种掩埋的方式像极了爷爷死时的葬礼，所以当她看到母亲那种小心翼翼地将东西放置在木头盒子里然后挖洞掩埋的情景的时候，她的心里就不由得充满了厌恶和恐惧般的愤怒。她的愤怒是无用的，无法阻止一个女人对她仅存的家庭财产的最后保护。在后来跟着母亲到城市上学以后，在母亲终日地翻拣那些东西的时候，她才知道，母亲那种挽救她仅存的财物的方式其实是对于她和父亲之间的爱情的一种挽救，原本心细的父亲却不知道他此生最大的一场赌事就在眼前！他只是在白天像猫一样将母亲埋藏的东西一件件挖出来晚上再去赌场！他这种蠢笨的鬼迷心窍让他注定了他是和母亲的这场赌事的输家！

她发现，母亲美丽的卧蚕眉一天天地皱起，鱼尾纹一天天地增多，她的眼睛里充满了更多的暗淡与绝望。于是，圆女的心也开始一天天变得孤单和恐惧。在她的预感里，母亲这样的神情是注定了她迟早都要离去的，依母亲的贤惠和美丽，依母亲的才华和心劲，她确实和无声无息而又愚顽不灵的父亲是不相配的！

6

当这一天真的到来的时候，圆女却感觉到自己比任何人都更加无助和恐惧，她的泪水似断线的珠子一般滑过圆圆的脸庞，滴落在潮湿的地面，瞬间就消失了。就在她看到泪水滴落泥土里消失的那一瞬间，她开始真正意识到：母亲，是真的走了！

她想起昨天晚上，父亲半夜才从赌场回来，逼着母亲要小木柜的钥匙。这个时候，谁都知道这个家已经是家徒四壁，只剩下不多的几袋粗粮寂寞地堆放在地上。母亲惊恐万分地守护着自己仅剩的唯一的小木柜，当时听见母亲的尖叫和大声的号叫，她在睡梦中惊醒时发现母亲头一次变得如此愤怒，即使输完钱回家的赌徒狼一般绿色的双眼也在这凶狠的目光下退缩了。可赌徒并没有放弃，此刻的他已经完全失掉了灵魂，他的柔弱的心也被那万恶的筹码和转动的骰子所吞噬。狼还是战胜了女人，抢走了她的钥匙，可是他却永远输掉了女人对于自己的爱情。也许，狼根本不需要女人的爱情！狼匆忙地打开了女人的柜子，却在翻找数次后收获有限，他便再一次地逼向女人，直接咆哮着要女人结婚时所戴的手镯。

睡梦中的女孩被这咆哮所惊，变得灵醒。女孩知道，那已是家里唯一值钱的东西了，更准确地说是母亲唯一的陪嫁，那双被母亲包在丝绸里散发着温润而晶莹的光彩的翡翠玉镯，是外爷给母亲的礼物，也是母亲婚姻的见证。谁能想到，狼一般的男人最后竟然扒光了女人的衣裳，从她贴身的肚兜里夺走了女人视为生命一般的信物！

7

在那个夜晚，母亲赤裸的身体散发着如白玉一般温润的光芒，坐在门扇敞开的窑洞的土炕上号啕而哭。母亲是个即使在哭的时候也不懂得叫骂的女人，一阵阵的哭声在空荡荡的窑洞里盘旋萦绕，余音不绝。母亲的哭让圆女在这样的深夜惊惧万分，只觉得窗外的月亮也在跟着母亲一同落泪。圆女却没有哭，她有的只是惊愕和心悸，她从温暖的被窝里光着身子爬到母亲身边，可这样也没有用，母亲在此刻似乎已沉沦于自己的悲伤之中，已经忘记了女儿的存在。于是，她只能看着母亲的泪水如雨一般洒落在她那光洁丰满的乳房上，湿漉漉地耀眼。

母亲的哭声在历经几个小时之后终于变得嘶哑，可她的身体却还在一阵阵地抽搐着。圆女就这样在母亲的身旁光着身子坐了几个钟头，她感觉身子都快麻木了，接着竟然坐着睡着了。不知道何时，她被母亲拥在怀里睡了，梦里只感觉湿漉漉的雨落了一身，她在飘满花瓣的浴缸里洗着热腾腾的澡。她不知道，那是母亲洒落在女儿的脸庞上的绝望而悲伤的奠仪，为她和他之间的那段也算得上是刻骨铭心的爱情。

第二天早上圆女醒来去上学的时候，母亲叮嘱了她比平时多许多倍的话，甚至告诉她怎么自己做简单的早餐和午饭。走的时候母亲给她的书包里装了几个平时根本舍不得吃的蒸熟的鸡蛋，当时她没有发现还有两元钱不知何时被装进她的衣兜的。由于夜里睡眠不足，她迷蒙的睡眼根本没有发现这么多的异样，她更没有注意到母亲是用怎样不舍的眼神注视着她一步步走向学校的。在以后的日子里，她一直在怨恨自己的粗心，没有及时发现母亲要走而跟她一起离开。同时，她也有点隐隐地恨母亲，恨她抛弃自己，只身一人无声无息地离开。

所以，当晚上放学回家，发现母亲不见了，她的眼里只有委屈的泪水，比母亲夜晚的哭声更无助更悲伤的泪水，从此她真的成了孤儿！

8

母亲从此再也没有回过这个家，尽管父亲在以后的日子里找到了她，但她再也不愿意回来。父母离婚是在县城的法院办理的手续，而母亲从始到终都没有出面，一切都是她委托律师办理的。至于圆女的抚养权与归属问题，父亲却是死不放手，甚至不惜为此借贷聘请律师。这一切的过程圆女都一无所知。她只是每日孤单地上学，开始学会了做饭、洗衣。放学后还要提着小柳条筐去给母亲以前喂养的那几只小白兔割草，那足够应付自己平时的学杂费用。更多的是那几只小白兔已经成了圆女寂寞生活里一点仅存的快乐。它们是她心事的倾听者，白色的纯洁的绒毛，红色的透明的眼睛，圆圆的可爱的嘴巴和一蹦一跳地奔她而来的机警与敏捷，亲吻她圆润的小手的亲密与调皮，它们似乎在和她一起快乐、一起悲伤，青青的嫩草，咀嚼得唰唰有声的节拍，它们是圆女孤儿一般的生活里最大的抚慰。有了这亲密无间的快乐，在每一次交售已经养得肥硕的兔子的时候，前一天的夜晚对圆女来说都特别的难熬，因为那是一种情感的割舍，一种离别的悲伤。因为在更多的时候，她把自己当成了它们的小母亲，将她全部的爱心献给了这些和她亲密相处的精灵般的动物。因此每次交兔子，她从来不是自己去，而是在早上喂最好的青草给它们，然后默默地将它们交给父亲。钱除去一部分用来购买更小的白兔做兔种，其余的由她自己收着，父亲在这一点上是很明白的。

9

自从父母离婚后，父亲的赌瘾是去了很多。他将圆女寄养在伯父的家里，同时也把家里的地让给伯父代种代收，以换取圆女的口粮。父亲以这样的方式离开圆女只身出外打工，一年半载只能回家几次而已。那曾经的家，那温暖的窑洞也已经开始废弃。没有了人，没有了烟火气，曾经的三口之家而今只有圆女一个人孤零零地坚守。只是她所坚守的家显然已经不能称其为家。一个幼小的女孩在一座黑漆漆的窑洞里听凭老鼠反客为主式的悠然自得显然是不能令人忍受的，于是圆女终于搬离了她度过了美好童年的家，远离了尚存爷爷最后一点气息的地方。圆女开始住在伯伯家果园的小小护林房里，只是除了养小白兔，她每天还要负责伯伯家的鸡狗猪羊的食物草料，洗碗做饭，烧炕扫地。每天她总是起得最早的人，每晚她也是睡得最晚的人。她虽然喜欢看书，可只能在做完一切活计以后的深夜，在伯伯一家甜美的酣睡中独自一人回到护林房完成一天的作业。就是如此，她还必须忍受大妈随时的指派和呵斥，必须忍让伯伯家的三个孩子的欺负，在忍气吞声中过着看似平静的生活。

每次吃饭的时候是不允许她上桌的，她一顿的饭食就是大妈给她的两个馒头和一碟青菜。原来父母的宠爱似乎在一夜之间就消失了，她真的就好像课本里读到的卖火柴的小女孩，只能在灶火的火光中想象有亲人疼爱的生活，在这时候她想起最多的还是爷爷那温暖的大炕和爷爷那粗糙的手指的温暖。

她的衣服也开始无人管，就原来的那几件旧衣裳，已经洗得认不出原来的颜色。当秋色已深时，她还是穿着单衣，早晨在斑白的霜露里瑟缩着身子去上学。她圆润的脸庞开始变得面黄肌瘦，她始终感觉很饿，她失神的眼睛显得更大。看见别人的孩子被父亲带着上街赶集，她就会想到父亲现在会在哪里呢？他会给自己买漂亮的衣服回来吗？可是她不知道父亲寄给她的生活费却被大妈用来给自己的孩子添置新衣了！

到了夏天因为要照看果园，每天下午，她放学回家匆匆地去伯伯家拿两个馒头便要回到那个破旧的护林房里写作业。在圆女的记忆里，自从父母离开后她童年里所有的欢乐都凝聚在了对学习的热情中。她一遍遍反复读着《小弗朗士》，她感觉自己就是那个被房东老太婆呵斥毒打的童工小弗朗士。她思念着父母却不知道母亲在哪儿，父亲又在哪儿。她遭受伯伯家的兄妹们的奚落和侮辱，他们总是把最苦最脏的活留给她去做。也许她的性格中更多遗传的是母亲的坚韧，只是把苦埋在心底，永远不会说出来。她始终默默无言地去承受，没有抱怨命运对于自己的安排，但是那些没有发泄出来的苦闷和委屈更深重地折磨着这个只有十岁左右的女孩子。她不是不会怨恨，只是她怨恨的不是伯伯大妈的恶言恶行，也不是伯伯家兄妹们的白眼，寄人篱下岂能不看人脸色？她的心里是清明如水的。她怨恨的只是父母的相继离去，对于自己的不闻不问。

10

圆女在这种默默忍受里怀着卑怯而孤单的心情度过了童年里最后的日子。思念和离别无时无刻不在折磨着她那颗幼小敏感的心。父亲的每一次回家对她来说都是一种煎熬。在这短短的月余时间里，伯伯一家会出奇地对她好，这种好和她以往在这个家的待遇形成了强烈的反差。她的受宠和冷遇让她似乎在天堂和地狱之间徘徊着，让她的心理更大地受到人世间世态炎凉的冲击和人情冷暖的体验。父亲明知这一切却只能做出无可奈何的妥协，表面上什么也不说。这让圆女觉得他们这种你哄我、我哄你的场面是那么的令人尴尬和气愤，只有她自己在这中间做了牺牲品。她私下里甚至要求父亲带她走，在外面哪怕过再艰难的日子，也比在这里寄人篱下要好得多。可父亲每次都只有摇头。他说："孩子，你不知道，外面的日子，对于农民来说有多么苦。而且你要上学，这在外面是无法做到的。"她只有沉默，在沉默里继续忍受着。这一次父亲走后，她没想到自己在这个夏天受到了更大的侵犯，这是圆女自出世以来所经受的最大的痛苦。

11

十三岁的圆女已经出落得亭亭玉立，相比她母亲的美有过之而无不及，所以在这个时候她的身体是格外敏感的，尤其是在村里阿婆、婶婶们的赞叹里，他们看到她的时候都会不由自主地夸赞："圆女现在可真是出落成一朵花了，想她妈妈刚跟阿荣来的时候也是像她那么俊俏啊，那时她妈妈才十七岁。真像啊！"

在村子里的大核桃树下，人们见圆女上学走过的时候就会这样说。她听到这些话的时候那圆圆的脸蛋就会变得更红润，又兴奋又羞涩，心里总是突突直跳，像有只小白兔就藏在里面似的。只是当她走过的时候，人们才会说：“唉！就是可怜了那闺女了，你看穿的衣服连身子都包不齐整，阿红也是太不像话了！”

这些话她不是没有听到，听到了也要装作没有听到的样子。阿红是大伯的名字，不是他真的那么狠心，明眼的人都知道，他是拗不过大妈的那根筋，什么都要听她的！村人之所以那么说她，是因为他们知道，那个泼妇般野蛮的大妈是谁也得罪不起的，否则她不跟你闹个天翻地覆是不肯罢休的！

在那个夏天的夜晚，天气闷热，护林房在果树环绕的浓荫下也还是抵不住热浪的侵袭，虽然太阳早已回家，虫飞萤绕的果园却依然温度不减。忙碌了一天的圆女做完作业后昏沉沉地睡去了，护林房的门也只是虚掩着。一点点的微风会时而溜进屋子，稍添一点清凉。

大概十二点刚过，一个黑影悄悄地推开了圆女熟睡的房门，摸了进来。在圆女只感觉身上瞬间似压上了千钧般的力量而惊慌挣扎着醒过来的时候，一个蛮重的身子正压在她的上面，粗重混浊的喘息和两只手在她柔软的身体上滑行。她在晚上睡觉时只是穿着胸衣和短裤。她的胸被抓得一阵疼痛，忽然间她似乎明白了什么，顾不得一张嘴巴死死地贴着她温润的唇，屈辱的感觉在她的身体里瞬间暴发出无限的力量，她本能地顺手拿起身边一块做睡枕用的砖头，狠狠地砸向他的头部。砖起人落，一声痛苦的号叫之后一股热流淌落在她的身上。那个身体滚落下炕，在慌乱中跌跌撞撞地逃出了小小的护林房。在这之后的半个夜晚，圆女再也不敢入睡，门外是飒飒的晚风和树枝轻轻飘摇的影子，她的心中却充满无限的悲伤和被羞辱的愤恨。那个声音她是那么的熟悉，还有他丢落的衣服，那是无可辩驳的罪证！看着窗外的弦月，她在这闷热的夏夜里感到内心中是那么的冰冷，阵阵寒意侵袭着她的心灵，让她感觉不到这阴霾笼罩的大地的丝毫暖意。泪水顺着她的脸庞悄然滑落，流向

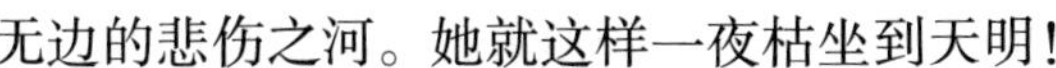

无边的悲伤之河。她就这样一夜枯坐到天明！

第二天清早，她在小炕上清除了血迹，没有对任何人提起夜间的伤害。虽然他并没有得逞，但在她的心里那是比什么都更加严重的伤害，从此让她在无数的夜晚噩梦连连。一连几天不见伯伯家的涛的身影。几天后出现的时候他的头上缠着一圈纱布，外人问起他说是和邻村的男孩打架被砸伤的。只是他以前对她的颐指气使消失了，从此见她的时候也不敢正视。而他所丢落的衣服，被圆女一条条地撕成了碎片犹不解恨。接着，涛在半年后自动辍学，去了广东打工。圆女那常常在半夜圆睁的双眼，才敢安静地入睡。经历此事，她对自己的身体更加小心，只是内心的那种屈辱感一直无法抹去。

12

秋天，凉风瑟瑟，吹得满地黄叶飘飞。圆女一个人坐在护林房的一张椅子前，那就是她写作业用的桌子，一张小板凳则是她的椅子。她沉静地写着老师布置的作业，不时地抬头看一眼身边笼子里的那几只小白兔，它们也在安静地吃草。只是她再也不将全部的心思放在它们身上，她更多的时间在阅读从邻家女孩那里借来的童话和故事书，这里面就有她曾经在课本上学过的《卖火柴的小女孩》《人鱼公主》和《皇帝的新装》。她还更多地读到了《白雪公主和七个小矮人》《小红帽》《小阿凡提》等故事。她无数次被这些故事所打动，她多么想成为那个被七个小矮人拥护的白雪公主啊！可是现实中的她只能做个卖火柴的小女孩，也许她可能比卖火柴的小女孩要温暖一些，可是她却没有爱，她的内心是那么的孤单！

她也会被光着身子的愚蠢的皇帝逗笑，被小阿凡提的聪明吸引，在看故事的过程中她是幸福和快乐的。在快乐中她抬首仰望明净的秋空，看着果园里的黄叶飞舞，她的心绪便会随着秋风漫无边际地蔓延开去。

忽然听到了邻家女孩和哥哥在一起追逐打闹的欢声笑语，那种无忧无虑的充溢着亲情的撒娇的幸福，她的眼泪瞬间悄然从脸庞滑落。她想起了母亲，可是却不知道她此刻她究竟身在何方？

13

小学毕业那年，圆女以优异的成绩考上了镇重点中学。可是大妈却再三阻挠，要父亲让她和村里的女孩子们一起去广东打工。平日即使受再大委屈都默默忍受的她头一次在大妈和父亲面前乞求让她去上学，可是父亲无法拿出足够的费用供养她的衣食，大妈说只要她去上中学她就不再种她家的地也不管他们的税费。而父亲在外面混得并不如意，每次拿回的钱都很少，在这些压力面前他再一次妥协了。圆女彻底绝望了，她平生第一次感到了父亲的窝囊。她开始不理父亲，甚至开始以陌生的目光打量他，眼里充满了怨恨和绝望的悲凄，泪眼迷离中却无法说他什么，难道这就是命吗？她也第一次开始认识到自己的生存处境。在离开的前一夜在她住的护林房里抚摸着伴随她几年的桌椅板凳，和那些已经发旧的课本。她还掉了借邻居小妹妹的书籍，整理了自己的行李：一床陈旧的铺盖，两身半新半旧的衣服，仅有的一点点路费，以及其他的零碎，打理成了两个并不轻的包。

最后一次躺在这张土炕上，她的心里却充满了留恋和不舍。其实，她是最恨这个地方的，因为它留下了自己的屈辱和寒碜的童年，还留恋什么呢？她无法说清楚。她去过爷爷的坟地，已经长满了荒草；她去了曾经的窑洞，只是多已坍塌。那么她还有什么可留恋呢？她不知道，她只是觉得自己的明天充满了迷茫与未知，在她十六岁的花季，她就要踏入一个她所根本不能预料的陌生之地。那里会有什么在等待着她呢？她的内心在恐惧中做着无奈的挣扎。

第二天早上，就在她们一行即将踏上南去的长途汽车的时候，母亲以华丽的外表出现在村子里。她美丽依旧，只是让圆女感觉似乎已不再认识眼前光彩夺目的妇人，而在她的身后是一辆豪华轿车和一个大约四十岁的男人。他们随即表明是要接圆女走的。这让绝望中的她，似乎看到了最后一点希望。圆女放下了沉重的行李包，等待着命运给自己的再一次安排。到了此刻，她觉得哪怕是再大的戏剧性变故也不会让自己吃惊了。是的，不出她所料，父亲以法院的抚养权判决书为由拒绝母亲将她带走，哪怕是为了让她受到好的教育！他宁愿让她出外打工，也不愿让女人带走自己的女儿！圆女在希望里再一次感到了绝望。只是她不敢相信，竟然是自己最爱的亲人一次又一次地陷她于水深火热，愤怒的泪水在她的眼眶里打着旋儿，却竟然被她硬生生地忍了回去。

最后，母亲没有回答，只是摔出厚厚的一沓百元大钞，说这是两万，算是她买取判决书的费用，如果他答应将判决书交给她，这些钱就是他的了！父亲再一次哑然无声了。圆女的命运由此改变，只是在她的心里，感觉自己已经是血流成河了！

这次她走的时候，穿得漂漂亮亮，这并没有让她觉得快乐，她只是始终以愕然的表情看着父亲。在爷爷的坟前烧纸的时候，她哭得心魂欲碎，她的哭比母亲当初走时的那个夜晚更让人惊魂，村人无不唏嘘落泪，为之感叹！

14

母亲不仅是个朴实善良的美丽女人，更是个聪颖好学的女子。当初她之所以不顾外公外婆的阻挠，从千里之外的江南水乡只身来到这个偏僻的山村生活，是因为她看上了父亲的英俊和忧郁的气质。父亲原来是在南方打工的时候和母亲在一个工厂认识的，母亲当时刚高中毕业，而父亲只有初中文化。父亲很细心，他是工厂的保安，由于母亲夜晚下班比较迟，常常是最后一个走的人，父亲便把自己的手电借她用，并在周末送她回住的出租房。慢慢地，他们之间就产生了感情。母亲是那种内心很痴情的女子，认定了谁就永远会只对他好，所以在交往一年多后他们打算结婚住在一起。母亲说她家里也是农村的，她不怕吃苦，只要有他的爱就行。父亲还是那样无声无息地沉默，只是年轻的他身上更多的是一种羞涩，母亲更觉得他踏实可靠，可是却没有想到他好赌。

母亲的家就在南方，虽然也是农村，但和北方的黄土高原截然不同。圆女后来跟着母亲一起去过外公的家，那时候外公外婆都已经不在了，只有远房的舅舅接待她们。江南水乡的风景如画，人们赤脚在水田里牵着黄牛的样子，还有水塘里大片大片的莲蓬、芦苇和各种各样美丽的水鸟都让她着迷。她永远也想不透母亲为什么会撇开这样美的家乡跟父亲回家。

母亲是独生女，当她带着父亲去见外公外婆的时候，遭到了他们的激烈反对。外婆公然表明她是不会将女儿嫁给他的，更别说是要嫁去那种什么都没有的穷山沟。可执拗的母亲还是留下了书信跟着父亲悄然远走。无奈的外公寻找到家里来，看到父亲家凄然的处境当场就落泪了。外公问母亲将来会不会后悔，母亲说：永远也不！外公摇头叹息落泪，走的时候留下了身上的全部钱款，最后给的是外婆让他亲手交给女儿的翡翠玉镯，说那是外婆的母亲曾经的陪嫁。母亲在看到玉镯的时候突然跪在外公面前，无声地啜泣着说：女儿不孝，请父母不要怪罪女儿的无知。只是我真的离不开阿荣，请你们相信，我们是真心相爱的！外公再一次摇头叹息，摔开女儿的手只身离去。

可母亲最终还是离开了父亲，当父亲把她的陪嫁也输掉以后，她是真的对他绝望了，她甚至猜想如果她不离开，他总有一天也会把她押在赌场上的。她只身一人来到了城市，以自己的美丽和善良赢得了身边这个拥有百万身家的男人的爱情。虽然他的年龄比她大了近十岁，可是她不嫌弃，因为他有上进心，能够身处困境而岿然不惊，更是因为有着同样的离婚经历和感情挫折而让他们拥有了成熟的心态。当他的女人在他的公司陷入困境的时候竟然卷走了他仅存的全部家当，而在他身边打工的这个女人却一直跟随着他，不离不弃，从而让他相信了人间还是有真情存在的。他鼓起勇气和她一起在困难重重中寻找出路，把公司从濒临破产的边缘一点点了拉回正轨。他相信正是眼前的这个女人在默默无声的付出里抚慰了他伤痕累累的心。所以在公司恢复元气之后，他当着全部职员的面屈膝向她求婚！

15

圆女知道了这一切，却并不放在心上。或者说她无法把他们放在心上。因为她的心里有着更大的隐痛和伤害，她无法对自己的母亲说出在她走后自己是怎样生活的，或者说她是不愿意说的。她知道，有些东西说出来会让自己更加无地自容。现在，她处于和原来风雨飘摇的护林房截然不同的富足之中。可她目前的所得并不能弥补她童年里所缺失的母爱与亲情，还有那美满的三口之家的温暖。身处眼前的这座大城市，她的感觉始终是陌生的，虽然她的成绩是优异的，她的母亲也在想尽办法弥补自己的过失，可她还是感觉到自己依旧是个孤儿。

目前，她在这个城市里唯一喜欢的就是图书馆的宁静和万家灯火的夜晚温暖的风景。在这个时候她还是会想起邻家妹妹欢乐的笑声，她知道自己永远也不会拥有这些了，她的泪水便会悄然涌出。她想，她也许这一生也只能在别人的亲情里去寻找自己所渴望的那种情感的慰藉了。

2007 年春 4 月 15 日完稿

（本文首发于《齒风》杂志 2011 年第二期）

第七辑

信札与悼词

有生之年一定为母亲写一本书，以此让这个世界记住人间曾有这么一位母亲，让这个世界记住她的平凡，也记住她的伟大。

——《祭母文》

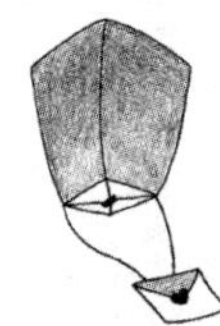

遥寄母亲

生命本身就是一个自我完善的过程，即使是一个残缺的生命，只要你努力地去自我完善，去雕琢，同样会赢得美丽的人生！

——题记

亲爱的妈妈：

你在家里还好吗？

此刻，街灯明亮，细雨如丝，我在昏黄的灯光下撑着雨伞把你思念！你是在洗妹妹刚换下来的衣服，还是在灯光下为我们缝补？在你绵密的针脚里，缝进的可是对儿子的牵挂？

五一节，你迫切地等待我回家！你让妹妹发短信给我，说你想我了。我说，我挺忙的，车费太贵，就不回来了。可是，在我按完发送键的时候，我的心里却是那么难受，我好像在那一瞬间看到了你失望的双眼，我的泪就不争气地流了下来。我觉得自己像犯了罪一样！

其实，我并不是个忙得连妈妈的问候和思念都记不得的人！我是你的儿子，是你身上掉下来的肉，我们是血脉相连的啊，妈妈的思念又怎能不牵扯儿子的心呢！可是，我还是没有回来！其实，儿子也想你，想我们的家。可是，每一次回家，我都不知道如何去面对你那期待的双眼。

我怕你失望，可每一次都让你失望！

是的，你的愿望也不高，只是想让儿子能够早日成家，结束在外的漂泊，能够有一个安稳的归宿。可是，我却做不到，或者说有时候我根本就没有想去做到！我觉得我现在还没有充足的力量去做到这些。

但是你和爸爸并不这样想，你们的想法总是和我的意见相抵触。我又该如何去向你说清楚呢？所以，我想家，又怕回家！我是个不孝的儿子！

妈妈，其实，在每一个母亲节，儿子都克制不住地想你，想你风雨中为我送饭，想你大雪里为我送衣，那每一次远去的背影，儿子都记得，刻骨铭心。

光阴荏苒，转眼间儿子只身在外已经七年了，在这七年里，我们总是聚少离多，所以每一次回家，都让我有一种做客的感觉！但是，当真的一起坐了下来，我们似乎总有说不完的话。而每次回家，你总是变着花样给我做吃食，几乎天天都不重样！儿子的心沉浸在幸福里，也沉浸在自责中。

是的，儿子的听力不好，所以在学校的时候每一次通电话我都要让同学代接。你听不到我的声音，总是含着泪水回家。起初我是不知道这些的，终于有一次回家，邻居黄爷说到了这些，我的心立时便像针扎一样地难受。以后每一次接电话，尽管我听不清楚，我也一定要对你说些什么，因为，儿子怕妈妈伤心！可是，现在我却成了你最大的伤心！

犹记得小时候你教我唱儿歌，你的嗓音是那般甜美；犹记得我考完试风雨中无人接送，你心疼得泪水无边地流；犹记得获奖后狂跑回家，你欣喜的笑颜似明媚的春天！

可是，为什么而今不见你往昔靓丽的脸庞？难道那吹皱的一湖春水就是你现在的容颜？为什么笑得那么灿烂却藏着如许的忧伤？是儿子曾经的目光灼伤了你，还是你不再洒脱如初？

哦！妈妈，身在远方虽然孤独无依，只要有你的爱，儿子就已经知足！

因为记得和你一样的一位母亲说过，生命本身就是一个自我完善的过程，即使是一个残缺的生命，只要你努力地去自我完善，去雕琢，同样会赢得美丽的人生！

在这个雨夜，儿子心想着这二十余年点滴绵延的爱，力量就在心里一点点地重新滋长，幸福便溢满了心房！

妈妈，母亲节又到了，在这个节日里，儿子在远方默默地为你祈祷！

愿妈妈永远健康！

（本文首发《彬县文化》2008 年第六期）

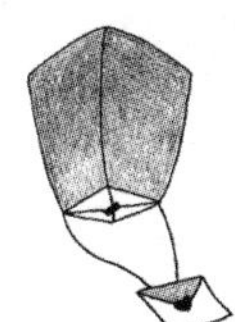

致妹妹

妹妹结婚，是在2011年的1月15日，即农历2010年腊月十二。

妹妹，是与我朝夕相处的亲人，也是与我无所不谈的儿时玩伴。我们一个是80后，一个是90后，可我们之间从来没有感觉有所谓的代沟存在！

记得儿时，我们手牵手，你是我最忠实的跟屁虫。从手把手教你一二三四，到口传口教你念one two three；从每个暑假教你下一个年级的课程，到逼着你看我喜欢的那些文学名著。虽然你并不特别喜欢，可是你从来也没有反对过。

我们家不算穷，可也不是很富裕。老实巴交没有文化的父母所唯一能给予我们的就是诚实本分地做人，尽自己的最大努力让儿女读书。然而，至今令我愧疚的是我读完了大学，可你却在高中因为母亲住院而退学。然后只身去了深圳，进入了那个传说中的富士康。然而能够看到你平安地归来，哥哥真的很欣慰，并且深深地自豪于昔日的那个疯疯癫癫的小丫头现在终于长成了沉静懂事的大姑娘。

还记得小时候，我每个星期天从镇上中学放学骑车回家，你永远都站在村口等我回家一起吃饭。还记得我第一次给讲小红帽的故事，你站

在村子下面的老槐树下哭得眼睛肿了好几天。我属鸡，你属马，都是好斗的性格，可我们之间从来没有打过架。我不知道是因为我比你大，懂得忍让，还是因为你比我小，懂得服从。可是我们兄妹之间的感情，真的很牢固，二十年来的相随相伴里我们永远是彼此坚实的后盾。

记得我上大学前的暑假，我们一起去拍了合影。那时候，你只是一个天真无邪的小女孩，而我也只是一个十八岁怀揣梦想的少年。也许是因为喜欢文字，我总是给你写信。这也多少培养了你对于文字不至于疏离的敏感性吧！虽然我承认，我的妹妹是最可爱的姑娘，是最纯洁的女孩，是最可让我信任和珍爱的至亲之人！但我仍然知道她的性子暴躁，刀子嘴豆腐心；她的韧性不足却也爱憎分明，侠骨柔肠！

从我上大学开始，我们之间写的每一封信我都收藏着。虽然其中的大部分内容也不过是家里的琐碎，父母的平安，还有你在学校的课程。但至今细读那些信，字里行间依然能够看到你逐渐成长的人生轨迹。哥哥长你八岁，算来是看着你成长的长兄。然而，我们之间从来不会有不合情理的服从，甚至我承认在很大程度上我是完全地深爱着那个当年我看到时只有一丁点大的婴儿，尤其是她那双在母亲的怀抱中抬头看我时闪耀着璀璨光芒的大眼睛！

所以，我记得我所经历的你成长的每一个细节，你在手推车里不安分地晃动，你跌倒时的哭声，你欢乐时的兴高采烈，你的第一张奖状，你从看图识字开始学起的知识启蒙。甚至于你的名字，也是我所命名。是啊，二十多年里，有那么多的细节值得珍藏，有那么多的甘苦可以回味！

眼看着你恋爱了，你是那么心花怒放，又是那么青春灿烂。虽然这个家有着太多不属于我们这个年纪的忧伤，虽然我们的童年都或多或少地被某种阴霾所笼罩，然而能够看着你幸福地出嫁，哥哥真的很欣慰。

虽然，未来对于你们谁也不敢肯定永远艳阳高照，可是即便有人生的挫折，哥哥仍然会陪伴你左右，做你永远的精神后盾！

对于你人生的选择，我永远会尊重并在最大程度上给予支持！但是，你也要懂得，选择就意味着承担，婚姻更意味着责任。虽然你们都还年轻，但是在任何时候都不能抛弃人生的担当！

要懂得，只有少做错事，才能少走弯路！要知道，弯路的代价不是任何人都能够承担得起的！今天是你新婚的日子，也是你青春里最美的年华！我的心里忽然间有那么多的人生滋味一齐涌上心头！

喝下这一杯酒，你就要开始人生新的旅程了。可是你要记住，这一生，在哥哥的心中你永远都是我的妹妹！

此刻，哥哥只有祝你幸福，愿你真正幸福！虽然，幸福在众人的眼中有千般不同、万种差别……

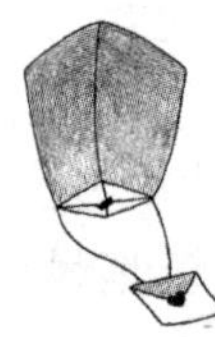

写给姐姐的信

姐姐：

寒衣节到了，秋天的柳絮飘飞，寒风不减，你在天国还好吗？一别十五载，不能长相逢，唯有永相忆！

记得你走的时候，我只有十岁，十岁的弟弟不懂得生死离别的痛，却只有生死离别的泪。在学校里我再也没有了受人欺负之后为有姐姐撑腰而自豪的笑容，有的只是默默地将苦涩咽进肚子里，悄悄地将泪水拭去的隐忍。我更不能告诉母亲，我怕她伤心的泪水再次将我的心淹没在透骨的冰凉里。

如今，弟弟长大了，但是在这十五年里，我每时每刻都不能忘记拥有姐姐照顾时的幸福和没有姐姐照顾时的悲凉。十五年，每次站在你的坟头，我颤抖的心都无法克制那刀割般的痛。我知道，十五年前，就是那一刀，让我们姐弟永远生死两隔！

记得你走的时候，是因为太要强，在初中百米赛跑的比赛中你坚持到了最后，在胜利的时刻，你却晕倒在了终点线上。急性心脏病，从天而降的灾难，你在醒来之后坚持着走完了那医院的十九层台阶，就倒地不起！

知道吗？姐姐，医生说就是因为你的要强耗尽了自己最后的生命，你不愿意让别人背你上楼。可是，那是最后的透支啊！姐姐，当母亲悲彻心底的哭声响起在我的耳旁，我就再也没有看到你那温柔的微笑。从此，我的生活里只有母亲的泪，我的童年一片阴霾！

十五年里，我忘不了一年级第一次做作业时你一直陪伴我到晚上十二点，忘不了你等我起床，在冬天里背着我一起上学，趴在你的背上，所有的寒冷都悄悄地远离。

知道吗？姐姐，在没有你的时候，就是你那温暖坚强的脊背在支撑着我走在这人生的路上。这十五年里，我也曾摔倒，也曾流泪，我用一只手自己牵引着自己慢慢走，想象着你会每天像天使一样在身边陪伴着我，可是每每回头，我的身后都是空荡荡的一片风声！

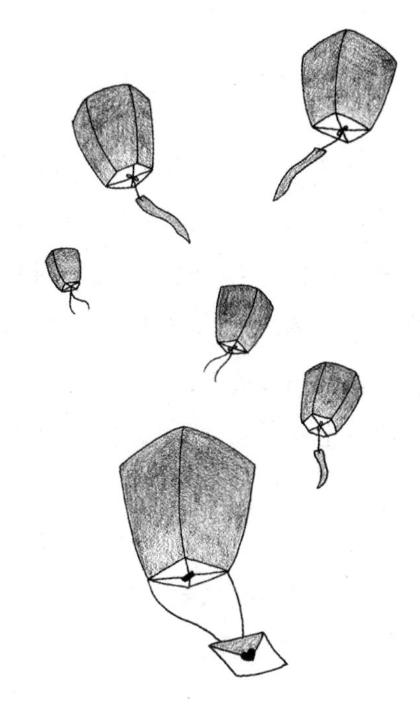

如果你现在还在，已经有三十一岁了，可是你在我的记忆里永远是十六岁的模样。十六岁，花一样的年龄啊！姐姐，你还没有享受生命的甘甜，就已经在病魔的折磨里夭折！

寒衣节里，我想母亲已经为你在坟头烧了寒衣，那么这信就算是弟弟寄给你温暖灵魂的寒衣吧！

（本文首发《华商报》2005 年 10 月 28 日百姓副刊）

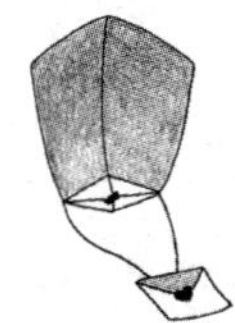

祭叔父文

人生到了三十岁左右，就不得不面对身边亲人一个个离我们而去的残酷现实，不得不面对死亡的真相并在这真相的逼迫下向世俗低头，向我们曾经嗤之以鼻的简陋习俗低头。

一个人无论有多么强大的内心，无论有多么风光的事业，但在生他养他的故土面前，他仍然是卑微的，因为他从一个小屁孩成长为一个成年人的整个过程中的所有过往，在故土亲人面前始终都保持着赤裸裸的状态。在这些耻于提及的个人历史面前，他无法自傲，只能低头，并以跪拜的姿势向我们的来处祈求包容和宽恕。

这便是所谓的家族权威！

——题记

突闻叔父辞世，面对天降噩耗我犹不敢相信，那么善良勤劳的一个人就这样走了。

记得清明节四爷爷葬礼之后我们一起坐车到县城分手，他还不断地叮嘱我路上小心。没想到这却是他留给我的最后一句嘱托，也是我们叔侄之间的最后一次见面。而今再面对这灵堂棺椁，又怎能不令人泪落如雨！

恨只恨老天无眼，愤只愤世事无常，留下这孤儿寡母孤苦相依要到何时？

叔父大人生于1966年腊月初十，卒于2016年三月十六，享年五十一岁。十四岁丧父，二十六岁成家。从小与母亲兄妹相伴，在贫穷和苦难中成长，只有小学文化。也许正是因为吃够了没有文化的亏，在以后的岁月中他和叔母省吃俭用勤劳拼搏，硬是赤手空拳培养出了两个大学生。

在这短短的五十年里，他下过煤矿，进过工厂，“两块石头夹一块乳的苦日子”他挺了过来，工厂中起早贪黑的劳累他更是看作平常。令他骄傲和自豪的是一双儿女聪颖刻苦，都靠着自己的努力走出了农门。

长女宝婷，温婉聪慧，就读于宝鸡文理学院，即将毕业从教。幼子明辉，勤勉自强，求学于西安古城，学业初成。叔母更是夫唱妇随，一个人支撑着家庭的大后方，与人为善，勤劳执着，督促儿女学习，操劳土地收成，合村上下没有一点是非。正值这人生丰收的盛年到来之际，叔父却就这样撒手人寰，怎能不令人惊慌失措又哀伤扼腕！

可能庙岭村的人都记得这么一处地名，大核桃树下的老地窑，那曾经是辛家大家族贫穷的象征，而今老地窑中的兄弟们都凭借着自己的努力奋斗住进了砖瓦房甚至于在县城安家。然而叔父叔母的眼光更远，他们一心想要的是将儿女培养成国家的栋梁之材，他们渴望的是耕读传家，用知识文化为一个家族的将来留下永久的文脉，为老辛家的将来打下根基。这何止是一个农民长远的眼光，这更是一个男人的心气和骨气，是立足于乡野却放眼于未来的勇气和魄力，是宁愿自己吃苦也要把书香门第的宏愿留给儿女和后人的大丈夫气概！而越是想到这些我便越是悲伤难过。

大核桃树虽然早已不存在了，但这个家族的希望却被叔父永远保留了下来。我想纵使我们再悲伤难过，也要继承他的遗愿把老辛家的文脉传承下去，代代相继，以告慰叔父在天之灵！

鸣呼哀哉，叔父大人一路走好！

侄儿峰携弟明辉妹宝婷谨祭。

2016 年农历三月廿五

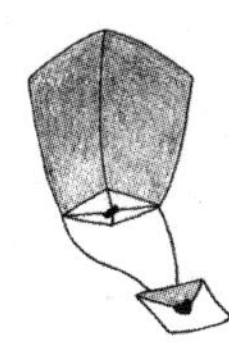

祭母文

吾母景氏，生于一九四五年，卒于二〇一六年，享年七十有二。不孝男峰携妹丹今哭号于灵前，哀告皇天后土，涕零以祭！

母亲的一生是苦难的一生，亦是坚韧的一生，更是荣耀的一生，是值得我用手中的笔亲书一本大书的一生。母亲十六岁嫁入老辛家，婆婆早逝，上有年迈之老父，下有弱幼之兄弟，此时的老辛家，过的是家无隔夜之粮的至贫岁月，老实本分的父亲，除了一身力气，几乎一无所有。母亲宝贵的青春年华，几十年如风而过，便消磨在这样一个贫瘠的大家庭里。上孝高堂，下育兄弟，长嫂如母，慈孝贤淑，德惠全族。其针线茶饭有口皆碑，勤劳谦卑著称乡邻！至贫之年，野菜树皮果腹，三年自然灾害，更是躲避不及。一九八一年，土地单包，父进煤矿，母耕田亩，合力向前，家业渐兴。这几十年母亲与父亲帮扶两个兄弟成家立户，又看着老辛家的子侄兄弟家有良妇，其贤良厚德，在这个家族甚少有出其右！

母亲一生育有三男四女，哀叹命途多舛，及至垂老之年，膝下仅余一子一女，是谓峰与丹。峰先后求学就业于西安，立志于文苑，浸淫于笔墨，三十五岁书成《西漂十年》，有薄名传于长安陋巷。丹资质聪颖，刚烈性情中有未凿之善心、大美之人格，家室和谐，育有一子，名曰鑫昊。

母亲一生因贫穷而无文化，故如何艰难都没有放弃供养子女读书。及至峰大学毕业，她更是支持峰在文学道路上追求自己的梦想。所以这个村里便有了将文字变成书的人，这个人正是她的儿子，也是她生前唯一的慰藉。但为了这个梦想，她付出了太多的代价，即使盘桓病榻的最后岁月里，她也没有看到自己的孙子，这是峰此生最大的不孝！峰在此发誓，有生之年一定为母亲写一本书，以此让这个世界记住人间曾有这么一位母亲，让这个世界记住她的平凡，也记住她的伟大。同时亦为生我养我的故乡，为这个叫庙岭的村子，为老辛家写一本能够流传后世的大书。为此，峰即使倾尽余生心力，亦绝无怨言！

呜呼哀哉！尚飨！

不孝男峰携妹丹谨祭！

2016年12月17日

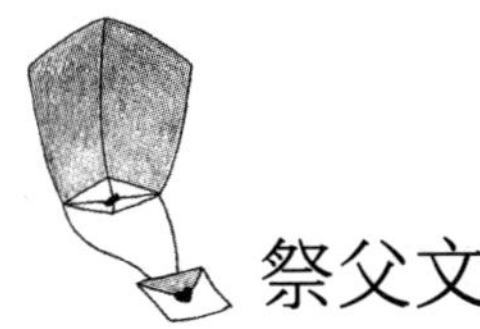

祭父文

时为公元 2018 年 2 月 25 日，农历正月初十凌晨四时，父亲大人因脑出血病逝于故乡家中，享年八十一岁。诞于虎年，隐于狗岁。

父亲辛勤锁，于 1938 年农历八月十五中秋节出生于普通农家。幼年失母，家境贫寒，其身后尚有兄弟二人。至奶奶去世，家境几落于无隔夜之粮的至贫之境。父亲兄弟三人幼年的生活因此困顿不堪，果腹尚且不能，上学更成了奢望，兄弟三人文化知识的贫乏，也便成为其各自人生进步之途的最大绊脚石。

至父亲成年娶妻，父亲与母亲勤俭持家，上伺老父，下育兄弟，忠厚为本，勤勤恳恳，从不与人为恶，处世为人隐忍退让。无论身在单位还是乡里，均以诚善知其名。

也许正是因为父亲的老实本分，后来才有了被招进百子沟国营煤矿成为国家正式工人的机会。而一份虽不丰厚也算稳定的收入从此让家里的生活日渐得到改善。在煤矿的长久坚持和勤奋踏实，让父亲赢得了上至领导下到同事的一致认可。有次领导专门找父亲谈话，想委以矿井井长的重任，可惜他大字不识几个。领导连连叹息，最后只好作罢。

没有文化一直以来都是父母心中的耻辱和痛苦，所以他们才咬紧牙关供我读书一直到大学毕业，不管有多少人劝阻，他们从未动摇过决心。而对知识的渴求和走出山村的梦想更让我把文字一直看作是拯救自我人生的法门。至少，文字可以让我用来表达父辈们埋藏在心中曾经说也说不出的那些痛苦和委屈，文字也可以用来抚慰他们在至贫年代里焦渴和饥饿的灵魂！

父亲前半生生育儿女虽多，及至最后留下来的却只有峰与丹二人。在父亲八十年漫长的生命历程中，做的最多的事情就是为他人作嫁衣裳，甚至哺育他人的孩子直到娶妻生子，最后却落得对簿公堂的结果。他可能从未在乎过自己这一生究竟付出了多少，但峰却从不敢忘怀，也不能忘怀！也许只有把它们用文字真实地记录下来，落到纸上，才足以慰藉父母这一生的付出和辛劳！

要知父母恩，怀里抱儿孙。三十多年的人生经历告诉我，那些我们能够忍受的人生苦难，并算不得真正的苦难。而当所有的苦难过去之后，我们才能迎来甘甜的收获和最美的人生风景。

当父亲真正地离开了我，我方才醒悟，父亲一生所受的所有苦难，在他那儿其实都是甜的，是在为儿女积善积福。他的忠厚老实也许会被一些人看作是愚昧，但我始终相信：为善者终得福报！反之亦然！

最后愿父亲大人的在天之灵安息！愿所有心怀善意的人终得福报！

不孝男峰携妹丹祭于灵前。

时维 2018 年农历正月十四

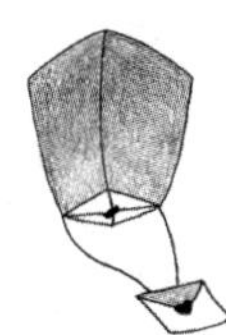

清明，清明

风很大，天始终阴沉着脸。燃烧的冥币在我的眼前如同黑蝴蝶一样飘舞。

我在地上写下你的名字，一如在我的心里烙下又一枚疼痛的印迹。

就这样茫然地看着大地，荒凉的土地在我的脚下尘土飞扬，干涩的双眼麻木地凝望着头顶一片阴霾的天空。

清明，清明……

我固执地想遗忘一切的前尘往事，可是往事依然历历映现在我的生命之中不肯退潮。

当烟头燃尽烧疼皮肤的时候，那蚀骨的疼痛再次唤醒我沉睡的记忆。

清明，清明……

淅淅沥沥的小雨落满了这片故园的黄土，崖上崖下长满了青葱的野草。

飞驰的车轮一路奔走，那片黄土却在我的记忆里愈发清晰……

清明，清明……

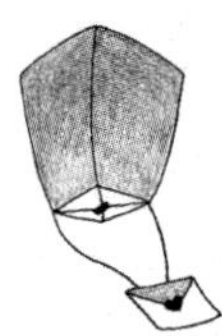

后记　在乡心的最深处歌吟

1

这些年来，我断断续续写了很多散文。我写散文，常常是兴之所至，情之所发，当内心有了一种无法遏止的创作冲动和表达欲望的时候，散文也就自然而然地从笔端流出。

《十里庙岭》这部散文集，是我将自己四十岁之前发表在各类大小期刊杂志上的文章以整体归纳的方式进行大总结的一部书稿。在这部文集中，占比重最多的还是关于故乡、关于亲情的文字。这些文字大多都是我在经历过了人生的挫折、家庭的变故，乃至父母的离世之后，在抑郁悲痛之中所写出来的安放和抚慰自己心灵的文章。

2

我所出生的庙岭村，即位于今咸阳市彬州市（彬县）义门镇人民政府驻地 304 县道以北腹地深处。整个村子地形平坦，间有沟壑，属于典型的渭北黄土台塬。村子东南方向与东村毗邻，西接嘴头村和中罗堡村，北边往下沟坡地带与弥家坪村和老户村相连。

据说很久以前，罗家嘴（即今天的东村，主要以罗姓为主）有个土台子叫罗家岭，岭上有座土地庙，里面供奉着几座泥塑的菩萨像。人们一旦遇到个七灾八难，总会有人彻夜在那里匍匐跪拜着磕头烧香，以求消灾避难、化险为夷。每遇大旱之年，土地庙前便锣鼓喧天，黑压压一片跪地的百姓，他们在德高望重的长辈引领下唱着上古以来的祈雨歌谣，在庙案前祭献水果三牲，以求降得甘霖，滋润万物，保佑来年五谷丰登。

随着年代的绵延，后来岭上就建起了一座座规模恢宏的寺庙，供人们烧香拜佛祈福，由此那个山岭就被起名为“庙岭”。今天的老辈人提起庙岭，嘴里经常有句话叫作“十里烂庙岭”，其实说的就是后来的庙岭村。只是以前的东村和庙岭村属于一个自然村。

“十里烂庙岭”的意思，通俗地说是指这个村子从头到尾加起来有十里之遥，十里相连的地界上遍布着一座座大小相连的庙宇，且香火旺盛。从地形演变来看，在今天的庙岭村和东村之间确有一条南北走向的大沟将原本的一整个自然村从中间分开，人们站在两边的梯田组成的台塬上，可以相互对着喊话且声音清晰可闻。只是据村里的老人说，后来在民国战乱和新中国成立后的破除封建迷信等运动中，这里的庙宇相继被焚毁，焚毁的庙宇里拆下来的石头和佛像都被捣成了料姜石埋在了村子下面的窑洞里做了地基。

1958 年 8 月，彬县人民政府正式设立庙岭村生产大队党支部，隶属义门镇人民公社管辖。同年 10 月，庙岭村生产大队被划归北极镇人民政府管辖。1961 年 5 月，改归义门人民公社管辖。1962 年，以村庄地形中的大沟为划界分为两个生产大队，大沟以东取名东村生产大队，大沟以西则维持庙岭村生产大队原名不变。直到 1984 年，政府和公社分设，正式设立了庙岭村村民委员会。

在今天庙岭村的地界上，整体分为五个村民小组，一组地界东南与东村相连，主要以李姓人家为主。二组和三组处于村庄中央，二组以辛姓人家为主。三组有辛、黄、景、程等多个姓氏人家杂居。四组和五组处于村庄边缘，四组原称王家前头，以王姓人家为主，间有赵、穆、叱干等多姓人家杂居。五组与嘴头村毗邻，人数最少，主要以辛姓人家为主。庙岭村整体上几百户人家，人口最多时期有上万人，如今大体有几千口人。

这里地处渭北高原腹地，常年寒冷枯寂，到处都是莽苍苍山梁沟野密布的黄土层。它早晚温差大，但又不会过度寒冷，最适合小麦、高粱、土豆等作物的种植。春夏时节，它遍布绿色的植被，充满了鸟语花香。可一旦秋收过后，整个田野又很快再次被灰色笼罩，直到冬天里第一场大雪的降临。

就像我在《老地窑：我的出生地》里所写的那样，我正是在这块黄土密布的高原上一座最不起眼的土窑洞里发出了自己人生里的第一声啼哭。

在十八岁之前，我几乎没有走出过这片黄土地。可以说，正是这个小小的在中国辽阔的版图上几乎无法呈现的村庄，承包了我十八岁之前所有的喜怒哀乐。虽然那个时候的很多感触连自己都已模糊不清，可当我考上大学，一步步地走出这片黄土地的时候，在日渐远离之中它却在我的眼前一点点地变得清晰和切实起来。

在西安求学和工作的二十年里，我面临着诸如《西漂十年》里所描写的理想与现实之间的差距所导致的心灵的挣扎和生活的困顿，但我并没有气馁，因为我知道自己身后有一片可供我栖息和休整的根据地，那就是父母亲人所在的那个叫庙岭的小村庄。

甚至，我之所以能有在《文字的风度》中的沉潜和奋发、宁静中的思考和内心里的清凉，均是得自那一方厚土的恩赐。而我人生里真正的成长，是源自父母接连在两年时间里的先后离去。

3

我的父母都是从 20 世纪的那场三年困难时期和“文革”以及农业合作社时代走过来的一代人，他们人生中所经历的历史苦难和人生惨痛是我们这一代人所无法想象的。

在那个困苦的年代里，他们吃过树叶树皮，吃过各种野菜熬煮的糊糊，那里面的面粉少到只能看到一层薄薄的清波荡漾的面皮。在我童年的记忆里，听得最多的是母亲在煤油灯下一夜又一夜的讲述。那时候夜晚的时间总是特别漫长，刚上三四年级的我字还没有认全，只能用铅笔小心翼翼地将母亲口中的往事用汉字加拼音替代的方式记录到一个漂亮的笔记本里，然后被母亲郑重地收进柜子里。

母亲口中的往事其实正是她过往生命中的苦难，是我曾经的那些哥哥姐姐们在那个苦难的年代里因为各种条件限制所导致的死亡。我后来走上写作的道路，在一定程度上也是和在很小的年龄里生命的底色上就被母亲用泪水浸染上的苦难有关。

在我出生以前，母亲曾生育了五六个孩子，他们均出于各种原因没有活下来。这样惨痛的现实让父母在这个叫庙岭的小村庄里不停地辗转腾挪到处搬迁，期求找到一方能够保佑子孙平安成长的福地，之后才有了我的出生。

4

我所出生的 1981 年，是中国的十一届三中全会召开和土地承包到户政策落实到农村的时代，中国的农民从这一刻开始拥有了对土地的自主权，可以精耕细作，有了看得见的温饱。

也是我出生前的几年，父亲被招工去了县城周边的国营煤矿，成了煤矿上的一名正式员工，虽然工作苦点累点，可对于曾经真正在饥饿和苦难中煎熬过的人，这一点苦根本算不了什么。

父亲需要在外工作，家里所有土地的耕种和收获就全落在了母亲一个人身上。母亲后来的病，正是因为早年拼命在土地上劳作一年一年的劳累所慢慢积淀下来的内伤。由慢性肝炎到肝腹水、肝硬化，母亲十多年间不停地辗转于家与医院之间，我就是这样一点点地看着她由一个微胖的妇女逐渐变成了一个骨瘦如柴、脸颊塌陷、双眼枯黄的老人。

母亲去世的时候，体重已经轻到不足一个十多岁的孩子一般重，似乎一阵微风都可以将她吹走。而她的身体上遍布着数不清的针眼，我每一次归来都不忍去细看她挽起衣袖的胳膊。尤其是在母亲最后的日子里，因为病痛的折磨，她上吐下泻，而和着食物与排泄物流下来的全是血……

那是生命中一种惨痛的凌迟，也是让身边人的心发痛发冷发寒的另一种灵魂的凌迟。这双重的凌迟也只有她身边的亲人可以感同身受。最后陪伴的日子里，似乎所有人都害怕见到这样的凌迟之痛，而作为儿子的我避无可避，只能默默地承受。后来，父亲第二年去世时，我又一次经历了同样的凌迟之苦。那是看着自己的亲人在死亡线上挣扎却无能为力的一种孤独，是无比漫长又无比短暂的告别仪式。人的心灵也就是在这其中一点点地变软，又一点点地变硬，泪水在这里毫无作用，因为它只能显示出你的软弱和无能，显示出你在冰冷如铁的死亡现实面前的不堪一击。

5

在《十里庙岭》这部文集中，我对父母的一生基本上做到了详细的记述。他们是中国广大乡村的土地上最平凡普通的农民的一分子，放在中国十四亿的人群里，几乎可以忽略不计。可他们又是中国十四亿人群里我们的父辈中最鲜活最生动的一个。

他们有血有肉，有爱有恨，为了脚下的这片土地，为了这片土地上的儿女，流尽了自己的最后一滴血和泪。这便是中国父母们的无私和伟大，也是我们身后的这块乡土的无私和伟大，是需要我们铭记一生的恩情。因为我们每个人的生命之根，都被托举在这块厚土之上。

在《十里庙岭》这部散文集中，还有诸如我的村邻、我的四叔、我的舅舅们的人生故事。这些故事都是我亲眼见证过的生命历程。在我人生已经走过的四十年里，如果说前二十年是我在一个小村庄里扎根成长的过程，那么后二十年便是我走出这个小村庄奔往浩荡的城市亲身体验中国改革开放的浪潮里无数青年人逐梦而生的过程。

可相对而言，正是因为有了前二十年的扎根成长，让我获取了充足的亲情温暖和乡土养分，我才能够在后二十年里勇敢地放手一搏，在追寻梦想的道路上坚定地前行，做真正的自己。

6

今天的我们虽然走出了乡土，但我们的灵魂在城市孤独的夜晚间，在自己纯真的梦幻里，仍然时时刻刻回望着乡土，在乡心的最深处进行着最为动情的歌吟。

中国人在真正的意义上其实是没有宗教的，因为我们的宗教就是我们的祖先。无论我们走出多远，因为血缘的牵系，因为那条从一出生就被剪断的脐带的埋葬处，我们总归有一天要回到自己的故乡。

“少小离家老大回，乡音无改鬓毛衰。儿童相见不相识，笑问客从何处来。”唐代诗人贺知章的这首诗，从表面上看来似乎是回乡游子的一种尴尬处境，可从内心深处来说，这个归来的游子又何尝不是幸福地荡漾在一种谙熟的乡音里呢！而作为一个写作者，能够为自己的故乡记录下一点什么，也是一种人生的幸福。

因为无论我走出去多远，当有人问我来自何方的时候，我都会不假思索脱口而出心底那个最熟悉的名字：庙岭。从《西漂十年》的青涩莽撞到《文字的风度》的渐趋成熟，再到写作《十里庙岭》这部献给故乡的小书时的沉稳与沧桑，这些年来我一直跌跌撞撞地奔赴在追寻文学理想的路上，从未止步。而正是我的故乡或者说一直埋藏在我心底的“庙岭”这两个字始终激励着我不断地向前、向前，再向前。

感谢茅盾文学奖获得者、中国作家协会副主席、著名作家陈彦老师为本书亲笔题名。感谢陕西师范大学文学院副教授张宗涛老师为本书倾情作序，张老师是我们彬州人的文学前辈，也是我们做人为文的楷模，能获得他所写的序言，我非常感恩。感谢著名作家、杨凌示范区文联主席贺绪林老师和青年女作家、彬州市作协副主席刘秀梅，青年小说家范墩子，青年作家、诗人左右对本书的联袂推荐！同时也感谢我的大学同窗、亲密的兄弟侯刚以及我的一帮高中同窗与我的故乡彬州市文联与彬州市作协的文朋诗友们长期以来在写作上对我的支持和鼓励！感谢南方出版社的编辑老师以及插画师黄少芯女士对本书的付出！